민족 지항시인의

동아시아적 접근

엮고옮긴이

김정훈 金正勳, Kim Jeoung-hun

식민지기 대표적 민족 저항시인들의 주요작품 모음집『한 개의 별을 노래하자-조선시인 독립과 저항의 노래』(편역),『문병란 시집 직녀에게-1980년 5월 광주』,『김준태 시집 광주로 가는 길』을 일본에 번역, 소개했다. 일제강점기 한일문학의 진보적 소통과 가교역할에 나서고 있다. 주오대학 객원연구원을 역임했으며 전남과학대학교 교수로 재직 중이다.

민족 저항시인의 동아시아적 접근

초판인쇄 2022년 10월 4일 **초판발행** 2022년 10월 15일

엮고옮긴이 김정훈 **펴낸이** 박성모 **펴낸곳** 소명출판 **출판등록** 제1998-000017호

주소 서울시 서초구 사임당로14길 15 서광빌딩 2층

전화 02-585-7840 **팩스** 02-585-7848

전자우편 somyungbooks@daum.net **홈페이지** www.somyong.co.kr

값 35,000원 ⓒ 김성훈 외, 2022

ISBN 979-11-5905-727-4 93810

민족 저항시인의
동아시아적 접근

An
East Asian
Approach
to the
National
Resistance
Poets

김정훈 엮고옮김

이 책은 민족 저항시인 연구의 확산적·창의적 의미망 구축을 목적으로 한·중·일·북한의 연구자들이 함께 동아시아적 접근을 모색한 시도이다. 그 시도를 위한 방법으로 광주권 출신 민족 저항시인의 민주화와 통일, 민족공동체 복원을 추구한 정신과 활약상을 기점으로 삼아, 식민지기 대표적 저항시인들의 저항과 독립에 대한 결의와 외침까지 담아내었다.

군부독재의 역사가 이어졌거니와 분단이 고착화한 배경에 일제강점기의 잔재가 뿌리를 내리고 있음은 주지의 사실이다. 민주화와 통일의 외침을 일제강점기와 무관한 것으로 분리해서 생각할 수 없는 이유이기도 하다.

생전에 민족정신을 강조하며 독재정권에 맞섰던 문병란 시인은 윤동주, 이육사, 이상화 등의 이름을 자주 거론하였다. 그 정도로 그들은 조선 독립을 위해서 현실극복의 저항 의지를 강렬한 시문을 통해 표현하였다.

지난해 문병란시인기념사업회에서는 투철한 시대정신으로 올곧은 삶을 추구한 시인들의 활동과 문학적 성과를 되돌아보는 차원에서『한 개의 별을 노래하자 조선시인 독립과 저항의 노래』후바이샤라는 주요시편 모음집을 일본에서 출간한 바 있다. 이러한 분위기의 연장선에서 일제강점기 학생 독립운동의 발상지인 나주학생독립운동기념관에서 '조선 저항시인과 탈식민주의'라는 주제로 한일국제심포지엄도 개최되었다.

이 책은 문병란시인기념사업회의 두 번째 연구물이자 앞서 언급한 배경과 과정을 고스란히 반영한 것이다. 민주화의 고장 광주의 시인문병란, 김준태 및 식민지기의 나주 출신 작가 이석성을 일본에 소개한 것을 계기로 우리 민족문학을 동아시아적 시점에서 공유하는 쪽으로 나아간 연구가 빛을 보게 된 셈이다.

전반부에서는 광주의 시인과 작가의 조명을 통해 민족통일에 대한 열망을 담아내고 민주화의 발걸음을 추적하였다. 분단 현실과 절대적 과제인 통일을 경계선에서 바라본 재일 작가의 시선 또한 매섭다. 우리에게 또 다른 과제를 던지고 있다고 여겨진다.

이 책에서는 3개국 연구자들이 일본제국주의 시대의 민족저항시인을 논하였다. 독립 염원을 시편에 새긴 대표적 저항시인들을 국경을 초월해 다양한 시각과 방법으로 논의하는 자체에 의미를 실었다. 일본제국주의 시대를 반추하고 탈식민주의 시각에서 민족 정통성 회복과 평화의 가치를 추구하려는 곳에서 공통분모를 추출할 수 있겠다.

그리고 후반부에서는 학생운동의 발상지인 나주 출신 저항시인을 논하게 되어 뜻깊게 생각한다. 관련 연구는 지극히 미진한 상태이다. 이석성, 정우채는 물론, 박준채의 미공개 시편도 소개할 수 있는 장이 마련되어 다행스럽다.

북한 평론가와 중국 연구자의 글은 읽기 쉽게 우리 식으로 손질한 부분이 있음을 밝힌다. 북한 평론가와 김만석 전 연변대 교수의 글을 게재하는 데 협조해준 박학봉 시인에게 사의를 표한다. 그리고 이 책의 취지와 기획에 공감, 완성에 이르기까지 조언을 아끼지 않으신 리명한 선생님께 깊이 감사드린다.

한·중·일·북한 연구자에 의한 민족 저항시인 공동연구는 국경·시공·이념의 경계를 초월하는 중요한 시도이거니와, 민족문학론의 확산에 상징성을 지니는 유효한 테제임이 분명하다.

광주권 출신 시인 연구에 기반해 민족적 수난기의 저항시인 연구로 공감의 장을 확대한 '민족 저항시인 연구를 향한 동아시아적 접근'이 기존의 프레임에서 벗어나 새로운 형태의 문학적 패러다임을 제시하는 지침이 되어주기를 기대한다.

2022년 8월 15일

김정훈

차례

독립과 통일을 향한 민족시인들의 외침소리

우리 민족보다 반세기를 앞서 서구의 선진문화를 받아들여 근대화를 이룩한 일본은 동학농민전쟁과 청일, 러일전쟁 등을 통해 이 땅으로 건너온 이후, 제국주의 침략자로 변신하여 갖가지 협박과 만행을 통해 지배력을 강화하다가, 1905년 11월에 이르러 국가 최대의 존립기반인 재정과 외교권까지를 넘겨준다는 조항이 담긴 을사보호조약을 강압적으로 체결함으로써 한국을 그들의 보호국으로 만들어 버렸다.

사태가 잃게 되어 망국적 위기에 처한 고종황제는 1907년 6월, 때마침 네덜란드의 수도 헤이그에서 열리고 있는 세계평화회의에 세 사람의 특사를 파견하여 불법적이고 부당한 일본의 만행을 폭로하게 함으로써, 각국의 도움을 얻어 국가의 존립위기를 면해보려고 했으나, 교활한 일본과 그와 한통속인 영국의 방해로 본회의에조차 참석하지 못한 채 귀국하고 말았는데, 세 사람 중의 한 분이었던 이준李儁 특사는 울분으로 말미암은 급병으로 현지에서 생애를 마치고 말았다.

그런 일이 있은 이후, 일본은 외교권을 일본에 양도한 바 있는 을사조약을 어겼다는 이유로 고종황제를 폐위시키고, 국가의 방패인 군대까지를 해산시켜버렸는데, 그로부터 3년이 흐른 1910년 8월 22일에는 한 걸음을 더 나아가 5백년이 넘는 역사를 가진 왕조를 완전히 소멸시키고 합병해 버리는 한일합방조약을 통과시켜버렸다. 고종의 뒤를 이어 마지막 왕위를 계승한 순조가 7일 후인 8월 29일, 국권을 완전히 일본에 넘긴다는 양위조서를 발표함으로써 태조로부터 순조에 이르기까지 519년을 이어온 조선왕조는 종말을 고하고 말았다.

비참하게도 망국민이 되어버린 조선민족은 10년 동안 헌병을 앞세운 조선총독부의 무단통치 밑에서 가혹한 탄압을 받으면서도, 독립에 대한 의지만은 버리지 않고 버텨오다가, 1919년 3월 1일 종로의 탑골공원에 모여 독립선언문을 낭독하고 만세를 부르며 거리로 뛰쳐나가니, 3·1독립운동은 전 민족의 독립의식을 일깨우고 조선민족이 독립해야 할 겨레임을 만방에 알리는 폭탄적 선언이었다.

이런 소용돌이 속에서 성급한 인사들은 독립을 선언했으니 정부를 세워야 한다며 서울을 비롯한 중국과 러시아 등지에서 임시정부를 세우고 지지자들을 규합하였으나 얼마 후에는 상해에 있는 임시정부로 단일화되어 민족의 자주성과 존재감을 만방에 인식시키는 근거지가 되었고, 동북 각지에서는 여러 개의 무장부대가 조직되어 강력히 투쟁, 전과를 올림으로써 침략자들에게 막대한 타격을 안겼다.

3·1독립운동 이후 조선민족의 저항이 확대되어 가자 일제는 한 걸음을 물러나, 종래와 같은 무단정치로는 조선민족을 통치하기 어렵다는 결론을 내리고, 정책을 바꾸어, 『조선일보』와 『동아일보』의 간행을 허락하는 등, 언론 출판과 사회적 활동에 대한 규제를 어느 정도 완화하는 조치를 취했다. 『개벽開闢』, 『폐허廢墟』, 『조선문단朝鮮文壇』 등의 문예지가 발간되어 나오게 되자, 문학인들의 무대가 넓어져, 적잖은 시인과 소설가들이 배출되고, 진보적인 사상이 유입되자 문예활동의 판도가 다양해졌다.

그러나 그런 다소나마 여유 있는 시기는 그다지 오래가지 못하였다. 중국의 동북지방滿洲에 침공하여 만주제국이라는 괴뢰정부를 세워 놓고 본토로 침공해 들어가면서 탄압과 규제가 심해지더니 우리의 문학인들을 종군작가로 만들어 일본군의 승리와 용감성을 보도해 주는 역할을 하기도 했다.

어떤 원로작가는 젊은 학생들에게 학도병이 되어 전선으로 나가 일본의 천

황폐하를 위해 목숨을 바치자고 외쳤다가 뜻있는 사람들의 조롱 대상이 되기도 했었다.

지난해 일본의 후-바이샤風媒社에서 발간된『한 개의 별을 노래하자』김정훈 편역에 등장한 윤동주, 이육사, 이상화, 한용운, 심훈, 조명희 등 여섯 시인들의 시 세계에는, 나라 잃고 떠도는 에트랑제의 상실감과 참회 속의 분노라든가, 빼앗긴 국토의 해방에 대한 희망과 기다림으로 점철된 감정이 쏟아져 나오다가, 떠나버린 임을 의식 속에서 재생시키는, 오직 민족의 독립만을 염원하는 애틋함이 담겨 있는 시들이 발표되었다. 당대의 독자들에게 깊은 감명을 주면서 민족의식을 일깨워 주었지만 대륙에 대한 침략에 도취해 있던 일제의 탄압은 점차 강화되어 갔다.

1929년 광주와 나주에서 학생 독립운동을 기획하고 선두에서 주도했던 나주 출신의 박준채, 정우채, 이석성본명 이창신 등이 일경에게 붙들려 고문을 당하거나 옥중생활을 겪은 다음에 기록한 문학적 세계에서는 일상생활에서 가졌던 향토애와 사회적 관념 등이 간절한 민족애로 승화되었음을 느낄 수가 있었는데, 사라진 조국과 압박받는 민족애에 대한 슬픔과 안타까움은 민족의 독립에 대한 불타는 욕구가 되어 가슴 속에서 꺼지지 않은 횃불이 되었다.

그중에는 전통적인 국가관이나 민족의식을 넘어 새롭게 밀려 들어온 인터네이셔널한 사상의 세계도 적지 않았는데, 이태리의 말라테스타무정부주의의 세계적 지도자의 죽음을 애도한 이석성의 시는 인류의 평화와 인간에 대한 착취가 없는 세상의 실현을 위해서는 하찮은 목숨을 던져버려도 좋다는 자기희생적 정신을 표명한 도전적인 작품이다.

1945년, 태평양전쟁이 끝나고 해방이 되었을 때, 우리 민족은 너나없이 넘치는 감격과 간절한 희망 속에서 하루속히 좋은 정부를 세워 이제까지의 피해 의식과 압박감을 벗어던지고 모두가 행복하게 살아가게 될 날을 기대했다. 하지만 뜻밖에도 국토의 허리에는 38도선이 그어지고, 겨레는 남북으로 갈라져 각자의 정부를 세운다는 옹졸하고 이기적인 잔치판을 벌이고 있을 때, 전북의 한 시인 신석정은 「또다시 황혼」이라는 시를 쓰며 한탄하였다는데, 시각은 분명히 새벽이나 동쪽 하늘에는 저녁노을이 깔리고 있었다는 것이다. 역류하는 시간은 반드시 불행한 역사를 낳는 것이기에 거기에는 아침을 침노한 저녁노을 속에는 이미 6·25라는 동족상잔의 비극이 잠재해 있었던 것이다.

4·19에서 5·18, 6·29로 이어지는 민주화를 위한 투쟁의 과정에서 내세웠던 구호는 대부분 독재의 타도와 민주화의 실현이었지만, 거기에서 빼놓아서는 안 되는 중요한 구호는 남북으로 갈라진 조국의 통일이었다. 문병란 시인은 비록 젊은 시절 자연 속에서 뽑아낸 아름다운 서정시를 선보이고 출발했던 시인이었지만, 남북 상봉의 기쁨과 민족통일의 염원을 빼놓지 않고 계속해서 발표하였는데, 그중에서도 남북의 만남을 주제로 한 장시 「직녀에게」는 광주의 한 작곡가에 의해서 곡이 붙여진 후, 민족의 애창곡이 되어 날개를 달고 온 나라 방방곡곡을 날아다니다가 휴전선을 넘어 북녘으로 들어가 공감 실은 박수를 요란하게 받았다.

식민지 잔재로 남아 있는 경직된 교육을 거부하면서 구태를 벗어난 민족문학의 발전을 위해서 평생을 바쳤던 송기숙 선생의 삶은 빛나는 사표로서 남도인들의 가슴 속에 살아남아 지워지지 않을 것이고, 무등산의 포효로써 세계를 향해 광주시민들의 불타는 심정을 뿜어냈던 김준태 시인의 시와 더불어 뒤를 잇는 젊은 시인들의 활동은 세월과 더불어 눈에 띄지 않게 휴전선을 가로막고 있는 분단의 장벽을 녹여내리게 될 것으로 믿어 마지않는다.

이번의 문학적 행사를 진행하는데 있어서 일본의 여러 선생님들과 북쪽을 비롯한 세계 각지의 동포들과의 동행은 더할 수 없는 기쁨이요, 행운이거니와 오늘과 같은 민족의 시련 속에서 우리가 나아가야 할 길을 찾느라 고심하고 계시는 민족의 지성 백낙청 선생님과의 동행은 더 없는 기쁨이기에 머리 숙여 감사를 올리는 바이다.

리명한(문병란시인기념사업회 회장·소설가)

제1부

민주화와 통일을 위한 저항의 외침

문병란과 마쓰다 도키코의 시편에 나타나는 저항성 비교 고찰

김정훈(전남과학대학교 교수)

1. 들어가며

　문병란1934~2015은 그의 시「직녀에게」등을 통해서 국내는 물론 일본에도 민족통일을 노래한 시인으로 알려져 있다.『문병란 시집 직녀에게·1980년 5월 광주』의 일본어판이 후바이사風媒社를 통해 간행된 것은 2017년 10월이다. 일본 독자도「직녀에게」를 비롯한 문병란의 시편들을 접할 수 있게 되었다.

　간략하게나마 일본 내 문병란의 수용양상을 살펴보자. 일찍이 재일작가 김학영1938~1985은 문병란의 문단 데뷔작인「가로수」1959의 "향수는 끝나고 그리하여 우리들은"이라는 시구를 자신의 중편소설 제목으로 채택해 1983년 신초사新潮社에서 출간한 바 있다. 김학영은 그 소설을 문병란에게 증정하기 위해 쓴 서간 속에서 '문병란 여사'라고 호칭했다는 일화가 있다.[1]

2013년에는 문병란의 시 「식민지의 국어시간」을 형상화한 연극이 일본에서 무대에 올려지기도 했다.[2] 「식민지의 국어시간」은 시인이 일제강점기 모국어와 전통문화를 빼앗긴 조선인의 애환, 해방 후 영어에 지배당하는 현실에 대한 비애감을 비판적 시점에서 한탄조로 묘사한 시이다. 한편 연극은 제국주의 교육을 강요하던 경성의 어느 초등학교에서 조선인 교사가 일본어를 학생들에게 '국어'로 가르치며 겪는 모순과 갈등에 초점을 맞춰 연출한 것이다.

하지만 연극 〈국어의 시간〉이 시인의 「식민지의 국어시간」을 토대로 한 것임이 극작가인 오리 교시小里淸의 언급에 의해 구체적으로 밝혀졌다.[3] 그는 문병란의 「식민지의 국어시간」을 접하고 감동해 3년에 걸쳐서 희곡을 완성했다. 오리는 직접 다음과 같이 언급한 바 있다.

언어를 가르치는 일은 동화同化와 연결된다는 것을 실감했다. 동화의 배면은 차별이기도 하다. 차별과 동화의 문제를 새롭게 물음으로써 일본과 한국의 미래를 생각하고 싶었다. 국적과 이데올로기를 초월한 인간의 본연의 자세를 보여주고 싶었다.[4]

오리 극작가는 「식민지의 국어시간」을 읽고 '차별과 동화의 문제'를 극복해야 할 과제로 인식하고, 연극을 통해 시공과 이데올로기를 초월해 인간이 추구해야 할 본연의 자세가 무엇인지를 묻고, 일본의 가해적 역사에 대해 성찰하는 모습을 보인 것이다.

「식민지의 국어시간」과 탈식민주의를 염두에 둘 때 떠오르는 일본 시인은

---

1   『문병란 한·일 동시 출간기념 선집, 직녀에게 1980년 5월 광주』, 일월서각, 2017, 179쪽 참고.
2   2013년 2월 도쿄의 고엔지(高円寺)에서 문병란 시인의 작품 「식민지의 국어시간」을 각본화한 연극이 '국어의 시간'이라는 제목으로 여러 차례 상연된 바 있다(『도요게자이일보』, 2013년 2월 15일 자 참조).
3   『도요게자이일보』, 2013년 2월 15일 자.
4   오리 교시, 「한국문화 동화와 차별을 묻는다」, 『도요게자이일보』, 2013년 2월 15일 자.

마쓰다 도키코松田解子, 1905~2004이다. 마쓰다 도키코는 문병란 시인이 「식민지의 국어시간」에서 목소리를 드높인 미·일 제국주의 극복을 위해 평생 진력했음은 물론, 일본 작가로서 진심으로 일본의 조선 식민지 지배에 대해 회개하고 반성하는 모습을 보였다. 또한 국적과 이데올로기를 초월해 휴머니즘 짙은 시선을 식민지 조선인에게 쏟았거니와 그러한 시선을 시편에 투영시키고 직접 실천 운동에 매진하기도 했다.[5]

그러고 보면 문병란 시인도 마쓰다 도키코의 그 활동을 평가하고 그녀의 회고문에 대해서 "마쓰다 도키코의 정성과 용기에 의해 (쓰여진) 보고문학 형태의 생생한 증언록"이라고 서술한 적이 있다.[6] 마쓰다 도키코의 본격적인 시집이 국내에 소개되기 전의 문병란의 마쓰다에 대한 언급이지만 적확한 것이었다고 생각한다.

우선 문병란과 마쓰다 도키코의 비교 고찰의 전제로 문병란의 민족문학과 마쓰다 도키코의 일본 프롤레타리아문학이 지향하는 이데올로기의 다름을 언급해두고자 한다.

즉 문병란은 암울한 시대 현실을 직시, 민족·민중 주체성 회복을 위한 실천 운동과 문학 활동을 추구했고 이에 반해 마쓰다 도키코는 프롤레타리아 계층을 대변하기 위한 노동운동을 전개하며 작품창작에 열정을 쏟았다.

따라서 저항의 주체세력도 문병란에게는 식민지기의 피지배 민족, 군부독재 시절의 억압받는 시민이었고, 마쓰다 도키코에게는 노동자·농민과 같은 프롤레타리아 계급이었다.

---

5 마쓰다 도키코가 일본제국주의 극복을 위해 투쟁, 일본의 가해적 역사에 대해 일본인으로서 진심으로 성찰한 모습을 보였거니와 조선인·중국인 노동자에게 각별한 시선을 보내며 재일조선인과 함께 그들의 지원활동에 매진한 사실은 그가 쓴 르포소설『땅밑의 사람들』(범우사, 2011)이나, 최근 출간된『마쓰다 도키코 시집 조선 처녀의 춤』(범우사, 2021)을 통해서도 잘 파악할 수 있다.
6 문병란, 「추천의 글」, 마쓰다 도키코, 『하나오카 사건 회고문』, 소명출판, 2015, 5쪽.

그런 차이의 수용하에서 문병란과 마쓰다 도키코의 시편을 비교 고찰의 대상으로 삼는 것은, 국경과 시공을 넘어 문학 연구의 대상·방법의 다양화를 추구하는 현실에서 문학 연구의 확장성 도모 및 생산적 의미망 구축이 가능하고 진보적 방향을 타진하는 데 두 사람의 비교 고찰이 유효한 예가 될 것이라 믿기 때문이다.

또한 무엇보다 각자가 대변하는 민중 의식은 달랐지만, 두 사람이 그들을 대변해 목소리를 드높이고 민주화를 향한 열정을 쏟았으며 참여적 문필활동을 병행했다는 것, 나아가 권력의 탄압에 직면해서도 투쟁의 의지를 굽히지 않았다는 것 등 활동 전개 과정에서 유사점이 발견되기 때문이다.

본 연구에서는 이러한 논지 하에 문병란의 일본 인식과 마쓰다 도키코의 조선 인식을 각자의 관련 시편을 통해 분석, 대조해보고 시대적 배경과 토양은 다르지만, 두 시인이 제국주의 극복과 내부 성찰을 지향한 시점을 확인함과 동시에 그 시점이 연대와 휴머니즘으로 나아간 근거를 제시하고, 거기에서 공통분모를 추출하려 한다. 나아가 국가권력이 시집 판금 조치를 강행한 폭거에 대해 두 사람이 어떻게 저항했는지를 비교해 살펴보고 그 의의에 대해서도 논해보겠다.

2. 문병란의 일본 인식

문병란에게는 『동소산의 머슴새』일월서각, 1984라는 시집이 있다. 국운이 쇠퇴하던 1908년 전라남도 보성의 동소산에서 일본제국주의에 맞서 의병운동을 일으켜 지대한 활약을 하다가 1911년 일본군에게 체포되어 순국한 의병장 안규홍1879~1911의 일대기를 서사시로 표현한 시집이다. 구한말 일본제국주의 침략에 분기하여 구국운동에 나선 의병장의 생애와 그의 혁혁한 공로를 작품화한 것이다.

그렇게 일본의 침략주의에 분노하며 투철한 민족의식으로 주체성 수호에 앞장선 인물을 시편을 통해 주목하고 항일운동을 조명한 바 있는데, 문병란의 일본 관련 시편은 일본제국주의의 행태에 대한 비판과 내부 성찰을 동반하고 있다고 봐도 과언은 아닐 것이다.

1987년 간행된 문병란 저항시집 『못다 핀 그날의 꽃들이여』도서출판 동아에는 일본 관련 시 「현해탄의 파도에 띄우는 노래」가 실려 있다.

현해탄의 파도에 띄우는 노래

가장 가깝고도 먼 나라 일본
개항 100년의 피어린 역사 위에
현해탄의 파도는
지금도 거세게 출렁이고 있다.

부끄러운 그날의 식민사를 열면
일장기 밑으로 가라 외친
친일 문인 보국대 선배 시인도 있었고
여성에게도 애국할 기회 운운하며
정신대 권유한 여성 지도자도 있었고
가미가제, 진주만의 구군신 찬양하며
천황을 위해 죽으라 외친
얼 빠진 소설가, 시인, 학자, 매판 재벌,
무수한 변절자 우글거렸다.

먹칠당한 40년, 아니 그보다 100년

제국주의 마수는 상기도 민족의 목을 조이며

분단의 아픔, 너와 나의 갈라진 38선 위에서

조국은 아직도 피 흘리는 속죄양인데,

그날의 얼룩진 역사의 페이지 위에

오늘 우리는 새로운 선을 긋는다.

보라!

그날의 친일 망령 다시 설치고

이 땅은 새로운 싸움터

미·소·중·일

검은 이빨

조국의 목을 물어 뜯으며

다시 으르렁거리는구나.

    문병란에게 일본은 지리적으로 이웃나라이지만 우리에게 불행한 역사를 안겨준 그야말로 심리적으로 먼 나라이다. 지금도 '거세게 출렁이'는 '현해탄 파도'라는 묘사는 두 나라 사이에 여러 현안이 존재하고 있으며, 역사문제의 논쟁이 끊임없이 이어지는 현실임을 암시하는 은유적 표현으로 읽힌다.

    남북 분단이 일본제국주의의 조선 식민지화가 부른 외세의 개입으로 초래된 비극이라는 인식하에 과거의 역사를 회개하기는커녕 때때로 제국주의 시대를 상기시키는 일본 보수층의 '마수'를 경계하는 시선이 역력함을 느낄 수 있다. 그가 "침략사 왜곡시비로 우리와는 그동안 위장된 선린관계의 복잡한 마각이 드러나고 있으며, 이제는 감상적 증오가 아닌 체계적이고 과학적인 연구를 통하여 주체적인 재인식이 필요하다"⁷고 주장한 이유이기도 하다.

일본의 잡지에 실린 「일본」⁸이라는 시를 통해서도 문병란은 일본의 침략주의와 이중적 태도를 일본 독자를 대상으로 통렬히 비판한 바 있다. "일본 국민의 근면과 정직성이 / 남의 나라 국경을 넘어오면 / 침략이 되고 전쟁이 됨을 / 우리는 똑똑히 보아 왔다"고 거침없는 언변을 토해냈던 것이다. 하지만 문병란의 일본 인식은 거기에 그치지 않는다.

일본제국주의를 극복하지 못한 채 조선이 식민지로 전락한 상황에 비판의 잣대를 들이대며 내부 성찰에도 열을 올린다. '부끄러운 그날의 식민사', '친일 문인', '정신대 권유', '무수한 변절자'는 우리 내부의 '친일 망령'에 메스를 가하는 날카로운 지적이다.

그런데도 아직도 한반도가 강대국의 각축장이 되고 있어서 민족 주체성 회복이 요원하게만 느껴지는 만큼 문병란 시인은 '새로운 출발'과 각성을 위해 '싸움의 노래', '대결의 노래'를 부르자고 외치는 것이다. 잊어서는 안 되는 역사이기에, 다시 반복해서는 안 되는 역사이기에 되새김하며 미래를 향해 나아가자는 선언을 한 셈이다. 이곳에 문병란의 역사적 성찰과 기본적인 일본 인식이 배어 있음을 확인할 수 있다.

이러한 문병란의 일본 인식이 종극에는 일본 양심 세력과의 연대의 방향으로 나아가기에 주목하지 않을 수 없다. 일본제국주의 극복과 탈식민주의적 주체성 추구의 언설을 넘어서 국경과 이념을 초월한 연대와 화합의 언설로 이어지는 것이다.

---

7 문병란, 『민족문학강좌』, 남풍출판사, 1991, 167쪽.
8 도쿄의 가와데쇼보신샤(河出書房新社) 발행 계간지 『문예』(1988년 여름호) 특집란 「한국인 문학자의 일본」에 게재.

가장 가깝고도 먼 나라 일본

　　－근로정신대 손해배상청구소송 소장 한국어판 간행에 부치는 기념시

조오련 수영 선수가

헤엄쳐 건넜던 현해탄

그 역사의 바다를 사이에 두고

한국과 일본은

수세기 동안

원한과 은원의 세월을 울어야 했다.

400년 전

도요토미 히데요시

풍신수길의 야망을 싣고 왔던

그 임진년 침략의 뱃길에서

끌려간 도공의 눈물이 흘렀고

짓밟힌 환향녀의 통곡이 사무쳤고

끌려간 근로정신대 종군위안부

그 통곡이 메아리쳐

현해탄의 파도는 드높이 울었다.

통곡의 바다

회한의 바다

피와 눈물의 바다

오늘 그 바다 위로

사랑과 사죄의 참회를 싣고 오는

인간 평화 사절단

우치카와 변호사

다카하시 선생

원한을 넘어

오늘 마침내 우리와 손을 잡는다.

사람은

천부의 그 인권으로

오로지 평등하고 아름다운 것

국경을 넘어 이념을 넘어

서로 껴안으면

뜨거운 피 벽을 무느고

원수의 가슴에도

얼음 녹 듯 인정은 꽃 피어 난다.

내 아들 딸 아끼듯

남의 자식 돌보고

내 동족 사랑하듯

남의 동포 도울 때

전쟁은 저만큼 물러나고

사랑은 평화를 싣고

평화는 행복을 싣고 찾아온다.

이 시는 「조선여자근로정신대원에 대한 손해배상청구사건(나고야) 1차 소장」이 2000년 한글로 번역, 출판되었을 당시 출판기념회에 맞추어 문병란 시인이 주최 측에 보낸 작품이다.[9]

이렇듯 시인이 일제강점기의 징용피해자(근로정신대 할머니들)에게 관심을 보이며 그들을 지원하는 일본의 양심적 시민단체에서 활약하는 분들의 이름을 열거하며 그들을 성원하고 연대의 목소리를 드높였다는 것을 확인할 수 있다.

문병란은 이 기념시와 함께 『내 생에 이 한을』의 서평도 직접 작성해 일본 군국주의의 강압적 행태를 지적하고 연대의 의미를 강조했다.[10] 그는 서평에서 "군국주의자들이 전쟁을 빙자하여 인권을 유린하고 노동력을 착취한 사실, 더구나 소학교 학생들을 속여서 군수공장의 여공으로 부리어 쓴 것은 인륜에도 어긋난다"고 보았다. 그리고 "일본의 양심세력이 앞장서고 후원하여 결자해지結者解之의 용기와 지혜를 기울인다는 의미"를 부여했던 것이다.

문병란에게 일본의 양심(민중) 세력과의 연대는 과연 무엇을 의미할까? 기념시 속에서도 역설하고 있지만, 그것은 오로지 국경과 이념을 초월한, 인류 보편적인 휴머니즘 추구임이 분명하다. 일본의 양심적 시민단체가 선두에 서서 근로정신대 할머니들을 지원해왔으니 문시인이 그들에게 연대의 손길을 내밀며 찬사의 박수를 보낸 것은 당연한 일이었을 터인데. 그 근본에는 "내 아들 딸 아끼듯 / 남의 자식 돌보고 / 내 동족 사랑하듯 / 남의 동포 도울 / 인간애 정신이 뿌리를 내리고 있는 것"이다. 문병란은 '평등하고 아름다운 것'을 얻기 위해 가해자와 피해자가 '서로 껴안으면(서)' 화해하는 장면이 펼쳐지기를 기대했음

---

9 근로정신대 할머니들은 1999년 3월 일본 정부와 미쓰비시중공업을 상대로 나고야지방재판소에 손해배상 소송을 제기했다. 그리고 1년 뒤 '한국태평양전쟁희생자 광주유족회 후원회'에서는 나고야지방재판소에 제기한 소송 소장을 한국어판으로 번역해 『내 생에 이 한을』(2003.3)을 출판한 바 있다. 문병란 시인이 그 출판기념회(3월 25일)에 맞추어 그곳에 보낸 기념시이다.
10 나고야지방재판소 소송 소장 한글 번역판 『내 생에 이 한을』의 서평을 「일제하 근로정신대 피해배상 청구소송 소장」이라는 제목으로 발표했다.

에 틀림없다.

이와 같은 일본의 양심 세력과의 연대와 휴머니즘을 부르짖는 문병란의 목소리는 일본의 양심적 작가에 대한 언급에서도 명징하게 드러난다. 마쓰다 도키코의 증언록을 접하고 "참회록에 비견할 만한 귀한 반성"으로 수용했음은 물론 "'하나오카 사건'의 저술에서 일본의 미래를 기대할 수도 있을 것이다"[11]고 내다보았기 때문이다.

문병란이 언급한 마쓰다 도키코 또한 일본 내지에서 문병란이 인식한 일본 제국주의 극복과 내부 성찰을 위해 진력하고, 국경과 이념을 초월한 연대와 휴머니즘을 문필활동과 실천 운동을 통해 추구한 시인이자 소설가이다. 문병란의 일본 인식에 투영된 형상화의 개념이 마쓰다 도키코의 조선 인식에서는 어떻게 나타나는지, 살펴보기로 하자.

3. 마쓰다 도키코의 조선 인식

마쓰다 도키코의 조선 인식은 1926년 만난 조선인과의 체험을 회상하며 집필한 「외국인과 관련한 수상隨想」이라는 교류 체험기에 잘 드러나 있다.[12]

난 조선적인 특수함의 좋은 점은 어디까지나 지켜져야 된다고 생각한다. 예컨대 최승희의 무용도 조선적인 것을 순수하고 고고하게 지키려고 하는 점에서 감명 깊었다는 것을 나는 다수의 관중의 한사람으로서 고백한다. 일전에 신협新協극단이 완

---

11 마쓰다 도키코, 『하나오카 사건 회고문』, 소명출판, 2015, 5~6쪽.
12 박영생이라는 조선인과의 체험기 「외국인과 관련한 수상」은 1938년 『월간 러시아』 9월호에 게재되었다.

성한 춘향전도 (…중략…) 조선을 고국으로 품고 생사를 같이해온 선조들의 심정이
어땠는지 통절하게 호소한 것이라고 나는 느꼈다.

조선을 상대적 타자로 인식, 조선 전통문화에 대해 이해를 표시하고 지배와
피지배의 이데올로기에서 벗어나 글로벌리즘을 지향하는 그녀의 탈식민주의
적 시야를 엿볼 수 있다. 그녀는 조선 전통문화의 '조선적인 특수함'을 인정하
고 감명을 표함은 물론, 조선인이 대대로 이어온 가치가 어떤 것인지를 숙지하
고 있다.

「외국인과 관련한 수상」은 "마쓰다의 조선관과 조선인상의 원점을 파악할
수 있는 가장 실질적인 자료"[13]이다. 이러한 조선 인식을 토대로 마쓰다 도키
코는 1930년 전후 치안유지법 등으로 일본 권력의 문화통제가 강화되는 상황
에서 조선, 조선인 관련 주제를 설정해 에세이, 르포, 소설 등 장르를 불문하고
조선 관련 작품을 집필했다.

1931년 도쿄의 행정 권력이 조선인 마을을 철거하려는 상황에서 생존권을
수호하기 위해 시위에 참여하는 조선인의 모습과 심리를 정치하게 묘사한 단편
소설 「행진도」, 1932년 일본 엄마들과 조선인 부인들이 거리에서 '쌀 내놔라
운동'을 펼치면서 손을 맞잡고 투쟁하는 기억을 되살린 「데모행진」[14]의 집필이
그 예이다. 1933년에는 르포 「1933년의 봄」[15]을 통해 일본제국주의 추종자 박
춘금과 일본의 자본 권력이 내통해 조선인시장 상인들을 학대한 현실을 고발했다.

이러한 작품들이 「외국인과 관련한 수상」에 나타난 마쓰다의 조선 인식에

---

13 「한국에서 바라본 마쓰다 도키코」, 『광주매일신문』, 2019년 12월 20일 자.
14 이 체험기 「데모행진」을 마쓰다는 1974년 7월 29일 『신문 아카하타』의 「수상(隨想)」이라는 지
   면란에 공개했다.
15 『문학신문』 26호(1933년 1월 15일 자)에 발표되었고, 마쓰다 도키코의 르포집 『마쓰다 도키코
   자선집 8권 되찾은 눈동자』(사와다출판, 2008)에도 게재되었다.

근거해 쓰인 것임은 재론할 나위가 없다. 해방 후에도 조선인들과 함께 조선인, 중국인 징용피해자 진상규명에 헌신했음은 물론, 조선인 김일수의 안내로 하나오카 사건 현장 조사에 나서는 등 일본제국주의 만행을 고발하고 조선인, 중국인 피해자의 명예 회복 운동에 앞장선 사실은 알려져 있다.[16]

마쓰다 도키코의 이러한 활동의 지향점은 어디에 있을까? 과거의 과오를 반복하지 않기 위한 진지한 내부 성찰과 실천 활동에 있었다. 해방 후에도 그녀가 관여한 나나쓰다테 사건,[17] 그 사건이 토대가 되어 발발한 하나오카 사건[18]을 염두에 두고 마쓰다는 "그것은 안으로는 자국의 노동자 계급과 국민에게 고통을 주었고 밖으로는 노골적으로 아시아 사람들에 대한 살육과 국토 침략을 확대했다"[19]라고 서술한 바 있다.

"조선인 노동자나 중국인 포로가 동승한 형태로 동시에 고통을 겪는 고뇌의 종점에서 서로 깨달은 적은 과연 누구였던가"[20]라는 그녀의 물음은 회개 없이는 불가능한 것이다. "지상地上이 ─ 일본의 지상이 제국주의 전범에 의해 좌우되는 한, 더욱이 그것을 우리 일본 국민이 용납하는 한, 일본열도는 영원히 지옥이라는 사실"[21]을 통렬히 자각한 배경도 다르지 않다.

그럼 마쓰다 도키코의 조선 관련 시편을 통해 그러한 시점이 어떻게 드러나는지를 점검해보자.

---

16 마쓰다 도키코, 『하나오카 사건 회고문』(소명출판, 2015) 등 참조.
17 태평양전쟁 말기인 1944년 5월 29일 현 하나오카 지역(현 오다테시) 하나오카 광산의 나나쓰다테 갱도 함몰 사고를 당한 조선인 노동자 11명과 일본인 노동자 11명이 생매장된 사건.
18 나나쓰다테 사건 후인 1944년 7월부터 전범 기업 가시마구미 건설이 하나오카강 수로 변경공사 등을 위해 세 차례에 걸쳐 986명의 중국인 포로를 그곳에 투입, 중국인 포로들은 군과 가시마구미 건설이 가하는 가혹한 린치와 학대를 견디지 못해 봉기하지만 1945년 6월 전원 체포되어 다수 학살당한 인원을 포함, 전후 과정에서 419명이 희생된 사건.
19 마쓰다 도키코, 『하나오카 사건 회고문』, 소명출판, 2015, 75쪽.
20 마쓰다 도키코, 「민족·전쟁·역사」, 『문학신문』, 1972년 7월 15일 자.
21 마쓰다 도키코, 「하나오카 광산을 찾아서」, 『마쓰다 도키코 자선집 6권 땅밑의 사람들』, 사와다 출판, 2004, 320쪽.

8월의 염천炎天에

8월의 염천에

우리도 당신(조선인)들도 땀에 흠뻑 젖었소.

다가올 나날에 대비해 우리는 당신들을 돌아보았소.

어떻든 우리는 역할을 수행하고 싶소

일본 4천만 표의 서명

이를 무기로, 또한 이를 증거로 조선에,

그리고 세계와 일본에

평화를 정착시키고 싶소.

그 4천만 표에 한 표라도 더 보태고 싶소

"일본 국민 우리는 평화를 원하고 있다오"

"일본 국민 우리는 일본에서 조선인에 대한 살육폭탄을 실은 비행기를 띄우고 싶지 않소. 일본 국민 우리 몸속에도 세계의 모든 이와 마찬가지로 붉은 피가 흐르고 있소"

"이 순간 일본 국민 우리들 중 한 사람이라도 조선의 친구를 죽이는 무기를 만들지 않도록… 이 순간 일본의 하늘에서 일본의 땅에서 살육폭탄을 실은 비행기가 한 대라도 날개를 펼치지 않도록…"(…중략…)

우리의 서명판 위에

그대들의 한 글자 한 글자

그대들의 평화에 대한 의지

그대들 조선인에 대한 사랑의 증표가 쌓인

열, 스물, 삼십, 오십, 백……

그 순간 우리의 동료들

한 사람 한 사람이 맡은 서명판에도

일찍부터 그게 쌓여 있었소.

그것은 어제의 일이며 오늘의 일

그리고 내일의 일……

증표가 증명될 것인지 아닌지

이 8월의 염천 하에

우리는 그대들 속으로

우리는 그대들 속으로.

－1951년

시인이 1951년 8월의 일기에 쓴 시이다. 마쓰다가 반전 평화의 슬로건을 내걸고 재일조선인들과 함께 거리로 나가서 서명운동을 벌이는 장면이 연상된다. 그녀는 외세의 개입에 의한 이데올로기 대립으로 조선에서 전쟁이 발발해 같은 민족끼리 총을 겨누고 살상을 하는 현실을 방관할 수 없어 양심적 일본인들과 함께 평화의 목소리를 드높인다.

일본인 동료와 재일조선인의 '평화에 대한 의지'를 보여주는 서명 용지가 불어날수록 연대의 움직임이 확장될 것임을 확신하면서 '우리는 그대들 속으로'라고 외치는 곳에서 조선인을 향한 동정과 배려의 농도가 어느 정도인지를 가늠할 수 있다. '우리는 그대들 속으로'라는 시어야말로 평화를 추구하는 일본인과 조선인이 혼연일체가 되는 모습을 암시하는, 가장 *끈끈한* 연대를 상징하는 수사임이 분명하기 때문이다.

나아가 그곳에 국경과 민족을 초월한 마쓰다의 휴머니즘 정신이 엿보이기에 주시하지 않을 수 없다. 마쓰다의 휴머니즘 정신은 어디에서 파생된 것일까? 이는 도대체 어째서 마쓰다가 조선인을 일본인과 구분하지 않고 동등하게 보았는지에 대해 해답을 구하는 물음이기도 해서, 간과할 수 없는 부분이다.

마쓰다는 가난한 광산 출신으로 중노동에 시달리는 노동자의 일상을 접하면서 성장했다. 그러므로 평소 노동자의 인권회복과 처우개선에 남다른 관심을 보였고 배려의 마음으로 그들을 대했다. 특히 어머니에게서 물려받은 인간애 정신과 온화한 성정이 몸에 배어, 무산계급의 권익 향상을 위한 열정으로 드러나 그게 문필활동 및 노동운동으로 전개된 점을 지적하고 싶다. 그의 프롤레타리아 계급의식이 유달리 인간 차별 타파와 탈식민주의를 추구하는 쪽으로 펼쳐져, 특히 조선인과 동지적 관계를 유지하는 특징을 보이는 이유일 것이다.

조선 처녀의 춤

작두콩 모양의 소매에서 처녀의 양손이 흘러나와 춤을 춘다
투명한 옥색과 보랏빛 치마의 옷자락에서
고무신 앞코가 엿보다가 춤을 춘다.

춤을 춘다 조선 처녀의 온몸이 춤을 춘다
이 나라에서 아침 맞는 기쁨 해질녘의 괴로움
헤어진 사람을 향한 그리움
얄미운 적에 대한 증오로 조선 처녀의 온몸이 춤을 춘다.

생활 보호자 대회에서도
혁명 기념일 집회에서도
평화의 집회에서도

작두콩 소매의 조선 처녀가 어깨를 들썩인다
춤을 추는 처녀의 온몸에서 증오는 흔들리고
괴로움이 흘러 녹아 그리움으로 가득 찬다.

아아! 좋은 민족이여! 좋은 나라 조선이여!
작두콩 모양의 소매에서, 투명한 치마의 옷자락에서
처녀의 손발이 춤을 춘다 일본인인 나는 눈물을 흘린다
너무 아름다워서 그대들의 나라는 갈라졌나
그러면 일본은 너무 아름다워서 불행한가.

그대들의 온몸이 춤을 춘다
괴로움 백배, 용기 천배
가장 원시적 알몸 때부터 그대 조선과 일본 동포는 하나다.
—1955년

일찍이 이 시 「조선 처녀의 춤」[22]에 대해 재일문예평론가 변재수는 "이 시는 경쾌한 리듬과 함께 조선, 일본의 진정한 우호 친선의 정이 넘치는 절창이다. 시행에 배어 있는 애정과 분노와 증오가 혼연일체가 되어 있으며 그게 정치적

---

22 마쓰다 도키코가 1954년 10월 도쿄도 생활보호자 대회에 참가해 목격한 조선 처녀의 춤에 대한 감상을 형상화해 1955년 『생활통신』 19호(1월 1일)에 게재한 작품이다.

서정성을 빚어내고 있다. '가장 밑바닥의 풀뿌리' 교류가 조선과 일본의 두 민족에게 중요하다는 것을 시인은 조선무용의 아름다움을 통해 표현하고 있다"[23]고 밝힌 바 있다.

조선과 조선인에 우호적 시선을 쏟아온 마쓰다의 조선 인식이 이 시를 통해 평화와 인간애 정신으로 극대화되어 정점에 달한 느낌이다. 조선 처녀의 아름다운 춤사위에 감동하여 흘리는 눈물과 "조선과 일본 동포는 하나"라는 묘사에서 휴머니즘의 극치를 맛볼 수 있을 정도이다.

간과할 수 없는 것은 마쓰다가 "너무 아름다워서 그대들의 나라는 갈라졌나 / 그러면 일본은 너무 아름다워서 불행한가"라고 노래하며 남북 분단에 대해 아쉬움을 나타내는 점이다. 이는 조선과 일본의 선린에 역점을 두면서도 마쓰다가 일관되게 보여왔던, 일본은 식민주의의 가해 당사자이기에 불행하고, 분단에 대한 책임에서도 자유롭지 못함을 의식한 역설적 표현이다. 이러한 경향이 그녀의 조선 관련 시 「조선 휴전」이나 「호송차에서」도 엿보이므로 주시할 필요가 있다.

일본에 분단의 책임이 있다고 인식한 만큼 마쓰다는 남북조선의 평화와 통일을 열망했다. 그 목소리는 예컨대 「호송차에서」의 "조선에 소생해야 할 평화", 「조선 휴전」의 "당신들 자신과 조국 / 그건 당신들에게 하나였어요"라는 구절 등에 잘 드러나 있다.

4. 판금 조치에 대한 대응 양상 비교

문병란과 마쓰다 도키코는 부당한 지배권력에 항거하는 저항시를 집필하고 그런 시편을 묶은 시집을 간행한 뒤 판금 조치를 당한 적이 있다. 문병란의 경

---

23 『조선신보』, 2009년 3월 23일 자.

우는 1979년과 1981년 박정희, 전두환 군부독재 정권의 탄압이고, 마쓰다의 경우는 일제강점기인 1935년 일본제국주의 정권＝오카다 게스케岡田啓介 정권의 탄압이기에 시대적 상황은 상이하다.

하지만 두 시인이 투철한 신념과 올곧은 의지를 보이며 불의한 권력에 맞서 시 창작 활동을 통해 치열한 투쟁을 벌이다가 시집 판금 조치를 당했으면서도 이에 굴하지 않고 대응했다는 점에서 두 사람의 대응 양상을 비교해 논할 수 있을 것이다.

문병란 시인이 시집 『죽순밭에서』를 인학사仁學社에서 출간한 것은 1977년이다. 2년 뒤인 1979년에는 한마당출판사를 통해 재판을 출간하는데, 당시 문화 통제를 가하며 검열을 강화하던 문공부에 의해 판금 조치를 당했다.[24] 더구나 1980년 시집 『벼들의 속삭임』이 계엄사에 의해 압수, 불온서적으로 낙인이 찍혔으며, 1981년 『땅의 연가』도 판금을 당하는 등 숱한 탄압을 받았다.

79년 도서잡지윤리위원회의 건의로 문공부가 결정적으로 문제로 삼은 시는 『죽순밭에서』에 실린 「일본인日本人」과 「시법詩法」이었다.

일본인日本人

나는 무턱대고 일본인을 욕할 수 없다.
서귀포西歸浦에 와서
우리 누이를 덮친 쪽바리 새끼를
나는 무턱대고 개새끼라고 욕할 수 없다.

24　허형만·김종 편, 『문병란 시 연구』, 시와사람사, 2002, 464~483쪽에는 「시집 『竹筍밭에서』 판금(販禁) 파문」이라는 제목하에 문병란 시인이 판금 조치를 당한 경위, 문공위에 장문의 항의서를 제출하여 항거한 내용이 잘 소개되어 있다.

고급 관광호텔에 자면서

가난한 한국韓國 여자에게 성은聖恩을 베푼

아라이상 에라이상

크리스마스 주말 휴가를 한국韓國에서 보낸

그 갸륵한 선린 정신을 나무랄 수 없다.

소련 사람보다 낮고

중국中國 사람보다 낮고

이북以北 공산당보다 낮다는

나의 친구녀석의 말을

젊은 국사 선생의 말씀을

나는 덮어놓고 나무랄 수는 없다.

관광수입이 얼만데

제주도 관광개발을

누드촌 설립을 나무랄 수만은 없다.

게다 소리를 미워하고

사루마다를 비웃고

히노마루로 감히 밑싸개를 할까보냐

일본 방위청 장관의 걱정은 지당한 것이다.

한반도의 평화를 원하는

방위청 차관의 걱정은 지당한 것이다.

미군 철수를 걱정하는

미끼 수상의 말씀은 지당한 것이다.

차관이 얼만데
마산만의 달빛 속에 서서
내 고향 남쪽바다 그 푸른 바다가 대수인가
해방 30년 일편단심 반공인데
30년 묵은 역사 왈가왈부 대수인가.

잘못이다.
묵은 역사책이나 뒤적이며
안중근이다 유관순이다 떠드는 것은
구식이다 잘못이다.

구식이고 말고
최면암 선생 항일시나 읽으며
안중근 의사 항일시나 읽으며
36년 찾고 제국주의 찾고
지금이 어느 때라고

　누가 보더라도 이 시가 풍자적, 역설적 표현과 반어법을 구사하여 제국주의 일본의 영향력에서 벗어나지 못한 현실에 대한 개탄과 한국 정부의 사대주의 정책에 대한 비판을 노골화하고, 반공 이데올로기를 앞세운 미국 제국주의의 동아시아 헤게모니 장악과 이를 따르는 일본 정부의 미국 추종주의에 우려를 표시하며 민족 주체성 회복과 역사의식 고양을 목적으로 성찰의 목소리를 드높인 작품임을 알 수 있다.

하지만 박정희 군부독재하의 도서잡지윤리위는 "관광수입이 얼만데 / 제주도 관광개발을 / 누드촌 설립을 나무랄 수만은 없다. / 게다 소리를 미워하고 / 사루마다를 비웃고 / 히노마루로 감히 밑싸개를 할까보냐", "묵은 역사책이나 뒤적이며 / 안중근이다 유관순이다 떠드는 것은 / 구식이다 잘못이다"라는 두 구절을 문제 삼았다. 우방 일본의 일장기를 부당하게 모독했고, 일부 독자에게 그릇된 역사관을 심어줄 우려 때문에 「일본인日本人」, 그리고 황진이의 외설스러운 자태를 묘사한 「시법詩法」을 게재한 『죽순밭에서』를 규제키로 했다는 것이다.[25]

그러나 위의 첫 구절이 국민 정서와는 반대로 오로지 엔화 벌이에 혈안이 되어 일본인이 기생관광을 일삼는데도 일본 관광객 유치를 위해 제주도 관광개발에 열을 올리는 군부독재 정권의 강압정책과 모순투성이의 현실을 한탄하는 표현임은 자명하다. 또한 다음 구절이 그런 까닭에 안중근 의사와 유관순 열사의 투철한 민족정신을 본보기로 삼아 역사교육의 중요성을 역설한 것임은 시를 접한 독자라면 금방 이해할 수 있으리라.

결국 박정희 군사정권과 지배층의 매판자본 형성을 비판하고 사대주의 정책에 반기를 든 민족시인에게 탄압의 칼날을 들이댄 것이다. 문병란은 독재 권력의 하수인인 도서잡지윤리위의 결열에 의해 시집 판금 조치를 당하자 문공부에 25페이지의 항의서를 제출하며 항거했다.

「일본인日本人」의 전개가 전반적으로 '역설적 기법'으로 이루어진 것임을 강조, "국가의 입장과 개인의 역사적 감정이 다른 것인데 개인의 창작인 시를 두고 우방 모독이라고 주장하는 것은 있을 수 없다"고 피력했다. 또한 「시법詩法」이, 서정주의 전통시, 김광균의 모더니즘 시, 김수영의 참여시와 비교해 자신

---

25 위의 책, 464쪽.

의 시적 특성과 기법이 다름을 의식하면서 쓴 것임을 설파하고 "서정주나 참여시의 기수 김수영을 지양 극복하고 싶다는 민족적 성실성에서 연유된 것"이 '시법'의 의도임을 명확히 밝혔다.[26]

출판사 운영자들이 민청 관련 정치범이어서 문병란이 정치적 보복의 가능성을 지적한 것[27]을 고려하면, 그에게는 권력에 대한 정면 도전의 선언이었던 셈이다. 문병란의 대응이 사사로운 개인적 감정을 떠나 군부 독재정권의 부조리와 억압의 현실을 극복하고, 민족·민중문학 실현의 의지를 다지는 것이었음을 확인할 수 있는 근거이다.

한편 마쓰다 도키코가 판금 조치를 당한 것은 일제강점기인 1935년 첫 시집인『참을성 강한 자에게』를 도진사同人社에서 출간했을 때이다. 이 시집은 여류시인으로서는 일본의 근현대사에 유일하게 판금 조치를 당한 시집인 만큼 그 경위에 대해 논하지 않을 수 없다.[28]

마쓰다는 그로부터 60년이 흐른 뒤인 1995년 7월 이 시집의 복각판을 후지ㅈ二출판에서 간행하며 그 복각판 후기에「지금 왜 이 판매금지 시집인가」라는 제목을 달아 다음과 같이 밝힌 바 있다.

> (나는) 일본프롤레타리아작가동맹에 소속되어 미흡하나마 시나 소설… 특히 많은 시를 썼습니다. 부족하지만 그 한편 한편에는 당시 자신의 진솔한 성찰이 담겼습니다. 그리하여 간행에 이르렀습니다.

---

26 위의 책, 479쪽 참조.
27 위의 책, 483쪽에서 문병란은 판금 조치가 출판사를 없애버리려는 의도에 의한 것인지 의구심을 표했다.
28 일본의 진보적 시 평론가이자 시인인 도이 다이스케(土井大助, 1927~2014)는 2009년 11월 8일 '시인으로서의 마쓰다 도키코'라는 제목의 강연('마쓰다 도키코를 얘기하는 모임' 초청 강연회)에서 마쓰다 도키코를 "일본 근현대 역사상 시집을 발매금지처분 받은 유일한 여류시인"이었다고 언급한 바 있다.

하지만 간행된 뒤 바로 판금 조치를 당했습니다. 그건 자신의 사회에 대한 최초의 생각… 다시 말하면 초심, 초지初志의 시라는 이름의 결정체였습니다.[29]

마쓰다는 1928년 자신의 시 「갱내의 딸」을 프롤레타리아문학잡지 『전기戰旗』 10월호에 발표했다가 이미 판금 조치를 당한 적이 있었기에 권력의 문화통제가 어떠한 고통을 안겨주는지를 맛본 바 있다. 참으로 쓰라린 경험이었을 터이다.

갱내의 딸

하지만 우리는 울어서는 안 된다
눈물은 작업화로 즈려밝고
오늘도 똑바로 나아가야 한다
이 가스 칸델라로 모든 걸 비추자

감독의 맹수와 같은 눈이
아무리 노려봐도
우리 손을 꽉 쥐자
케이지 안에서 광차 그늘에서
서로 단결하자

그리고 우리가 최초로 투쟁을 선언하는 날을 만들자
우리는 지금 광석을 캔다

---

29 마쓰다 도키코, 「후기」, 『참을성 강한 자에게』, 후지출판, 1995, 2쪽.

하지만 그날

강철 끌로 다이너마이트로

무엇을

쳐부수어야 할지

분명히 계획해서 추진하자.

　－1928년

　　　—『참을성 강한 자에게』 수록 작품, 고딕 강조는 발표 당시 탄압하에 복자 표기

　노동자 계급을 대변하는 프롤레타리아 작가 입장에서 노동자가 자본가에게 억압당하는 현실과 그러한 정책을 펴는 제국주의 권력과 부르조아 계급의 결탁구조를 타파 대상으로 삼는 마쓰다의 저항 의식이 느껴지는 저항시이다. 이러한 시는 여지없이 탄압 대상이 되었다. 시인이 위의 「갱내의 딸」을 『참을성 강한 자에게』에 수록해 펴냈으나 다시 판금 조치를 당했으니 그 고통이 어떠한 것이었는지 충분히 유추할 수 있다. 복각판을 내게 된 배경을 밝히는 곳에서 그 심경이 읽힌다.

　"이번에 내가 제국주의 시대에 쓴 이 시집 『참을성 강한 자에게』의 복각본을 내려고 마음먹은 것은 판매금지 처분을 받은 시집이기 때문입니다. (…중략…) 지금도 연연해하고 있으며, 용서할 수 없는 일이라고 다시 생각하기 때문입니다"[30]라고 기술하기 때문이다. 이는 마쓰다가 복각판을 내기에 이르기까지 판금 조치를 내린 제국주의 정부에 대해 원한을 품어왔으며, 그들의 처사를 납득할 수 없는 행위로 인식했다는 확증이다.

　마쓰다의 분노는 "자신의 첫애가 타인의 손에 의해 햇빛을 보지 못한 채 목이 비틀려 죽임을 당한 듯한 충격"으로 묘사된다. 시인에게는 도저히 용납할

30　위의 글, 2쪽.

수 없는 일이었던 까닭에 복각판 출간이 그들의 만행을 고발하려는 취지였음이 드러난다.

마쓰다는 90세 노인의 시점에서 청춘 시절을 회고하는 형태를 취했지만, 단순히 자신의 과거를 돌이키거나 분노하는 지점에 머무르지 않았다. 선배들의 뜻을 되살려 일본의 평화헌법 개정을 시도하며 '반민주적인 악정을 펼치는 세력'에 맞서 투쟁할 것임을 밝혔기 때문이다. 마쓰다의 독자를 향한 이 메시지에 판금 조치에 대한 대응의 의미를 부여할 수 있을 것이다.

5. 나오며

문병란과 마쓰다 도키코의 시편에 엿보이는 일본 인식과 조선 인식에 대한 분석을 통해 부당한 지배권력에 정면으로 항거하는 강력한 저항성과 그 잔재 척결에 대한 굳은 의지를 확인할 수 있었다.

삶의 기반, 처한 환경, 작품 집필 시기 등은 다르지만, 두 시인이 지배와 피지배, 수탈과 피해의 관계를 형성시킨 일본제국주의 극복을 지향하고 그러한 비극을 초래한 시대적 배경을 뒤돌아보며 두 번 다시 그 불행한 과거를 되풀이하지 않기 위한 내부 성찰을 보이는 것을 공통점으로 거론할 수 있겠다.

문병란에게는 그 인식이 제국주의의 잔재가 청산되지 않아 그러한 현상이 현실로 나타나고 있음을 염두에 둔 것으로 읽힌다. 또한 "최근 침략사 왜곡시비로 우리와는 그동안 위장된 선린관계의 복잡한 마각이 드러나고 있으며, 지피지기知彼知己는 백전백승百戰百勝이라는 교훈에 따라 일본에 대한 재인식 연구 등이 필요하다고 본다"[31]는 전제하에 펼쳐진 것으로 받아들여진다. 나아가 한

---

31 문병란, 「민족문학으로서의 항일시」, 『현장문학론』, 거고출판부, 1983, 156쪽.

국이 외세의 영향권에서 벗어나지 못하고 있고 민족 주체성 회복이 절실히 요구되는 분단국가이므로 민족적 과제인 통일을 이루어야만 진정한 제국주의 극복이 실현된다는 사고에 기반을 둔 것으로 이해된다.

마쓰다 도키코의 조선 인식도 그녀가 제국주의 청산을 외치고 분단책임이 일본에 있음을 자각, 해방 후 한국전쟁임에도 전쟁 특수에 사로잡혀 무기 판매에 열을 올리는 등의 일본 정부의 행태를 제국주의의 연장선에서 펼치는 정책으로 바라보고 타파 대상으로 삼은 것에서 그 의의를 찾을 수 있겠다.

더구나 탈식민주의에 바탕을 두고 문병란과 마쓰다 도키코가 각자의 입장에서 그러한 잔재적 요소 타파를 위해 국경을 초월한 연대와 인간 평등과 평화정신에 기반한 휴머니즘을 추구하는 쪽으로 나아간 점이 눈에 뜨인다.

하지만 이데올로기의 차이점 또한 명백히 지적해둘 필요가 있을 것이다. 마쓰다는 프롤레타리아 시인의 시점에서 일본의 미국 사대주의를 비판하고, 노동자 연대를 축으로 한 무산계급의 해방 운동에 주안점을 두었다. 한편 문병란은 민족시인으로서 모든 사회적 모순이 일제강점기와 외세 개입에 의한 민족 공동체 정신의 해체에서 유래된 것으로 보았기에 외세를 배척하고 민족 동질성을 회복하는 것이야말로 절대적 과제라고 믿었던 것이다.

후반부에서는 문병란과 마쓰다 도키코의 저항성을 권력의 탄압으로 판금 조치를 당한 뒤의 대응 양상의 시점에서 비교해 봄으로써 공통점과 차이점을 발견할 수 있었다. 시기적 차이가 있거니와 판금 조치에 대한 대응에서도 문병란이 즉시 항의서를 문공위에 제출하고 판금 취소를 요구한 반면 마쓰다 도키코는 60년 후 복각본을 출간하여 후기에 심경을 밝히고 권력의 야만 행위를 고발하였으므로 그 방식은 달랐다.

하지만 뜻을 굽히지 않고 다시 불의에 맞서기 위해 열의를 불태우며 굳은 저항의 의지를 내보인 점은 두 사람의 공통적 접근으로 수용할 수 있겠다.

무엇보다 한민족 공동체의 복원 문제에 대해서는 무관심한 일본 문단에서 마쓰다 도키코가 일본의 분단책임과 남북통일의 필연성을 깨달은 일본 시인이었다는 점을 의식하고 보면 문병란 시인이 마쓰다 도키코를 "일본의 진보적 양심가"[32]라고 칭한 것을 탁견으로 볼 수 있겠다.

국제한인문학회, 『국제한인문학연구』 30호, 2021년 8월

---

32 문병란, 「추천의 글」, 마쓰다 도키코, 『하나오카 사건 회고문』, 소명출판, 2015, 5쪽.

저항시의 사회적 배경

문병란 시집의 번역작업에서 엿보이는 것

히로오카 모리호(廣岡守穗, 주오대학교 명예교수)

1. 문병란의 시와 광주민주화운동

일본인에게 잘 알려진 시인이라면 1974년 사형을 선고받아 세계적으로 구원 운동의 대상이 되었던 김지하일까? '오적' 사건 때에는 일본의 지식인들도 그 결과에 대해 걱정하여 지원 분위기가 확대되는 양상이었다. 혹은 최근 해마다 노벨문학상 후보로 거론되는 고은일까?

필자는 문병란 시집의 번역작업을 진행한 바 있다. 문병란은 김지하나 고은 정도로 일본에서 명성을 얻고 있지 않지만, 한국에서는 저명한 시인이다. 그의 시편은 민주주의를 희구하는 민중의 용기를 북돋고 그들을 격려하는 역할을 수행해왔다. 남북통일을 호소하는 시「직녀에게」는 노래로 한국에서 널리 불리고 있다. 또한 광주민주화운동5·18광주민중항쟁 때에는 광주시민들이 힘을 내어 전두환 정권에 항의의 목소리를 드높이게 했다.

간략하게 생애를 더듬어보자. 문병란은 1934년 전라남도 화순에서 태어났다. 그가 초등학교 시절 쓴 「고향의 어머니」에 곡이 붙여져 노래로 완성된 적도 있다. 1945년 8월 15일 조선이 해방되었을 때 문병란의 나이는 11세였다. 그때까지 초등학교에서 일본어로 수업을 듣고 있었으므로 문병란 소년은 모국어를 되찾은 셈이다. 일본어로 번역된 「식민지의 국어시간」은 초등학교에 다니던 시절을 회고하며 노래한 시이다. 1950년에는 조선에서 6·25전쟁이 발발한다. 휴교령이 내려져 문병란은 고향 화순으로 도피하여 농사일을 거들면서 학령기를 보내게 되고 1956년에 화순농업고등학교를 졸업한다.

그 후 조선대학교 문리대 국문학과에 입학해 시인 김현승에게 사사하며 그의 문재는 꽃을 피운다. 1959년에 김현승의 추천으로 「가로수」가 '현대문학'에 게재되고 문병란은 문단에 데뷔하는 것이다. 「가로수」는 모더니즘 시이다. 일 절을 소개한다.

가자,
우리 소망의 머언 산정이 보이면
목이 메이는 오후,
가로에 나서면
너와 같이 나란히 거닐고 자운

너는 5월의 휘앙새, 기대어 서면 너도
나와 같이 고향이 멀다.

— 「가로수」 중에서

모더니스트로 출발한 문병란이었지만 1970년대에는 저항시인의 면모가 뚜렷해진다. 1973년의 시집 『정당성』에서 초기의 서정적인 시풍을 탈피해 현실참여앙가쥬망의 자세를 명징하게 드러내었다. 1972년 10월 박정희 대통령은 헌법을 개정하고 유신체제라는 명목하에 개발독재 체재를 확립했다. 그리하여 자유가 사라진 경제성장 지상주의의 억압적 분위기가 시대를 지배했다.

이러한 상황에 맞서 문병란은 권력에 대한 저항, 물질주의 비판, 부정과 부패에 대한 분노의 응어리를 담아내고 역사 회고를 통한 부조리 타파를 지향하기 위해 고발의 목소리를 드높였다. 잘 알려진 「정당성 2」에서 강렬한 임팩트가 느껴지는 구절을 인용한다.

때때로 나의 주먹은
때릴 곳을 찾는다.

그 어느 허공이든가
그 어느 바위 모서리이든가
주먹은
때릴 곳을 찾아 고독하다.
(…중략…)

언젠가는 뜨거운 유혈에 젖어
피를 물고 깨어져갈
슬픈 묵시,
주먹은 정당성을 찾고 있다.

— 「정당성 2」 중에서

문병란은 2015년 9월 25일 광주 시내의 병원에서 생을 마쳤다. 향년 80세였다. 미디어는 일제히 그의 타계 소식을 전했고 성대하게 장례식이 열렸다. 문병란은 『문병란 시집』1970, 『정당성』1973, 『죽순밭에서』1979, 『벼들의 속삭임』1980, 『땅의 연가』1981, 『아직은 슬퍼할 때까 아니다』1985, 『견우와 직녀』1991 등 30권 이상의 시집을 남겼다. 1987년 민주화운동 당시 미국의 『뉴욕타임즈』가 「화염병 대신에 시를 던진 시인들」이라는 특집을 꾸민 적이 있다. 문병란은 그들 중 한 사람으로 소개되었다.

장기간 언론의 자유가 없었기 때문에 한국의 시인은 한국인의 양심을 상징하는 존재로서 이른바 오피니언 리더 역할을 맡아왔다. 문병란도 그들 중 한 사람이다. 한국의 시에서는 정의나 사회변혁을 호소하는 문학적 성격이 강하게 느껴진다. 일본인이 상상하기 어려운 부분 아닐까?

2. 일본의 시문과 정치

일본의 시 역사를 뒤돌아보기로 하자. 일본에서 시가 정치적 메시지를 발신하는 도구로 활용된 시대가 있었다고 한다면 아무래도 막부 말의 유신기이다. 그 당시 유명했던 시는 미토학水戸学의 태두인 후지타 도코藤田東湖의 「문천상文天祥의 정기正氣의 노래에 온화해진다」라는 5언 고시이다.

"천지에 넘치는 정대正大한 기운 / 운치 있게 일본으로 몰려오네 / 그것이 높게 자리 잡으면 후지산이 되어 / 하늘 높이 몇천 년에 걸쳐 솟아 있으리"로 시작하는 이 시는 일본의 자연과 역사 속에서 정기의 충만과 발로라는 이미지를 읽어낸 긴 작품으로, 막부 말 근왕기勤王家에서 모든 이가 애창한 것이다.

문청상에 대해 언급하자면 그는 송나라 말기 쇠퇴해가는 남송을 위해 충절을 지킨 인물이었다. 송나라가 멸망한 뒤 그의 재능을 평가한 쿠빌라이가 요직을 맡기려고 했지만 문청상은 단호하게 거부하였으며 결국 처형의 대상이 되었다. 중국에서는 충신의 표상으로 그를 기렸고 「정기의 노래」는 후세사람들에게도 면면히 불리고 있다.

후지타 도코의 장시는 이제 사람들의 기억 속에서 거의 사라졌지만 지금까지도 인구에 회자되는 시도 있다. "남아가 뜻을 세워 고향을 떠난 바에 / 학문을 성취할 때까지 돌아오지 않으리 / 뼈를 묻기로서니 어디 고향 묘지 뿐이랴 / 인간 사는 어느 곳이나 뼈를 묻을 곳 있으리." 이 작품은 승려 겟쇼月性의 7언 절구이다.

물론 일부 유학자나 승려만이 시를 쓴 것은 아니다. 기도 다카요시水戸孝允나 사이고 다카모리西郷隆盛를 비롯해 거의 모든 지사가 훌륭한 시를 남겼다. 그중에서도 사이고 다카모리의 작품 중에는 변혁의 의지를 격조 높게 노래하여 그 표현에 감칠맛이 느껴지는 시가 적지 않다.

강조할 필요도 없는데 지사들은 주로 한시를 짓는 것을 즐겼다. 에도江戸시대부터 메이지明治 중기에 걸쳐서 한시를 즐기는 이가 매우 많았다. 더구나 출판이 전 시기와 비교해 월등히 활발해진 메이지 전반기는 그와 동시에 독자층이 더욱 형성된 시기이므로 한시가 다분히 세속화되었다고 할 정도로 매우 많은 이들의 사랑을 받았다.[1] 메이지유신 후 도쿄 시내에 사숙이 급증하는데 그것이 주로 한자 학습처였다는 점에서도 한시를 읽는 이들이 증가했음을 알 수 있다.

청일전쟁 후 강화조약 체결을 위해 일본을 방문한 사절단과 소에지마 다네오미副島種臣 등의 일본 측 정치가와 문화인들은 한시를 통해 소통했다. 자유민

---

[1] 막부 말 유신기의 한시에 대해서는 『막말 유신의 한시』(지쿠마선서, 2014)나 기노시타 효(木下彪), 『메이지시화』(이와나미문고, 2015)를 참조. 1887년 무렵까지의 한시 성황의 양상을 살필 수 있다.

권운동 때에는 정치적 사명감을 고양할 목적으로 한시를 짓기도 했다. 하지만 어찌 된 일인지 요즈음에는 막말 유신기의 시 분위기, 즉 시를 통해 이상을 추구하거나 불퇴전의 의사를 표명하거나 정치사회를 풍자하는 경향을 계승하는 측면에서 활동하는 시인을 거의 찾아볼 수 없다. 정치가 중에서도 시를 통해 자신의 이념이나 결의의 정도를 표현하는 이는 없다. 기껏해야 유명한 고사를 인용하거나 하이쿠와 단가로 심경을 표현하는 정도가 고작이다. 이 내용 자체가 홍미진진한 고찰의 대상이 될 터이나 일단 언급만 해두고자 한다.

실은 에도시대부터 이미 일상의 감흥을 소재로 삼는 내용이 많았고 정의나 도덕, 이념을 노래한 작품은 흔하지 않았다. 방금 언급한 것처럼 메이지시대에 이르러 신문이나 잡지에 한시가 게재되었으며 그 시기에야말로 한시문이 널리 대중에게 인기를 얻게 되었다. 들여다보면 그 무렵의 한시는 문명개화의 풍조를 묘사한 내용, 세태를 풍자한 내용, 홍등가의 흥청거림 등을 노래한 것이 다수를 점하고 있었거니와 익살스러운 광가狂歌 아닌 광시狂詩도 적지 않았다.[2] 중국에는 문천상의 「정기의 노래」뿐만 아니라 굴원屈原의 「이소離騷」, 두보杜甫의 「병차행兵車行」, 백거이白居易의 「장한가長恨歌」처럼 정치에 대해 언급한 시가 적지 않다. 애초에 중국 시인들에게는 고상한 이념과 정치비판의 정신을 추구하는 것이 시 창작을 뒷받침하는 근본이라는 이념이 있었다. 그러나 메이지 전기의 한시를 살펴보면 대체로 그와 같은 긍지는 느껴지지 않는다.[3]

웬일인지 애창하지 않게 된 이유에 대해서 언급하자면 우선 한문학의 전통

---

2 주1) 또는 후지카와 히데오(富士川英郎), 『에도 후기의 시인들』(헤이본샤, 2012) 참조.
3 마쓰우라 도코히사(松浦友久)는 한시에 대해서 "한대 이래의 『시경』학의 전통의 영향으로 중국의 시인들은 뛰어난 시가에는 뛰어난 정치비판의 정신이 내포되어야 한다는 생각을 실제로 창작의 이념으로 품어왔다. 그것은 때때로 이념에 치우쳐서 서정성 고갈의 결과를 낳기도 했지만, 한편 '시' 또는 '시인'의 사회적 지위를 높이고 우수한 인재를 시가의 실제 창작이라는 행위로 이끄는 힘이 되었다"라고 지적했다(마쓰우라 도코히사, 『중국시선』 3, 현대교양문고, 사회사상사, 1972, 172쪽).

이 메이지 말 무렵 전후로 쇠퇴해졌고 이윽고 단절된 점, 그리고 다음으로 1880년대에 발흥한 근대시에는 정의나 사회개혁을 호소하려는 정신이 부족했던 점을 짚을 수가 있겠다. 근대시를 대표하는 문학자 중 한 사람인 사토 하루오佐藤春夫가 대역사건으로 호송당하는 피의자의 차를 목격하고 자신은 정치에 대해 노래하지 않기로 정했다고 말한 에피소드가 있다. 이 에피소드는 전쟁 전 일본 시인의 정치에 대한 자세를 상징적으로 언급한 것으로 볼 수 있다.

현대시로 연결되는 근대적인 시 형식의 탄생은 신체시에서 그 기원을 찾을 수 있다. 신체시는 애초에 구미 유학에서 돌아온 학자들이 도입한 형식이었다. 1882년 야타베 료키치矢田部良吉, 도야마 마사카즈外山正一, 이노우에 데쓰지로井上哲次郎 등 세 사람의 학자가 「신체시초新体詩抄」를 세상에 전했다. 7・5조라는 것 외에는 수록된 시편에 정해진 규칙은 없었으며 다수가 번역시였다.

내용을 살펴보면 투쟁적인 시도 적지 않지만, 세계관이나 인생관을 노래한 시가 많아서 음풍농월로 일컬어지는 전통적인 미의식에 선을 긋고 있다. 남녀의 사랑을 노래한 소몬카相聞歌와 견줄 만한 작품이 흔하지 않기에 그런 의미에서 보면 남성적인 시가 대부분이라고 볼 수 있다. 요컨대 「신체시초」는 서양의 감수성에 엿보이는 경향을 받아들이려는 시도였다.

이윽고 신체시는 기타무라 도코쿠北村透谷의 『소슈노시楚囚之詩』1889나 오치아이 나오부미落合直文의 『효녀 시라기쿠의 노래孝女白菊の歌』1888~1889와 같은 서사적 성격이 짙은 장편시의 탄생에 자극을 준다. 『소슈노시』는 새로운 시도로 색다른 세계관과 정치사상의 기초를 다지려고 노력한 획기적이면서 비약적인 내용이었다. 하지만 기타무라가 그 비약에 성공했다고는 볼 수 없다. 한편 『효녀 시라기쿠의 노래』는 사람들에게 널리 불리게 되었고 후에 로쿄쿠浪曲로 읽히기도 했다. 그렇지만 후세에 이어질 정도의 장편 서사시는 나오지 않았다. 기껏해야 도이 반스이土井晩翠에게 그 요소가 보일 뿐이다.

1889년에는 모리 오가이의 『오모카게於面影』가 『국민지우国民之友』의 부록으로 발표되었다. 『오모카게』는 서구의 번역시집인데 이에 의해 신체시의 형식이 확립되었다는 설이 중론이다. 하지만 실은 확립된 것은 시의 형식이 아니라 시의 내용이었다. 즉 『오모카게』에 수록된 시편은 서정시뿐이었다. 모리 오가이는 시문학의 관점에서 보아도 거목인 만큼 『오모카게』가 그 후 근대시의 동향에 끼친 영향은 결코 작지 않다.

　시의 내용을 염두에 둔다면 마사오카 시키五岡子規의 '단가 혁신'도 묻혀서는 안 된다. 마사오카 시키가 주창한 것은 추상적 도덕 이념이나 사회정의의 혁신이 아니라 눈앞에 전개되는 사건을 객관적으로 묘사하는 '사생'이었다. '감을 먹으면 종이 울리는구나, 호류지法隆寺'라고 시키가 표현한 하이쿠의 신선함은 전통적인 음풍농월식 표현으로부터의 해방을 의미한 것이었다. 유교적 대의명분에서 벗어나 자유스러움을 추구하거나 메이지정부의 타도를 외치는 것과는 전혀 관계가 없었다.

　마사오카 시키가 '사생'이라는 표어로 시각 중심의 리얼리즘을 강조한 것과 때를 맞춰 일본 근대시는 압도적으로 서정성을 중시하는 쪽으로 나아가게 되었다. 그리고 '『오모카게』의 미학'으로 여겨지는 가치관이 그 후의 시단을 오래도록 지배하게 되었다. 예컨대 『신체시초』는 문학적으로 불충분하다는 평가를 받았다. 공감한다. 어째서일까? 용감한 무인의 무공을 기린다거나 사회적 의의를 선양하는 내용은 근대시로 수용할 수 없다고 인식되어온 점을 간과할 수 없다.

　그와 같은 사정이 소설의 세계에서도 적용되었다. 야노 류케이矢野龍溪의 『경국미담經國美談』과 같은 정치적 테마의 명작을 문단의 문학자들은 거의 수용하지 않았다. 쓰보우치 소요坪内逍遙가 『소설신수小說神髓』에서 논했듯이 '소설의 핵심은 인정, 세태, 풍속에 따른다'는 이론에 근거한 내용으로, 문학자들이 제일 앞에 내세운 것은 내성적 성격묘사나 심리묘사였다. 메이지 10~20년대는 정치소설 활동이 활발한 시기였으므로 명작도 쓰였지만, 신문학을 추구하는 사람들은 인간의 내면이 엿보이지 않는다는 이유만으로 정치소설을 전면 거부했다.

이 시기의 문학자들이 구미의 소설이론을 도입하기에 급급해서 사실에 근거한 서술이나 작품 배경이 되는 사건을 조사하는 작업을 소홀히 한 점에 대해서는 놀라지 않을 수 없다. 『경국미담』은 고대 그리스 역사에 대한 치밀한 조사에 의해 이루어진 소설인데 『경국미담』을 지탱하고 있는 실증적 작업, 즉 사실에 근거한 이야기의 전개와 리얼한 묘사가 중시되어 있다면 『경국미담』은 결코 가볍게 다룰 일이 아니었다.

이러한 가치관의 시점은 예를 들면 다케다 도시히코竹田敏彦와 같은 작가가 지금도 문학사적으로 거의 무시당하는 등 후대에까지 영향을 미치고 있다. 다케다 도시히코는 소위 논픽션 작가로 출발한 사람인데 당시 그가 사건을 취재해 쓴 소설에 대해 문학적 가치를 낮게 평가하는 경향이 있었다. 그런 까닭에 다케다 도시히코는 현재에 이르러서도 부당하게 낮은 평가를 받고 있다. 1931년 11월부터 약 반년간 '오사카지지大阪時事'에 연재한 『타오르는 성좌燃ゆる星座』는 마쓰이 스마코松井須磨子를 모델로 삼은 논픽션 소설로 볼 수 있는 역작이었다. 그 후 다케다는 20년 이상 신문, 잡지에 집필하며 활약했다. 하지만 다케다도 『타오르는 성좌』도 지금은 완전히 잊혀진 존재가 된 것이다.[4]

4　다카기 이쿠오(高木郁夫), 『신문소설사·쇼와편』 1 (도서간행회, 1981)은 다케다 도시히코가 관계자로부터 어떻게 평가받고 있었는지를 전하고 있는데, 저자는 다케다를 매우 높게 평가하고 있다.

3. 한국의 시에 대한 음미

한국의 시는 정치적·이념적 특색을 지닌다고 생각하지만, 갑자기 지나칠 정도로 해학이 등장하기도 하므로 제대로 음미하게 되기까지는 어느 정도의 경험과 예비지식이 필요하다. 예컨대 김지하의 유명한 「오적」이 그 예이다. 일본의 시적 기준으로 보면 매우 장시이고 지나칠 정도로 여겨지는 비속어가 여기저기 쏟아진다. 「오적」이라는 말은 '재벌, 국회의원, 고급공무원, 장성, 장차관' 등 5명의 도적을 일컫는데 사회적으로 우월한 위치에 있는 자들의 극한무도한 소행을 비판한 내용의 시이다. 일본에는 강순姜舜 번역으로 소개되었다. 그 내용 중 가장 무난한 부분을 발췌해보자.

"하루는 다섯 놈이 모여 / 십 년 전 이맘때 우리 서로 피로써 맹세코 도둑질을 개업한 뒤 / 날이날로 느느니 기술이요 쌓이느니 황금이라, 황금 십만 근을 걸어놓고 / 그간에 일취월장 묘기妙技를 어디 한번 서로 겨룸이 어떠한가"[5] 이 부분은 그래도 거부감이 없는데 그 외는 욕설 같은 표현의 연속이다.

이 시에서 말하는 '십 년 전 이맘때'는 박정희가 쿠데타를 일으킨 1961년을 가리키는데, 이런 시를 썼기에 김지하는 반공법 위반으로 체포되었고 「오적」을 게재한 『사상계』는 강제로 폐간당했다. 더욱이 그 후에 김지하는 사형판결을 받았다.80년에 석방 독재정권을 향한 김지하의 분노는 평범한 언어로는 형용할 수 없을 정도로 격렬한 것이었다고 상상하면 좋으련만, 애당초 한국의 시는 식민지기의 항일시, 6·25전쟁의 민족비극을 노래한 시, 혹은 독재정권에 대한 저항시 할 것 없이 격렬한 표현을 보이는 경향이 있다. 일본의 시에서는 이러한 경향을 찾아볼 수 없다.

문병란의 시에서도 때때로 비속어나 과장된 표현을 발견할 수 있다. 「연애하

---

5 『오적 황토 비어』, 아오키서점, 1972, 10~11쪽.

는 사람은 강하다」는 사랑에 빠진 젊은이들에게 따뜻한 마음으로 축하의 메시지를 전하는 시로 보인다. 하지만 일본어로 번역하면 따뜻한 시선으로 바라보는지, 차갑게 뿌리치는지 판단하기 쉽지 않다. "혼자 앉아 먼 산을 보거나 / 맹물을 마시고 이를 쑤시지 않는다 / 그들은 서로 소유한다 서로 주어버린다……"

이러한 발상과 과장된 표현은 이씨 조선시대 이후의 전통이 아닐까? 그러고 보면 『춘향전』은 남녀의 진지한 사랑이 주제이고, 『심청전』은 악조건 속에서 부모를 섬기는 효녀의 이야기이다. 하지만 갑자기 야비한 흥정이 오가고 그다지 품격 있게 느껴지지 않는 익살스러운 장면이 그려진다. 속물적 표현과 익살이 진지한 이야기 속에 섞여 들어가는 것이다. 셰익스피어의 『로미오와 줄리엣』 등도 비극임에도 불구하고 외설적인 대사가 연이어 이어지므로 문학이란 그런 것이라고 단언해도 좋을까? 일본의 독자들은 거리낌 없이 받아들이지는 않을 것이다.

『춘향전』은 일본에서 보면 설화문학에 속하는 장르이다. 거기에 보이는 비속어나 풍자, 해학적 표현은 『춘향전』이 어떤 계층의 사람들에게 어떻게 수용되었는지를 시사한다. 그것은 가난한 평민계급이 힘을 모아 지배층인 양반의 탐욕과 횡포를 고발하는 표현양식이다. 그러나 그러한 해학적 표현이 일본 설화문학에는 그다지 존재하지 않는다.

그러고 보니 민족독립운동의 영웅이자 역사가인 신채호가 집필한 소설 『용과 용의 대격전』은 식민지배를 비판하고 독립을 호소한 내용이다. 하지만 형식으로 보면 SF작가인 간베 무사시에 뒤지지 않을 정도의 그저 그런 단편 판타지이다. 용과 상제와 바오로와 천사 등 그야말로 화려한 면면이 등장인물로 나오는데, 상제를 섬기는 천상국의 용인 미리가 지상국의 드래곤과 싸워 패배해 상제와 천상국이 멸망한다는 스토리이다. 『용과 용의 대격전』은 환상소설의 형식을 통해 외국 침략과 지배계급의 무모함을 비판하고 이데올로기성을 담아

지배계급이 붕괴하는 모습을 통쾌하게 그려냈다. 환상소설이지만 홀로 로맨틱한 몽상에 빠져드는 고독한 환상이 아니라 모두가 정치적 해방을 외치는 복수 공동체의 환상을 표현한 것이다.

이러한 거침없고 기상천외한 표현이 문학적으로 어떠한 의미를 지니는 것일까? 「오적」과 『용과 용의 대격전』은 분명히 세련된 문학표현 양식과는 동떨어진 것으로 보인다. 우리의 문학적 완성도의 척도로 재건대 그 가치를 낮게 평가하지 않을 수 없다. 하지만 이러한 작품이 세상에 나와 다수의 독자에게 사랑받는 배경을 생각하면 문학적 완성도 따위의 고상한 세계와는 완전히 차원이 다른, 더욱 실생활과 밀접하면서도 매우 절실한, 게다가 문학의 사회적 역할에 대해 생각하게 하는 심오한 세계가 엿보인다.

일본의 저항시인은 「오적」과 같은 시를 발표한 적이 있는가. 일본의 소설가는 『용과 용의 대격전』과 같은 소설을 집필한 적이 있는가. 만일 「오적」과 같은 시가 등장한다면 일본의 독자들은 감동할 수 있을까. 일본의 소설가는 『용과 용의 대격전』과 같은 소설을 집필한 적이 있는가. 만일 『용과 용의 대격전』과 같은 소설이 쓰인다면 일본의 독자들은 감동할 수 있을까. 이런 식으로 문제를 제기해 보면 쉽게 이해할 수 있으리라.

그리고 이 물음은 엉뚱한 것 같지만 곰곰이 생각하면 일본의 시에 서사시의 전통이 존재하는지에 대한 문제와 무관하지 않을 것이다. 일본의 시에는 풍자나 욕설이나 비속적 표현이 거의 없다. 만약 「오적」과 유사한 것을 찾아보라고 한다면 14세기 전반으로 거슬러 올라가 「니조가와라二条河原의 낙서」를 그 예로 들 수도 있을 것이다. "요즈음 수도에서 자주 보는 것 / 깊은 잠을 노려 습격하는 자 / 강도 / 천황의 가짜 명령……"으로 시작하는 낙서는 당시의 세상과 정치에 대한 분노를 억제하며 풍자한 7·5조의 문장이다.

하지만 우리는 이것을 시라고 인식하지 않는다. 그것은 우리가 이것을 시로 인식하지 않는 문화 속에서 살고 있기 때문이다. 만일 지배층과 피지배층 사이에 균열이 생긴 상태인데 피지배층이 자신들의 표현 수단을 지니고 있을 때, 나아가 그게 전통으로 받아들여지는 문화가 통용될 때는 「니조가와라의 낙서」 같은 표현이 훌륭한 시가 되는 것이 아닐까.

4. 로쿄쿠浪曲와 내셔널리즘과 서사시

그러면 어째서 일본에는 서사시의 전통이 없는 것일까? 유럽 서사시는 장편이므로 호메로스의 『일리아드』나 『오디세이』처럼 한 편인데도 두꺼운 서적으로 나오는 경우가 적지 않다. 그러나 일본에는 그러한 장편 서사시가 없다. 굳이 들추자면 『고사기』에 서사시의 요소가 포함되어 있다고 볼 수 없는 것은 아니지만 『일본서기』 이하의 사서를 살펴보면 알 수 있듯이 중국의 영향을 받아서 역사는 기록의 대상이기는 해도 노래의 대상은 아니라는 말이 설득력을 얻는다.

일본에 서사시의 전통이 없다는 것은 과장된 표현일지 모르겠다. 가마쿠리鎌倉시대에 나온 『헤케모노가타리平家物語』는 서사적 요소를 듬뿍 담고 있다. 『헤케모노가타리』는 비파琵琶법사 등이 구술한 구전문학이다. 원래 『고사기』도 구전의 대상이었을 것으로 생각하는데 이야기의 발성은 서사시가 성립하는 중요한 요건임이 틀림없다. 청중이 귀를 대고 화자의 이야기에 집중할 때 거기에 다양한 시정詩情이 분출하기 때문이다.

그래서 구전문학은 서사시가 탄생하는 원천이지 않을까. 그렇게 생각할 때 우리는 고단講談, 라쿠고落語, 기다유義太夫, 데로렌제문でろれん祭文, 절담설교節談説教 등과 같은 구전문학이 에도시대부터 존재해왔던 점, 그리고 20세기에 이르러

새롭게 탄생한 로쿄쿠가 대단한 기세로 번성했던 점을 주목하지 않을 수 없다.

아니, 애초부터 자유민권운동이 서사적인 내용을 풍부하게 생산해낸 것을 간과해서는 안 된다. 20년 정도에 지나지 않은 기간이었지만 새롭게 수용한 서양의 정치이념을 전하기 위하여 숫자풀이 노래, 고단, 연설, 신체시, 소설 등 모든 형식을 취해 서사적인 것을 표현했다. 주목의 대상은 주로 프랑스혁명이나 미국독립 등의 서양 시민혁명의 역사였다.

자유민권운동은 일본 역사상 가장 서사적인 것을 생산해냈다고 해도 과언이 아니다. 이 글 2절 도입부에서 일본의 시가 정치적 메시지를 발하는 도구로 활용된 시대는 막부 말 유신기였다고 기술했는데, 시적 표현의 형식을 구전문학이나 소설까지 확대해 본다면 무엇보다 자유민권운동 시기야말로 정치적 메시지를 발하는 도구로 모든 문학적 형식이 활용되었다고 단언할 수 있다. 한편 그 자유민권운동의 퇴조와 함께 태동한 것이 로쿄쿠였다.[6]

고단시講談師는 성씨姓氏를 쓸 수 있었거니와 칼을 찰 수도 있었다. 라쿠고가 문화인의 객실에서 시작된 사실에서 알 수 있듯 고단이나 라쿠고는 문화적으로 세련된 계층이 사용하는 화술이었다. 그에 반해 로쿄쿠는 하층계급인 서민들 사이에서 싹이 움텄다. 고단이나 라쿠고는 에도시대부터 지정석이 있었지만 로쿄쿠는 처음부터 길가를 왕래하는 사람들에게 들려주는 거리 공연이었으므로 지정석이 있을 리 없었다. 메이지시대가 되어 도추켄 구모에몬桃中軒雲右衛門이 등장할 즈음에 도쿄나 오사카 공연에서 지정석이 마련되었고 이윽고 러일전쟁 후에 폭발적인 인기를 얻게 되었다.

구모에몬이 무사도 정신을 표방했듯이 로쿄쿠는 에도시대 활약했던 아코기시赤穗義士 등의 충절 미담을 테마로 설정함으로써 군국주의의 물결에 편승했다.

---

6 자유민권운동으로부터 생산된 시나 숫자풀이 노래 등에 대해서는 야나기다 이즈미(柳田泉), 『수필 메이지문학』 1(헤이본샤 동양문고, 2005) 참조.

로쿄쿠는 그 출발에서부터 도추켄 구모에몬이 국가주의 우익단체인 고쿠류카이国竜会의 도야마 미츠루頭山満와 우치다 료헤이內田良平 등의 지원을 받은 것처럼 우익세력과 손을 잡았다. 더욱이 관료가 로쿄쿠 예술을 지원하려고 했다. 로쿄쿠를 통한 사상 전도를 염두에 둔 고가 렌조古賀廉造는 내무성 경보국장이 된 1906년 '나니와부시浪花節장려회'도 결성했다.[7]

로쿄쿠는 가부키나 고단의 요소를 적지 않게 도입했다. 그럼으로써 로쿄쿠는 소위 민중의 공통교양 목록을 복사하는 수단이 되었다. 아코기시는 물론, 18세기 중순 무렵 성립한 인형 조절극인 닌교조루이ス形浄瑠璃와 가부기 「가나데혼추신구리仮名手本忠臣蔵」에서 발췌한 제목을 사용하기도 했다. 그 외에도 「덴포롯카센天保六花撰」은 쇼린하쿠엔松林伯円 2세가 원래 실제로 있었던 사건을 고단으로 꾸며서 평판을 불러일으켰다. 이윽고 가부키극에서 「구모니마고우에노 하쓰하나天衣紛上野初花」로 상연되어 인기를 얻어 그 후 가부키 18번으로 자리를 잡았다. 그것을 로쿄쿠로 부른 것은 로쿄쿠 명인인 초대 기무라 시게토모木村重友였다.[8]

어느 민족에게도 구전문학이 존재한다. 조선 민족에게는 판소리가 있다. 19세기에 판소리가 유행했을 때 『춘향전』이나 『심청전』은 판소리 대본으로 다시 쓰였다. 판소리는 매우 긴 이야기 형식으로 이루어지는데 『춘향전』을 모두 재현하려면 족히 8시간 정도 걸린다고 한다. 한 번의 공연에서 그 일부가 선을 보인다. 로쿄쿠로 말하면 「아코기시전」이 아카가키 겐조赤垣源蔵나 아마카와야天川屋나 이가고에伊賀越え 등 15분 정도의 여러 독립된 항목으로 구성된 것과 비슷하다. 그러나 판소리에 드러나는 외설적인 풍자가 지배층에 대한 형용할 수 없는 울분의 표현임에 반해, 로쿄쿠가 자주 거론하는 충효미담의 감동은 질서와 체제 안정에 봉사하는 장치에 다름 아니다. 그렇게 본다면 일본에 서사시의 전

7   효도 히로미(兵藤裕己), 『'목소리'의 국민국가』, 고단샤학술문고, 2009, 208쪽.
8   하시모토 가쓰사부로(橋本勝三郎), 『'모리노 이시마쓰(森の石松)'의 세계』, 신쵸샤, 1989, 96~97쪽.

통이 없는 것은 구전문학이 지배층에 대한 울분의 배출구 역할을 한 적이 없기 때문이라고 볼 수 있다.

『헤케모노가타리』가 훌륭한 서적이 된 것과는 대조적으로 로쿄쿠를 시로 읽는 것이 일상적인 일은 아니었다. 로쿄쿠는 20세기에 성립한 새로운 예능이다. 러일전쟁 후 군국주의 고양의 분위기와 더불어 크게 발전했다. 로쿄쿠는 레코드 회사 발전의 원동력이 되었을 정도로 1930~40년대의 로쿄쿠시師 중 고액소득자가 여러 명 출현했다. 그 정도로 한 세기를 풍미한 로쿄쿠이지만 히로사와 도라조広沢虎造의 『지로쵸가이덴次郎長外伝』은 호메로스의 『일리아스』가 될 수 없었다. "도카이도東海道 / 고명하고 의협심 있는 사내 / 의리와 정으로 세상을 살았네 / 팔뚝은 검은 쇠 마음은 무쇠……"라고 하는 도라조의 뛰어난 가락도 그 독특한 억양과 합체된 것으로써 애독의 대상이었지 그 가락에서 벗어나 눈으로 읽히는 곳까지는 도달하지 못했던 것이다.

서사시가 성립하는 토양에는 가락에 실어 이야기하는 요소가 없으면 안 된다고 생각한다. 다수의 청중을 향해 편안한 가락에 실어 전해질 때 이야기는 현장에 있는 사람들의 가슴에 집단적 감동을 불러일으키는 것이다. 즉 서사시가 성립하기 위해서는 문장의 리듬과 이야기라는 쌍방의 소통이 없어서는 안 된다. 그리고 서사시는 그저 가락에 실어 이야기하는 것이 아니라 가락에 실어 이야기하는 데에 감동이 수반되어야 한다. 그 감동이 어디까지 미치는지를 생각해 보면 아마 그것은 헤이케 멸망의 이야기나 아코모노가타리赤穂物語처럼 누구나 아는 민족공유의 역사적 사실과 문화적 유산이어서 그것을 듣고 보는 사람들이 눈물을 흘리거나 환성을 지르기도 하고, 때로는 분기하거나 슬퍼하기도 하듯이 이해하기 쉬운 가치 규범으로 표현되어야 마땅하리라 본다.

로쿄쿠의 수많은 공연 중에서 아코 무사의 복수에 관한 작품은 시미즈노지로쵸清水次郎長 혹은 구니사다 주지国定忠治의 「의협물」과 함께 가장 인기를 얻었다. 로쿄쿠사들이 곧잘 거론했음은 물론 청중들이 사로잡힌 테마는 복수와 충의 등의 의리 인정의 세계였다. 가락에 실어 이야기한다는 요소를 로쿄쿠는 충실히 갖추고 있었다. 그리고 로쿄쿠는 누구나 알고 있는 사건을 소재로 삼았다. 다시 말하면 로쿄쿠에는 서사시가 지니는 요소의 모든 것이 포함되어 있었다. 그러나 로쿄쿠는 어디까지나 '듣는' 것에 그쳤고 대본을 눈으로까지 '읽는' 예능은 아니었다.

5. 문병란의 저항시

문병란의 저항시는 기본적으로 서정시이다. "주먹은 정당성을 찾고 있다"라는 「정당성 2」의 마지막 행에는 같은 민중의 처지에서 국가권력의 억압에 시달리면서도 목소리를 높여서 직접 투쟁에 나설 수 없는 고독한 사람들의 심경도 드러나 있다. 그렇게 민중의 생각을 대변했기 때문에 문병란의 시는 많은 이들에게 수용의 대상이 되었다.

문병란의 저항시에는 서사적인 요소가 발견되기도 하는데, 역사적 사건에 대한 논증적 접근이 매우 서사적인 양상을 띠고 있거니와 한국인이면 누구나 알 수 있는 고사를 근거로 하고 있다. 예를 들면 유명한 역사적 사건이 배경인 「성삼문의 혀」가 그런 작품이다. 「성삼문의 혀」는 "태양이 머리 위에 머물렀던 정오 / 수양대군의 칼은 / 성삼문의 혀를 잘랐다. / 나리의 마음을 거슬리던 / 그 가시 돋친 성삼문의 혀"라는 구절로 시작한다. 권력에 대한 저항적인 불퇴전의 결의를 노래한 시이다.

성삼문은 조선시대의 학자·정치가이다. 1455년 수양대군이 쿠데타를 일으켜 어린 단종을 권좌에서 끌어내리고 직접 왕위에 올라 세조가 되자 성삼문 등은 여기에 반기를 들고 단종 복위를 위해 수양대군 암살계획을 세웠다. 그러나 1456년 계획이 발각되어 성삼문 등 6명은 수양대군이 직접 주관한 재판으로 고문을 받고 처형된다. 성삼문은 오늘날 권력의 회유에 굴하지 않고 불의에 맞서 싸운 지조 높은 인물로 평가를 받는다. 그리고 처형된 6명은 '사육신'이라는 칭호를 얻는다.

그 전후의 이씨조선의 정치사에 대해 간단히 설명해두자. 1392년 이성계가 이씨조선의 막을 열었다. 바로 제4대 국왕이 훈민정음을 편찬해 한글을 만든 세종1418~1450이다. 성삼문은 훈민정음의 편찬에 관여한 이들 중 한 사람이었다. 세종의 뒤를 이어 문종이 등극하는데, 불과 2년 만에 타계하고 만다. 문종의 뒤를 이은 단종은 12세의 소년이었으므로 문종은 대신들에게 단종을 돌보아주라고 유언한 뒤 세상을 뜬다. 그런데 그 무렵 최대의 실권자는 세종의 차남인 수양대군이었다. 그러므로 수양대군은 단종의 숙부였다. 1453년 수양대군은 문종이 의지한 중신들을 살해하고 실권을 장악해 버린다. 그 사건이 바로 계유정란癸酉靖難이다.

계유정란 2년 후 수양대군은 단종의 자리를 빼앗은 뒤 왕위에 올랐다. 조카 단종에게 퇴위를 강요하고 몸소 즉위한 소행은 조카인 황제를 공격해 멸망시킨 뒤 황제가 된 중국 명나라의 영락제永樂帝와 닮은 데가 있다. 실력으로 권력을 찬탈함으로써 세조도 영락제도 비판의 대상 되었지만, 세조도 영락제도 본디 뛰어난 자질의 소유자로 인정받은 인물이었음은 물론 실제로 두드러진 실적을 올렸다. 단지 그렇고 그런 찬탈자는 아니었다.

시에 나오는 "나리의 마음을 거슬리던 / 그 가시 돋힌 성삼문의 혀"라는 내용에는 다음과 같은 유래가 있다. 암살계획이 발각되자 성삼문 등이 체포되어 국왕이 보는 앞에서 재판이 열렸다. 그 자리에서 성삼문은 수양대군을 향해 '나리'라고 불렀다. '당신을 임금으로 인정하지 않는다. 그러므로 전하라고는 부

르지 않겠다'라는 의사표시였던 것이다. 한국 역사에서 유명한 일화이다.[9]

일본의 예로 보면 도요토미 히데요시에 저항한 센노 리큐千利休의 업적이라든가 기라吉良가에 대한 습격을 주도면밀하게 진행한 오이시 구라노스케大石内蔵助의 고사에 해당하겠지만, 그와 같은 역사적 고사를 도입하는 경우는 연극이나 소설에는 있어도 시에서는 거의 찾아볼 수가 없다.

6. 쓰는 고단講談에서 대중소설로

로쿄쿠는 서사시의 요소를 풍부하게 지니고 있었다. 하지만 로쿄쿠에서 서사시는 탄생하지 않았다. 잡지가 로쿄쿠 대본을 게재하자 판매율이 상승했지만, 거기에 그쳤지 로쿄쿠 대본을 읽는 분위기는 정착하지 않았다. 그 이유는 고단이나 로쿄쿠의 기호층이 독서에 심취하지 않은 사람들이었기 때문이기도 할 터인데, 무엇보다 로쿄쿠가 커다란 붐을 일으킨 다이쇼大正시대 초기와 때를 같이하여 쓰는 고단新고단이라는 새로운 장르가 생겨서 그때부터 대중문학이 발전했다고 하는 요인도 영향을 주었다고 본다.

로쿄쿠는 읽기 위한 장르는 아니었다. 그러면 읽기 위한 것은 어땠는지 이 분야에서는 로쿄쿠가 태동했던 바로 그 무렵 쓰는 고단이라는 형식이 출현한 사실을 의식하지 않을 수 없다. 로쿄쿠와 쓰는 고단과는 직접적인 연관관계가 있다.

노마 세지野間清治가 대일본웅변회의 간판을 내걸고 잡지 『웅변』을 창간한 것

---

9   성삼문이 수양대군에게 '나으리'라고 부르는 장면은 한류드라마 〈공주의 남자〉 19회에 나온다. 재판 현장에서 성삼문이 '나으리'라고 부르자 마침 그 자리에 있던 군신들이 놀라 당황하는 장면이다.

은 1910년의 일이다. 『웅변』은 잘 팔려 거기에 탄력을 받은 노마는 이듬해인 11년 『고단구락부』를 창간했다. 하지만 1913년에 『고단구락부』가 로쿄쿠를 게재했을 때 고단사 측으로부터 격렬한 항의 사건이 발생해 결국 고단사들은 일절 『고단구락부』에 협력하지 않게 되었다. 궁지에 몰린 노마는 『미야코신문』의 잡지 기자들을 기용하여 급히 창작 고단을 게재하기로 한다. 이 쓰는 고단으로부터 후에 대중소설이라는 장르가 탄생하게 되었다.[10]

하지만 쓰는 고단에서 서사시가 탄생하지 않았다. 쓰는 고단에서 탄생한 것은 시대소설이었다. 이토 미하루伊藤ゟはる, 히라야마 로코平山蘆江, 야마노 이모사쿠山野芋作(하세가와 신·長谷川伸) 등의 쓰는 고단 작가들은 시가 아니라 소설을 지향할 목적으로 문학성을 높이려고 노력했다. 1919년 『고단잡지』에 게재된 시라이 교지白井喬二의 「괴건축 12단 반환怪建築十二段返し」은 그때까지의 신고단의 개념을 일신했다. 『고단잡지』는 『고단구락부』의 성공에 힘입어 당시 가장 역량을 발휘하던 하쿠분칸博文館이 그 뒤를 이어 창간한 잡지이다.

「괴건축 12단 반환」은 수수께끼의 요소가 독자의 마음을 사로잡는데 정녕 수수께끼는 없어서 그 점으로 보면 완결되지 않은 소설이었다. 아마 독자는 긴 고단의 일부를 듣기도 하고 가부키의 일부를 보기도 하는 감각으로 접한 것이 아닐까?

다이쇼기에 잡지의 부수가 늘어나자 투고자 중에서 요시카와 기지로吉川雉子郎(요시카와 에이지·吉川英治)와 같은 뛰어난 작가가 연이어 등장했다. 그들이 세상에 소개한 시대소설 속에는 서사적 시정이 풍부한 감동이 넘쳐흘렀다. 『대보살 고개大菩薩峠』나카자토 가이잔·中里介山의 고독, 『미야모토 무사시宮本武蔵』요시카와 에이지의 구도, 『아코 무사赤穂浪士』오사라기 지로·大佛次郎의 역사관 등등 이 시기에 쓰인 대량의

---

10 다카기 다케오(高木健夫), 『신문 소설사 다이쇼편』, 도서간행회, 1976; 오무라 히코지로(大村彦次郎), 『시대소설 성쇠사』(上), 지쿠마서방, 2005 참조.

시대소설은 구스노키 마사시게楠木正成나 아라키 마타에몬荒木又右衛門이나 도요토미 히데요시처럼 누구나 알 수 있는 대상을 반복해서 거론하면서 아코 의사義士가 아니라 아코 '무사'라고 부르는 등 새로운 시점 및 새로운 해석을 제시하고 서사시를 대신한 서사시의 역할을 수행했다.

쓰는 고단과는 별도로 모리타 시켄森田思軒에게 발탁되어 『우편통지신문』에 소설을 쓰기 시작한 무라카미 나미로쿠村上浪六처럼 독특한 시적 리듬의 문체를 지닌 작가도 나타났는데 계승자는 없었다. 1981년에 발표된 처녀작 『삼일월三日月』은 다음과 같은 글귀로 막을 연다. "소위 화려한 복장으로 시중을 떠도는 협객. 건장한 의리의 사나이 등으로 일컫는 자의 일생을 살피느니 야비하고 어리석음이 거의 어린애 닮았도다. 사람인데 뼈가 없고 장이 어시장에 있는 것과 매한가지. 지금 세상에 어찌 번민의 가치 있겠는가."[11] 무라카미 나미로쿠는 50년 이상 집필을 지속한 초인기 작가였는데 그의 소설은 이른바 서사시적 소설이었다. 하지만 나미로쿠의 소설을 어느 누구도 계승하지 않았던 것이다.

결론적으로 일본 근대문학의 토양에서는 서사시가 발전하지 못했다. 일본에서는 서사시의 전통이 정착하지 않았다고 말하기보다 서사시에 해당하는 형식의 구전문학이 서민의 것이었거니와 그것이 문어체로 옮겨졌을 때는 시의 형식이 아니라 대중문학의 형식으로 바뀌었다. 그러므로 지식층에 수용되어야할 형식의 서사시는 발전하지 못했다고 생각하는 것이 타당할 것이다. 그리고 실은 그 무렵의 예능이나 문학이 근대일본 네셔널리즘의 매체가 되었다. 로쿄쿠와 시대소설이 반복해서 묘사한 충군지사, 의리인정이 전쟁 전의 네셔널리즘의 토대를 구축했던 것이다.

로쿄쿠가 사상통제에 관여하는 관료에 의해 장려된 것처럼 일본 서사시는 일

---

11 『대중문학대계3 무라이 겐자이(村井弦斎)·무라카미 나미로쿠·츠카하라 준시엔(塚原渋柿園)·헤키루 리엔(碧瑠璃園)·오쿠라 도로우(大倉桃郎)』, 고단샤, 1971, 109쪽.

견 서민층의 표현양식처럼 보였으나 실제로는 그들의 문화와 감성을 질서와 국가 속에 회수하는 것이었다. 그 점은 한국과는 상당히 대조적이다. 시가 문학적으로 세련되지 않게 보일 때 우리는 시의 문학성 등을 언급하기 전에 무엇보다 사회적 역할에 대해 숙고해보아야 마땅하다.

『法学新報』 123호, 주오대학법학회, 2016년

덕인 · 의인 · 작가 송기숙 선생을 그리며

백낙청(서울대학교 명예교수)

송기숙 선생은 작년 말에 작고하기 전에 너무 오래 병석에 누운 데다 나중에는 소통마저 두절 되었기에 사람들 기억에서 꽤나 멀어진 느낌이다. 그러다 그의 별세 소식이 전해졌을 때, '이분을 잊혀지게 내버려 두어서는 안 된다'는 생각을 한 것이 나만은 아닐 것이다.

물론 부고와 더불어 그가 『녹두장군』 등 여러 권의 소설을 쓴 작가이고 민주화운동에 헌신한 인물이라는 소개가 언론 여기저기에 나왔다. 하지만 민주화운동에 대한 공헌도 앞으로 더 상세히 알려질 필요가 있으려니와 송기숙 문학에 대한 평가는 어쩌면 이제부터 시작되어야 하는 일인지 모르겠다. '의인 송기숙'을 감동적으로 소환한 박석무 다산연구소 이사장의 글「시대의 걸출한 의인을 보내고」,『창작과비평』, 2022년 여름호도, 필자의 전공이나 송 선생과 함께한 활동 내용에 비추어 당연한 것이지만, 작가 송기숙에 대한 본격적인 평가가 아직 멀었다는 내 생각을 굳혀 주었다.

유감스럽게도 나 자신도 그 작업을 수행할 태세가 되어 있지 않다. 계간『문학들』의 추모특집 기고 청탁에 힘겹게 응하면서 그런 소회를 밝힐 따름이다.

원래 의義와 덕德이 별개일 수 없지만 우리의 일상적 어법에서는 덕인으로 미흡한 의인도 상정할 수 없는 게 아니다. 송기숙 선생은 누가 보나 그 둘을 겸한 분이었고 내게는 덕인으로서의 면모가 깊이 각인되어 있다. 염무웅 선생이 그를 처음 만나던 날의 회고담에도 송 선생의 그런 면모가 역력히 드러난다.『창작과비평』을 나와 함께 편집하던 염 선생은 나보다 송 선생을 먼저 만났는데 덕성여대 국문과 전임으로 재직하며 구례 쪽으로 학생들과 학술답사를 갔다가 쌍계사 부근에 투숙했을 때 누군가가 그를 찾는다는 말을 듣고 따라갔더니 40대 사나이가 얼굴 가득히 함박웃음을 지으며 "염 선생이오? 나 전남대 있는 송기숙이오" 하며 반기더라는 것이다. 염 선생은 당시에 읽어 본 송기숙 단편 두어 편에 큰 매력을 못 느껴 좀 찜찜했지만 "그가 하도 반가워하는 바람에 나도 곧 친근감이 생겼"염무웅, 「소개의 글」, 『송기숙 중단편전집』, 창비, 2018고, 이후 서울에서도 자주 만나는 사이가 되었다.

세상에서는 송 선생의 그런 면모를 두고 흔히 '친화력'이라고 하지만 나는 한 걸음 나아가 '덕인 송기숙'의 모습이라 생각한다. 상대가 악인이 아니라 믿어지기만 하면 무한한 호의와 애정으로 대하는 풍부한 인간성인데, 그렇다고 의에 거슬리는 경우에도 적당히 좋게 지내는 성격과는 판다른 것이다. 그를 만나고 교유하면서 나는 언제나 그런 훈훈한 덕을 느끼곤 했다.

처음 만난 것이 딱히 언제였는지는 기억에 없다. 창비에서 그에게 단편을 하나 청탁하기로 했을 때만 해도 나는 그와 면식이 없는 상태였다. 어떻든 그가『창작과비평』에 처음 실은 작품이「추격」1975년 가을호이었는데 저자의 의기意氣와 송기숙 초기 단편 특유의 추리소설 같은 긴박감을 보여 주었으나 큰 감동을 주는 작품은 아니었다.

그 뒤 얼마 안 되어 작가는 『현대문학』1974.2~1975.5에 연재했던 장편 「자랏골의 비가悲歌」의 잡지수록본 페이지를 뜯은 원고를 보내 주면서 창비에서 출간할 수 있는지 타진해 왔다. 나는 그 흥미진진한 이야기 진행과 무엇보다 풍성한 속담과 사투리에 매료되어 읽었는데 뒤로 갈수록 플롯의 마무리에 불만을 느꼈다. 느낀 그대로 작가에게 긴 편지를 보내면서 뒷부분을 바꾸면 어떻겠냐고 조심스럽게 제안했다. 결과는 전 2권으로 나온 초판의 저자 후기에 쓰인 그대로다. "부분적인 표현은 전반적으로 손질을 다시 했고, 후반부의 내용과 구성은 거의 바꿔썼다. 여기에는 몇분의 조언과 격려가 있었다."송기숙, 『자랏골의 비가』 개정판, 창비, 2012, 505쪽

후반부를 거의 바꾸고 전반적인 손질을 가한 작품에 나는 만족했고 저자의 열린 마음에 감명을 받았다. 오로지 책을 내기 위해 소신을 굽히면서 개작할 인물이 아님은 그때도 이미 알고 있었기 때문이다. 개작 결과에 대한 나의 만족이 전면적인 것은 아니었다. 지문의 간결한 현대적 문체보다 대화 속 사투리 속담들에 더 어울리는 서술 문장을 개발하는 과제가 남은 것 같았고, 일맥상통하는 말이지만 제목의 '비가悲歌'라는 단어가 소설 내용에 비해 너무 멋을 부린 느낌을 지금도 갖는다. 그러나 우리 문학의 훌륭한 자산을 만났다는 생각에는 그때나 지금이나 변함이 없다. 개인적으로는 『암태도』1979년 창비에 3회 분재나 『녹두장군』1994년 제9회 만해문학상 수상 같은 한결 묵직한 장편들보다 오히려 큰 매력을 느끼는 작품이기도 하다.

송 선생과의 인연이 한층 깊어진 것은 '우리의 교육지표' 사건1978 때다. 알려졌다시피 이 사건으로 송기숙은 그냥 의식 있고 좋은 교수요 작가에서 일약 전국적으로 유명한 민주화운동의 투사가 되었고 이후 온갖 고난이 시작되었다. 발단인즉, 송 교수가 1978년 봄 어느 날 창비 사무실로 찾아와, 교수들도 이제

무언가 하지 않으면 안 될 시점이 되었는데 어쩌하면 좋겠느냐고 상의하는 것이었다. 학기 초에 학생들이 교수들에게 돌을 던지는 충격적인 일이 있었다고도 했다. 짐작컨대 아무리 전남대생들의 분위기가 격앙되어 있었다 해도 가만히 있는 교수들에게 돌은 던지지는 않았을 것 같고 아마도 (당시 흔한 일로) 교수들이 데모 막는다고 동원되었을 때 발생한 사건이었을 것이다.

이후 진행 중 내가 아는 내용은 2006년에 전남대학교가 작성한 『'우리의 교육지표' 사건 구술자료 채록사업 결과보고서』에 처음 공개했고 『백낙청 회화록』 제5권창비, 2007에도 수록되었기에 여기서 길게 되풀이할 필요는 없다. 송교수의 부탁을 받고 내가 해직교수협의회1977년 결성, 회장 성내운, 부회장 문동환·백낙청에 알려 논의한 끝에, 정부나 유신헌법에 대해 직접적인 언급은 피하고 국민교육헌장에 대한 비판적 의견 제시 성격의 문안을 만들기로 했고 어쩌다 보니 문언 작성의 임무가 내게 돌아왔다. 아무튼 이 문건으로 전국적인 교수 서명을 받자는 게 애초의 계획이었다. 그러나 전남대를 빼고는 서울에서부터 일이 지지부진하여 결국 성내운 회장의 결단으로 광주에서만 발표하는 걸로 되었다. 전대 교수들로서는 '서울 것들'한테 완전히 당해서 요즘 말로 '독박'을 쓴 셈이다. 나로서는 두고두고 전대 교수님들께 미안하고 죄스럽게 되었다. 그러나 사건 자체의 의미에 대해서 나는 '구술자료 채록사업' 조사에 응하면서 다음과 같이 평가한 바 있다.

그니까 광주 지역이 우리 민주화운동의 핵심 세력으로 떠오른 것은 5·18 이훈데, 그 전에도 광주·전남 지역 민주화에 대한 열기가 강했거든요. 그러나 이게 결집되는 계기가 없었는데, 그런 것을 마련한 것이 교육지표 사건이 아니겠는가, 그래서 우리가 5월 광주, 광주의 5월민주항쟁을 그냥 그게 많은 사람들의 희생이고 불행이라는 차원에서만 보면 어떤 의미에서 교육지표 사건이 더 큰 불행을 준비하는 하나의 예비 단계였다고 볼 수 있지만, 그런 희생에도 불구하고 이게 참 역사적으로 큰 의미가 있는 사건이고 길게 봐서, 크게 봐서 민중의 승리였다고 하는 관점에서 본다면 그런 승리를 준비하는 데 교육지표 사건이 중요한 하나의 단계가 됐다고 볼 수 있죠.

—『백낙청 회화록』5권, 297쪽

이어서 그때 고생하고 파면당한 전대 교수님들한테는 늘 미안한 마음이지만 송기숙 선생한테는 그다지 미안하지 않다고 다소 뻔뻔하게 덧붙였다. "왜냐면 워낙 친하기도 하지만 자기가 먼저 뭐든 하자고 얘기했고, 그래서 우리가 만들어 줬다가 자기가 뒤집어썼지만 그걸 통해 오늘의 송기숙이 만들어지고 했으니까……"297~298쪽 그러나 놓치지 말아야 할 점은, 내가 덜 미안할 수 있었던 것이 송 선생이 조사 과정과 법정에서 모든 것이 자기 책임 아래 이뤄졌다고 당당하게 주장했을 뿐만 아니라 훗날 나를 만나서도 나로 인해 피해를 입었다는 기색을 전혀 안 보였기 때문이다. 역시 그는 의인이자 덕인이었던 것이다.

소설집『개는 왜 짖는가』1984 출간 후 나는「80년대 소설의 분단극복의식」이라는 제목으로 처음이자 (불행히도) 마지막으로 송기숙론에 해당하는 평론을 썼다.졸저『민족문학의 새 단계』, 창작과비평사, 1990 수록 저자가 주로 분단 문제를 다룬 작품을 모아 놓은 책인데 수록 작품 중 1980년대 작으로『당제堂祭』와「어머니의 깃발」이 규모도 중편이며 내용상으로도 뛰어난 역작들이다. 그러나 등단한 지 얼마 안 돼 발표한「어떤 완충지대」1968를 보면 분단에 대한 작가의 관심이 오래 되었고 뿌리깊은 것임을 확인할 수 있다. 기술적으로 흠결 없는 단편이라고 말하기는 힘들다. 예컨대 남파간첩으로 체포됐던 여인이 애초 가져왔던 자살용 특수핀을 아직 안 뺏기고 지니고 있다는 점도 작위적인 설정으로 보인다. 그러나

시종 긴박하게 진행되는 플롯이 그런 점을 간과하게 하는 효과도 있으려니와, "이쪽 시간도 저쪽 시간도 아니고, 우리 두 사람의 시간"에 충실하려는 여인의 대담한 결심이나 자신을 "어느 깃발 아래도 끌어넣지 말고, 한 사람 평범한 주부로 놔달라는"『송기숙 중단편전집』, 59·65~66쪽 피맺힌 절규는 사소한 결함을 덮고 독자의 감동을 얻기에 충분하다.

추모문을 쓰는 김에 나는 평론에서 언급한 작품들이나마 다시 읽고 당시의 내 판단을 새로 점검해 보고 싶었다. 하지만 시간에 쫓겨 너덧 편만 읽고 말았다. 대신에 현 시점에서 떠오른 한두 가지 생각만 적을까 한다.

이들 작품에서도 송기숙의 이전 이후 소설들과 마찬가지로 불의한 권력과 사회에 대한 저항의식이 주조를 이룬다. 그러나 내가 강조하고 싶은 점은 그 저항의식의 바탕을 이루는 것이 평범한 사람들에 대한 저자의 깊은 공감이라는 점이다. 실제로 「휴전선 소식」1971, 개고 2007 같은 작품에는 뚜렷한 악인이 없다. 무대도 남해의 낙도라 휴전선과 거리가 멀 뿐 아니라 전해 오는 소식도 '휴전선 소식'인지 아닌지 불분명하다. 그러나 뜻밖의 우연과 오해가 겹치면서 벌어지는 사태는 휴전선으로 분단된 나라의 아픈 현실을 고스란히 보여 준다. 이런 사태 진행에 독자가 깊이 공감하게 되는 것은 서술 중간중간에 실제 어느 낙도 어린이가 쓴 작문 내용을 솜씨 있게 끼워 넣은 서사기법도 있지만, 무엇보다 학교라고는 분교도 아닌 '분교실'이 겨우 있고 삼팔선과 휴전선도 잘 구분 못 하는 주민들의 삶을 애정을 갖고 실감 있게 그려 낸 저자의 심성이 중요하게 작용한 덕분이라 본다.

그처럼 분단된 한국 현실의 바닥에서 출발하기 때문에 송기숙의 '분단소설'들은 단지 분단 현실을 묘사하기보다 분단 극복 의식을 힘 있게 표출한다. 나아가, 비록 그가 분단 체제라는 말을 안 쓰고 나 자신도 아직 그 개념에 착안하기 전이지만, 그는 분단 문제를 직접 다루든 않든 분단이 일종의 체제로 굳어져 우리 사회 곳곳에 스며든 현실을 체득하고 있는 것이다.

교육지표 사건으로 복역 중 사면으로 출소한 바로 이듬해, 송 선생은 다시 5
·18의 '내란중요임무종사자'로 투옥되었고 이때는 혹독한 고문까지 당한 것
으로 안다. 1981년 4월에 형집행정지로 출옥했는데, 형집행정지는 당국이 언
제든지 취소할 수 있는 행정처분에 불과했지만 송 선생은 반정부 활동과 민중
문화운동을 거침없이 펼쳐 나갔다.

6월항쟁을 겪은 뒤 그가 주도한 새로운 사업 중 특별히 의미 있다고 생각되는
것은 1988년에 5월민주항쟁에 대한 구술자료 등 연구와 조사 작업을 수행할
'한국현대사사료연구소'를 설립한 일이다. 송 선생 특유의 공심과 뚝심 그리고
자료에 대한 성실한 존중심이 설립의 원동력이었다. 이후 연구소는 전남대의 5
·18연구소로 진화하여 5·18과 한국현대사 연구의 중요한 거점이 되었다.

송기숙 선생은 문단의 자유실천운동에도 처음부터 적극적이었는데 광주에
살기 때문에 주도적인 참여는 어려웠다. 6월항쟁 이후 자유실천협의회가 민족
문학작가회의현 한국작가회의로 확대 개편된 이후 그는 1991년에 부회장을 맡았고
1994년에는 회장임기 중에 사단법인화가 이루어져 이사장이 되었다. 여기에도 그와 나 사
이에 좀 특별한 사연이 있다.

나는 민족문학작가회의 창립과 더불어 요산樂山 김정한金廷漢 선생을 모시고
고은 시인과 둘이서 초대 부회장이 되었다가 고은 선생이 회장을 맡은 뒤에도
부회장직을 수행했다. 그래서 다음 회장을 하라고 요구하는 분들도 있었지만
창비를 하고 있는 상태에서 짐을 더 지기 힘들었는데, 마침 신경림 선배가 계
셔서 그분이 고 선생의 뒤를 이었다. 문제는 신 선생이 더는 못 하겠다고 하셨
을 때였다. 일부 후배들이 추대하려는 천승세 선생이 상당한 열의를 보이셨는
데, 당시 나는 천 선생과 무척 가까운 사이였고 그의 문학을 높이 평가하는 글

도 썼지만 그 분이 조직을 이끈다거나 도대체 조직 생활을 원만히 하시리라는 믿음이 들지 않았다. 그래서 광주에 있지만 송기숙 선생이 나서 주면 좋겠다고 생각하던 중, 천 선생의 요청으로 둘이 만나게 됐다. 만나자마자 그는 당신이 회장이 되어야 하는지를 장시간 열띠게 설명했는데 나는 묵묵히 듣기만 했다. 그때 '선생님 그건 아닌 것 같습니다'라고 솔직 분명하게 말했어야 하는데 그러지 못한 것이 나의 잘못이다. 천 선생은 나와 만나 지지를 확보했다고 믿고 후배들에게도 호언했는데, 얼마 후 내가 송기숙 부회장을 대안으로 밀자 당연히 격노했고 심한 배신감을 느꼈을 것이다. 그 때문에 우리의 우정에도 금이 가고 말았는데 직접적인 책임이 내게 있었음은 물론이다.

송 선생을 설득하는 문제도 간단한 일은 아니었다. KTX도 없던 시절에 광주를 오르내리며 회장직을 수행하는 게 무리라는 그의 항변을 꺾을 말이 궁할 수밖에 없었다. 마지막으로 내가 제시한 카드는, 내가 다시 부회장으로 복귀하여 서울 살림을 맡아 드릴 테니 때때로 꼭 필요한 회장 업무만 해 주십사는 거였다. 그렇게 해서 그가 딱 2년만 하기로 응낙했고 차기에는 꼼짝없이 내가 이어받았다가 1998년에 신경림 선생이 한 번 더 하시는 수순으로 이어졌다.

내가 연구년으로 미국에 다녀온 1999년 이후로도 송 선생과는 혹은 서울에서 혹은 광주에서 혹은 광주 인근의 산행에서 자주 만났다. 이사하신 화순으로 찾아간 적도 있다. 만나면 언제나 푸근한 선배요 친구였다. 그의 병환 초기에는 이따금 전화를 하면 늘 반가워하며 이런저런 이야기를 나누곤 했다. 하지만 병이 더 진행되면서 언제부턴가 통화의 기회마저 끊겼고 간접적으로 안부를 들을 뿐이었다(한번은 따님 두 분이 서울로 나를 찾아와 여러 이야기를 긴 시간 반갑게 나누었다), 간접으로 전해지는 소식조차 점점 뜸해졌다가 결국 그의 부음을 듣고 말았다. 만감이 교차하며 나는 한동안 망연자실하였다.

『문학들』 68, 2022년 여름호

김준태, 고난에서 창조로

독립운동 기념의 해에 『광주로 가는 길』을 읽는다

사가와 아키(佐川亜紀, 시인)

1. 민중이 빛을 비춘 길을 선명히

2019년은 조선독립을 이루기 위해 민중이 일어서 전개한 1919년의 '2·8독립선언'과 '3·1독립운동'의 100주년에 해당하는 해이다. 이 사실을 알고 있는 일본인이 얼마나 있을까? 문재인 정권이 징용 피해자 문제 등 역사에 대해 더욱 냉엄한 태도를 보이는 것도 한국인의 심저에 뿌리를 내리고 있는 독립정신과 관계가 있으리라.

1910년 이후 조선의 유학생들은 일본의 '한국병합'에 의한 식민지 지배에 대해 항의와 자유독립의 목소리를 드높였다. 1919년 2월 8일 도쿄의 간다神田 YMCA에서 '2·8독립선언'을 발표했다.

'3·1독립운동'은 3월 1일에 전국으로 번진 민족적인 항일운동이었다. 천주교, 기독교, 불교의 민족대표 33명이 서명한 독립선언서가 배포되어 독립만세를 외치는 시위운동에 2백만 명 이상이 참가했다. 하지만 조선총독부의 무력 탄압으로 약 7천 5백 명이 사망했으며 4만 6천 명이 검거되었다고 한다.

3·1독립운동 때에는 불교도 시인이던 만해 한용운도 독립선언서에 서명했다. 한용운은 「님의 침묵」이라는 시로 유명한 시인인데, 강원도에는 훌륭한 '만해 마을(문학관)'이 들어섰다. 2007년 한국 근대시 100주년 기념 당시 한국 시인협회의 초청으로 나베쿠라 마스미 씨와 함께 축하회에 참가한 적이 있다. 당시 일본군 위안부 문제와 관련한 시가 그림과 함께 전시되어 있어서 인상 깊었다.

이렇게 한국에서는 민중투쟁의 사실과 역사를 시로 표현한다. 사람들이 감정과 사고를 공유하며 표현하는 형태로 계속 거론하고 있는 것이다.

1980년의 광주민주화운동도 그들이 강렬한 기억으로 되새기고 있는 운동이다. 본지 2018년 7월호의 한국시 특집에서도 언급했는데, 나는 2017년 11월 광주에서 열린 제1회 아시아문학제에 초청을 받은 바 있다. 그 역사의 피가 흐르고 살아 숨 쉬는 장소에 서서 마음이 동요되었던 기억이 있다. 기념관에 사진이 걸려 있었다. 일반시민도 희생된 처참한 사건이었지만 슬픔을 서로 나누며 희생을 새로운 시대를 개척하는 에너지로 바꾸려는 긍정적인 힘을 느꼈다. 김대중 대통령에서 노무현 대통령, 문재인 대통령에 이르는 민주정권의 실현은 커다란 창조적 역사였으리라. 현대예술과의 융합은 운동에 대해 보편적 인식을 고양시키고 세계화하는 비약의 계기가 되었다.

북미정상회담의 실현과 함께 조선반도의 분단구조에 변화가 찾아오려는 때에 『김준태시집－광주로 가는 길』김정훈 역, 후바이샤, 2018.10.30이 출판되었다는 점에서 뜻깊다고 하겠다.

광주민중운동이 발발했을 당시 계엄군은 보도통제를 가하고 있었다. 그런 까닭에 「아아 광주여, 우리나라의 십자가여」라는 유명한 시는 세계에 투쟁을 전함에 있어서 커다란 역할을 수행했다.

김준태도 그 시는 "1980년 5월, 한반도의 남녘 도시 광주에서 공수계엄군의 총칼에 맞서 일어난 '5·18광주항쟁'을 최초로 형상화한 시로 동년 6월 2일 자 『전남매일』 2개월 후 강제 폐간됨에 게재되었고 곧바로 외신을 타고 미국, 일본, 중국, 독일, 프랑스 등 전 세계 언론에 발표되었다"고 기록했다.

발표된 후 일본에서는 김학현金学鉉이 「ああ、光州よ、われらが国の十字架よ」로 번역해, 이 제목으로 퍼져서 집회에서 자주 낭독되었다. 『황야에서 부르는 목소리 - 한과 저항에 사는 한국시인 군상』, 츠게(柘植)서방, 1980.11.25

2. 그리스도교적인 희생과 부활

이번에 『김준태시집』이 번역, 간행되어 ① 광주민주화투쟁이 현재로 이어지는 운동과 사상이라는 점에 대한 재인식 ② 김준태 시의 전체상 ③ 김준태의 인생에 대한 파악 등 여러 면을 발견할 수 있었다.

지금 다시 김정훈 번역으로 「아아 광주여, 우리나라의 십자가여」를 읽고 깨닫는 것은 기독교적 색체가 농후하다는 점이다. 시인은 광주의 고난을 십자가에 걸린 그리스도예수에 비유하고 있다.

아아, 우리들의 도시
우리들의 노래와 꿈과 사랑이
때로는 파도처럼 밀리고

때로는 무덤을 뒤집어쓸지언정

아아, 광주여 광주여

이 나라의 십자가를 짊어지고

무등산을 넘어

골고다 언덕을 넘어가는

아아, 온몸에 상처뿐인

죽음뿐인 하느님의 아들이여

　광주민중운동은 해방 후에도 길게 이어진 군사독재정권에 대한 저항이었다. 그 근본에는 남북분단에서 빚어진 긴장감이 존재하고 있었다. 인권의 관점에서 보면 표현의 자유와 기본적 인권억압의 철폐를 추구했다. 개발독재로 인해 노동자, 농민에 대한 부담 강요의 상황에서 빈곤화와 노예화에 맞선 저항이었다고 볼 수 있다.

그 누구도 찢을 수 없고

빼앗을 수 없는

아아, 자유의 깃발이여

살과 뼈로 응어리진 깃발이여.

　이처럼 정치적인 슬로건을 초월해 종교적인 틀 속에서 서술되는데, 이것이 한국 시의 특징이다. 김준태는 작품 「나는 하느님을 보았다」에서 유신론자도 무신론자도 아니지만 "하느님을 / 나는 광주의 신안동에서 보았다"라고 썼다. 3 · 1독립운동 당시에도 그리스도인 16명이 독립선언서에 서명하지 않았던가. 희생자는 십자가에 걸린 예수 그리스도와 통한다고 하는 성화聖化와 부활에 대한 기도가 사람들에 전해지는 감성으로 작용해 널리 공감대를 확산시켰던 셈이다. 더구나 시민 피해의 참혹함에 대해서는 말할 나위도 없거니와 살아남은 자가 자신을 책망하는 자성은 내면성을 고조시킨다. 그 성실함의 극치에 감동하게 된다.

> 아아, 살아남은 사람들은
> 모두가 죄인처럼 고개를 숙이고 있구나
> 살아남은 사람들은 모두가
> 넋을 잃고 밥그릇조차 대하기
> 어렵구나 무섭구나
> (…중략…)
> 아아, 여보! 내가 결국
> 당신을 죽인 것인가요?

계엄군에 의해 죽임을 당했음에도 자신의 무력감을 원망하는 마음은 투쟁의 주체가 자신이라고 하는 자각에 의한 것이다. 그러므로 마지막에는 일어선다는 각오로 시가 막을 내린다. "세월이 흐르면 흐를수록 / 더욱 젊어져갈 청춘의 도시여 / 지금 우리들은 확실히 / 굳게 뭉쳐 있다 확실히/ 굳게 손잡고 일어선다." 시인은 간결한 표현으로 정리했다. 그리고 '당신' 등의 언어를 거듭 사용하면서 동일한 시구를 반복했다. 게다가 리듬을 살렸기에 읽는 이가 낭독하기에도 호흡이 잘 맞는 작품으로 보급되었음에 틀림없다.

3. 김준태 시의 전체상을 전한다

이 시집을 통해서 김준태 시와 인생의 전체상을 파악할 수가 있다. 시의 테마는 ① 조선반도의 민주화와 평화 ② 시란 무엇인가 ③ 생명의 순환과 자연 ④ 한국의 풍토와 풍습 ⑤ 여성의 애정과 출산의 에너지에 대한 찬미 등 다채롭다. 표현은 평이하고 간결하지만 유머가 풍부하다. 특히 마음을 사로잡는 것은 여성을 적극적으로 거론하고 있는 점이다. 시 「여자의 사람은 총알보다도 더 멀리 날아간다」, 「밭 여자」, 「지리산 여자」 등에서 거론한, 여성의 애정과 생명력이 인간의 재생에 중요하다는 언급이 인상에 남는다.

특히 「지리산 여자」는 한국전쟁 당시인 1951년 지리산의 바위 틈새기에서 살아남은 "노인의 하늘을 / 자신의 땅 속으로 깊이 끌어 당겼다", "셀 수 없이 많은 아이를 낳고 싶어요"라고 염원하는 대범한 상상력 속에서 쓰인 장시이다. 한편 자연과 일체가 된 단시도 깊은 맛이 난다.

칼과
흙이 싸우면
어느 쪽이 이길까

흙을
찌른 칼은
어느새
흙에 붙들려
녹슬어버렸다

―「칼과 흙」

지명을 충분히 사용하고 있는 점도 특징이고 풍토에 대한 애정 또한 느낄 수 있다. 「광주」는 물론, 「청천강」, 「금남로 사랑」, 「섬진강」 등.

역자인 김정훈은 「해설」에서 "1977년 첫 시집 『참깨를 털면서』를 발표하면서 농촌의 현실과 일상의 진실을 묘사해왔다. 한편 시인의 뇌리에 자리 잡은 비극적 체험은 그의 육체와 정신을 지배하고 있어서 그것이 뭔가 자극을 받으면 곧장 언어적 메시지로 발신된다"고 언급했다.

김준태의 인생은 격동의 역사 속에서 계속 '비극적 체험'을 겪어야했던 것이었다. "할아버지는 일본제국주의의 전쟁시대, 오사카로 징용노무자로 끌려가 이타미伊丹공항에서 일했고, 아버지는 일본군으로 징병, 태평양전쟁에 참전했기 때문이다. 그리고 아버지는 김준태가 아직 어릴 적에 민족분단의 사건에 휘말려 해남에서 학살당했다. 10살 때에는 어머니도 병으로 세상을 떴다." 이러한 조부모, 양친에 대한 체험이 밑바탕이 되었다. 그런 바탕 위에서 그는 민주화운동에 참여했다. 그리고 광주항쟁의 현장과 조우한 뒤, 감정과 사고를 고양시켜 단숨에 역사적인 명작을 완성하기에 이르렀다.

김준태는 자신의 시의 테마는 '생명과 평화와 통일'이라고 주장한다. "일본에 대해 반 애증을 품는 사람이 많지만, 해를 거듭하며 한국과 일본은 동북아시아, 나아가 세계평화를 위해 서로 고뇌를 나누며 함께 지혜를 모아 연대해왔다"고 설명한다.

「쌍둥이 할아버지의 노래」는 남북분단 극복과 통일의 염원을 담아 노래한 시다. 인용하며 일본에서도 평화를 이루기 위해 함께 노력하고 싶다.

한 놈을 업어주니 또 한 놈이
자기도 업어주라고 운다
그래, 에라 모르겠다!

두 놈을 같이 업어주니

두 놈이 같이 기분 좋아라 웃는다

남과 북도 그랬으면 좋겠다.

4. 인간애 넘치는 시집

일본의 젊은이들 사이에 한국에 대한 호감이 높아져서 고무적인 일이라고 생각한다. 하지만 키워드가 사랑이다. 솔직히 열정적으로 사랑을 얘기하거나 행동으로 표현하는 한국인들의 모습에 끌린다. 동경한다. 시집 『광주로 가는 길』에서도 인간에 대한 애정이 넘쳐나는 점에 가장 감동한다.

권두시 「봄여름가을겨울」의 첫 작품도 「사랑」이다.

1. 사랑

아무도

깨뜨릴 수

없는 하늘,

저 둥근 거울!

아무도 깨뜨릴 수 없어서 둥근 거울 같은 하늘은 지구를 감싸는 사랑일 터이다. 사랑과 이상은 깨뜨릴 수 없다. 자신들을 비추면서 서로를 지켜보는 존재이다.

시 「아아 광주여, 우리나라의 십자가여」에서도 애정 표현이 열정적으로 느껴진다.

아아, 지금 우리들은

어깨와 어깨 뼈와 뼈를 맞대고

이 나라의 무등산을 오르는구나

아아, 미치도록 푸르른 하늘을 올라

해와 달을 입맞추는구나

독립운동의 산으로 무등산은 유명한데 그 정상에서 "해와 달을 입맞추는구나"라고 표현하는 웅대한 사랑은 독창적이다. 이러한 심오한 심상으로 광주민주화운동에 접근하여 예술성을 고조시키고 있는 점에 감동을 느낀다.

또한 시 「여자의 사랑은 총알보다도 더 멀리 날아간다」도 인상적인 작품이다.

여자들은 생명을 꺼안으려고 달려갔다

(여자의 젖은 남자들의 피보다 강하다)

여자들은 깃발을 찾으려고

깃발을 찾아서 사람의 뼈를 세우고

찢어진 치마 석류알 가슴으로 달려갔었다

세상에 흔하디 흔한 바보 같은 사내들

보라, 여자의 사랑은 총알보다도 더 멀리 날아가지 않느냐

총알보다도 더 멀리 날아가

죽일 것도 기어이 젖가슴으로 누르고

살려낼 것은 기어이 기어이 살려낸다

한국의 독립운동·민주주의 운동은 유관순이나 나혜석 등의 여성들에 의해 발전해왔다. 하지만 여성의 사랑과 활동은 경시되는 경향이 있었다. 김준태는

"이 세상 천지를 언젠가는 구해내고야 말 여자 / 감격의 여자, 인류의 마지막 얼굴! / 인류의 마지막 꿈으로 뭉쳐진 여자!"라고 통찰했다. 뛰어난 지적이다. 일본에서도 여성의 사회적 지위는 아직 낮아서 한국의 페미니즘 운동에 공감하는 사람들이 적지 않다. 김준태는 남성의 입장에 서서 여성을 적극적으로 평가해왔다.

『광주로 가는 길』을 관통하고 있는 것은 남성이 아니라 여성이야말로 멀리 날아가 유방으로 총알을 막고 인류의 꿈을 실현한다고 하는 칭송의 흐름이다.

김준태의 높은 이상, 애정의 풍부함, 위대한 선견성, 폭넓은 시야에 경탄하지 않을 수 없다. 미래로 이어질 시의 전도가 명확히 전해져온다.

『시와 사상』, 2019년 5월호 게재에 가필

이회성李恢成 문학의 세계

와타나베 스미코(渡邊登子, 다이토분카대학교 명예교수)

이회성은 김석범[1]의 10년 연하[2] 후배에 해당하는 재일조선인 작가이다. 이 두 사람은 서로 앞서거니 뒤서거니 하며 작가 활동을 시작하였다. 김석범이 2년 빠르다. 하지만 충격적인 명작『까마귀의 죽음鴉の死』新興書房, 1967.9은 웬일인지 문제시되지 못하였다. 당시 화제로 거론되던 오다 마코토小田実 일행의『인간으로서서人間として』에 실린『만덕유령기담万德幽霊奇譚』筑摩書房, 1970.12·1971.11이 주목을 받아 비로소『까마귀의 죽음』도 소생했다고 언급할 수 있다. 이회성은『만덕유령기담』이 발표되기 전『다시 걷는 길またふたたびの道』로 군조群像신인상을 수상하였다. 그가 김석범보다 한발 먼저 문단에 데뷔한 셈이다. 1972년에는『다

---

1 『문예연감』에는 생년월일이 1925년 10월 2일로,『일본근대문학대사전』에는 8월 15일로 표기되어 있다.

2 이회성의 경우『문예연감』에는 생년월일이 1935년 2월 26일로,『일본근대문학대사전』이나『신예작가총서』(1927.7)의 이회성 소개 말미의「연보」에는 1935년 7월 15일로 기록되어 있다.

듬이질 하는 여인砧をうつ女』으로 아쿠타가와상을 외국인으로서 최초로 수상하였으며 1994년에는『100년의 나그네들百年の旅人たち』상·하로 노마野間문예상을 수상하였다.

뛰어난 재일조선인 작가는 그 외에도 다수이나(이론도 있겠으나) 이 두 사람을 거론하고 싶다. 본고에서는 이회성 문학을 주로 논의하려고 한다. 두 사람의 상대적인 창작 방법에 대해서 우선 개괄적으로 정리하려고 한다. 김석범의『까마귀의 죽음』을 읽었을 때의 충격을 지금도 잊을 수가 없다. 영화감독 최양일은「20세기의 명저」란에 이 작품을 읽은 감상을 토로하며 "절망과 희망의 장대한 카오스에 나의 전신의 피가 역류하였다"[3]라고 서술하였다. 참으로 그 감상 그대로의 작품이다. 하지만「연표의 회年表の会」가 편집한『근대문학연표』에는『까마귀의 죽음』이 실리지 않았다.

『까마귀의 죽음』은 1948년에 발발한 제주 4·3사건을 소재로 삼은 작품이다. 김석범 부모의 고향이 제주도라는 사실과도 관련이 있겠다. 하지만 개인적 문제를 떠나 김석범의 작가적 영위는『까마귀의 죽음』을 원점으로 한 제주 4·3사건의 서술에 의한 것이라고 해도 과언이 아닐 정도이다. 김석범은 그렇게 계속 표현해왔으며 그 집대성이라고 할 수 있는『화산섬火山島』 전7권『문예춘추, 1983~1997으로 결실을 보았다.

사적인 일인데 제주도에 두 번 간 적이 있다. 첫 번째는『까마귀의 죽음』을 읽지 않아서 그 작품의 존재를 몰랐던 오래전의 일이다. 한국의 대학에 집중 강의로 초대를 받았을 당시 한국에서는 신혼여행의 메카였던 이 섬을 방문하였다. 관광여행이었다. 두 번째는『까마귀의 죽음』에 충격을 받은 데다가『만덕유령기담』에 감동한 후였다. 한국 일본문학회로부터 강연을 의뢰받아 강연 뒤 수명의 대학교원들에게서 질문 공세에 시달리며 4일간에 걸쳐서 대응하였

---

3   『도쿄신문』, 1999년 3월 14일 자.

다. 학위논문 지도 대상이던 제자들40대 후반의 교수직에 있던 사람도 포함 7~8명이 제주도행을 기획해 주었다. 『까마귀의 죽음』에 대한 충격에 나의 마음이 요동치고 있었으므로 호의를 받아들이기로 하였던 것이다.

관광의 목적이 아닌 만큼 당시의 일을 알고 있는 사람에게 4·3사건 터를 둘러볼 수 있도록 안내를 부탁하였다. 제자들은 4·3사건을 모르고 있었다. 한국에서는 터부시하고 있었던 것이다. 나는 놀라서 간단히 설명한 뒤 자국의 역사를 모르면 안 된다고 강조하였다. 하지만 그것은 큰 창피였다. 택시로 6시간이면 돌 수 있는 작은 섬을 2박 3일에 걸쳐 당시를 기억하는 고령자의 안내로 둘러보았다. 가는 곳마다 남겨진 잔학행위가 행해진 터를 보고 우리는 숨을 죽였다. 하지만 더욱 나를 경악하게 하고 몸을 옥죄게 한 것은 이 섬이 일본군의 공격 발진기지였다는 사실이었다. 역사의 무지를 실감한 나야말로 침략국의 한 사람으로서 알아야 하는 일이며 알아서 참회해야 할 일이었다. 비행장의 터는 밭이 되어 있었고 격납고와 탄약고 등에는 잡초가 무성해 있었다. 이쪽저쪽 그 숫자가 적지 않아서 가슴이 조여들었다. 더욱이 해안에는 특공대의 발신 기지였다고 지정된 넓은 동굴이 여러 개 보였다. 강제적으로 도민들에 의해 만들어졌다고 한다. 식민지 시대였다. 전후 사죄와 보상은 한 것일까? 나는 깊게 그들에게 머리를 숙여 무지를 사과했다.

김석범에게 '전후戰後'는 제주도를 의미한다고 한다. 하지만 전쟁 중에는 일본군의 기지였으니 제주도는 계속 타국에 의해 희생을 강요당했던 곳이다. "제주도 경찰 감방에서는 '석방'과 학살이 동의어였다"라고 「간수 박서방」에 새겨져 있다. 일본의 식민지통치[4]로부터 '해방'이 환상임을 알고 새로운 지배자 미

---

4 2014년부터 17년까지 4회에 걸쳐 발표한 본 기요(紀要) 「전쟁하 『국민문학』의 위상」에 가필하고 내용을 첨가하여 2018년 8월 15일을 초판 제1쇄의 날로 정해 출판한 『식민지 조선에서의 잡지 『국민문학』』(彩流社)을 참조하길 바란다. 식민지가 된 나라의 비참한 실태가 얼마나 혹독한 것일까? 더구나 징용공 문제나 전시하의 외국인노동자에 대한 학대의 실태를 마쓰다 도키코(松

국과 이승만 정권에 맞서는 봉기 사건이 일어났다. 그 최대의 대상은 김석범이 집요하게 추구한 제주도의 반란이었다. 1948년 4월 3일 제주도민은 무장봉기를 일으켜 섬의 중앙인 한라산에서 대응했다. 미국의 요구에 응한 이승만은 전도민 30만 명을 대상으로 살육을 저질러 도민의 반수 정도가 학살당했다고 하는 제주도 4·3사건은 김석범 문학 그 자체일 터이다.

김석범과 이회성의 소설 작법은 상대적이다. 김석범은 사소설적인 자기 구술 방법을 취하지 않고 4·3사건을 마음속으로 그려 픽션으로 구성하였다. 그에 비해 이회성은 사소설로 왜소화하지 않고 픽션으로 폭을 넓혔지만 정치 문제에 몰두하면서 자기 자신과 가정을 소재의 축으로 삼았다. 이회성의 부모 고향이 아버지는 북쪽, 어머니는 남쪽이라는 것도 영향을 끼쳤겠지만 "북쪽이나 남쪽이나 나의 조국"이라는 신념으로부터 남북통일의 실현을 한시도 잊지 않는 입장을 견지하였다. 한편 김석범은 민족통일이 이루어진 조선이야말로 우리 조국이라는 생각을 지니고 있었다. 작품의 방법이나 삶의 차이는 있었지만, 재일 2세인 이 두 사람이 두 사람에 한정되지는 않더라도 이번에는 두 사람에 주목한다의 문학이 일본 문단에 지금까지 보이지 않던 신선한 것으로 일본 문학자들이 수용하고 자극을 받은 것은 분명하다고 할 것이다.

이회성 문학세계 언급에 있어서 빠뜨릴 수 없는 작품은 장편이라고 하기보다 대하소설의 부류에 속하는 『이루지 못한 꿈見果てぬ夢』 전6권講談社, 1977~1979 및 『지하생활자』 전5권講談社, 2000~2015이다. 하지만 『지하생활자』는 『다시 걷는 길』『群像』, 1969.6, 『우리 청춘의 길 위에서』『群像』, 1969.8, 『죽은 자가 남긴 유품』『群像』, 1970.2, 『증인이 없는 광경』『문학계』, 1970.5, 『가야코를 위하여』『新潮』, 1970.8, 『무장하는 우리

田解子)의 『땅밑의 사람들』이나 졸저 『기골의 작가 마쓰다 도키코 백 년의 궤적』, 졸고 「지독한 인권무시의 하나오카 사건」(2010.5.7); 「땅밑으로부터의 비명 지금도」(2014.7.31) 등을 통해 (둘 다 『도쿄신문』, 『주니치신문』 석간에 게재) 확인 바란다.

애』『문학계』, 1970.10, 『아오큐靑丘의 숙소』『群像』, 1971.3, 『다듬이질 하는 여인』『계간예술』, 1971.6, 『반 쪽바리』『문예』, 1971.11, 『나의 사할린』『群像』, 1972.1, 『인간 형상의 왕바위』『新潮』, 1972.1 등 계속해서 발표한 초기작품에서 단편적으로 언급해온 과거를 '조우철趙愚哲'이라는 한 인물에게 이야기하게 한다.

그러므로 재일조선인의 고난의 역사가 응축되어 있어서 그동안 써온 작품의 집대성이라고 말할 수 있다. 이 장편 두 작품에 대해서는 후일 언급하기로 하고 본고에서는 작가가 '나'의 기억을 통해 인간 형성 과정을 단편적으로 언급해온 초기작품, 청춘 소설이라고 하기보다 인간 형성 소설이라고 부르고 싶은 이들 작품을 다시 주시해보려 한다. 이회성의 문학세계가 조형되는 도정을 탐색해보려고 한다.

이회성은 당시 일본영토로 사할린이라고 불리던 섬의 마오카초真岡町에서 아버지 이봉섭李鳳燮과 어머니 장술이張述伊 사이에서 3남으로 태어났다. 아버지는 북한의 황해도 출신이었고 어머니는 남한의 경상북도 출신이었다. 조선 전쟁으로 남북분단이라고 하는 비참한 상황에 내몰렸다. 전쟁 시기에는 일본의 식민지였기에 일본 제국에 예속을 강요당하였다. 또한 인간으로서의 존엄을 강탈당하였다. 아버지의 도일은 노동력 보충을 위한 징용이었을까? 어머니는 몰락한 가정의 외동딸이었다. 18세 때 일본으로 돈벌이를 하러 가서 아버지와는 규슈의 탄광에서 만나 연을 맺었다.

식민지 시대가 조선과 조선 민중에게 얼마나 가혹했는지, 그 점에 대해서는 다이토분카대학『紀要』 게재의 발표논문을 중심으로 정리한 졸저『식민지 조선』에서의 잡지『국민문학』彩流社, 2018.8.15과 다른 지면에서도 반복해서 써왔다. 일본 패전으로 해방된 조선 민중은 다시 (당시)미소의 대립에서 비롯된 조선 전쟁이라는 불합리함을 경험한다. 양친이 규슈에서 북해도로, 또한 북해도에서 사할린으로 건너간 것은 전쟁 중이었는데 언제일까? 이회성의 탄생이 1935년이므로 이른 시기였을 것으로 추정된다. 전에 게재했으니까 중복은 피하고 싶지만, 일본은 식민지가 된 조선인에게서 모국어조선어를 빼앗고 일본 이름을 쓰게 하였으며 '천황의 적자'로서, 천황의 '방패'로서 죽음을 명예로 삼게 하였다. 황국민 교육정책 하에서 성장한 소년기를 그리는 이회성 문학은 깊이가 있다. "북쪽이나 남쪽이나 나의 조국"이라는 사상적 신조를 내건 입장에는 변함이 없다. 조선인은 타국의 이익에 농락당한 '한'을 크게 지닌 민족이라고 말할 수 있으리라. 그 '한'을 안긴 당사자로서 일본국·일본인은 진지하게 그 책임을 지지 않으면 안된다. 본고에서는 작가로서의 출발 작품이 된 『다시 걷는 길』을 중심으로 이회성 문학의 심오한 세계를 응시해보려고 한다.

군조 신인상 선정 평가를 들추면 에토준江藤淳은 '청춘소설'로 규정하였다. 그리고 그냥 지나칠 수 없는 문체의 '순수함'에는 시큰한 "문학 냄새를 풍길 여지가 없다"고 언급하였다. 오에 겐자부로大江健三郎는 "정치적으로 경화되지 않은 언어로", "자기표현을 시도하려고 하고 있어서", "정통적인 삶을 전쟁 후에도 계속 견지해온 한 사람의 재일조선인을 발견한" 작품이라고 서술하였다. 노마 히로시野間宏는 절찬하였다. "지금까지 일본문학에 일찍이 없었던 표현으로 새겨진 것을 보고 눈이 뜨였다. 동시에 마음이 크게 움직였다", "과장스런 비통함 따위는 없었으며" '앳띤 웃음'이 있었다. 하지만 그것은 "사람을 공격하는 게 아니라 읽는 이의 마음과 눈을 조금씩 움직여서 깊은 곳으로 안내하는" 내용이다. 분단된 "조선의 비애도 자연스럽게 스며 있어서", "커다란 작가로 성장하리라"라고 하는 '예감'은 예언이 되었다고 말하였다. 야스오카 쇼타로安岡章太郎는 "전체를 꿰뚫고 흐르는 호흡의 길고 강함"에 특색이 있으며 "의붓어머니와 데려온 애 도요코豊子가 잘 그려져 있"어서 매력적인 작품이라고 기술하였다.

첫 작품이라고 규정해도 좋을 작품이 주목받을 만한 상을 수상하였다. 문학적으로 운좋게 출발한 이회성에 대해 이회성 문학을 읽기 위해 알아두어야 한다고 생각되므로 이력을 간단히 정리해두고 싶다. 처음으로 고국 땅을 밟은 것은 5살 때로 어머니가 그를 어머니의 고향에 데려갔을 무렵이었다. 기억은 아련하다. 외동딸이었던 어머니는 노부모를 사할린으로 초대하였다. 이회성은 사할린에서 국민학교[5]에 입학하였다. 9세 때인 1944년 부모에게 6번째의 아이가 생긴다. 여의치 않은 출산으로 모자가 사경을 헤매는 비운을 맞는다. 이때의 일이 단편『다듬이질 하는 여인』으로 정리되었고 이 작품은 아쿠타가와상 수상작이 되었다. 하지만 나에게는『다듬이질 하는 여인』보다『다시 걷는 길』이 훨씬 뛰어난 작품으로 여겨진다.

『다듬이질 하는 여인』에 의하면 어머니가 일본으로 돈벌이하러 간 것은 관동대지진이 일어나고 얼마 지나지 않은 시기였던 것 같다. 이 작품의 화자 '나'에게는 작가 자신이 투영되어 있다. 허구와 사실의 경계가 불분명하지만, '나'의 어머니상에 대한 기억은 선명하다. 어머니는 "다듬이질을 하며 일생을 보내는 마을 아낙들 같은" 일생은 보내고 싶지 않다고 생각하는 신여성이었다. 육아에도 식견을 보였다. 또 남편에게도 속박당하지 않고 분명히 할 말을 하는 태도를 잃지 않았다. 그런 까닭에 아버지는 자신의 사정이 나빠질 때면 폭력으로 어머니를 굴복시키는 사내였다. 어머니는 그처럼 폭력을 행사하는 아버지를 "몸을 떨 정도로 경멸하였"다. 하지만 "여러모로 아버지를 염려하여 돌보려고도" 하였다. 한편 규슈에서 북해도, 또 북해도에서 사할린으로 떠돌이 인생을 택한 남편을 비판하기도 하였다.

귀여운 딸을 잃은 조부모의 상심은 컸다. 조모는 요절한 딸에 대한 한탄의

---

5 1941년 3월 소학교령이 개정되어 '국민학교령'이 공포, 소학교는 국민학교가 되었다. '국민학교령' 제1조에는 "국민학교는 황국의 방침에 따라 초등보통교육을 시행, 국민의 기초적 양성을 목적으로 삼는다"라고 나와 있다. '황국의 방침'은 교육칙어에 명시된 "국체의 정화와 신민이 지켜야 할 모든 도리"를 가리킨다. '황운부익(皇運扶翼)의 도리'로 이해하고 초등학교는 "교육 전반에 걸쳐 황국의 방침"을 수련시키는 것을 목표로 정한 제도이다.

마음을 "참으로 슬픈 진혼가"라는 "신세타령"으로 곡하는 여성처럼 몸을 떨며 표현하였다. 그리고 딸에 대한 기억을 회고하였다. 다섯 아이를 두고 아내를 떠나보낸 아버지는 가사·육아에 지쳐 재혼은 사후 3년을 보내고 가능하다는 조선의 풍습을 무시한 채 어머니 사후 1년 정도 지나자 어린애 둘이라고 속이고 매춘생활을 했다는 얘기가 들리는 젊은 여성을 데리고 와서 아이들의 어머니로 삼았다.

여기에서 잠시 부언하려 한다. 2017년 8월 이회성 탄생지이자 체호프의 연고지인 사할린에 갔다. 이회성이 태어난 곳이라서 감회를 깊이 되새기며 체호프의 비석 등도 인상 깊게 보았다. 경탄한 것은 잡초에 묻혀 있었지만, 전쟁 후 72년이 지났는데도 여러 개의 봉안전과 신사의 도리이 초석, 세면대, 신사 앞 조형물이 남아 있었기 때문이다. 더구나 현지 주민을 강제 징용했을 것으로 여겨지는 오지세시王子製紙 주식회사의 거대한 공장 터가 거친 상태로 몇 곳이나 남아 있었다. 이회성이 사할린을 그린 작품에는 봉안전이나 오지세시가 등장한다.

눈으로 확인한 놀라움은 선명하게 되살아나 작품의 리얼리티를 더욱 느끼게 했다. 1947년 7월 소련 영토 사할린에서 가족 일가는 물러났다. 하코다테函館 귀환자수용소를 거쳐 여름 일본인으로 위장한 귀환이었다. 그런 까닭에 러시아의 스파이 혐의로 강제 송환되어 규슈의 오무라大村수용소에 수감되었다. 하지만 혐의가 벗겨져 가을에 삿포로札幌에 정착하였다. 이회성은 초등학교를 세 번이나 전학하였거니와 그 처리 과정으로 2년이나 늦게 졸업하게 되었다. 1952년 그는 고료向陵중학교를 졸업한 뒤 니시西고등학교로 진학한다. 철저한 황민화정책 하에서 기시모토 가즈나리岸本恢成라는 일본명과 일본어를 사용하며 살아온 이회성은 고등학생이 되어 민족의식에 눈을 뜬다. 학교 동료 중 그가 일본인이라는 것에 의심의 눈초리를 보내는 사람은 없었다. 하지만 일본인으로서 행세하는 고통을, 도손藤村이 쓴『파괴』의 우시마츠丑松의 고뇌에 견주며 괴로워한다.

고등학교 졸업 후인 1955년 부친과의 갈등으로 도쿄로 가서 일용 노동과 그 외 육체노동 생활에 내몰려 여기저기 전전하면서 생활비를 벌었다. 밤에는 예비학교에 다니다가 와세다 제1문학부 러시아 문학과에 입학한다. 생활은 힘들었으며 야간경비 등의 아르바이트에 쫓기는 생활을 하다가 5년 재적한 뒤 1961년 26세로 졸업하게 된다.

졸업논문의 테마는 도스토예프스키였다. 민족의식에 눈떠 조선인으로서의 정체성 확립을 염두에 두고 재일 동포와 깊이 있는 교류를 추구하였다. 그해 조총련 중앙교육부에서 근무하였다. 다음 해 1962년 도쿄대학 대학원생이었던 허승귀와 결혼한다. 그리고 1963년에는 조선신보사朝鮮新報社로 전근한다. 재임 중에 습작「여름의 학교」를『새로운 세대』에,「그 전후」를『통일평론』에 발표했는데 이 작품으로 '통일평론상'을 수상하였다. 모국어를 익히려고 본격적으로 학습에 착수, 조선어로 소설의 집필을 시도하지만, 뜻대로 되지 않아 익숙한 일본어로 집필할 수밖에 없었다. 이 해에 장남이 태어났다. 다음 해인 1964년 여러 가지로 충돌했던 아버지가 세상을 떴다. 59세였다. 조선신보사를 나와 카피라이터와 경제잡지의 기자생활을 하면서 창작에 본격적으로 돌입,『군조』에 투고한『다시 걷는 길』로 군조신인문학상을 수상하였다. 작가 생활의 운종은 첫걸음이라고 할 수 있다. 이후에는 작가 활동에 전념, 아쿠타가와상수상작을 포함하여 연이은 작품발표로 작가적 자립을 이루었다.

『다시 걷는 길』은 어떠한 작품일까? 앞서 기술한 선정 평가에서도 볼 수 있듯이 재일조선인의 일본어 작품이니 일본어라는 언어에 관심이 집중되어 있다. 일본에서 태어나 일본에서 자란 이회성에게는 어린 시절부터 일본어 속에서 생활해왔기에 감각도 사고도 일본어식이었다. 그가 조선인이라는 것을 아무도 눈치채지 못하였거니와 이회성 자신도 일본인이 되어 있었다. 하지만 귀가하면(목격하지만) 식민지 정책으로 일본인화되어 있었을지라도 양친은 조선인이기에 싸움을 할 때면 조선어가 교차했다. 그래서 조선어로 말하기도 쓰기도 읽기도 할 수 없지만, 억양만은 배어 있었다. 민족의식에 눈떠서 조선인이 되기 위하여 모국어 마스터에 몰두하면서 모국어로 쓰려고 했다. 하지만 일본어 쪽이 자연스럽고 자유스러움을 인정하지 않을 수 없었다. 그러므로 일본어 표현활동이 주가 되었다. 발표 당시 작품에 조금 가필하여 단행본講談社, 1969.6 출판 때 '후기도입부'에 "나는 그냥 지나칠 수 없는 기분으로 이 작품을 썼다. 써야만 한다는 사명감 같은 것조차 느끼고 있었다"고 밝혔다. 지나칠 수 없다는 것은 무엇을 의미할까?

　작가는 의붓어머니 묘사 등에는 제법 픽션을 가미하면서도 소재로 삼은 조 씨의 일가는 '우리집', 우리의 '가족'으로 그린다. "일찍이 불행한 일본제국주의의 조선 지배의 결과 사할린으로까지 흘러들어온 조선인의 사정을 이 작품을 통해 약간이라도 알 수 있다면 다행이다"고 새겼다. 하지만 사할린의 조선인을 그리는 것이 목적이 아니라 "분열된 조국의 통일이라는, 조선인에게 절실한 테마를 배경으로 그 빛을 추구하는 한 조선인 가정의 모습을 심층적으로 포착하려고 한 셈"이라고 표현했다. 조 씨 일가의 "조국 분열의 우울한 상황 속에서 내일을 추구하는 모습"을 그렸다는 인식인 만큼 당초 '조 씨의 우울'을 제목으로 삼았다. 하지만 주변의 조언도 있고 "조 씨 일가가 또 다시 고향에서 접하는 날을 미래로 연결시켰"기 때문에, "조국 동포의 심정"을 담아 『다시 걷는 길』로 바꾸었다. 이 제목에서 "조국 회귀의 심정"을 느낀다면 "기대 이상의 기쁨"이라고 서술하였다. 일본어 표현의 문제로 "알 수 있다면"은 약간 거부감이 있다. "파악한다면"이라든가 "이해한다면"의 쪽이 타당할 것이다. 그러한 사소한 문제는 차치하고 『지하생활자』까지 읽어온 입장에서 보면 이회성의 "북쪽이나 남쪽이나 나의 조국"은 처음부터 이회성 문학의 사상적 문제의식이었음을 알 수 있다.

옆으로 새는데 한국 유학생의 박사학위 논문지도에 임해 그들이 사용하는 '식민지 시대'라는 언어에 얼마나 둔감했는지를 『국민문학』론을 집필하며 새삼 깨달았다. 참회의 마음을 억누를 길 없다. 남북분단의 책임이 있는 일본 국민의 한 사람으로서 아무런 거리낌 없이 조선인이 집필한 문학을 읽을 수는 없다.

31세로 설정된 주인공 조철오趙哲午가 근무처에서 귀가하는 곳에서부터 이야기는 시작된다. 둘째 형에게서 장문의 편지가 도착한다. 거기에 의붓어머니의 귀국에 대해 쓰여 있었다고 아내 안희安熙를 통해 전해진다. 철오는 어머니가 돌아가시고 1년이 지날까 말까 하는 상태인데도 아버지가 장남과 거의 나이 차가 없는 젊은 여성을 데려와서 "너의 어머니다"라고 말하던 11세 때의 그 날을 뒤돌아본다. 의붓어머니가 된 여성은 철오보다 1살 연상인 도요코豐子라는 일본인 (의붓어머니가 양녀로 삼은) 아이를 데려왔다. 돌아가신 친어머니의 부모와 철오의 조부모는 화가 나서 아버지의 축하연에 나타나지 않았다. 의붓어머니가 된 여성이 "거짓말쟁이"라고 심하게 아버지를 공격하는 목소리를 듣고 놀라는데 철오에게는 두 형과 7세, 3세의 여동생이 있어서 5형제였다. 나중에 밝혀진 사실이나 그런데도 아버지는 어린애는 둘이라고 거짓말을 하고 데려온 것이다. 의붓어머니는 속임당한 것을 알고 격노했지만 포기했는지 다음 날부터 닭이 새벽을 알리기 전부터 저녁 늦게까지 끝없는 가사에 휘둘리며 열심히 일하였다. 하지만 15세의 큰 형은 이 의붓어머니를 어머니로 인정하지 않고 집을 나가 오지제지王子製紙에서 일하겠다고 남동생들에게 선언하였다.

천황의 목소리가 방송에서 흘러나온 것은 1년 전이었다. 소련군이 상륙해왔다. 소련군의 유탄으로 사망자가 발생하여 조 씨의 친족 중에도 희생자가 나왔다. 사체에 까마귀가 몰려들었다. 의붓어머니를 어머니로 인정하지 않는 큰형

이 집을 나가겠다고 말하자 아버지가 격노하였다. 둘째 형의 "형 빨리 도망쳐"라는 날카로운 목소리가 들려오면 철오는 비몽사몽간에 부엌으로 달려가 식칼을 품은 뒤 뛰쳐나가 마루 밑으로 숨어드는 게 일상적인 모습이었다. 격앙하면 이성이 마비되는 아버지에 대한 임기응변적인 대응이었다. 작가는 『죽은 자가 남긴 유품死者の遺したもの』에서는 아버지가 행동을 취하기 시작하면 부엌으로 달려가 식칼을 숨기는 철오의 행동을 "단거리경주"라고 표현하였다. 『인간 형상의 왕바위人面の大岩』에서는 "소년 시절 아버지처럼 무서운 사람은 없었다"고 밝혔다. 그리고 고교 시절의 일기에서는 "귀신이야, 귀신, 아버지는 정말로 귀신이야. 죽어버려. 죽여버리고 싶을 정도지"라고 적었다고 나와 있다.

일본인의 사할린 귀환이 시작되었고 같이 놀던 친구들이 잇달아 자취를 감추었다. 일본인에게는 돌아갈 수 있는 나라가 있다는 사실이 부러웠다. 할아버지는 현해탄, 쓰가루津輕해협, 소야宗谷해협이라는 세 개의 바다를 건넌 뒤 외동딸의 권유를 받아들여 이 지역으로 왔다. 하지만 딸을 잃은 지금은 망향의 마음을 누를 길 없어서 바다 멀리 저편을 바라보며 조선으로 돌아가고 싶다고 중얼거리는 것이었다. 어느 날 갑자기 아버지의 명령으로 일가는 이사하였다. 다수의 조선인이 고국으로 돌아가고 싶어하더라도 그것은 이룰 수 없는 꿈이었다. 이사하고 3일째 아버지가 다음날 이른 아침 수용소로 들어가게 된다. 조선으로 돌아갈 수 있다고 생각하였다. 들키면 시베리아로 보내진다. 위조 여권으로 일본인 행세를 하고 귀환한다고 자식들은 들었다. 그토록 돌아가고 싶어하던 조부모는 남겠다고 한다. 나이 든 자신들이 조 씨 가족에게 부담이 된다는 것을 떳떳하게 여기지 않았다. 외동딸이 세상을 뜬 땅에 뼈를 묻을 각오였다. 이 조부모를 사랑하는 도요코도 남는다. 철오는 도요코가 버림을 받았다고 생각한다. 일가가 아무튼 사할린을 떠날 수 있었던 것은 아버지의 선견, 혹은 재빠른 대응에 의한 것으로 요직에 있는 소련인에게 뇌물을 써서 위조 여권을 입수, 일본인 행세를 했기 때문이다. 거의 모든 조선인은 사할린을 벗어날 수 없으므로 남아서 버림받은 민족의 운명을 맞이해야만 했다.

1967년 3월 하순 철오는 하코다테函館로 향하는 세이칸青函연락선을 타고 있었다. 2년 전 그렇게 귀국을 바라고 있었는데 이루지 못한 채 아버지는 세상을 등졌다. "아이고 이 한을 언제 풀지!" 조선어로 신음을 토하듯 외치는 이 언어가 철호에게는 붙어다녔다. 아버지의 죽음을 철호는 형으로부터 지급 전보를 받고 알았다. 의붓어머니 일로 상담하고 싶다는 지급 전보도 형이 보내온 것이었다. 20년 전 일이 뇌리를 스쳤다. 조국에 돌아올 셈으로 사할린에서 도망쳐 나왔다. 하지만 부산행 정기선으로 현해탄을 넘으면 조국으로 돌아갈 수 있음에도 조국의 분단을 비로소 안 아버지는 귀국을 멈추었다. 고향이 북한이니 삼팔선을 넘어야 한다. 죽음을 각오해야 하는 일이었다. 남한은 거지로 넘쳐나는 참혹한 모습이라는 이야기를 동포에게 듣고 일본에 머무를 수밖에 없다고 생각했다. 그래서 역주행하여 북해도의 S시에 정착하게 된 것이다. 정착한 당시에는 귀국할 때까지 일시적으로 머무를 셈이었다. 그러나 북한행은 일본이 북한과 국교를 맺지 못해 실현 불가능한 채로 세월이 흘렀다. 겨우 귀국의 길이 열렸을 때 일가 전원이 돌아가야 한다는 아버지의 뜻을 조씨 일가가 추종하는 분위기는 아니었다. 큰형, 작은형, 위의 누이는 일본인과 결혼한 상태였다. 철호의 처는 조선인이었지만 일본에서 태어나고 자란 그에게는 일본에 직장이 있었다. 게다가 철호에게는 민족교육의 바탕이 없었다. 조선의 역사나, 지리, 풍습을 전혀 몰랐다. 중요한 조선어도 제대로 구사할 수 없는 상황이었다. 그는 대학을 졸업하면 조선인이 조선인임을 자연스레 느끼는 인간성 형성을 추구하기 위해 민족학교 교사가 되려고 생각하고 있었다. 재일조선인에게 조국은 무엇일까? 일본인으로서 소년기를 보낸 철호에게 조선인이 되는 것은 일본인→반 일본인→반 조선인→조선인의 경로를 밟아야하는 고난의 도정이었다. 아버지는 조국의 땅을 밟지도 못하고 환갑을 맞기 바로 1년 전에 뇌출혈로 세상을 떴다. 조부는 아버지의 죽음을 모른 채 90세를 맞이하고 있다.

사할린의 조부모와 연락이 끊어졌는데 20년 세월이 지난 뒤 생각지도 못한 행운이 찾아와 안부를 들을 수가 있었다. 북해도에 있을지 몰랐다는 얘기, 만날 때까지 건강하기를 바란다는 내용이었다. 조부모, 그리고 남편, 두 애랑 함께 찍은 도요코의 가족사진 두 장이 편지 속에 들어 있었다. 자신을 팽개친 부모를 계속 원망해왔는데 길러준 조부모를 진짜 부모라고 생각한다는 도요코의 편지는 의붓어머니에게 한이 뼈에 사무치는 것임을 느끼게 하는 것이었다.

이번 귀성은 큰형으로부터 지금 전보를 받고 온 돌발적인 것이었다. 의붓어머니가 역까지 마중 나왔다. 오랜만에 만난 의붓어머니가 처의 안부를 묻는 말에 철호는 냉담하다. 의붓어머니에게 앙심을 품고 있었다. 처는 대학원생이었다. 이미 장남이 탄생했지만 두 번째 아이의 임신을 진행하려는 참이었으므로 장남을 1년간 맡아달라고 부탁했다. 하지만 의붓어머니는 거절했다. 어쩔 도리가 없어서 5개월째 되던 태아를 중절할 수밖에 없었던 당시의 고통이 트라우마가 되었다. 중절로부터 채 1년도 지나지 않았는데 처는 지금 임신 중이다. 대학원 후기 재학 중인 처를 다시 임신시킨 것에 대해 철오에게 자책감 따위는 없다.

아버지의 집에는 형과 여동생들이 와 있었다. 의붓어머니의 재혼 문제였다. 재혼 일이 3일 후로 다가와 있었다. 큰형은 이대로 우리들의 어머니로 있어 달라고 했다. 재혼을 정하기 전에 우리와 상담하기를 바라고 있었다고 말했다. 더구나 "20세가 되지 않은 딸이 쪽박을 차고 뛰쳐나가는 것과는 사정이 다르다. 남편의 3주기를 앞두고 재혼은 비상식적인 행동이다. 세상을 뜬 아버지에 관한 것은 상관없는가"라며 불만을 토로하였다. 어머니보다는 남의 부인 쪽이 더 좋냐고 화를 냈다. 실제로 의지가 되는 것은 딸린 아이다, 아낙이 자신의 행복 때문에 출가한다고 한다면 막을 수 없는 게 현실이라고 인정하지 않을 수 없다.

나이 차가 거의 없는 이 의붓어머니를 큰형은 어머니로 인정하지 않았고 어머니라고 부른 적도 없었다. 그에게는 언제나 아줌마였다. 의붓어머니는 비로소 입을 열었다.

얘기를 듣고 있자니 마음이 아프고 여기에 있어야 마땅하다고 생각한다. 자신만이 이익을 보려고 생각하지 않는다. 어디에 가더라도 "난 편하지 않아요". 상처한 이번 분은 어린애가 다섯인데 막둥이가 아직 막 두 살이 된 상태로 남자 혼자서 기르는 게 너무 힘들어서 그렇지 남편을 잊은 게 아니라고 말한다. 그러자 갑자기 위의 누이가 외쳤다. 비겁하다고 보이고 어린애를 키우러 간다는 변명이네요. 스스로 가고 싶은 거죠, 그렇게 말하면 좋을 텐데, 도요코를 버린 것처럼 이번에는 우리를 버릴려고 하는 거라고 공격한다. 의붓어머니는 서운한 듯 중얼거린다. "어떻든 그런 식으로 생각하시는군요, 하지만 만족할 정도로 하지 못했을지도 모르지만 다섯 애를 키워왔어요, 남편은 만났을 때 어린애가 둘이라고 저를 속여서 데려왔지 않나요"라고 응수했다.

"도망쳐 돌아오려고도 생각했지만, 남편이 사과하며 부탁하니까 운명이라고 생각하고 포기했죠, 그리고 최선을 다해왔는데 그렇게 들을 수밖에 없네요. 나가는 제가 박정하다고 생각되더라도 도리가 없어요. 하지만 전 외로웠죠. 얼마나 그대들에게 의지할 수 있을지 불안했어요"라고 말했다. "남편이 죽자 저는 외톨이가 되었다고 생각했죠. 제게는 상담할 사람이 없다고 여겼고 과연 제게는 자신의 인생이 있었는지, 그런 생각밖에 안 들었어요. 계속 어린애만을 키우면서 나이를 먹어버렸죠. 정신을 차려보니 저를 속여서 데리고 온 남편도 저 세상으로 갔죠, 이런 말을 하면 화가 날지 모르겠지만 저의 인생은 뭔가 더 달랐을지 모른다고 몇 번이나 생각했네요. 나은 생활을 했을 거라는 얘기는 아니지만 더욱 자신의 삶이 있었을 거라는 생각이 들었어요. 그렇게 혼자서 생각하니 앞으로도 스스로 살아가야겠다고 느끼게 되었고 그럴 때 지금의 그분을 만났어요. 그분에게 5명의 어린애가 있다는 얘기를 들었을 때 전 팔자라고 느꼈죠. 팔자라면 좋다, 아무튼 스스로 다시 시작해 보자고 마음 먹었지만 매우 고통스러웠죠. 순이順伊, 철호의 막내 여동생는 아직 결혼을 하지 않아서 철오의 어린애 양육 부탁을 거절한 것은 자신의 사정만 생각하고 싶었기 때문으로 보고 박정하다고 생각할 거예요"라고 덧붙였다.

이 작품에 대한 평가로 의붓어머니를 잘 썼다고 하는 것이 중론이다. 하지만 어떻게 잘 썼는지 납득할 수 있게 분석이 이루어지지 않았다. 남권·부권이 일본 이상으로 강고한 이 나라의 남자·남편·부친인 아버지의 폭력에 어머니도 의붓어머니도 얼마나 눈물을 흘려야 했던가? '단거리경주'를 반복하지 않을 수 없었던 철오가 아버지를 죽이고 싶을 정도로 미워하며 조선인으로서 사는 것을 스스로 정했을 때 결코 아버지 같은 조선인이 되어서는 안 된다고 생각했다. 그것이 기본적 이념이었다. 무교육의 의붓어머니이지만 자신의 두뇌로 생각한 자신의 의지대로 살고 싶다는 절실한 염원에는 사상, 바꿔말하면 페미니즘이 엿보인다. 교육을 받은 큰형을 비롯한 철오 일행이 훨씬 뒤쳐져 있다.

다음날 의붓어머니가 외출한 부재중에 철오는 S시의 N고교 시절의 친구였던 사이조 헤이하치로西条兵八郎를 만나러 간다. 단행본 출판에 즈음하여 가필된 부분에 해당한다. 고3 시대로 기억이 거슬러 올라간다. 전입생이었던 그는 대학진학 모의 테스트에서 성적이 발군이었지만 점수 벌레일 정도로 수재는 아니었다. 일본의 재군비나 평화와 관련한 논의에서는 리힐리즘의 발상으로 보였기에 진보파의 시점과는 거리가 있었다. 하지만 진지함과 성실함으로 신뢰를 받았다. 그와 친하게 된 것은 그가 처음 말을 걸었기 때문이다. 일본인으로서 목에 힘을 주고 있던 철오가 본명이 조철오라는 조선인임을 처음으로 털어놓은 상대는 그였다. 몰랐고 상당히 놀랐지만, 조선인이라고 해서 그게 어떤가? 구애된다면 이상하거니와 일본인이라도 조선인이라도 상관없다. 내 앞에 있는 것은 너라고 사이조는 아무렇지 않게 말했던 것이다. 철오는 "어느 쪽이나 상관없다거나 조선인이 아니라고 한다면 곤란하다"고 생각하였다.

철오는 자신을 『파괴』의 우시마츠丑松와 비교하였다. 텍사스행의 결말에는 마음이 조여옴을 느끼고 있었다. 조선인임을 숨겨왔던 것은 열등감 때문일까? 조선인임을 "맹렬히 자부하고 싶다고 생각하고 있으면서도 조선인으로서 긍지를 품을 수 없는 자신은 반 쪽빠리반 일본인밖에 될 수 없는 것일까?" 대동아전쟁 시절 철오는 선생님의 가르침을 잘 따르는 착한 아이였다. 신화를 통해 황민화 교육을 제대로 받아서 "진무神武천황의 활 끝에 멈추어 긴 뱀들을 혼내준 금빛 학이 날아 올라와 반드시 마귀와 짐승 같은 미영제국주의를 제압할 것"으로 진심으로 믿고 있던 국민의 한사람이었다. 하지만 '금빛 학'은 날아오지 않았다. 우시마츠처럼 자취를 감출 것이 아니라 "자랑스러운 조선인이 되고 싶다"고 생각하게 되었다. "아이고, 이 한이 언제 풀릴까" 하고 계속 푸념하던 아버지였지만 매일 술을 마시고 난폭하게 어머니에게 폭력을 휘두르던 아버지 같은 조선인이 되어서는 안 되겠다고 마음 깊이 새겨왔던 터였다. 사이조는 철오의 긴 고백을 들은 뒤 "부럽다. 너에게는 내게 없는 희망 따위가 있구나"라고 신음하듯 말했다. 이후 두 사람은 수험서를 겨드랑이에 끼고 시간 가는 줄 모른 채 '청춘'에 대하여 서로 얘기하는 사이가 되었다. 대학시험을 눈앞에 두고 잡화상을 하던 사이조의 집이 도산에 처할 지경이 되었다. 늙은 아버지가 장남인 그를 불러서 사이조는 돌아가지 않을 수 없었다. 그로부터 얼마 지나지 않아 철오는 화를 내는 아버지, 조용히 두 손을 모으는 어머니의 모습이 상징하는 집안의 어둠에서 탈출하고 싶어졌다. "너까지 집을 나갈 거냐!"라고 고함치는 아버지를 뿌리치고 집을 나와서 도쿄로 향했다. 그로부터 10년 이상이 흘렀다. 사이조의 직장에 전화하자 그가 놀라며 기쁨을 표한다. 회의 중이니 가까운 찻집에서 그를 기다리기로 한다.

10여 년의 세월이 지난 뒤의 재회는 시계추를 곧장 우정의 시대로 되돌렸다. 이야기는 활기를 띤다. 사이조는 결국 대학진학을 포기하고 지금은 생활협동조합에서 근무하고 있다고 했다. 탄광의 생활협동조합에서 일할 때 탄광노동자의 비참한 실태를 접하고 이 일에 의의를 느꼈기 때문이라고 말했다. 철오도 지나간 과거를 전했다. 조선인으로서 일보를 디뎠지만 국어가 미숙했기에 식은땀을 흘린 적이 많은 경험, 의붓어머니의 재혼 문제로 북해도를 방문했지만 재혼을 반길 수 없었던 얘기 등을 전했다. 사이조는 따뜻한 마음을 지니고 있었다. "자네 집의 비극은 일본의 조선 합병이 불러온 것이네. 만일 식민지화가 되지 않았으면 일어나지 않을 가정의 비극일세. 그게 자네 집안의 슬픔이네", "우리 일본인은 자네들 조선인이 지닌 불안이나 불행과 깊은 관계가 있으면서도 그 불행을 피부로 느끼지 못하네. 그게 부끄럽고 괴롭네"라고 고백했다. 다수의 일본인이 의식하려고 하지 않았던 한국조선 침략의 범죄성을 깨닫고 참회하는 사이조를 등장시킨 것은 이 작품의 깊이 확대, 즉 심오함을 말해준다.

전후 20년이 흐른 단계에서 쓰인 작품임을 의식하며 읽어야 한다. 이 원고의 도입부에 거론한 졸저는 식민지 지배의 실태를 고발한 것이다. 일본의 식민지 정책이 조선인의 인권을 송두리째 빼앗고 인간으로서의 존엄을 약탈한 것에 대해 전후 70년이 지나서 겨우 깨닫고 쓴 부끄러운 고백의 글이기도 하다. 하지만 거의 모든 이들은 이 실태를 알지 못한다. 짓밟은 자가 짓밟힌 자의 아픔을 알지 못하는 것이다. 짓밟은 사실 자체도 의식에 없을 것이다.

내일 다시 만나기로 약속하고 헤어진 후 철오는 의붓어머니에 대해 비로소 객관적 시점에서 생각해본다. 아버지는 다섯 아이가 딸린 집에 속여서 필요하니 일벌로 데려온 것이다. 그곳에는 남녀의 사랑도 개인의 인권도 없었다. 도망칠 수도 없었다. 20여 년을 "조 씨 가정의 어머니로서" 참고 포기하였다. 나이 차이가 나지 않는 장남에게 아주머니라고 불렀다. 아버지의 폭력을 감내하며 육아와 가사에 휘둘리며 살아왔다. 그녀가 살아가는데 '옹호자'였던 남편을 사별하고 2년 후 조선의 풍습과는 맞지 않게 남편의 3주기를 기다리지 못한 상태에서 사랑하는 사람을 만났다. 조 씨 가정을 나가려는 것에 대해 조 씨의 아이들은 '의붓어머니의 무정', '배반자'로 밖에 생각하지 않았다. 이해하려고 생각하지 않는다. 풍습으로 보자면 아내 사후 1년 만에 의붓어머니를 데려와서 재혼한 아버지 쪽이 부덕의 정도가 훨씬 깊다. 의붓어머니의 재혼을 수용할 수 없는 심정으로 의붓어머니의 보내온 인생을 생각해보면 지금까지 불행하다고 느낀 의붓어머니가 초로의 나이가 되어 겨우 행복을 거머쥐려고 생각할지 모른다. 그렇다면 논리적, 이성적으로 축복해야 마땅할 거라고 생각된다. 하지만 감정이 앞서서 결국 의붓어머니의 결혼식에 다섯 명의 아이들은 하나도 참가하지 않았다. 이기적으로 비치었기에 그들은 의식적으로 무시해 버렸던 것이다.

둘째 형에게서 장문의 편지가 철오 부부에게 도착한 것은 그로부터 얼마나 지난 뒤였을까? 철오가 금방 개봉하려고 하지 않았거니와 수신인이 연명이어서 아내가 먼저 읽었다. 그리고 어머니를 더욱 이해해드려야 하지 않을까 하고 생각하게 되었다. 어머니는 초등학교도 다니지 못했고 숫자도 쓸 수 없는 상태였다. 그런 생활을 해온 뒤 겨우 행복을 추구하려는 그녀의 인생을 배려해주는 게 좋지 않을까? 나는 스스로 행복하다고 생각한다. 남편과 어린애가 있고 필요한 것을 충족할 수 있다. 부모 세대에서 조선인 여자가 대학원에서 배운다고 하는 것은 생각할 수 없었던 일이라고 느끼면서도 남편의 완고함을 슬며시 비판한다. 아내의 시점을 통한 작가의 페미니즘 사상이 엿보인다. 아버지의 보수성을 비판하는 시점에서 여성을 에워싼 진부한 생각에서 벗어나 대학원에 다니는 아내를 긍정적으로 여기는 평등사상이 현재회顯在化된다. 그리고 의붓어머니에 대한 감정이나 대응에는 모순이 있으며 진정한 평등과는 거리가 있음을 확인할 수 있다.

둘째 형의 편지는 의붓어머니가 귀국하게 된 것에 대한 알림이었다. 거기에는 자신들이 얼마나 의붓어머니를 이해하려고 하지 않았는지, 행복을 발견한 재혼을 기뻐하기는커녕 식장에 한 사람도 참석하지 않은 처사에 대한 후회감 등이 상세히 적혀 있었다.

장면이 바뀌어 뭔가와 대립하는 사할린 시절의 학교 친구들의 현재는 같은 직장에서 일하는 김북명金北鳴과의 이야기로 펼쳐진다. 일을 끝낸 철오에게 말을 걸어온 것은 김 씨였다. "어머니가 북한에 가신다고?" "그래 공화국으로 돌아가시게 되었네." 이하 전개되는 철오와 김 씨 사이의 이야기에는 전후 20년 당시의 정치 상황과 작가의 사상적 위치가 반영되어 있어서 복잡한 심경으로 드러난다. 사할린의 한국·조선인은 조선 반도의 남쪽현 한국 출신자가 다수였다고 한다. 철오는 북=공화국 측에 서 있다. 대학 졸업 후 근무처도 북측의 조총련 관련이었다. 김 씨는 남측-민단 측이다. 북을 나쁘게 말하는 김 씨에게 철오는 "가서 확인하면 어떤가"라고 도전적으로 말한다. 김 씨가 "자유가 없는 곳에는 설령 빵이 있더라도 싫다. 조국 왕래가 자유로워진다면 다르지만"이라고 응수한다. 철오가 "김이 자유의 의미를 잘못 생각하고 있었다, 남조선이 미국의 식민지가 되어 얼마나 고통스러운가? 그들에게 자유의 편린이라도 있는가? 재일동포가 그 정도로 공화국으로 돌아가는 것은 공화국에 희망이 있다고 느끼기 때문이다. 거기에 진정한 자유가 있기 때문에 돌아 거는 거다"고 말한다. 철오는 북쪽을 신뢰하고 있었다. 김 씨는 따졌다. 사할린에 억류된 4만 명의 동포는 어찌 될까? 묵살할 거냐고? 철오는 조국과 소련의 국가 간의 문제일 거라고 말하면서 "사할린에 머물러 있는 동포도 귀국의 길을 모색하고 있다고 믿고 싶지만 잘못하면 그대로 재 사할린 동포가 소수 민족이 되버릴 불안한" 상황이라고 생각했다. 김 씨는 추격하듯 김일성과 브레즈네프가 무엇을 어떻게 생각하는지 모르지만, 사할린 억류동포의 운명에 무관심할 수는 없는 일이라고 덧붙였다. 그리고 교포의 운명에 대해서도 거침없이 쏟아냈다. 철오에게는 당시의 이회성이 투영되어 있다. 이회성 문학에는 자신이나 가족의 일을 짙은 농도로 반영한 것이 적지 않다. 그렇다면 다음의 철오의 말은 당시 이회성의 정치적, 사상적 입장이었을 것으로 추측할 수 있다.

> 솔직하게 말해서 사할린 귀국 문제가 어떻게 진척될 것인지 모르겠다. 그래 언급 해두려 하지만 믿고 있다. 이윽고 해방될 것이다. 같은 지붕 아래에서 단일민족이 살기 위해서 공화국이 취하고 있는 일관된 정책이 반드시 사할린, 아니 사할린에 거 주하는 동포들에게 빛을 제공하게 되리라 믿는다. 잘 알지 못하지만 사회주의 국가 사이에도 미해결의 문제는 있을 것이다. 하지만 반드시 해방될 것이다……. 그렇게 믿고 있다.

김 씨에게 "믿어, 믿는다고, 그냥 믿고만 싶어"라고 웃으며 답한다. 사할린에 거주하는 동포의 문제가 어떻게 해결될 것인지 예측할 수 없는 게 철오에게는 현실이다. 할아버지를 만나고 싶다는 절실한 염원이 복받쳤다. 한시라도 빨리 해결되기를 염원했다. 정치적인 현안이 벽처럼 가로막고 있어서 "인간의 해방 과 존엄을 위하여 탄생한 사회주의의 안에 이러한 일이 이 이상 지속되는 게 좋을지 어떨지 의문"도 생겼다. 자신에게는 모르는 일이 있을지도 모른다고 여 기며 공화국에 대한 신뢰는 잃지 않으려고 생각하고 있었다.

사할린의 친척에게서 온 편지를 통해 해후의 날을 절실히 기다리는 마음이 전해진다. 고통스러운 내용이다. 생활에 부자유는 없는 것 같지만 조국을 떠나 생활하는 고통이 얼마나 큰 것인지 잘 알 수 있다. 하루라도 빨리 그 사람들의 염원이 이루어져야 한다, 38선에 의해 남북으로 갈려 헤어진 삶을 강요당하고 있는 4천만 동포이다. 물론 사할린의 4만 동포도 해당되는데, 민족의 문제로 조국 통일이야말로 무엇보다 우선시해야 한다고 열을 올려 말하던 철호였다. 김 씨도 사할린 동포의 문제는 국가 통일의 과정에서 해결될 현안일지도 모르겠다, 쓸데없이 참견하는 미국인을 남조선에서 몰아내고 조선인끼리 국가의 통일을 추진해야 마땅하다고 응수하였다. 통일이야말로 중요한 문제라는 점에서 의견은 일치하였다. 마지막으로 김 씨는 다짐하였다. 자신은 한국의 민주주의를 위해 현 정권과 싸우겠다고, 그리고 철오와 대립하지 않겠다고. 철오도 우리는 더욱 서로 이해할 수 있다고 생각했다. 다시 얘기하자고 말했다. 사이 좋은 친구와 헤어진 뒤 문을 열고 나가려던 철오에게 김 씨가 "어머님의 행복을 빌게"라고 했다. "물론 어머니는 행복해질 거야"라고 대답했다. 그리고 처자식이 기다리는 우에노上野역으로 가는 택시에 올라탔다. 이회성은 진실로 북쪽을 믿고 있었던 것 같다. 하지만 김대중 정권이 들어섰을 때 한국 국적으로 바꾸었다. '어머니'들은 행복해졌을까?

우에노역에서는 아내 안희가 아들 민民과 발차 시간을 의식하면서 좀처럼 모습을 드러내지 않는 남편의 도착을 초조하게 기다리고 있었다. 민은 할머니를 만나러 가는 여행을 기쁘게 생각해 흥분했다. 의붓어머니에게 귀국 전에 한번 만나고 싶다고 강하게 희망을 표하는 얘기를 들었다. 민을 1년 맡기려 했었다. 하지만 그 전에 거절당했기 때문에 안희의 중절에 대해 의붓어머니가 계속 마음을 앓고 있던 사실을 철호는 알았다. 안희는 철오에게 귀국하면 이제 만날 수 없을 거예요, "당신의 어머니"이므로 나가타新潟에 배웅하러 가야 한다며 배웅을 강력히 권유했다. 어머니는 이제 자신들의 어머니가 아니다. 배반당했다는 감정이 사라지지 않았다고 철오는 생각한다. 아버지가 그 정도로 바라던 귀국을 이루지 못한 채 세상을 떴고 조부들도 언제 돌아올지 모른다. 조 씨의 어머니가 아니지만 조 씨 집에서 인생을 산 사람으로서 아버지나 조부들 대신에 돌아오리라 생각하면 수긍할 수 있다. 그렇게 자신에게 납득시킨 뒤 배웅하러

니가타행을 결정한 것이다.

시간이 없다고 초조해하던 안희의 눈에 개찰구 방향에서 남편이 성큼성큼 다가오는 모습이 들어온다. "애야 아버지가 오셨다"라고 하며 안희가 민을 끌어안은 장면에서 작품은 끝난다.

이회성은 김일성 정권을 신뢰하고 있었다. 이 무렵의 이회성은 남북통일의 날, 이산가족이 자유롭게 만날 수 있는 날이 오는 것은 적어도 10년 뒤쯤, 아무리 늦어도 20년 후에는 가능하리라고 믿고 있었던 것 같다. 하지만 정세는 더욱 복잡해졌다. 2018년 8월, 4월 남북정상회담에서 합의하여 한국 문재인 정권하에서 재회가 2015년 10월 이후, 약 2년 십몇 개월 만에 실현되었다. 하지만 남북의 2만 3천 명만이 이산가족 재회 사업에 참가하였다. 한국의 통일부에 등록한 인원이 7월 시점에서 이미 사망자를 포함해 13만 2천 명에 이른다. 생존자 중 85%가 70세 이상이라고 하는 현실인데도 선택된 한국 측 방문자는 89명이다(너무나도 소수). 북한 측 83명이 눈물의 재회를 이루었다고 한다. 더욱이 말이 궁한데 함께 보낸 시간은 11시간이다. 이 사람들의 책임이 아닌데도 갑자기 부모 자식, 부부, 형제자매, 친척이 서로 헤어져서 70년이 흐르고 있다. 휴전상태로 조선 전쟁을 종전시켜야 한다. 모든 이가 하루라도 빨리 통일을 바라는 것은 당연하다. 분단에는 일본에도 책임이 있기 때문에 통일을 위한 환경 조성에 힘을 쏟아야 할 것이다.

이회성이 26세로 대학 졸업 후 취직한 곳은 조선총련 중앙교육부라고 연보에 나와 있다. 북측이었다. 북한이 정말로 민주주의 정권이라고 믿고 있었을 터이다. 『죽은 자가 남긴 유산』에는 작가 자신의 모델 동식과 큰형 태식의 좋지 않은 사이가 그려져 있다. 정치적으로도 적대관계이다. 태식은 민단 동식은 총련에 소속해 있다. 조국이 통일되어 조국땅을 밟는 것만을 즐거움으로 삼고 있던 아버지가 꿈을 이루지 못한 채 급사한 장례식은 간단하지 않았다. 아버지의 고향은 북쪽이나 상주인 큰형은 민단 소속이다. 총련 간부와 민단 간부의 사이에서 격론이 벌어진다. 민단과도 총련과도 관련이 없는 둘째 형 명식이 통일을 원하던 아버지의 유지를 존중하여 공동 장례 찬성의 입장에 서게 된다. 이상하고 부자연스러운 분위기가 떠도는 가운데 양 세력 조문객의 적대 감정의 충돌은 총련의 분회장이 무심코 목격한 액자천황이 말에 올라타 있는 오래된 사진를 손으로 가리키며 "이것 떼어주시지 않을래요?"라며 민단 간부와 눈을 마주치자 누그러진다. 같은 표정을 짓게 되어 분위기는 일변한다. 공동 장례식은 문제없이 진행되고 무사히 마쳐진다. 아버지는 가난하고 변변치 못해서 유산도 남겨주지 않았다. 하지만 형제가 사이 좋아지는 기회를 만들었다고 명식도 태식도 느끼고 그 생각에 동조한다. 공동 장례식이 다툼없이 무사히 끝난 것은 온순한 명식의 존재가 큰 영향을 끼쳤다. 하지만 천황의 액자를 뗀 것이 결정타가 되었다. 식민지·남북분단의 근원에 엄존하는 천황 문제는 공통적 인식이었던 셈이다. 이 에피소드의 분위기로부터 무게감을 느낄 수 있다.

『다시 걷는 길』에는 천황의 적자로서 부끄럽지 않은 훌륭한 '소국민'이 되는 것이 철오 소년에게 최대의 과제로 묘사된다. 그것을 잘 실현하려 했기에 누구도 그가 조선인인지 눈치채지를 못하였다. 하지만 고교생이 되자 민족정신을 깨우쳐 조선인임을 숨기는 고뇌를 우시마츠의 고뇌와 비교해 생각해본다. 그리고 작품의 결말에 보이는 우시마츠의 패배의 길을 자신은 가지 않겠다고 하면서 긍지를 지닌 조선인이 되겠다고 진지하게 생각하게 된다. 그가 생각하는 조선인상은 결코 아버지처럼 되어서는 안 된다고 하는 것이었다. 아버지는 마음에 들지 않으면 무턱대고 처자식에게 폭력을 일삼았다. 아버지의 난폭함은 공포의 대상이었다. 부엌칼을 휘둘렀다. 『죽은 자가 남긴 유품』에서는 "아버지가 툭하면 철권을 휘두르고" 급기야 부엌을 향해 달려갔다. 그러고 보니 동식3

남, 작가 투영이 아버지보다 빨리 부엌으로 돌진하여 칼을 집더니 다른 곳으로 달려가 칼을 숨기곤 했다. 이것을 '단거리경주'라고 표현했다. 그러한 아버지를 진심으로 경멸하고 있던 형 태식이 아버지와 다르지 않은 폭군이 되어 어린애를 때린 적은 없었지만 정말이지 아내를 패고 발길질을 했다. 아버지는 완전히 무식해서 "자신의 행위를 지성으로 포장하는 법을 몰랐지만" 형은 지식인이었다. 동식과 동생을 팼다. 용서할 수 없는 일로 형과의 대립은 깊어졌다. 의지하는 조직의 차이가 더욱 대립을 심화시키고 있었던 것이다. 공동 장례식이 두 사람 사이의 괴리를 줄여주기는 했지만 이후는 어떻게 되었을까? 아버지의 폭력에 대한 분노, 증오는 『가야코를 위하여』, 『다듬이질 하는 여인』, 『백 년의 여행객들』 외의 작품에도 반복해서 그려진다.

창씨개명으로 '기시모토'라고 이름을 내건 이회성은 초등학교 시절 일본인 이상의 일본인으로서, 천황의 적자로서 나라에 충성을 가장 중요하게 생각하는 '소국민'이었다. 조선인인 것을 오로지 숨기기만 한 채 일본의 식민지라는 비하적 감정에서 성적이 아무리 좋아도 그에게 짓궂게 구는 부자 아들 일본인을 앞지르지 않았다. 다음 차례에 머무르려고 고심하는 소년이었다. 한국·조선을 침략하고 계속 차별해온 일본인에게는 그의 고뇌를 상상하는 것조차 불가능할 터이다. 죄는 무겁다.

계속 본국에 살았던 사람들에 대해서는 잘 알지 못하므로 언급을 삼가기로 하고 이회성, 즉 재일조선인 측에 서서 상상해본다. 전시 하에 일본 정부는 탄광이나 철도 그 외 지역의 노동력 확보를 위해 조선 반도에서 감언으로 노동자를 모집하였다. 또 징용정책으로 조선인을 일본으로 끌어들였다. 조선인 1세가 일본인에게 "왜놈"이라고 욕질하고, "진짜 오징어처럼 엉큼한 위 주머니를 지닌 인간", "쪽빠리"라고 한다. 또한 "아이고 이 한이 언제 풀릴까" 하고 외치는 것은 당연하다. 너무나 충분한 이유가 있다. 일본제국주의 시대의 지배 실태는 혹독하다. 일본이 패한 전후에 이르러 가해자 일본·일본인은 참회, 사죄, 보상하였는가. 조선인을 인간으로서 대등하게 대하였는가. 차별과 편견은 오히려 가속화되었다. 우익 네티즌의 헤이트 스피치에 기대는 차별주의자들의 멘탈리티 건재의 현상을 어떻게 해석해야 할까? 1세가 일본인에게 오로지 원한을 갖는 것은 당연한 이치일 터이다. 8월 15일은 재일조선인에게만 해방의 날이 아니다. 다수의 일본인도 일본제국주의의 희생자였다. 하지만 지배자와 피지배자의 관계였기에 경중의 차를 비교할 수 없다. 그 점에 대해 일본인은 자각하지 못한다. 다수의 위정자가 일본 회의의 중진이 된 현실이 여실히 증명한다. 이회성 등의 2세는 오로지 원한만을 품는 1세와는 다르다. 전후 25년 단계의 발언인데 "8월 14일까지의 소년 소녀, 즉 25년 전의 우리는 순수하게 '성전'을 믿고 천황을 믿으며 이윽고 전지로 떠나기 위한 감성을 스스로 배양하였다. (…중략…) 일찍이 조선인 소년 소녀들은 '일시동인'의 '귀한 뜻'을 받아들여 옛 귀화인인 다지마모리田道間守[6]를 지향했다는 것에 대해서는 조금도 알지 못했다. 그 시대에 우리는 본질적으로 파시스트 소년 소녀, 혹은 동화 소년 소녀밖에 될 수" 없었다. 그때까지의 삶에 배신감을 느끼다가 8월 15일을 맞이하여 "민족의 아들로서의 조국의 발견"이 가능하게 되었다. 그 점을 생각하면 마찬가지로 배신감을 맛본 일본인에게도 '국가의 재발견'이나 '자기의 확인'이 조선인 이상으로 힘든 일인지 모른다.[7] 이석성은 그렇게 2세의 현 위치를 미래 지향적으로 서술하면서도 동시대의 일본인에게도 따뜻한 마음으로 이해를 표명하였다.

"민족의 아들로서의 조국 발견"이 이회성 문학의 과제가 된다. 한편 조선인 문제를 해부하여 답습·계승해야 할 내용으로 아버지의 폭력이 상징하는 진부

---

6   기록으로 전해지는 고대 일본의 인물.
7   「오늘 우리에게 문학이란 무엇인가」, 『群像』, 1970.11.

한 남권·부권제도의 타파라는 현실과 맞선다. 말하자면 새로운 조선인상 수립을 위한 투쟁의 길, 이회성은 그 길로 나아간다. 그 테마는 이후의 작품에 그려진다.

『다이토분카대학 기요』 제57호, 2019년 3월

이상화, 저항과 부활의 세계성

사가와 아키(佐川亜紀, 시인)

1. 대표작 「빼앗긴 들에도 봄은 오는가」의 생명 표현
– 여성 표상과 관련하여

이상화의 이름은 일본에서도 한국시의 엔솔로지나 연구서에 수록하고 있어서 알려져 있다. 『조선시집』김소운 역, 河出書房, 1940, 『재역 조선시집』김시종 역, 이와나미서점, 2007, 오무라 마스오大村益夫 역 『시로 배우는 조선의 마음詩で学ぶ朝鮮の心』靑丘文化社, 1998, 『한국현대시의 매혹』김응교, 新幹社, 2007 등이 소개하고 있다. 새롭게 『한 개의 별을 노래하자 조선시인 독립과 저항의 노래』김정훈 편역, 風媒社, 2021가 합류하여 더욱 보급되고 있다. 필자도 『한국현대시소론집韓国現代詩小論集 – 새로운 시대의 예감』사가와 아키, 토요미술사출판판매, 2007을 통해 이상화를 '카프 시인'으로 논한 바 있다.

이상화는 1901년 경상북도 대구에서 태어나 1919년 서울고등보통학교를 졸

업하였다. 3·1독립운동이 발발하자 참가, 대구의 학생운동 세력을 조직하려
고 하였다. 발각되자 서울로 피신하였다. 1921년에는 유명한 동인지 『백조』에
가담하여 초기 낭만주의적 대표작 「나의 침실로」 등을 발표하였다. 프랑스행
을 실행하기 위하여 그 준비로 23년에 일본으로 유학, '아테네 프랑세'에서 학
업에 몰두하지만, 그 해 9월 관동대지진의 여파로 조선인 학살의 참상을 목격
하고서 귀국한다.

　그 이후 민족주의적 사상을 심화시켜 1924년 진보적 문학단체 '파스큘라'를
결성한다. 25년에는 동료들과 함께 '카프'조선프롤레타리아예술동맹, 1925.8~1935.5를 설
립하고 발기인으로 참가한다. 이 무렵부터 「빼앗긴 들에도 봄은 오는가」 등 식
민지 지배하에서 사는 이들에 대한 공감과 저항 의식을 명확히 새긴 작품을 집
필하여 발표하였다.

　「빼앗긴 들에도 봄은 오는가」는 일본제국주의의 조선 지배에 대한 저항시로
유명하다. 그런데 근래 더욱 확장된 세계적 시야에서 주목하는 예가 증가하고
있다. 필자도 젠더적 시점에서 재평가를 시도하려고 한다. '봄'은 생명이 약동
하고 기운이 넘쳐나는 계절이다. '봄'은 봉우리가 솟듯 힘차게 싹이 트고 꽃봉
오리가 부푸는 등의 의미를 함의하고 있을 것이다. 저항시는 남성적인 시점에
서 언급하는 경우가 많다. 하지만 대표작 「빼앗긴 들에도 봄은 오는가」『개벽』 70
호, 1926.6에는 여성을 연상시키는 표현이 엿보인다.

　　빼앗긴 들에도 봄은 오는가

　　지금은 남의 땅―빼앗긴 들에도 봄은 오는가?

　　나는 온몸에 햇살을 받고

푸른 하늘 푸른 들이 맞붙은 곳으로

가르마 같은 논길을 따라 꿈 속을 가듯 걸어만 간다.

입술을 다문 하늘아 들아

내 맘에는 내 혼자 온 것 같지를 않구나

네가 끌었느냐 누가 부르더냐 답답워라 말을 해 다오.

바람은 내 귀에 속삭이며

한 자욱도 섰지 마라 옷자락을 흔들고

종다리는 울타리 너머 아씨같이 구름 뒤에서 반갑다 웃네.

고맙게 잘 자란 보리밭아

간밤 자정이 넘어 내리던 고운 비로

너는 삼단 같은 머리털을 감았구나 내 머리조차 가뿐하다.

혼자라도 가쁘게나 가자.

마른 논을 안고 도는 착한 도랑이

젖먹이 달래는 노래를 하고 제 혼자 어깨춤만 추고 가네.

나비 제비야 깝치지 마라.

맨드라미 들마꽃에도 인사를 해야지

아주까리 기름을 바른 이가 지심 매던 그 들이라 다 보고 싶다.

내 손에 호미를 쥐어 다오.

살진 젖가슴과 같은 부드러운 이 흙을

발목이 시도록 밟아도 보고 좋은 땀조차 흘리고 싶다.

강가에 나온 아이와 같이

짬도 모르고 끝도 없이 닫는 내 혼아

무엇을 찾느냐 어디로 가느냐 우습다 답을 하려무나.

나는 온몸에 풋내를 띠고

푸른 웃음 푸른 설움이 어우러진 사이로

다리를 절며 하루를 걷는다 아마도 봄 신령이 지폈나 보다.

그러나 지금은 — 들을 빼앗겨 봄조차 빼앗기겠네.

(일어판, 김정훈 번역 참조)

「빼앗긴 들에도 봄은 오는가」의 제2연 3행의 '가르마 같은 논길'은 무척 눈길을 끄는 시구이다. 머리칼에 관한 묘사인데, "가르마 같은 논길을 따라"에 이어 "너는 삼단 같은 머리털을 감았구나", "아주까리 기름을 바른"이라는 표현도 있다. 특히 '가르마 같은 논길'은 머리 한가운데를 나누어 땋아 올린 조선 여성을 연상시킨다. 3·1독립운동에 참가하여 체포, 고문당하고 17세에 옥사한 유관순의 옥중사진을 보면 머리 한가운데를 제친 뒤 뒤로 묶어 올린 모습이다.

조선 독립운동에는 남성뿐만 아니라 여성도 참가하였다. 유관순은 고문 후에 머리카락이 뽑히고 몸이 잘려 나간 모습이었다고 한다. 생명과 아름다움의 상징인 머리카락을 빼앗기는 것은 여성이나 남성이라는 성별에 상관없이 굴욕이다. 토지를 강탈하는 것은 생명을 강탈하는 행위와 다를 바 없다. 이상화가 태어난 대구에서도 3월 8일 사립 계성학교·신명학교, 대구공립고보의 학생들이 중심이 되어 데모를 일으켰다. 5월까지 독립운동을 전개하여 사망자 212명, 부상자 870명, 체포자 2,270명이 발생하였다. 대구법원에 기소된 74명 중 여성이 한사람 있었다. 신명여학교의 교사로 학생시위를 지도한 임봉선이었다. 그녀는 1년 징역형을 받고 복역하였다.[1]

이처럼 독립운동에 남성은 물론 여성도 참여했다는 것을 연상시키는 이미지가 이상화의 시에서 느껴진다. 다양한 형태의 아름다움과 생명력을 부풀리고 있다. 한편 여성은 농업에도 종사하였다. 농지를 빼앗는 것은 남녀에 상관없이 생명의 위기, 생활의 파괴, 전통문화의 소멸을 초래하는 포악무도한 행위이다. 카프의 작가 이기영1895~1984의 소설 『고향』『조선일보』, 1933.11.15~1934.9.2 연재[2]에도 일본 지배로 소작농이 된 집에서 논밭의 김매기 등 노동에 힘쓰는 여성들의 모습이 그려진다. 아낙들이 열심히 일했기에 벼농사가 잘되었다는 등의 대화체가 오고 간다.

아우슈비츠에서 목숨을 부지한 세계적으로 유명한 시인 파울 첼란1920~1970[3]에게도 '머리카락'은 중요한 표상이었다. 아우슈비츠에서 목숨을 잃은 어머니를 그리워하는 시 「사시나무」에 다음과 같은 표현이 나온다.

사시나무여, 너의 이파리는 희끄무레 어둠을 바라보는구나.
나의 어머니 머리카락은 결코 희어지지 않았지.

— 「사시나무」

1   정요섭, 야나기사와 시치로(柳澤七郎) 역, 『한국여성운동사』, 고마쇼린(高麗書林), 1975.
2   이기영, 오무라 마스오 역, 『고향』, 平凡社, 2017.
3   구 루마니아 영토 체르노비츠에서 태어난 유태계 독일인 시인.

아우슈비츠 수용소를 나타내는 「죽음의 푸가」에서도 '회색 머리카락'이 등장한다.

> 그대 회색 머리카락 줄라미트 우리는 허공에 묘를 파련다.
> 거기라면 눕기에 좁지 않으리.
> ―「죽음의 푸가」

첼란의 모친은 수용소에서 금발 머리인 채로 학살당하였다. 첼란이 "나의 어머니 머리카락은 결코 희어지지 않았지"라고 노래한 것처럼 노년까지 연명할 수 없었다. 회색 머리카락의 여성은 묘도 없어서 제대로 매장되지 못한 상태여서 "허공에 묘를" 팔 수밖에 없다. 여성에게 고난의 상징이 머리카락으로 형상화되는 것이다. 이상화의 '머리칼'은 논길이나 비에 젖은 형태로 이전에는 활력이 있었던 것으로 그려져 있다. 에로티즘의 향기마저 풍긴다. '머리칼'에 그치지 않고 시 「빼앗긴 들에도 봄은 오는가」에는 여성을 연상시키는 표현이 적지 않다.

저항시이지만 "종다리는 울타리 너머 아씨같이 / 구름 뒤에서 반갑다 웃네", "마른 논을 안고 도는 착한 도랑이 / 젖먹이 달래는 노래를 하고", "살진 젖가슴과 같은 부드러운 이 흙을"이라는 묘사처럼 아기자기함이나 부드러움 등 다채로운 요소를 담고 있다.

이상화는 초기작품부터 여성을 자유와 부활의 상징으로 표현하였다. 초기의 대표작 「나의 침실로」『백조』 3호, 1923.9[4]에서도 낭만주의적 관능과 자유의 이미지를 포착할 수 있다.

---

4 김소운, 『조선시집 젖빛의 구름(乳色の雲)』에 번역 수록(1940); 김시종 역, 『재역 조선시집』, 이와나미서점, 2007.

나의 침실로

'마돈나' 지금은 밤도 모든 목거지에 다니노라 피곤하여 돌아가련도다.
아, 너도 먼동이 트기 전으로 수밀도水蜜桃의 네 가슴에 이슬이 맺도록 달려오너라.

'마돈나' 오려무나. 네 집에서 눈으로 유전遺傳하던 진주는 다 두고 몸만 오너라.
빨리 가자, 우리는 밝음이 오면 어딘지 모르게 숨는 두 별이어라.

'마돈나' 구석지고도 어둔 마음의 거리에서 나는 두려워 떨며 기다리노라.
아, 어느덧 첫닭이 울고—뭇 개가 짖도다. 나의 아씨여! 너도 듣느냐?

'마돈나' 지난 밤이 새도록 내 손수 닦아 둔 침실寢室로 가자, 침실로!
낡은 달은 빠지려는데 내 귀가 듣는 발자국—오, 너의 것이냐?

'마돈나' 짧은 심지를 더우잡고 눈물도 없이 하소연하는 내 마음의 촛불을 봐라.
양털같은 바람결에도 질식이 되어 얄푸른 연기로 꺼지려는도다.

'마돈나' 오너라. 가자 앞산 그리매가 도깨비처럼 발도 없이 가까이 오도다.
아, 행여나 누가 볼는지—가슴이 뛰누나 나의 아씨여, 너를 부른다.

'마돈나' 날이 새련다. 빨리 오려무나, 사원寺院의 쇠북이 우리를 비웃기 전에
네 손이 내 목을 안아라. 우리도 이 밤과 같이 오랜 나라로 가고 말자.

'마돈나' 뉘우침과 두려움의 외나무 다리 건너 있는 내 침실, 열 이도 없으니!

아, 바람이 불도다. 그와 같이 가볍게 오려무나. 나의 아씨여, 네가 오느냐?

'마돈나' 가엾어라 나는 미치고 말았는가, 없는 소리를 내 귀가 들음은—
내 몸에 피란 피—가슴의 샘이 말라 버린 듯 마음과 몸이 타려는도다.

'마돈나' 언젠들 안 갈 수 있으랴, 갈 테면 우리가 가자, 끄을려 가지 말고!
너는 내 말을 믿는 마리아—내 침실이 부활復活의 동굴洞窟임을 네야 알련만.

'마돈나' 밤이 주는 꿈, 우리가 얽는 꿈, 사람이 안고 궁구는 목숨의 꿈이 다르지 않느니
아, 어린애 가슴처럼 세월 모르는 나의 침실로 가자, 아름답고 오랜 거기로.

'마돈나' 별들의 웃음도 흐려지려 하고 어둔 밤 물결도 잦아지려는도다.
아, 안개가 사라지기 전으로 네가 와야지, 나의 아씨여, 너를 부른다.

(일어판, 김시종 번역 참조)

시인은 제10연에서 "너는 내 말을 믿는 마리아—내 침실이 부활復活의 동굴洞窟임을 네야 알련만"이라고 노래한다. 자신의 마음 깊은 곳이야말로 '부활의 장소'로 여기며 서로 함께하는 존재로서 '마돈나', '말을 믿는 마리아'라고 호소하고 있다.

초기의 시에서 '마돈나'는 상징적·환상적 존재로 낭만주의 문학의 여신 뮤즈와 같은 이미지를 연상시킨다. 하지만 시인은 "낡은 달은 빠지려는데 내 귀가 듣는 발자국—오, 너의 것이냐?"라고 묘사하고 있다. 여기에서 낡은 대상, 억압해오는 것에 대해 반발하며 찾아올 만한 것에 대해 마음을 쏟는 태도는 후의 저항시로 연결된다.

2. 세계적인 물음

일본에서 특히 많은 공감과 문제의식을 불러일으키면서 읽히게 된 것은 동일본 대지진의 후쿠시마원자력발전소 사고 이후부터이다. 「빼앗긴 들에도 봄은 오는가」라는 이상화의 대표작은 적지 않은 함의를 품고 있다. 사진가 정주하와 사상가 서경식이 원자력발전소 사고 후 후쿠시마에 들어가 사진전과 심포지엄을 반복하였다. 그리고 사람들이 내몰리고 생활의 근거지를 잃는 의미를 계속 담아냈다. NHK텔레비전에서도 다큐멘트 프로그램이 방영되었다.

이상화는 일본의 식민지 지배로 강탈당한 조선의 들과 밭의 풍부한 이미지를 묘사하였다. 하지만 '빼앗긴 들'은 보편적으로 토지를 빼앗긴 사람들에게 전해지는 시구임이 틀림없다. '빼앗긴 들'이라는 표현은 조선뿐만 아니라 세계적으로 수탈당한 국토나 토지를 연상시키는 시적 수사이다. 서경식은 후쿠시마원자력발전소 사고에 관한 사진전의 타이틀로 고민하다가 「빼앗긴 들에도 봄은 오는가」로 정한 과정을 언급하였다. 일본제국주의를 고발한 시를 일본의 원자력발전소 사고와 관련짓는 것이 타당한지를 묻는 것은 곤혹스러운 문제이다.

> 시인이 1920년대 즉 조선이 일본에 식민지 지배를 당하던 시대에 '들을 빼앗겼다'고 표현한 것은 일본제국주의에 의해 들을 빼앗긴 조선인의 슬픔을 노래하려고 했기 때문입니다. 이 시를 이번의 사진전 타이틀로 정한 것이 좋은지 그렇지 않은지 따지는 것은 매우 중요한 문제입니다. 반신반의하면서도 찬성한다는 입장에서 말하면 '해볼 가치가 있다, 보람있는 일이다'라고 생각했어요. 3·11 재해가 있었고 원자력발전소 사고가 있었죠. 그건 분명히 일본 국민에게만 해당되는 얘기가 아닙니다. 즉 일본이 근대라는 역사를 통해 타국을 침략하고 타국을 식민지로 지배하였으며 전쟁 후 이른바 '전후부흥戰後復興'이라는 명목하에 시행한 국책의 결과가 여기

에 존재하는 것이죠. 따라서 그것을 자신들의 얘기, 내부적 얘기로만 치부하는 게 어떨지요, 더욱 위험하지 않을까 라는 생각이 듭니다.[5]

다카하시 데쓰야高橋哲哉는 이상화의 시를 오키나와 상황에도 적용할 수 있다고 언급하였다.

이상화의 시는 일본제국주의에 의해 식민지 지배와 여러 고난을 강요당한 조선 민족의 생각을 매우 아름다운 시문에 담아 표현했다고 말해도 좋을 겁니다. 그 시를 통해 조선 민족, 후쿠시마의 고난을 상상하려고 하는 거예요. 하지만 그건 동시에 우리와 같은 일본인에게 이번 후쿠시마 재해의 의미에만 머무르지 않고 일찍이 우리가, 혹은 우리나라가 '빼앗아 버린 조선의 들'과 조선에서 태어난 사람들의 고난을 어디까지 상상할 수 있을지, 그런 질문을 요구하죠. 그렇다는 것도 점점 알게 되었어요. 다시 생각해보면 이상화의 시 제목 「빼앗긴 들에도 봄은 오는가」는 오키나와 상황에도 그대로 적용된다고 보아도 지장없다고 생각합니다.[6]

후쿠시마원자력발전소 사고 피해자들만이 토지를 빼앗긴 것이 아니라 일본제국주의에 희생당한 조선인들도 그런 기억을 이상화의 시로 회상할 수 있다는 것을 설명하고 있다. 더구나 후쿠시마현에 소재한 조선학교의 운동장이 방사능에 오염되어 학생들이 니가타新潟현으로 피난했다. 그런데 일본의 공립학교라면 대상이 되는 공적부조의 혜택을 받지 못하고 자력으로 피난해야 했다. 그 사실은 재해 당시 현재화한 차별에 대해 심사숙고하게 한다고 지적하고 있다. 또한 사진가 정주하는 '봄'의 의미에 대해 심각한 의문을 품고 촬영했다고 서술하였다.

---

5 『빼앗긴 들에도 봄은 오는가-정주하 사진전의 기록』, 高文研, 2015, 39쪽.
6 위의 책, 109쪽.

과연 이 '봄'은 어떠한 의미일까, 어떻게 해석해야 할까 하고 생각해왔죠. '봄'은 그저 계절을 가리키는 말일까, 그렇지 않다면 무엇일까. 계절을 나타내는 봄에는 희망이나 자유나 온화함 등의 의미가 담겨 있겠죠. 한편 조선어 '봄'에는 '보다'라는 뜻도 있어요. 그것도 그저 '보는' 것이 아닙니다. '직시한다', '제대로 본다'라는 의미죠. 제대로 본다는 것은 생각한다는 의미가 아닐까요? 보는 것을 통해 본질을 이해한다는 것, 깨닫는 것, 그게 무엇보다 필요하다고 호소하는, 바로 그것이 '봄'의 의미라고 생각했죠. '봄'이 있으니까 마음으로 읽는 일이 가능할 겁니다. '봄'이 희망이라고 한다면 희망은 희망이 없는 곳에서 발견되는 겁니다. '봄'이 없기 때문에 우리는 '봄'을 기다리는 게 아닐까요? 빼앗긴 봄은 주어진 게 아니라 되찾는 것이죠. 시간이 지나 자연스레 주어지는 거라면 그건 그냥 계절 봄이에요. 그렇다면 여름과 다를 바 없죠. 제가 생각하는 '봄', 이상화의 '봄'은 직시를 통해 어떻게 되찾을까 하는 '봄'이죠. 그게 제가 생각하고 보여주고 싶은 '봄'입니다.[7]

정주하가 "빼앗긴 봄은 주어진 게 아니라 되찾는 것이죠"라고 꿰뚫어 본 것처럼 봄에는 광복의 의지가 담겨 있음이 틀림없다. 이상화의 시로 표현된 '봄'은 해방의 기쁨, 민족 부활의 상징일 터이다. 한국과 일본에서 계절을 보는 시점은 다르다. 3·1독립운동, 4월 혁명, 5월 광주민주화운동처럼 한국에서는 민족독립운동, 민주화운동과 계절을 연결시켜 기억한다. 단지 자연의 순리로 이어지는 것이 아니라 역사의 창조와 계절은 밀접하게 관련이 있다. 역사는 어디까지 인간이 창출하는 것이다. 하지만 일본에서는 하이쿠의 '기고季語'[8]처럼 자연으로서의 '봄'을 중시한다. 인간의 책임과 능력으로 사회를 개혁한다는 인식이 약해서 만물은 윤회하며 생명은 유전한다는 자연 사상이 일본의 근본에 존재한다. 재해로 피해입은 토지임에도 역시 자연의 순리로 봄은 온다고 하는 비애와 달관이 일본에서는 통한다. 한국인들처럼 독립운동이나 민주화 투쟁으로 역사를 개혁하려는 의욕이 약하다.

이상화의 마지막 1행 "그러나 지금은— 들을 빼앗겨 봄조차 빼앗기겠네"는 탄압을 강화하는 일본제국주의에 대한 위기감을 표현하고 있다. 토지를 수탈당하고 조선어와 조선 문화도 강탈당하여 광복을 위한 행동과 의지까지 빼앗기는 시대를 예견하고 있다. 기실 1925년 카프조선프롤레타리아예술동맹가 결성되었지만, 일본제국주의는 곧바로 탄압을 강화하여 1931년에 카프 제1차 검거사건을 일으켰다. 1935년에는 카프를 해산시켰다. 이상화는 1928년 대구의 관공서를 습격한 사건으로 검거되었다. 1935년에는 독립운동을 펼친 큰형 상정相定 장군을 만났다는 이유 등으로 일본 경찰에게 체포되어 투옥의 고통을 맛보았다.

"그 사이에 태어난 지 얼마 지나지 않은 아들첩의 자식이 사망하는 등 괴로움이 시인 이상화를 짓누른다." "일련의 상황은 그가 더 이상 펜을 쥘 수 없게끔 하였거니와 결국 현실적인 시를 쓸 수 없도록 억압하였다."[9]

이처럼 "지금은— 들을 빼앗겨 봄조차 빼앗기겠네"라는 불길한 예언은 적중하여 이상화는 역경에 처하게 된다. 1927년 이후의 절필 시대에 호를 백아白啞로 사용할 정도였다. 1943년 위암으로 세상을 뜨기 전까지 이상화는 시집도 출판할 수 없었다.

---

9   金應敎, 『한국현대시의 매혹』, 新幹社, 2007, 25쪽.

3. 학대받는 사람들에 대한 공감

이상화는 대구의 부유층에서 태어났기 때문에 초기에는 일본제국주의를 지배를 정신적 압박으로 느꼈다. 동굴에 갇힌 마음으로 내면의 우울함을 표현한 이유이기도 하다. 정신적 자유로움을 추구하기 위해 프랑스 유학의 꿈을 불태우며 1923년 우선 일본으로 건너갔다. 그해 9월에 발발한 관동대지진과 조선인 학살 소식을 접하면서 지배의 실태를 통감하였을 터이다. "1923년 관동대지진을 경험함으로써 그의 관념적 사고는 현실적인 민족주의로 구체화되었다."김응교 1925년 이상화는 카프에 참가하여 문예지 『개벽』1925.1에 간도 이민에 대한 작품을 발표한다.

아, 가도다, 가도다, 쫓겨가도다
잊음 속에 있는 간도와 요동벌로
주린 목숨 움켜쥐고, 쫓겨가도다
진흙을 밥으로, 해채를 마셔도
마구나 가졌으면 단잠을 얽맬 것을 ―
사람을 만든 검아, 하루 일찍
차라리 주린 목숨, 빼어가거라

아, 사노라, 사노라, 취해 사노라,
자폭 속에 있는 서울과 시골로
멍든 목숨 행여 갈까, 취해 사노라
어둔 밤 말없는 돌을 안고서
피울음 울면, 설움은 풀릴 것을 ―

사람을 만든 검아, 하루 일찍

차라리 취한 목숨, 죽여버려라

— 「가장 비통한 기욕(祈慾) – 간도 이민을 보고」

간도는 일본제국주의에 내몰려 피신하던 조선 민중과 빨치산 투쟁을 하던 사람들이 모여든 지역이다. 작가 이기영도 소설 『고향』에서 다음처럼 기술하고 있다.

기미년의 소란통을 겪고 나자 마을 사람들 중에는 남부여대하고 고향을 떠나는 이가 있었다. 덕산이네 종형제가 대판으로 노동판을 쫓아가던 해에 춘식이네 온 집 안 식구는 서간도로 농사를 지으러 간다고 가산집물을 몽땅 팔아 가지고 떠났다.

그전부터 서간도가 살기 좋다고 소문이 나서 인근동에서는 그 고장으로 떠나는 사람들이 많았다. 해마다 더욱 생활난을 부르짖는 그들은 어디든지 살기만 좋다면 불원천리 쫓아가고 싶었다.[10]

독립운동 탄압 후의 감시와 수탈의 강화로 유랑해야 하는 사람들의 비참한 모습을 보고 이상화는 부아가 치밀어 자포자기식으로 부르짖는다. 그는 어두운 밤을 헤치려는 사람들의 뜻에 공감하며 저항시인의 길을 걷는다.

10　이기영, 『고향』, 문학사상사, 2005, 91쪽.

4. 작품 「시인에게」의 창조를 향한 호소

이상화의 특징은 초기부터 정신의 해방을 추구했듯이 외부 묘사에 그치지 않고 정신적 자유 획득을 위해 날개를 펼치려고 했던 점이다. 시 「빼앗긴 들에도 봄은 오는가」에 "꿈 속을 가듯 걸어만 간다"로 묘사한 것처럼 내면의 고통을 표현하였다. "푸른 하늘 푸른 들이 맞붙은 곳"의 아름다운 농지는 꿈속처럼 황홀하게 느껴질 정도이다. 하지만 "지금은 남의 땅 — 빼앗긴 들"이 된 것은 악몽일 터이다. 그러기에 현실과 악몽 사이를 방황하며 것이다.

> 강가에 나온 아이와 같이
>
> 짬도 모르고 끝도 없이 닫는 내 혼아
>
> 무엇을 찾느냐 어디로 가느냐 우습다 답을 하려무나.

> 나는 온몸에 풋내를 띠고
>
> 푸른 웃음 푸른 설움이 어우러진 사이로
>
> 다리를 절며 하루를 걷는다 아마도 봄 신령이 지폈나 보다.

9연에서는 어린애처럼 "짬도 모르고 끝도 없이 닫는 내 혼아"라며 억압된 상황에 갈팡질팡하면서도 답을 찾고 정신적 자유를 상상한다. 10연에서는 "푸른 웃음 푸른 설움이 어우러진 사이"를 하루종일 걷는다. '봄 신령'은 해방을 이루고 생명을 키우고 창조하는 혼일 터이다. 빼앗긴 조국, 대대로 물려받은 토지, 선조의 경작지를 되찾아 함은 물론, 조선의 정신과 문화를 창조적으로 재생시키려는 열정이 담겨 있다.

초기에는 그 반대로 정신을 중시하는 태도가 내부에 메스를 가하는 「조선병」

과 같은 작품을 통해 결실을 보았다. 침략·수탈당한 토지를 탈환함에 그치지 않고 새로운 정신의 창조를 지향하는 의지는 이상화의 시를 관통하는 흐름이다.

　이상화는 작품 「시인에게」에서 "한편의 시 그것으로 / 새로운 세계 하나를 낳아야 할 줄 깨칠 그때라야 / 시인아 너의 존재가 / 비로소 우주에게 없지 못할 너로 알려질 것이다"라고 호소한다. 침략당한 곤혹스러운 현실을 응시하면서 정신의 봄, 정신의 신세계를 계속 추구한 이상화. 그의 시는 지금도 커다란 공감과 교시를 세계의 사람들에게 안겨주고 있다.

　　시인에게

　　한편의 시 그것으로
　　새로운 세계 하나를 낳아야 할 줄 깨칠 그때라야
　　시인아 너의 존재가
　　비로소 우주에게 없지 못할 너로 알려질 것이다.
　　가뭄 든 논에는 청개구리의 울음이 있어야 하듯.

　　새 세계란 속에서도
　　마음과 몸이 갈려 사는 줄 풍류만 나와 보아라.
　　시인아 너의 목숨은
　　진저리나는 절름발이 노릇을 아직도 하는 것이다.
　　언제든지 일식된 해가 돋으면 뭣하며 진들 어쩌랴.

　　시인아 너의 영광은
　　미친 개 꼬리도 밟는 어린애의 짬 없는 그 마음이 되어

밤이라도 낮이라도

새 세계를 낳으려 손댄 자국이 시가 될 때에 있다.

촛불로 날아들어 죽어도 아름다운 나비를 보아라.

(일어판, 김정훈 번역 참조)

참고문헌

金素雲 역, 『朝鮮詩集』, 河出書房, 1940.

金時鐘 역, 『재역 朝鮮詩集』, 岩波書店, 2007.

오무라 마스오 역, 『대역 시로 배우는 조선의 마음』, 青丘文化社, 1998.

金應教, 『韓国現代詩의 魅惑』, 新幹社, 2007.

金正勲 編訳, 『한 개의 별을 노래하자 - 조선시인 독립과 저항의 노래』, 風媒社, 2021.

佐川亜紀, 『韓国現代詩小論集 - 새로운 시대의 예감』, 土曜美術社出版販売, 2000.

다카하시 데쓰야(高橋哲哉) · 徐京植 編著, 『빼앗긴 들에도 봄은 오는가 - 정주하 사진전의 기
    록』, 高文研, 2015.

李箕永, 오무라 마스오 역, 『故郷』, 平凡社, 2017.

윤동주, 시에 의한 저항의 충실과 고뇌

아이자와 가쿠(愛沢革, 시인)

막 27세가 된 윤동주가 후쿠오카福岡 형무소에서 이상한 주사[1]를 계속 맞고 목숨을 잃은 것은 1945년 2월 16일이었다. 일본제국 패망의 날인 8월 15일을 6개월 앞둔 시점이었다. 상기할 때마다 일본이 시인을 살해하는 끔찍한 국가임을 뼈저리게 느끼게 하는 윤동주의 옥사이다.

이와 같은 경위로 목숨을 잃은 인물이니 시인의 나라에서도 일본에서도 윤동주는 시세에 오염되지 않은 청아한 서정적 '민족시인', 혹은 '저항시인'으로

---

1 당시 규슈제국대학에서 실험한 "혈장(血漿) 대용 생리식염수의 주사였을 가능성이 크다"고 하는 유력한 설(鴻農映二＝고노 에이지)이 있지만 직접적인 증거로 제시할 수 있는 문헌적 자료는 발견되지 않고 있다. 하지만 규슈제국대학에서 1945년 5월 중순부터 6월 초에 걸쳐서 미군 포로 8명에 대한 생체해부가 시행된 사실이 패전 후 밝혀졌다. GHQ에 의한 점령하에서 관련 의사와 육군 장교 5명은 사형, 입회한 의사 18명은 유죄 선고를 받은 이 '규슈제국대학 생체해부 사건'은 패전이 임박하여 부족한 '대용 혈액'의 개발 요구에 응하려는 움직임이 규슈제국대학에서 있었다는 사실을 입증하고 있다고 생각한다.

불린다. 그리고 지금도 많은 사람이 그를 추모하고 있다.

일본에서는 매년 윤동주의 기일2월 16일을 끼고 약 2주간 시인의 연고지인 세 군데의 도시, 즉 도쿄릿쿄대학, 교토도시샤대학, 후쿠오카후쿠오카형무소에서 추모 집회가 열린다. 또한 송우혜 저『윤동주 평전』의 일본어판 간행2009.2을 계기로 오사카 에서 열린 모임은 그 후 매년 7월 14일1943년 이날에 교토에서 윤동주가 체포되었다 모이는 '윤동주와 함께尹東柱とともに'라는 집회로 이어졌다. 모임 장소 '喫茶미술관'은 오사카 거주의 재 일동포 시인 丁章이 운영하는 카페

사례를 들자면 사후 70년을 맞은 2015년의 모임에서는 후쿠오카에서 윤인석 씨성균관대 교수가 '백부 윤동주, 그리고 그를 사랑하는 사람들'이라는 표제로 강연 하였다. 교토에서 시인 고은 씨가 '윤동주 시의 처녀성處女性'이라는 테마로, 도쿄 에서는 송우혜 씨가 '시인 윤동주가 꿈꾼 세상'이라는 제목으로 이야기하였다.

고은, 송우혜 두 분의 이야기는 각각 독특한 언변으로 진행되었다. 하지만 어 느 쪽이나 윤동주를 '민족의 암흑기에 광명을 비춘 민족시인'으로 강력히 각인 시킨 곳에 공통점이 엿보였다.

그리고 또 한 분이 있다. 윤동주를 어떻게 읽을 것인지. 그 의미로 중요한 문 제 제기를 이미 20여 년 전부터 해온 재일동포 시인 김시종 씨이다. 김 씨의 목 소리를 포함해 그들의 윤동주론에 귀를 기울이면서 지금 윤동주를 읽는 의미 에 대해서 생각해보고 싶다.

1. 윤동주의 시를 새로운 시점에서 읽을 수 있을까

윤동주 시의 다수는 가장 유명한 「서시」, 「자화상」, 「별헤는 밤」 등의 작품 등도 그렇지만 선입관을 갖지 않고 시행과 마주할 때 시 속에 나오는 약간의

고유명사를 제외하고 읽으면 거의 알 수 있는 쉬운 언어로 쓰여 있다. 예컨대

> 「길」이라는 작품은 "잃어버렸습니다"라는 행으로 시작하여 "내가 사는 것은, 다만 / 잃은 것을 찾는 까닭입니다"라는 식으로 끝을 맺는, 이른바 자기 발견을 테마로 삼은 시라고도 볼 수 있다. 시어에는 특별히 어려운 표현이 없어서 혹시 젊은이나 초등학교 고학년 아동 중에 이미 시를 접한 이가 있을지도 모른다. 그런 내용이 아닐까.

라고 어느 잡지[2]에 나는 쓴 적이 있다. 하지만 한두 번 정도 읽고 표면적으로 드러난 의미를 아는 느낌은 들어도 시인이 언급하고 싶은 것, 표현하고 싶은 것이 무엇일까 하고 생각하며 멈춰서는 순간이 있다. 시 속의 인물에 관한 사항이 남의 일 같지 않게 느껴져서 그가 앞으로 어쩌면 좋을지 걱정된다. 읽는 이도 자기 자신의 앞날까지 더욱 진지하게 생각해보게 된다. 게다가 특별하게 느껴지는 절박감은 무엇일까? 이렇게 무의식중에 뇌가 활동할 때에는 이미 윤동주의 시에 한두 발 빠져든 상태이다.

윤동주. 그는 평범한 표현이지만 자신이 걸어야 할 길에 대해 조용히 호소하는 울림으로 나와 남에게 질문을 던지듯 시를 쓴 시인이다. 작품에는 결코 목소리를 높여 타자를 공격하는 언어는 없으며 알랑거리듯 시세에 따르는 표현도 없다. 일견 부드러우면서도 심오한 물음을 던지며 갈고 닦은 언어이니 읽으면 읽을수록 고개가 끄덕여진다. 읽는 동안에 자신의 인생에 대한 물음으로도 이끌리게 된다. 지금 이곳에서 어떻게 살 것인지, 그 물음이 자신에게 필요할까. 무엇을 해야 할지 납득할 수 있는가. 저절로 그쪽으로 생각이 나아가는 것이다.

---

2   아이자와 가쿠, 「시인의 목숨」, 『일본 아동문학』 2010년 10~11월호(특집 「한일병합 100년과 한국의 아동문학」에 게재).

이처럼 자신의 고뇌와 깊은 동요로부터 시선을 떼지 않는 시인의 자세가 또한 그 고뇌와 동요에도 불구하고 자신의 행보에 충실을 기하기 위한 계기를 한결같이 추구하게 한다. 그것이 독자의 마음을 조용히 사로잡는 것이다. '기도할 하늘은 존재하지만 하늘은 찌뿌둥하여'[3] 먹구름에 뒤덮인 폭압의 시대였다. 그는 고민하는 모든 동포를 위해 무엇을 할 것인가를 자신에게 물었다. 그리고 시대의 한복판에서 위태위태한 자신의 위치를 가늠하였다. 그러므로 더욱 "나한테 주어진 길을 / 걸어가야겠다"「서시」고 생각한다. 따라서 "바람이 자꾸 부는데 / 내 발이 반석 위에 섰다"「바람이 불어」라고 자신을 신뢰하는 것이다. 즉 시인의 목소리는 따지고 보면 행동으로부터 멀어진 자문자답의 소박한 입속말이라고 표현할 정도의 대상을 꿰뚫고 강력한 힘으로 사람의 마음을 사로잡는 것이다.

"비명에 간 시인 윤동주의 생애는 저항의 개념을 새롭게 느끼게 한다"라는 언급은 김시종 씨가 필자의 번역『윤동주 평전』일본어판藤原書店, 2009에서 추천문에 새긴 내용이다. 그런데 도대체 이 언급은 무슨 의미일까? 윤동주의 평이한 시어의 리듬이 독자에게 불러일으키는 것은 각 개인이 직면하고 있는 시대상황와 그것과 마주하고 있는 자기 자신을 더욱 깊이 되새기는 새로운 시각이다. 윤동주 시가 지니는 이와 같은 독특한 감화력, 침투력이야말로 사람들 속에 '저항의 개념'을 새로운 것으로 변혁하는 근원임이 틀림없다. 이것이 나의 생각이다.

"선입견 없이 시를 읽는다면"이라고 언급했는데, 특히 윤동주라는 시인에 대해서는 그것이 매우 어렵다는 것을 송우혜 씨의 2015년 강연 원고[4]를 보고 새삼 깨달았다.

---

3 이시무레 미치코(石牟礼道子)의 구절.
4 2015년 2월 22일 '시인 윤동주와 함께 · 2015'라는 타이틀로 릿쿄학원 제성도(諸聖徒)예배당에서 열린 강연 원고는 주최 측 '시인 윤동주를 기념하는 릿쿄의 모임'가 사전에 번역하여 당일 배포하였다. 필자는 후에 우편으로 받았다. 거기에서 인용된 윤동주 시의 일본어 번역은 이브키 고(伊吹郷) 번역을 사용하였다. 여기에서는 김시종 번역으로 통일하였다(이하 동일).

나는 『윤동주 평전』의 번역자이다. 그러기에 윤동주에 대해서는 작금의 재독에 새로운 시각의 발상이나 고찰의 계기가 될듯한 사실의 발굴이 있는지 어떤지를 언제나 주의 깊게 보아온 셈이다. 하지만 그녀의 강연은 그 기회를 통해 새로운 견해를 제시하려고 했다기보다는 지금까지 이미 한국인들 사이에 널리 수용되어온 관점을 더욱 강렬히 순화시켜 보이려고 한 것이었다고 생각한다.

송우혜 씨가 릿쿄대학의 모임2015.2에서 서술한 윤동주론은 "윤동주 시인이 꿈꾼 세상"이라는 표제하에 윤동주의 '꿈'을 명쾌히 설명하는 형식으로 윤동주의 상을 그려 보인 것이다. 그 상을 그려 보임에 있어서 근거이자 '윤동주가 품은 꿈을 알 수 있는 자료'로 무엇보다 작품을 들추었다. 다음으로 '그의 생애'를 거론했다. 당연하다. 하지만 문제는 후자에 대해서 오로지 "일본의 공안당국의 문서자료를 통해 그가 본 꿈의 실체를 추적하려고" 하며 특별고등경찰의 취조문이나 재판 판결문의 1절을 계속 인용한 점이다. "윤동주 시인이 품고 있던 '조선 독립'에 관한 이해와 신념은 이렇게 명료하고 확고한 것이었다"고 씨는 적시하였다. "이렇게"는 강연에서 그녀가 인용한 공안 자료나 판결문에 명시한 것을 의미한다.

윤동주를 조선 독립과 저항을 향한 의지의 체현자로 보는 명확한 견해가 일본제국의 시인에 대한 단죄문서를 '자료'로 삼아 윤동주 시의 비평을 넘어 시인의 형상 위에 덮었다고 하는 느낌을 받았다.

엉뚱할 터이지만 나는 홋타 요시에堀田善衞, 일본 전후 문학자 중 한 사람의 다음과 같은 한 구절을 상기하였다.

미(아름다움)는 역시 사람을 시험한다. 타인에게 진심을 드러내는 곳에 덕이 존재할 터이다.

그림을 본다, 혹은 보았다는 것은, (…중략…) 자기 혼자서 처리, 정리하기 어려운 부분(자신의 내부에 수수께끼처럼 침묵하고 있는 부분)을 대상(작가와 예술작품)을 통해 자신의 내부로 끌어들인 것이다. 예술 경험이란 시작도 끝도 그러한 것인 만큼 무엇이나 금방 처리하여 결론을 맺고 설명까지 하는 시시한 비평가의 일과 같아서는 안 된다.

― 홋타 요시에, 『아름다운 것을 보는 사람은(美しきもの見し人は)』

정말이지 송우혜를 시시한 비평가라고 생각한 적은 없다. 하지만 경찰의 취조문과 판결문의 내용을 시인 윤동주의 "평소 지니고 있던 신념이나 꿈을 구체적이고 확실히 보여주는 진술"로 생각하지 않는다.

이렇게 말한다고 해서 윤동주를 그저 '희생자'로 본다는 것은 아니다. 조선 독립을 향한 윤동주의 강한 열정, 조선문화·조선어가 한구석으로, 게다가 소멸의 길로 내몰리는 민족적 위기에 대한 비분의 감정이 느껴지기 때문이다. 전시의 폭압에 짓밟힌 「무서운 시간」에 대한 전율은 윤동주의 시 속에 독립의 '독'자가 나오지 않아도 우리에게 스며드는 듯 전해진다.

처음부터 이 강연에서 송 씨는 윤동주의 생애 서술에 있어서 '가족과 친한 지인들의 증언'을 다수 거론했다. 그 증언으로 "그가 품은 꿈을 추적할 수 있다"고 보면서 그 방법을 취하지 않고 굳이 '일본 공안당국의 문서자료' 쪽을 재료로 삼았다고 설명하였다. 강연내용에 대해서는 뒤에서 다시 한번 언급하겠지만 이것은 송우혜 『윤동주 평전』의 기술에서 그녀 자신이 가장 신중하게 다룬 문제이다.

나의 번역 『윤동주 평전』의 해설에는 송우혜가 "무엇이나 금방 처리하여 결론을 맺고 설명까지 하는 시시한 비평가"와는 정반대의 방법으로 윤동주의 초상을 그렸다고 본 나의 신뢰가 새겨져 있다. 그 신뢰가 있기에 나는 윤동주 시인의 언어 또는 생애와 다시 한번 마주하려고 윤동주 시의 독자에게 말을 붙일 수 있었던 것이다. 다음과 같이 서술하였다.

1939년부터 1942년에 걸쳐서 일본에서는 '성전 완수'를 위한 국민 동원과 억압이 극도로 자행된 시기이다. 당시 윤동주의 시는 더욱 충실해졌다. 「서시」를 비롯한 윤동주 특유의 수작이 계속 창작되었다. 그렇지만 42년 봄에 유학을 위해 일본으로 건너간 윤동주가 앞으로 어떠한 경지에 도달할 것인가. 그 물음을 제시한 작품은 윤동주가 서울의 친구에게 보낸 편지에 적힌 다섯 편이 보존된 외에 현재 발견되지 않고 있다. 윤동주가 생전 마지막에 도달한 지점에 대한 제시가 불가능하다. 그 사실을 포함하여 독자도 윤동주의 생애와 시 세계 사이를 서성거리면서 계속 새로운 물음과 마주하게 된다. 그것을 본질적으로 수수께끼라고 말해도 좋다.

교토·시모가모下鴨경찰서에서 압수당한 시나 노트에는 어떤 내용이 쓰여 있을까? 처음부터 항일운동이 활발히 전개되던 고장에서 태어난 기독교인 그가 자신을 향한 냉엄한 물음과 시대의 움직임에 대한 깊은 통찰의 눈을 가지면서도 그것을 평범한 시어로 순화시켜 표현할 수 있었던 것은 어떤 이유일까? 이처럼 시인을 탄생시킨 모체가 된 것, 생명을 키우는 원초의 바다처럼 이 시인을 기른 것은 무엇일까? 나아가 또 이러한 시인을 살해한 국가라는 것이 도대체 무엇일까?

송우혜 저 『윤동주 평전』은 전편이 이와 같은 물음에 답하려 하는 강한 의지로 점철되어 시인을 낳고 기른 것, 그 깊고 커다란 비밀의 세계로 독자를 이끈다.

— 송우혜, 『윤동주 평전』 일본어판, 역자의 「해설」에서

김시종 씨는 일찍이 "윤동주의 존재성은 기독교적인 것인가, 그렇지 않으면 민족 수난의 저항에 의한 것인가. 이와 같은 형식 논리로만 윤동주의 위치가 확인되어서는 윤동주 시에 대한 논의는 깊어지지 않는다"고 갈파하였다. '저항 시인'이라고 불릴 때 어떠한 시기에 저항인지, '서정시인'이라고 불릴 때 그 시의 '서정'의 질은 어떠한 것인지 묻지 않을 수 없다. '민족'이나 '저항'이나 '서정'의 본질을 그 작품에 발을 딛고 읽어내는 것이 중요하다는 뜻이다.

그는 이미 이와 같은 생각을 20년 전부터 반복하여 밝혀왔다. 나는 윤동주 추도 모임을 2000년 무렵부터 도쿄에서 개최하는 활동을 동료들과 함께 시작하였다. 김시종 씨에게는 그즈음부터 때때로 강연을 의뢰하였고 그의 말을 직접 현장에서 들어왔다. 그러므로 그의 생각에 크게 설득력을 느끼고 있었다.

그의 새로운 번역 『윤동주 시집』이 이와나미岩波문고에서 간행되어2012.10 거기에 「해설을 대신하여 – 윤동주·삶과 시의 빛줄기」라는 윤동주 비평이 실렸다. 이 책에 의해 김 씨의 윤동주와 관련한 다년간의 중요 작업이 집대성되었다고 볼 수 있다.

그러나 윤동주 시집의 일본어 번역은 이미 다른 역자의 것이 여러 권 있으며 비평이 문고판 권말에 역자 「해설」의 형태로 들어가 있어서 의외로 이 달성의 큰 의미가 사람들에게 전달되지 않은 것이 아닐까 하고 나는 걱정하고 있다.

김시종은 지금도 '이질적인 일본어'로 새로운 시 표현을 추구하며 계속 창작 활동을 하는 재일동포 현역 시인이다. '이질적인 일본어'는 일본어가 나타내는 정감의 넓은 공감대를 무너뜨리는 새로운 시의 언어이다. 그는 지금도 한결같이 자신의 일본어와 '서정의 질'을 되물으면서 창작활동을 지속하고 있는 것이다.

그런 그가 자신의 새로운 시집 『잃어버린 계절失くした季節』藤原書店의 시편을 연이어 창작하였다. 그와 동시에 윤동주 시집에 대한 재독과 김소운 번역의 조선 근대시 앤솔로지인 『조선시집』에 대한 재번역 작업을 계속한[5] 것도 특필할 만한 일이다. 시인 김시종 자신은 이 번역 작업에 착수하는 이유에 대해서 "자신의 원어로 되돌아가기 위한 도모이기도 하고, 해방종전 후부터 계속 품어온 자

---

5   김시종 역 『윤동주 시집』과 『재역 조선시집』의 번역 작업은 둘 다 먼저 오사카의 『縊(도모즈나)』라는 시 잡지에 2002년부터 2004년에 걸쳐서 거의 동시에 발표, 나중에 단행본으로 완성되었다. 『재역 조선시집』은 이와나미서점에서 2007년 11월 간행되었다. 김소운(1907~1981) 역 조선 근대 시선 『조선시집』은 1940년 5월 가와데쇼보(河出書房)에서 출판, 전쟁 중인 1943년 8월 고후칸(興風館)에서도 간행되었다. 종전 후인 53년 3월 소겐샤(創元社)에서 재간되어 54년 11월 이와나미문고을 통해 출판되었다.

기 과제에 대한 60여 년의 노력이다"라고 기술하였다. 이 원어의 재독·해독 작업은 시인으로서의 김시종에게는 원점에서 자신을 되묻는 본질적인 의미를 지니고 있다.

그런 만큼 윤동주에 대해서 사람들이 어느 정도 깊은 주의를 기울이며 그 시를 읽는지, 그 중요한 부분을 응시하는 김시종의 언어에는 시인 김시종의 무게가 드러나 있다.

"윤동주의 시가 변절을 거부한 청렴한 서정시로서만 전달된다면 윤동주의 존재성은 (…중략…) 그 열정적인 **믿음에 의해** 시 자체에 대한 고찰의 시선은 흐려져 버린다"고 김시종은 걱정한다.

이 윤동주 비평은 사후 X년 추모 장소의 열기에서 벗어나 일단 자신으로 돌아간 뒤 우리가 가슴에 손을 얹고 생각해볼 유효성을 내포하고 있다._{강조 인용자}

2. 윤동주는 정감 편중의 서정 시인이 아니다
─김시종에 의한 윤동주 비평의 의미

애당초 이 「윤동주·삶과 시의 빛줄기」라는 비평문은 3개의 부분으로 나누어져 있다. 김시종은 「1. 삶의 집적」에서 윤동주의 생애를 탄생에서 일본에서의 옥사까지 서술하였다. 「2. 시와 상황」에서 식민지 통치하의 어떠한 상황에서 윤동주의 시가 쓰였는지를 제시하였다. 그리고 이 '1'과 '2'의 전체적인 내용을 이어받아 「3. 윤동주 시의 이해를 위하여」에서 윤동주 작품의 특징과 '표현 주체의 내적 본질'을 해명하는 구체적인 비평의 전개를 시도하였다. 즉 '윤동주·삶과 시의 빛줄기'라는 문장은 이상과 같은 3개의 이야기 층이 포개져 물결치듯, 혹은 밀려왔다가 되돌아가는 파도처럼 긴 호흡의 화음을 수반한 독특한 리듬으로 독자의 가슴 한복판을 쿵쿵 치며(물이 펄펄 끓어오르듯) 파고든다. 그리고 울려 퍼진다.

이야기에 짙은 농도와 무게가 있다. 더구나 실제적 본질을 느끼게 하는 독특한 문체는 그가 『윤동주 시집』 일본어 번역 후 2015년에 출간한 자전 『조선과 일본에 산다－제주도에서 이카이노猪飼野로』이와나미신서에도 보이는 공통분모이다. 윤동주의(혹은 김시종의) 인생과 역사적인 시대 배경과 시의(혹은 그의 사유와 서정의) '내적 본질'을 풀어헤치면서 비평하는 문장이다. 또한 이들과 층을 이루는 내용이 포개지며 물결치듯 이어지는 문체이다.

시인 한 사람의 존재에 대해서 어느 층에서, 어느 각도에서 얘기하느냐에 따라 표현이 바뀜과 동시에 반복해서 시인의 초상이 그려진다. 그려진 초상은 단일한 목소리가 아니라 시인 내부의 복수의 목소리로(표면적인 언어로 나타나지 않은 내면의 목소리도 포함해) 특정한 자료와 연결되어 다성적인 묘사로 드러난다. 그것은 일반적으로는 다루기 힘든, 중층적이고 풍부한 실존적 생동감을 내면에 담기에 족한 문체이다.

윤동주의 시 표현 그 자체는 "시절이나 시대 상황에서 벗어난 정치에 무관심한 것"이다. 하지만 "식민지 통치를 추진하는 측과 통하는 언어를 스스로 차단하고 반 '황국신민'적 행위의 결의를 다지던 (…중략…) 시절과는 무관한, 심적 정서가 부드러운 시이기 때문에 치안유지법에 저촉될 필연성을 지닌 시"이다.

'표현 주체의 내적 본질'을 묻기 위해서는 그 시가 "그 시대의 어디에 위치하고 있는가"라는 점이 검증의 축이 된다. 사람들이 사는 현장에서 마주하는 "공공연히 알려지지 않은 여러 역사적 사실"을 사람들과 함께 체험하거나 매우 가까이에서 목격했다는 점, 혹은 "동포 문인의 애증이 상반되는 문학 유전의 인간 모형을 시야에 넣고 윤동주의 시를 음미하지 않는다면 윤동주는 그저 소심한 서정시인 중 한 사람에 그치고"만다.

"윤동주는 참으로 시대의 폭풍우 속에서 몸을 웅크린 채 눈동자를 반짝이고 있던 시세에 오염되지 않은 청아한 서정적 민족시인"이었다. 그 시는 "빼앗긴 나라의 동족으로서 성실한 삶을 사는 것 외에 아무것도 바라지 않은 은근하지만 늠름한 혼의 발로"이다.

그러나 김시종은 일찍이도 그의 내부에 울려 퍼지던 위화감을 인정하듯 이렇게 서술한다.

> 일본어를 기반으로 한 나의 언어 감각과 (…중략…) 조선·한국에서의 정감＝서정이라는 사고 감각에 친숙하지 않아서 윤동주의 시까지 과대한 정감을 느끼게 된다. 온몸이 솜털로 덮여 있는 듯한 윤동주의 청순한 서정적 감성에 나는 두 번째 발을 담그고 있었다.[6]

또한 "이러한 나도 민족의 영예를 안고 그를 '민족시인'으로 불러온 사람입니다"라고도 밝히고 있다.

> 하지만 그것은 어디까지나 사라져가는 조선의 마음이나 민족의식을 잃지 않고 계속 '조선인'으로 살고 싶다는 윤동주의 순수한 의지력에 대한 경의 때문입니다. 바꿔 말하면 사유의 고삐가 풀려가는 국어, 조선어에 의지하여 황민화라고 하는 민족 수난기에 일생을 바친 사람이죠. 그러므로 윤동주는 순절의 시인이라고도 볼 수 있습니다. 그 애석한 인생이 너무 마음 아프게 느껴지는 까닭에 윤동주는 순수한 시인, 조선의 마음을 계속 지닌 시인, 약한 입장에 선 사람들과 마음을 나눈 시인으로서 비명에 간 생애가 그렇게 제국주의 일본에 대한 저항으로 여겨져 온 겁니다. 수긍할 만한 이야기일 터인데 그렇더라도 그 '저항'의 실상을 윤동주의 작품에서 파

---

6   김시종, 「『조선시집』을 재번역함에 즈음하여」, 『재역 조선시집』, 2007.

악하는 시도가 그다지 없었습니다. (…중략…)

　(윤동주의 독자가) 식민지 통치를 제멋대로 자행한 일본제국주의에 새삼 격분하는 것은, 감옥에서 여위어서 목숨을 잃은 윤동주의 생애가 그대로 눈앞에 대치되어 펼쳐지기 때문이에요. 정치적으로 반일 프로파간다의 성향이 아니었던 시인을 무참히 살해한 당시의 일본에 우리가 참을 수 없어서 이를 가는 겁니다. 그게 윤동주는 '저항의 상징'이어야 한다는 독자 측의 이유이죠. 그런 만큼 윤동주의 가라앉은 정신적 고뇌는 읽고 지나치는 대상이 되어버린 겁니다. (…중략…)

　싫든 좋든 일본인을 위한 황민화정책이 세차게 추진되던 식민지 조선에서 그저 면학에 전념할 수밖에 없는 안이한 자신. 학도로서도, 기독교도로서도 뭐 하나 이룰 수 없는 무력한 자신. 그러면서도 신앙적으로 자기 구제를 추구하지 않은 채 어찌하면 기독교도다워질까 하고 자문하는 어둠 속의 자신. 이 성실한 되물음을 관통하는 게 내게는 『하늘과 바람과 별과 시』라는 단 한 권의 시집입니다.

이렇게 김시종은 "시 그 자체를 낳는 사념을 펼치는 고찰"을 통해 독자에게 강력히 촉구하는 것이다. 그 고찰이 이루어지지 않는다면 "윤동주를 '저항의 상징'이라는 틀 안에 가두어두는 것이며 또한 윤동주의 시가 '연약한 정감'의 대상으로 정리되어 버릴 염려도" 있다고 하는 얘기이다.

그리고 결국 윤동주 시에 대한 김시종의 견해는 다음과 같은 높은 평가에 이른다.

　공들여 읽으면 윤동주의 시는 정감과 서정을 혼동하는 듯한 근대의 서정시는 아니죠. 수법으로 봐도 현대시적이며 사고의 가시화를 이루고 있어요. '사고의 가시화'란 생각하고 있는 거나 그리워하고 있는 거를 눈에 비치듯 그려낸다는 뜻이죠. 근대 서정시와 현대시의 차이를 한마디로 말하면 생각을 노래처럼 얘기하는지, 생각을 그려내는지의 차이입니다.

이 김시종의 탁견은 우리가 '민족'이나 '저항'이나 '서정'의 실상을 윤동주의 작품에 심취해 읽어내려고 할 때 하나의 지표가 되는 것이다.

'사고의 가시화'는 구체적으로 어떠한 것일까. 시 「자화상」을 예로 김시종의 해독법을 들여다보자.

> 다른 사람 눈에 띄지 않는 곳에 있는 우물을 한 사람의 사내가 찾아갑니다. 들여다보니 우물 밑에 '한 사람의 사내'가 있어요. 그 사내는 시대적 흐름에 반응하는 이는 아니고 조용히 자신의 세계에 갇혀 있죠. 비치는 건 찾아간 자신의 얼굴이지만 폭풍우가 거칠게 일어 조선 고유의 것이 모조리 사라질 때 청백하게 사는 것은 혼자 갇혀서 사는 것일지, 어떨지? 무엇을 해야 좋을지 모르는 자신이 그 사내와 비교되기에 사내를 미워하기도 하고 사랑스럽게 생각하기도 하네요. 하지만 계절은 깊어져 사내가 갇혀 있는 좁은 세계에도 눈이 내리고 하늘은 더욱 고요해집니다. 자신의 위태위태한 생각이 우물 밑 사내와 대조적으로 그려지는 겁니다. 얼마나 진술한 마음의 갈등일지요. 이 율동이야말로 시인의 서정이죠.

김시종이 여기에 거론한 것은 '청백하게 사는 것'은 무엇일까 하는 물음이다. 그리고 아슬아슬한 곳까지 자신의 물음을 확대해간다. 그것을 시인의 율동이라고 말한다.

> 자신도 응시할 수 있는 대상의 '물체'로 객체화시키는 방법, 즉 작가의 상념조차 독자의 눈으로 파악할 수 있는 영상으로 그려집니다.

「자화상」은 1939년의 작품이지만 그 시점에서 이미 "물체와 물체의 관계로 생각을 드러내는 방법 의식을 익히고 있었다. (…중략…) 상념을 정감으로 물들이지 않은 채 설명 없이 그려내기에 주력한 시인이 달리 있다고 생각할 수 없을 정도의 형상화"라고 김시종은 언급하는 것이다.

3. 윤동주와 송몽규

윤동주의 체포 후 시모가모경찰서에 면회하러 간 윤영춘윤동주의 당숙＝아버지의 사촌은 취조실에서 무엇을 보았는지에 대해서 다음과 같이 증언한 바 있다.

> 취조실에 들어가니까 형사가 책상 앞에 윤동주를 앉히고 윤동주가 쓴 조선어 시와 산문을 일본어로 번역시키고 있었다. 이보다 몇 개월 전에 내게 보여준 시 중에서 가장 좋다고 생각한 시를 거의 번역한 것 같았다. 이 시를 (…중략…) 형사가 조사해 관련 서류와 함께 후쿠오카형무소로 보냈다. 동주가 번역한 원고 뭉치는 상당히 두툼했다. 아마 몇 개월 전에 내게 보여준 원고 외에도 더 많이 들어 있었다고 생각했다. 언제나 웃고 있던 그의 얼굴은 조금 창백했다. 도시락을 건네자 형사는 그것을 책상 앞에 두고 이제 시간이 되었으니 빨리 나가라고 말했다.

윤동주는 상당량의 시 원고를 압수당하고 그것을 결국 일본어로 번역해야만 했다고 한다. 윤동주는 자선시집 『하늘과 바람과 별과 시』를 출판하려 했지만 이루지 못하고 육필원고를 직접 철한 시집을 3부 만들어 은사와 친구에게 보낸 뒤 1부를 자신의 보관용으로 남겼다는 사실이 드러났다. 그 청서한 원고를 묶은 자필 시집 한 권을 윤동주 체포 당시인 이때 압수당하지 않았나 하고 나는 의심한다. 특별고등형사가 윤동주에게 한 편씩 시를 번역시키면서 시시콜콜 시의 의미와 배경과 작가의 의도를 묻는 장면을 상기하면 윤동주의 괴로워하는 얼굴이 떠올라 가슴이 찡하다.

　연희전문학교 시절의 친구인 강처중은 윤동주가 일본 유학 중 서울로 보낸 편지와 함께 시 원고를 받았다. 편지는 버렸지만 시 원고는 보존할 정도로 윤동주를 사랑하고 있었다. 윤동주가 일본의 형무소에서 옥사한 뒤 해방을 맞이하자 서울에서 강처중은 동분서주하였다. 그는 윤동주 동생 일주와 협력하여 드디어 1948년 시집 『하늘과 바람과 별과 시』를 출판할 시점에 이르게 된다. 당시 강처중이 발문을 썼다. 다음과 같이 시작된다.

　　윤동주는 말주변이 없고 사람들과 교제도 원만하지 않았지만, 그의 방에는 언제나 많은 친구가 찾아왔다. 아무리 바쁜 시간이어도 "동주 있는가?" 하고 방문하면 하고 있던 일을 팽개친 채 방긋 웃으면서 기뻐하였다. 그러며 마주앉아 주는 것이었다.

　　"동주, 잠시 같이 걷세"라고 산보를 청하면 싫다고 말한 적이 없었다. 겨울이나 여름, 새벽녘이나 밤, 산이나 들이나 강가와 상관없이 어느 때 어느 곳에 데려가도 선뜻 따라오는 것이었다. 그는 아무 말 없이 조용히 걸었지만 언제나 얼굴은 침울했다. 그러면서도 가끔 한마디 큰 소리로 비통하게 외치는 일이 자주 있었다.

　　"아—"라고 복받치는 그의 비명! 그것은 언제나 친구들의 마음에 누를 길 없는 울분을 불러일으켰다.

　　"동주, 돈 좀 있는가?" 하며 궁핍한 친구들이 자주 넉넉지 않은 그의 지갑을 노렸다. 그는 돈이 있으면 주지 않은 적이 없었고 없으면 대신해서 외투나 시계 등을 내주며 그들을 안심시켰다. 그러므로 그의 외투나 시계는 친구들의 손을 거쳐 빈번히 전당포로 향했다.

　윤동주와 송몽규는 같은 마을 같은 집에서 태어난 사촌지간이고 다니던 초등학교, 중학교, 전문학교도 같았다. 함께 일본으로 유학, 같은 '사건'으로 체포되어 같은 형무소에서 옥사하였다. 하지만 두 사람의 성격이 다른 점에 대해서는 다수의 친구나 지인이 증언하고 있다.

연희전문학교에 윤동주와 동기로 입학한 유영柳玲은 다음과 같이 언급하였다.

혈연관계라고 할지라도 얼굴도 키도 비슷하여 마치 쌍둥이 같았다. (…중략…) 지금 윤동주 시비가 세워져 있는 장소의 뒤편에 소재한 기숙사에서 함께 생활하였다. 하지만 이 두 사람의 성격은 완전히 반대라고 말해도 과언이 아니다. 동주는 어른스러운 데다 그다지 말이 없고 행동이 눈에 띄지 않았지만, 몽규는 언어가 거칠고 허풍을 떠는 말투를 지니고 있었으며 행동반경이 큰 사람이었다. 그러면서도 시를 함께 공부하고 창작활동도 같이 하였다. 그러한 성격이 시에도 나타나 두 사람은 대조를 이루었다. 그러나 성격의 다름이 두 사람 사이에 어떤 불화나 틈을 낳는 경우를 나는 한 번도 본 적이 없다.

윤동주의 '다정함'에 대해서는 적지 않은 사람들의 증언이 있다. 특히 강처중이나 유영의 증언에는 "지문이 붙어 있지 않고 해석이 달리지 않고 비평도 가하지 않아서 본인만의, 그것도 그때밖에 알 수 없는 순간"작가 가이코 다케시·開高健의 말이라는 지적이 있다. 거기에 윤동주의 타고난 기질, 인간성과 경향이 엿보인다. 윤동주와 송몽규의 성격이나 행동, 동작의 본질적인 차이도 잘 느껴지는 듯하다. 이러한 소중한 증언이 앞으로 들추어지는 것은 매우 어려워졌다. 그것이 대폭 기록된 것은 『윤동주 평전』의 성과에서 빠뜨릴 수 없는 내용이다.

여기에서 말할 수 있는 것은 이와 같은 윤동주와 송몽규의 인간성, 행동, 동작의 경향이 교토에서 체포된 뒤 특별고등형사의 취조 당시에도 작용했을 것이라는 점이다.

두 사람과 그 지인들을 체포한 사건을 특별고등경찰은 '재 교토조선인학생

민족주의그룹 사건'이라고 명명하였다. 하지만 윤동주와 송몽규 두 사람의 취조 기록과 판결문을 비교하여 분석하면 사건 전체의 성격·내용은 주로 송몽규의 진술에 기반하여 구성되었다고 여겨진다.

그런데 송우혜가 2015년 2월의 릿쿄대학 강연에서 거론한 윤동주 시 속에 「길」이 포함되어 있었다. 그녀는 최후의 연 2행 "내가 사는 것은, 다만 / 잃은 것을 찾는 까닭입니다"를 제시하며 다음과 같이 서술했다.

> 우리는 결국 그가 '잃은 것'이 무엇인지를 알게 된다. 그것은 그의 '조국'이었다. 그리고 그가 참으로 그 '잃은 것'을 찾기 위하여 '살았다'는 표현이 지니는 의미 모든 것을 내걸었음을 알게 된다.

이 시에 대한 송우혜의 해석은 다음과 같은 주장으로 끝을 맺어졌다.

> 연희전문학교의 최종학년이던 1941년 가을 윤동주 시인은 자신과 잃어버린 조국의 관계를 자신이 걷고 있는 「길」이라는 은유를 통해 한 폭의 수묵화처럼 그려내었다.

나는 이 시에 대해 어느 곳잡지 『일본 아동문학』에서 "즉 자기 찾기를 테마로 설정한 시라고 볼 수 있다. (…중략…) 어쩌면 초등학교 고학년 아동 중에도 체득한 아이가 있을지도 모르겠다"고 적은 적이 있다. 그런데 송우혜 해석과의 차이에 약간 당혹감을 느낀다. 하지만 나는 송우혜 설을 부정하지 않으며 부정할 필요가 없다고 생각한다.

시 「길」에도 김시종이 말하는 '사고의 가시화'라는 방법 ―"자신도 응시할 수 있는 대상의 '물체'로 객관화시키는 방법, 즉 작가의 상념조차 독자의 눈으로 파악할 수 있는 영상으로 그려내는" 윤동주 특유의 방법 의식이 작용하고 있다.

이 시를 몸으로 체득한 사람 중에는 논밭이나 직장을 잃은 채 가족과 떨어져 어쩌면 누구도 알 수 없는 가운데 조용히 노상에서 세상을 뜨는 이가 있을지도 모르겠다. 혹은 '조국을 잃은' 슬픔과 한으로 분노하며 전율하는 사람이나 삶의 긍지를 잃고 집에 틀어박힌 사람이 있을지도 모르겠다. 그처럼 각자가 영위하는 현장에서의 '삶' 그 자체일 정도로 소중한 것을 잃은 슬픔과 포기하지 않은 채 찾아야 한다는 의지와 찾아내기까지의 긴 세월에 대한 각오가 그려져 있다고 나는 생각한다.

예술작품은 "바람에 날리는 깃털처럼 날아간 곳에 자리를 잡고 꿈틀거리죠"라는 김시종의 설에 나는 찬성한다. "윤동주의 시에 더욱 구애된다고 한다면 대응하는 두 개의 논조(민족 수난의 '저항의 상징'일까, 기독교적인 자기 헌신일까)와는 별도로 윤동주의 시가 안고 있는 방법 의식과 시에 배어 있는 서정적 질의 문제죠"라고 그가 반복하여 강조한 말에 귀를 기울여야 하는 것 아닐까.

송우혜 씨는 강연의 결론에서 이렇게 언급하였다.

윤동주는 그가 꿈꾼 세상을 이루기 위해서 반드시 전제조건으로 '조선 독립'이 실현되어야 한다고 확신하고 있었다. 왜냐하면 일본 정부는 조선인 한 사람 한 사람에게 수탈과 억압을 자행하였음은 물론, 조선 민족의 완전한 사멸을 추구하고 있었기 때문이다. 조선 고유의 문화를 말살하여 조선인들이 조선어와 조선의 문자를 사용하지 않고 일본어와 일본의 문자만을 사용하도록 강요하고 더욱이 성씨까지 박탈하는 폭거를 감행하였다. (…중략…) 그런 까닭에 윤동주는 참으로 자신의 모든 것을 내걸고 '조선 독립'을 추구, 그런 투쟁의 내적 목적이기도 한 다양한 '꿈'을 그의 시작품을 통하여 전개한 것이다.

공감하고 인정한다. 나는 윤동주가 그 '조선 독립'을 추구하는 투쟁을 계속 시인의 활동을 펼치면서 떠맡으려고 하였다고 생각한다. 윤동주는 전시하의 일본에서 특별고등경찰에게 붙잡혀 자신의 시를 일본어로 번역하고 해설하라고 강요당했다. 굴욕에 직면하였을 때 그는 자신에게 부여된 투쟁의 장소가 조선 민족 전체를 괴롭히는 난관 극복에 불가결한 투쟁의 한 곳임을 자각하지 않았을까? 그것이 시라는 표현행위를 주요 전투 수단으로 삼아 저항해온 윤동주에게 최후의 투쟁이 되었던 것이다. 그 정도로 억울한 일은 없다. 거기에 윤동주의 고뇌가 응축된 결말의 모습이 존재한다.

그러나 윤동주의 시에 새겨진 상념의 씨앗은 '날아간 곳'에서 독자의 마음에 뿌리를 내리고 새로운 저항의 싹을 키울 것이다. 그것이야말로 시인의 영광이자 시의 충실을 기할 수 있는 극히 드문 실현이 아닐까?

시와 시인의 실현·소생의 길이 그렇게 새로운 독자의 체내에서 선명히 열릴 것이다.

리륙사의 문필활동과 시

한중모(북한 평론가)

1

　조선 인민에 대한 일제의 파쑈적 폭압과 강도적 수탈이 극도에 이르렀던 식민지 통치 말기 민족문학의 발전 정형과 그 사상, 예술적 특성을 정확히 해명하는 것은 해방 전 조선 현대문학사를 주체적 입장에서 과학적으로 정립하는 데 나서는 중요한 문제의 하나이다. (…중략…)

　1930년대에 들어와서 우리나라에서는 날을 따라 더욱더 악랄해지는 일제 침략자들의 박해와 탄압으로 말미암아 진보적 문학이 모진 난관과 시련을 뚫고 험난한 길을 헤쳐나가지 않으면 안 되었다. '카프' 작가들에 대한 두 차례의 검거 선풍을 일으켜 프롤레타리아문학의 발전을 가로막으려고 미쳐 날뛰던 일제 침략자들은 1935년 끝내 '카프'를 강제로 해산시켜버렸다.

일제는 '카프'의 조직으로서의 존재를 없애버릴 수는 있었지만, 프롤레타리아문학의 명맥을 끊어버리지는 못하였다. 나날이 가혹해지는 일제의 압제와 궁핍한 생활 조건에서도 견실한 '카프' 출신 작가들은 민족의식과 계급적 입장을 간직하고 지켜나갔다.

일본제국주의자들이 단말마적 발악을 하던 민족 수난의 가장 엄혹한 시기 진보적이며 애국적인 문학 활동을 진행한 양심적인 문인들 가운데는 민족주의적 사상이념에 기초하여 작품들을 창작한 사람들도 있었다. (…중략…)

조선 인민의 민족해방투쟁에서 민족주의운동이 하나의 흐름을 이루고 있었던 것과 마찬가지로 해방 전 우리나라 진보적 문학의 발전에서도 민족주의문학은 일정한 역할을 하였다. 일제강점 첫 시기에 활동한 민족주의 작가들 가운데는 최남선, 이광수와 같이 창작사업의 초기에 근대문학의 형성, 발전에 한몫을 하였으나 3·1인민봉기 이후 일제에게 투항, 변절하여 개량주의, 민족반역의 길을 걷고 친일 어용 문인으로 전락한 사람들도 있다. 하지만 시종일관 애국애족의 정신과 조국 해방에 대한 열망이 차 넘치는 작품창작을 진행한 신채호와 같은 문인도 있었다.

1920년대의 우리나라 진보적 문학에서는 조명희, 최서해, 이기영, 한설야, 송영, 박팔양, 박세영, 김창술, 유완희를 비롯한 '카프' 계열의 작가들에 의하여 형성 발전한 프롤레타리아문학이 주도적 흐름을 이루었지만 일제강점 밑에 있는 식민지 반봉건사회의 모순과 악폐를 폭로, 비판한 비판적 사실주의 문학과 잃어버린 조국에 대한 그리움과 사랑, 민족해방에 대한 염원을 절절하게 노래한 낭만주의적 경향의 시문학이 한자리를 차지하고 있었다. 여기에서는 민족주의를 사상이념적 기초로 하여 창작사업을 진행한 현진건, 한용운 등이 주요한 역할을 하였다.

민족주의적 사상이념에 기초하여 창작활동을 전개하여 사상 예술적으로 우수한 작품들을 세상에 내놓음으로써 민족문학 발전에 이바지한 작가들은 1930년대에도 적지 않게 있었다. 이러한 진보적인 작가들 가운데는 현진건, 홍명희 등 기성작가들도 있었지만 새로 등장하여 자기의 존재를 나타낸 작가들도 있었다. 여기에서 두드러지는 작가의 한 사람은 다방면적인 문필활동을 진행하고 반일 민족의식을 담은 진보적이며 애국적인 시작품들을 창작한, 해방 직전에 일제 경찰에 체포되어 해방의 밝은 날을 눈앞에 두고 이역의 감옥 안에서 숨을 거둔 리륙사이다.

리륙사의 곡절 많은 생애와 문학의 특성은 그가 사용한 이름에도 베껴져 있다. 1904년 5월 경상북도 안동에서 태어난 그는 본명이 원록이고 그다음에 원삼이라고 하였으나 사회생활에서나 문필활동에서는 리활 또는 리륙사라는 필명을 주로 썼다. 특히 작품들을 신문이나 잡지에 발표할 때에는 많은 경우 리륙사라고 하거나 간단히 륙사라고 하였다.

그가 리륙사라는 이름을 처음으로 쓴 것은 '조선은행 대구지점 폭파사건'에 연루되어 1년 7개월여에 달하는 감옥살이를 하다가 나와서 1930년 처음으로 글을 써서 출판물에 발표하면서부터였다. 그는 1930년 1월 첫 시로 「말」이라는 작품을 『조선일보』에 발표할 때 리활이라는 필명을 썼는데 그해 10월 잡지 『별건곤』에 논설 「대구사회단체개관」을 발표할 때에는 리활과 '대구264'라는 필명을 함께 썼다. 이것이 지상에서 리륙사라는 필명의 첫 출현이었다.

그러면 그가 첫 논설을 발표하면서 쓴 '대구264'에서 숫자로 표시된 '264'가 어디에서 유래하였는가 하는 것이다. 이에 대해서는 그것이 대구에서 감옥살이를 할 때의 그의 수인번호라는 것이 일반적이며 공통적인 해석이다.

리륙사는 어렸을 때 고향에서 한문을 공부하고 보통학교를 졸업한 다음 얼마간 교원 생활을 하다가 일본에 건너가서 유학을 하였다. 륙사는 1926년 중국에 가서 광동성에 있는 중산대학에서 공부를 하던 중 다음 해 여름에 귀국하였다가 '조선은행 대구지점 폭파사건'의 혐의를 받고 검거구속되어 오랫동안 옥중 고초를 겪고 감옥에서 나온 다음『중외일보』,『조선일보』에서 기자 생활을 하였다. 그후에도 그는 여러차례 일제경찰에 체포구속되었는데 이것은 그의 생활 노정이 얼마나 험난하고 간고한 것이었는가 하는 것을 말해주고 있다.

리륙사의 인생 행로에서 특이한 것은 그가 1932년부터 1933년 시기에 중국에 가서 '의열단' 성원들과 접촉하였으며 '의열단'에서 설립한 학교에 입학하여 공부를 한 것이다. 이것은 그가 관여한 반일 독립운동이 '의열단'의 활동과 관련을 가지고 있었다는 것을 말해주는 것이다.

리륙사가 문필활동, 시 창작을 본격적으로 진행한 것은 중국에서 귀국한 1930년대 중엽부터였다.

1934년 4월 잡지『대중』창간호에는 리륙사의 논설「자연과학과 유물변증법」이 게재되었는데 이것은 그의 문필활동이 본격적으로 전개된다는 것을 알리는 신호와 같은 것이었다고 할 수 있다.

논설「자연과학과 유물변증법」은 당시 이륙사의 사상적 입장을 엿볼 수 있게 하는 자료가 된다. 이 글에서 륙사는 레닌이 맑스와 엥겔스에 의하여 제시된 유물변증법을 새로운 현실적 요구에 맞게 더욱 발전시킨 데 대하여 지적하였다. 논설의 이러한 내용과 논조는 륙사가 단순한 민족주의자인 것이 아니라 맑스-레닌주의에 공명하고 사회주의에 대하여 호감을 가지고 있었다는 것을 말해주고 있다. 륙사의 이와 같은 사상 경향은 이후 그가 써낸 글들에 이러저러하게 나타났다.

리륙사가 문필활동에서 먼저 관심을 돌린 것은 사회 문제, 정치 시사 문제였다.

륙사는 1934년 9월 잡지『신조선』에 당시 중국정세를 분석평가한「오중전회를 앞두고 외분내열의 중국정정」이라는 글을 비롯하여 사회비평 논설, 정치시사 논평의 성격의 글들을 연이어 써내었다. 그는 1934년부터 1936년까지 2

년 남짓한 기간에 9편의 논설을 집필, 발표하였는데 그 가운데서 5편은 중국의 사회정세와 정치 동향을 분석 고찰한 것이었다. 사회정치 문제를 취급한 륙사의 논설들 가운데 중국과 관련한 것들이 많은 비중을 차지하는 것은 그가 중국에 오래 머물러있었기 때문에 그 나라 정세를 잘 알고 있었을 뿐 아니라 조선인민의 반일 독립운동을 중국혁명과 연관시켜 고찰하였다는 것을 말해주는 것이다. 그런데 여기서 주목을 끄는 것은 그가 중국국민당의 노선과 장개석의 독재정치에 비판적 입장을 취하고 중국공산당의 정책에 대하여 긍정적으로 대하고 있는 점이다. 이것은 그가 기본적으로 민족주의적 사상이념에 기초하면서도 공산당의 정치노선과 활동에 대하여 호의를 가지고 있었다는 것을 말해주는 구체적인 표현이다.

리륙사가 집필, 발표한 논설들 가운데서는 문화예술과 문학에 관한 것들이 중요한 비중을 차지하고 있다. 『비판』 1938년 11월호 잡지에 발표된 「조선문화는 세계문화의 일류」, 같은 잡지 1939년 2월호에 게재된 「영화에 대한 문화적 촉망」, 잡지 『인문평론』 1940년 11월호에 실린 「윤곤강 시집 『빙화』 기타」 등이 그 실례가 된다. 문화와 영화와 시에 대하여 논한 이 글들을 통하여 알 수 있는 것은 리륙사가 문필활동에서 1930년대 중업에 사회정치 문제에 선차적인 주의를 돌렸다면 1930년대 말엽부터는 문화예술과 문학에 보다 주요한 관심을 두었다는 것이다. 이것은 문학가로서의 그의 성장 과정의 한 측면을 보여주는 것이라고 할 수 있다. 여기서 또한 주목되는 것은 그가 문학으로부터 영화와 문화 일반에 이르기까지 넓은 조예와 식견을 가지고 있었다는 점이다.

문학예술을 논한 리륙사의 논설들 가운데서 이채를 띠는 것은 로신의 서거에 즈음하여 1936년 10월 『조선일보』 지상에 발표한 「로신론」과 『춘추』 잡지 1941년 6월호에 게재된 「중국 현대시의 일단면」이라는 글이다. 이 글들 역시 문학 문제에 관한 그의 관심의 폭과 식견의 수준을 보여주고 있다.

문학과 예술에 관한 리륙사의 논설들은 대부분 문학 이론상의 문제, 창작 실천적인 문제를 전문적으로 논하기보다 작가에 대한 인상과 평가, 작품집에 대한 서평, 문단에 대한 소감과 희망 등에 대하여 일반적으로 서술한 것이지만 거기에는 문학에 관한 그의 견해와 관점이 이러저러하게 표현되어 있다.

문학에 관학 류사의 견해와 관점에서 주목을 끄는 것은 사람들의 사상 정신생활에서 문학이 노는 역할과 작품에서의 생활의 진실한 반영에 대한 강조이다.

리륙사는 논설 「로신론」에서 일본에 유학하여 의학 공부를 하던 로신이 국민을 정신적으로 개조하는 데 중요한 수단이 되는 것은 문학이라는 생각을 가지고 문예 운동을 제창하여 나서고 영국의 바이런, 폴란드의 미츠키에비치를 비롯한 진보적이며 애국적인 작가들의 작품들을 번역한 사실을 긍정적인 것으로 인정하였으며 『광인일기』, 『아큐정전』과 같은 로신의 소설작품들이 당시 중국 사람들의 사상 정신세계에 커다란 충격을 주고 사회적 진보를 추동한 데 대하여 높이 평가하였다. 이것은 문학의 사회적 기능을 인정하고 중시한 그의 관점과 입장을 보여주는 것이다.

문학 작품창작과 관련하여 리륙사가 중요시한 것은 생활의 진실한 반영문제였다. 그는 「로신론」에서 작품창작에서 로신이 견지한 "진실하고 명확하게 묘사하는 태도"를 높이 평가하였으며 "현실의 진실한 정형"을 쓰기 위하여 "프롤레타리아문학가는 반드시 참된 현실과 생명을 같이 하고 혹은 보다 깊이 현실의 맥박을 감수하지 않으면 안 된다"라고 한 로신의 견해를 전적으로 지지하였다. 류사는 또한 『청색지』잡지 1939년 5월호에 발표한 논설 「예술형식의 변천과 영화의 집단성」에서 19세기 유럽의 비판적 사실주의 소설의 가치가 "일언으로 말한다면 그것이 인간 생활의 진실한 기록이었던 때문"이라고 하면서 발자크 소설에서의 '인간 생활의 레알리티(사실성)'는 문학하는 사람이 잠시도 잊어서는 안 되는 중요한 문제라고 강조하였다.

리륙사의 문학 견해는 한마디로 말하여 문학은 생활을 진실하게 묘사함으로써 사람들의 사상 정신적 개조에 영향을 주도록 되어야 한다는 데 귀결된다.

리륙사의 집필 목록에는 수필들이 10여 편 있다. 이것은 논설들과 맞먹는 숫자이다. 어렸을 때의 생활 체험과 추억, 특이한 습관과 애용품, 교우관계와 서신, 명승고적에 대한 답사와 자연에 대한 감상, 방문기를 비롯하여 다양한 내용과 각이한 형식의 글을 포괄하고 있는 륙사는 수필은 그의 성격과 생활의 이모저모를 엿볼수 있게 한다.

리륙사의 집필활동에는 이 밖에도 로신의 단편소설 「고향」과 호적의 「중국문학 50년사」에 대한 번역소개 등이 포함되어 있다.

이처럼 리륙사는 국내와 중국으로 드나들면서 학교에 다니고 사회활동을 하며 반일 독립운동에 참가하여 동분서주하고 체포, 구속되어 옥중 고초를 겪는 가운데서도 여러 가지 내용과 형식의 글들을 많이 써냄으로써 문인으로서의 품격을 뚜렷이 보여주었다. 그러나 문인으로서의 리륙사의 고유한 면모와 개성적 특성을 보여주는 데서 기본을 이루는 것은 어디까지나 시이다.

지금까지 발굴한 자료에 의하더라도 리륙사가 창작한 시는 30여 편이나 되며 그것은 논설, 수필을 포함한 그의 다른 모든 창작품을 합친 것보다도 훨씬 더 많다. 그래서 문인으로서의 리륙사에 대하여 보통 시인으로 부르게 되는 것이다.

2

일제가 '대동아공영권'의 야망을 실현할 목적 밑에 '동조동근', '내선일체'를 떠벌이면서 조선 인민에게 '황국신민화'를 강요하고 민족적인 것을 모조리 거세, 말살하기 위하여 발광적으로 책동하는 험악한 사회역사적 환경에서 리륙사는 사상예술적으로 특색있는 시작품들을 많이 써냄으로써 이 시기 민족문학사에 자기 이름을 뚜렷하게 새겨넣었다.

리륙사는 「계절의 5행」『조선일보』, 1938. 12이라는 수필에서 자기의 시 창작 태도와 관련하여 "내 길을 사랑하는 마음, 그것은 나 자신의 희생을 요구하는 노력이요. 이래서 나는 내 기백을 키우고 길러서 금강심에서 나오는 내 시를 쓸지언정 유언은 쓰지 않겠소"라고 하면서 "다만 나에게는 행동의 연속만이 있을 따름이요. 행동은 말이 아니고, 나에게는 시를 생각한다는 것도 행동이 되는 까닭이요"라고 하였다. '내 길을 사랑하는 마음'으로부터 출발하여 그 길에서 일신의 희생도 마다하지 않는 금강석과 같은 굳은 마음에서 나오는 시, 그 길을 가는 행동으로서의 시를 쓰겠다는 류사의 지적은 반일 독립운동의 길을 걷는 그 사상, 감정으로 시를 쓰겠다는 작가정신, 창작 태도를 피력한 것이라고 할 수 있다.

사람들의 사상, 정신생활에 미치는 문학의 영향력을 중시하며 시를 반일 독립운동의 길을 걷는 자기의 사상, 감정의 발로로 간주하는 리륙사의 문학 견해와 작가적 자세로부터 그의 시문학은 당시에 범람하고 있던 순수시와 구별되는 사상예술적 특성을 가지게 되었다.

리륙사의 처녀작은 '조선은행 대구지점 폭파사건' 혐의로 체포구속되어 옥중고초를 겪고 나온 다음『조선일보』1930년 1월 3일부에 발표한 시 「말」이다.

> 흐트러진 갈기
>
> 후주근한 눈
>
> 밤송이같은 털
>
> 오! 먼길에 지친 말
>
> 채찍에 지친 말이여!

수굿한 목통

축 처진 꼬리

서리에 번쩍이는 네 굽

오! 구름을 헤치려는 말

새해에 소리칠 흰말이여!

시에 형상화된 말. 그것은 다름 아닌 시인 자신을 의미한다. 시인-리륙사는 채찍 밑에 먼 길을 달려와서 무척 지쳤으나 '서리에 번쩍이는 네 굽'으로 '구름을 헤치려는 말'의 형상을 통하여 2년 가까운 모진 감옥살이로 육신은 몹시 피로하고 쇠약해졌지만 새롭게 사상 의지를 가다듬고 반일 독립운동에 나설 결의를 예술적으로 밝히었다.

중국에서 조선에 돌아온 후 리륙사는 첫 시기에 정치시사 논평이나 수필을 썼으나 1935년 12월『신조선』잡지에 시「황혼」을 발표하면서 시 창작활동을 본격적으로 전개하였다. 그리하여 그는 「춘수3제」1936, 「실제」1936, 「한 개의 별을 노래하자」1936, 「노정기」1937, 「해조사」1937, 「강건너간 노래」1938를 비롯한 여러 시 작품들을 연이어 창작, 발표하였다.

리륙사의 시 창작활동에서 두드러지는 것은 1939년『문장』잡지에 시「청포도」를, 1940년에 같은 잡지에 시「절정」을 발표한 것이다. 이 시들은 그 사상 예술적 특성으로 륙사 시문학의 대표작들로 인정되고 있다.

리륙사는 1940년대에 들어와서도 시 창작에 심혈을 기울여 우수한 작품들을 연이어 집필하였다. 그는 시「교목」1940, 시「자야곡」1941을 비롯한 여러 시 작품들을 창작하여『문장』,『인문평론』,『조선일보』등 잡지, 신문에 발표하였다. 1940년대 초엽의 륙사의 시 창작활동에서 특기할 것은「광야」,「꽃」,「편복」등 그의 시인적 면모와 개성적 특성을 보여주는 시작품들을 여러 편 집필하여 유고로 남겨놓은 것이다. 당시 이 시들이 발표되지 못한 것은 일제의 가혹한 언론 탄압때문이었다고 볼 수 있다. 그때는 단말마적으로 발악하던 일제의 악착한 검열과 통제로 말미암아 진보적인 사상적 내용을 담은 문학작품은 발표할 수도 없었거니와 우리 말로 씌여진 작품을 게재할 수 있는 조선어판 신문잡지도 없었다.

류사의 시 창작활동과 관련하여 덧붙여 말할 것은 그의 시 목록에 3편의 한시들이 들어 있다는 것이다. 1943년경에 창작된 것으로 짐작되는 이 한시 작품들은 그의 한문 실력과 함께 시인적 면모의 일단을 엿볼 수 있게 한다. 류사가 일제 식민지통치의 마지막 시기에 와서 한시를 지은 것은 한문에 능한 그로서 한시를 지어보고 싶은 욕망이 생긴데도 있겠지만 우리 말로 된 시가 작품들을 발표하기 어려웠던 사정과도 관련되어 있는 것으로 생각된다.

리류사는 중국 베이징을 왕래하면서 활동하다가 1943년 가을 일제 경찰에 체포되었으며 1944년 1월 베이징에 있는 일본 총영사관 감방에서 숨을 거두었다.

리류사의 시문학은 주제 사상적 내용에서나 예술적 형상에서 고유한 특성을 가지고 있다. 한마디로 말하여 류사의 시는 독특한 시 형상을 통하여 애국적이며 반일적인 사상적 내용을 특색있게 밝혀낸 것으로 특이하다.

리류사의 시들에는 은유적이며 상징적인 표현과 수법이 많이 사용되고 있다. 류사의 시작품들에는 동식물을 비롯하여 여러 가지 사물 현상이 많이 나오는데 그것들은 대체로 시 형상 창조에서 은유적 수법을 적용하여 상징적 의미를 나타내려는 시인의 창작 의도와 관련되어 있다. 그의 시에서 은유적이며 상징적인 표현과 수법은 어느 한 시구나 시연에 적용되는 데 그치지 않고 옹근 한 편의 시가 은유로 되어 있고 상직적 의미를 가지는 경우도 적지 않다. 위에서 고찰한 시 「말」도 그러한 작품의 하나이다.

류사의 시에서는 또한 시어 구사와 시 문장 조직에서 함축과 비약이 심한 것이 특징이다. 언어 구사와 형상 구성에서의 이러한 특이성으로 일반적으로 어렵고 까다로우며 그 의미와 내용을 이해하기 힘들고 사람들에 따라 서로 다르게 해석될 수 있는 여지를 주고 있다.

그러면 륙사의 시들이 왜 이와 같은 형상적 특성을 가지게 되었는가 하는 것이다. 그것은 당시 조선시단에 유포되고 있던 모더니즘 시풍의 영향을 일정하게 받은 것과 함께 일제의 언론 탄압책 등이 혹심하였던 조건에서 반일적이며 애국적인 사상적 내용과 악착한 식민지 사회현실에 대한 저항정신을 우회적으로 완곡하게 표현하려는 시인의 창작 의도에서 나온 것이라고 볼 수 있을 것이다.

리륙사의 시작품들에서 먼저 찾아보게 되는 것은 일제의 강점과 식민지 통치에 의하여 암흑천지로 된 조선의 참혹한 현실과 망국노의 신세에 놓인 인민들의 비참한 처지와 운명에 대한 시적 형상화이다. 그의 시에서는 「편복」, 「춘수3제」, 「실제」, 「노정기」, 「자야곡」을 비롯하여 이 주제분야의 작품들이 많은 비중을 차지하고 있다.

시 「편복」은 편복박쥐, 쥐, 비둘기 등 여러 동물, 날짐승들의 형상을 통하여 당시 조선의 암담한 사회현실과 각 계층 인민들의 고통스러운 생활 처지를 보여준 것으로써 작품 전체가 하나의 은유적 형상을 이루고 있다.

> 광명을 배반한 아득한 동굴에서
> 다 썩은 들보와 무너진 성채우 너 홀로 돌아다니는
> 가엾은 박쥐여! 어둠의 왕자여!
>
> 쥐는 너를 버리고 부자집고간으로 도망했고
> 대붕도 북해로 날려간지 이미 오래거늘
> 검은 세기의 상장이 갈가리 찢어질 긴 동안

비둘기같은 사랑을 한번도 속삭여보지 못한

가엾은 박쥐여! 고독한 유령이여!

이것은 시의 앞부분 2개 연이다. 모두 5개 연으로 된 시에서는 첫 연을 "가엾은 박쥐여! 어둠의 왕자여!"라는 시구로 끝낸 것과 마찬가지로 나머지 모든 연들도 "가엾은 박쥐여! 영원한 보헤미안의 넋이여!", "가엾은 박쥐여! 멸망하는 겨레여!", "가엾은 박쥐여! 검은 화석의 요정이여!"라는 구절로 마무리를 지었는데 이것은 일제 침략자들에게 나라를 빼앗기고 상가집 개만도 못한 신세가 되어 정처없이 떠돌아다니면서 생사존망의 위기에서 헤매는 조선 민족의 비참한 처지와 운명을 시적으로 강조한 것이다.

시 「춘수3제」와 「실제」에서는 일제 침략자들에게 나라를 빼앗기어 신세를 망치고 고생스럽게 살아가면서 갖은 민족적 멸시와 천대를 받는 겨레의 수난과 조선의 참혹한 현실을 여러모로 보여주었다.

시 「자야곡」도 일제가 강점하고 있는 식민지 조선의 암담한 현실과 겨레의 비참한 모습을 가슴 아픈 심정으로 노래한 작품이다. 시의 주제 사상은 그 제목에서부터 시사되고 있다. 자야란 자시밤 11시~새벽 1시의 깊은 밤을 의미한다. 식민지 조선의 현실은 한밤중처럼 캄캄하였던 것이다.

수만호 빛이래야 할 내 고향이언만

노랑나비도 오잖는 무덤우에 이끼만 푸르러라

이것은 모두 6개 연으로 되어있는 이 시의 첫 연이다. 노랑나비도 오지 않는 이끼 푸른 무덤이라는 시적 묘사는 짓밟힌 고향-조국 강토의 피폐한 모습과 황량함을 말하고도 남음이 있다. '검은 꿈'이 모든 것을 집어삼키고 바람이 불

며 눈보라가 치는 고향 산천의 살풍경에 서정적 주인공-'나'는 너무도 가슴이
답답하고 숨이 막혀 물부리에 담배 연기만 피어 올리고 매운 술로 마음을 달랜
다. 시는 마지막에 첫 연을 다시 한번 반복함으로써 식민지 조선의 암담하고
처참함을 거듭 강조하였다.

리륙사는 여러 시작품에서 온 강토가 광명을 잃고 한밤중처럼 캄캄한 조선의
참혹한 현실을 처절하게 노래하면서 결코 좌절감과 절망에 사로잡혀 있지 않았다.

시「꽃」은 볼모의 땅에서도 오히려 빨갛게 피어나는 꽃에 비유하여 끈질긴 생
명력을 가지고 살아나가는 조선 민족의 의지와 희망을 보여주었다.

리륙사의 시문학에는 식민지 조선의 암담한 현실과 민족 수난의 비참한 모
습을 보여주는 데 그치지 않고 조국 해방을 위하여 일제강점과 식민지통치에
대한 저항정신과 대결 의지를 노래한 작품들도 적지 않다. 그러한 시작품들로
「절정」,「노정기」 등을 들수 있다.

> 매운 계절의 채찍에 갈겨
> 마침내 북방으로 휩쓸려오다
>
> 하늘도 그만 지쳐 끝난 고원
> 서리발 칼날진 그우에 서다
>
> 어데다 무릎을 꿇어야 하나
> 한발 재겨디딜 곳조차 없다
>
> 이러매 눈감아 생각해볼밖에
> 겨울은 강철로 된 무지갠가보다

이것은 시 「절정」의 전문이다. 시 「절정」에는 서정적 주인공의 개성적인 성격이 명확하게 나타나 있지 않다.

시에서는 일제의 악랄한 식민지통치와 파쇼적 폭압 밑에서 망국노의 비운을 겪고 있는 조선 민족의 참담한 처지와 처절한 심정에 대한 묘사가 기본을 이루고 있으며 시인과 겨레의 사상 감정이 하나로 융합되어 있다. 일제의 조선 강점과 식민지 파쇼통치로 말미암아 수난당하는 겨레와 시인이 서로 어울려 서정적 주인공의 형상을 이루고 있는 것은 비단 「절정」뿐 아니라 륙사의 시문학의 하나의 특징을 이루고 있으며 그의 시에는 서정적 주인공을 꼭 찍어서 말하기 어려운 작품들이 적지 않다.

시 「노정기」는 서정적 주인공의 성격이 뚜렷하게 안겨 오는 작품의 하나이다. 시는 갖은 고초와 위험을 무릅쓰고 반일 독립운동에 참가하여 은밀히 활동하는 시인-서정적 주인공의 간고한 생활을 풍파 사납고 험난한 바다 길을 밀항하는 작은 돛배의 노정에 비겨 특색있게 묘사하고 있다.

리륙사의 시작품들 가운데는 「한 개의 별을 노래하자」, 「청포도」, 「광야」 등 조국의 해방과 민족의 재생에 대한 지향과 기대를 표현하면서 광명한 앞날에 대한 이상을 노래한 것들이 여러 편 있다. 그는 많은 시들에서 일제의 강점과 식민지 통치로 여지없이 황폐화된 조선의 처참한 현실과 민족의 수난을 통분한 심정과 침울한 정서적 색깔로 읊으면서도 조국의 해방과 민족의 광명한 앞날에 대한 믿음을 다양한 시적 계기들을 통하여 표현하였다.

한 개의 별을 노래하자 꼭 한 개의 별을
12성좌 그 숱한 별을 어쩌나 노래하겠니

꼭 한 개의 별! 아침 날 때도 보고 저녁 뜰 때도 보는 별

우리들과 아주 친하고 그중 빛나는 별을 노래하자

아름다운 미래를 꾸며볼 동방의 큰 별을 가지자

한 개의 별을 가지는건 한 개의 지구를 갖는 것

아롱진 서름밖에 잃을 것도 없는 낡은 이 땅에서

한 개의 새로운 지구를 차지할 오는 날의 기쁜 노래를

목안에 피대를 올려가며 마음껏 불러보자

이것은 모두 8개 연으로 이루어진 시 「한 개의 별을 노래하자」의 앞부분 3개 연이다.

이 시에서 그토록 가지고 싶어 하고 그렇게도 노래하고 싶어 하는 '한 개의 별'은 무엇을 가리키는가. 그것은 "아침 날 때 보고 저녁 뜰 때도 보는 별 / 우리들과 아주 친하고 그중 빛나는 별" 즉 샛별을 가리킨다. 그러면 '한 개의 별' ─샛별이 가지는 형상적 의미는 무엇인가. 이에 대한 대답은 "아름다운 미래를 꾸며볼 동방의 큰 별"이라는 시구에서 주어지고 있다. 여기서 '한 개의 별'은 '한 개의 지구'를 의미하며 '한 개의 지구'는 다름 아닌 '이 땅' 즉 우리 조선의 강토를 가리킨다. 결국 시인-서정적 주인공이 목청껏 노래부르는 '한 개의 별'은 일제의 식민지 통치기반에서 벗어나 아름다운 미래를 꽃피울 조국 땅을 상징하고 있는 것이다.

시는 다음 부분에서 해방된 조국 땅 위에 새롭게 꾸려질 아름다운 미래의 생활적 내용을 밝히고 있다. 그것은 밤일을 끝내고 처녀의 눈동자를 그리며 돌아가는 '젊은 동무들'이며 기름진 옥야천리를 차지하고자 화전에서 돌을 줍는 '백성들'이다. 그것은 또한 모든 사람들이 "다같이 제멋에 알맞은 풍양한 주재자"가 되며 "모든 생산의 씨를 우리 손으로 휘뿌려보며 / 영률처럼 찬란한 열매를 거두는 향연"에서 흥취에 겨운 노래를 부르는 것이다.

시에서는 새날의 여명과 희망을 표현하는 별, "아름다운 미래를 꾸며볼 동방의 큰 별"을 노래하면서 해방된 조국 땅 위에 펼쳐질 행복한 생활을 낭만적으로 보여준 것으로, 일제의 강점하에 있는 식민지 사회현실과 민족적 수난에 대하여 읊은 그의 다른 시작품들과 같은 처절하고 암울한 기분이 전혀 없으며 형상 전반에 밝고 발랄한 정서가 흘러넘치고 있다.

시 「청포도」는 고향의 청포도에 시적 계기를 두고 조국 해방에 대한 염원과 기대에 대하여 노래하고 있다.

　　　　하늘밑 푸른 바다가 가슴을 열고
　　　　흰돛 단 배가 곱게 멀리서 오면

　　　　내가 바라는 손님은 고달픈 몸으로
　　　　청포를 입고 찾아온다고 했으니

　　　　내 그를 맞아 이 포도를 따먹으면
　　　　두손을 함뿍 적셔도 좋으련

　　　　아이야 우리 식탁엔 은쟁반에
　　　　하이얀 모시수건을 마련해두렴

이것은 모두 6개 연으로 되어있는 시 「청포도」의 뒷부분 4개 연이다. 시 「청포도」에서는 작품의 사상을 밝히는 데서 기본적 위치를 차지하는 '흰돛 단 배'를 타고 오는 푸른 옷을 입은 '손님'의 사회계급적 본질과 투쟁내용, 사회적 이상이 명확히 표현되지 못하였으며 따라서 조국 해방에 대한 염원과 기대가 추상적으로 막연하게 노래되는데 그치었다. 시 형상의 이와 같은 특성과 제한성은 시 「광야」에서도 나타나고 있다.

시 「광야」에서는 조국 해방에 대한 희망과 기대를 「초인」의 출현과 결부하여 노래하였다.

까마득한 날에
하늘이 처음 열리고
어데 닭우는 소리 들렸으랴

모든 산맥들이
바다를 연모해 휘달릴 때도
차마 이곳을 범하던 못하였으리라

시의 앞부분의 이 2개 연에서는 독특한 시적 비유와 상징적 형상을 통하여 유구한 역사를 가진 우리나라를 많은 외적들이 침입해왔지만 한 번도 굴복시킬수 없었다는 것을 예술적으로 천명하고 있다.

그러나 셋째 연과 넷째 연에서는 끊임없는 역사적 변천을 거듭하던 끝에 외래침략자들이 조국 강토를 강점한데 대하여 은유적으로 표현하고 "지금 눈 내리고 / 매화향기 홀로 아득하니 / 내 여기 가난한 노래의 씨를 뿌려라"라는 시적 묘사를 통하여 냉혹한 식민지 사회현실에서 꽃향기 풍기는 민족재생의 새봄을 그리는 서정적 주인공-'나'의 절절한 심정을 보여주었다.

다시 천고의 뒤에

백마 타고오는 초인이 있어

이 광야에서 목놓아 부르게 하리라

시의 기본사상은 작품을 마무리하는 이 다섯째 연에서 밝혀지고 있다. 이 마지막 연은 조국 해방에 대한 서정적 주인공의 갈망과 신심을 표현한 긍정 면과 함께 해방의 옳은 방도를 제시하지 못한 제한성도 발로시키고 있다.

시「광야」의 사상적 제한성은 무엇보다도 나라의 해방을 "백마 타고오는 초인"과 결부하여 노래한데서 드러나고 있다. 그러면 백마를 타고오는 그 '초인'은 어떤 사람인가. 글에 대해서는 이러저러한 추정이 있을 수 있지만 '뛰어난 사람'임에는 틀림이 없다. 그런데 여기서 문제가 되는 것은 그 '초인'의 성격을 어떻게 규정하겠는가 하는 문제이다.

물론 시「광야」에서 '백마 타고오는 초인'이라고 한 것은 하나의 시적 비유로 뛰어난 자질과 능력을 가진 인물을 가리킨 것으로서 반동적인 '권력의지'설을 제창한 실존주의 철학자이며 파시즘의 사상적 선구자인 니체가 말한 '초인'과 같은 의미를 가진 것은 아니라고 할 수 있다. 하지만 여기서 "백마 타고오는 초인"이라고 한 것은 일반대중과 구별되는 특출한 인간을 염두에 둔 것임은 틀림없다고 볼 수 있다. 이점에 바로 시「광야」가 가지는 사상적 약점이 있다.

시「광야」의 사상적 제한성은 또한 조국 해방에 대한 지향과 기대를 표현하면서도 해방이 먼 훗날에 가서야 이루어질 것으로 노래한 데서 찾아볼 수 있다. 그것은 "다시 천고의 뒤에"라는 시구가 말해주고 있다. 여기에서 시 형상과 작시법에서 고려할 점도 없지 않다. 마지막 연의 "다시 천고의 뒤에"라는 시구는 첫 연의 "까마득한 날에"라는 시구와 대조를 이루고 있으며 또 과장법이 사용되고 있다는 것을 알 수 있다. 그렇다고 하여 이 시구절을 전적으로 시 형상의 특성이나 작시법적인 문제로 돌려버리고 그 의미적 내용을 무시할 수는 없는 것이다. 여기서 시구 그대로 매우 오랜 세월이 지난 후는 아니라고 하더라도 나라의 해방이 가까운 앞날에는 실현될 수 없고 먼 뒷날에 가서야 이루어질 것으로 간주한 것은 명백하다.

리륙사의 시작품들에서 조국 해방에 대한 지향과 미래의 행복한 생활에 대한 희망을 표현하고 반일 독립운동에 참가한 인물의 생활과 활동을 이러저러하게 묘사하면서도 민족해방투쟁에 떨쳐 일어선 인민대중의 형상을 창조하지 못하고 조국 해방에 대한 확신과 전망을 뚜렷이 제시하지 못한 것은 시인이 옳은 사상적 관점과 계급적 입장을 가지지 못한 데로부터 나타난 제한성이다. 륙사는 민족주의자이면서도 사회주의에 대하여 일정한 호의를 가지고 있었으며 외적에게 짓밟힌 조국에 대한 사랑과 일제 침략자들에 대한 적개심을 지니고 반일 독립운동에 헌신하였지만 과학적인 세계관과 정확한 전략 전술에 의거하지 못한 것으로 인하여 올바른 투쟁의 길로 나가지 못하였으며 시 창작에서 사상예술적인 약점을 발로시켰다.

리륙사의 시문학은 일정한 제한성을 가지고 있지만 민족 수난의 가장 엄혹한 시기 식민지 조선의 암담한 사회현실과 조선 인민의 비참한 생활 처지, 일제강점에 대한 저항정신과 조국 해방에 대한 지향을 은유적인 수법과 상징적인 시 형상을 통하여 반영하면서 애국적이며 진보적인 사상적 내용을 우회적으로 완곡하게 표현한 것으로 하여 해방 전 현대문학사에서 특이한 위치를 차지하고 있다.

『조선문학』, 2006년 8월호

리상화의 시 문학

김진태(북한 평론가)

한 편의 시 그것으로

새로운 세계 하나를 낳아야 할 줄 깨칠 그 때라야

시인아 너의 존재가

비로소 우주에게 없지 못할 너로 알려질 것이다.

—「시인에게」에서

이 짧은 시구절은 리상화의 창작적 입장과 작가적 정열을 너무도 명백히 말하여 주고 있다.

리상화는 '새 세상', '새 살이' — 일제를 비롯한 일체 부르조아 탄동적인 것들을 뒤집어엎고 새 세상을 창조하는 것 — 을 한없이 갈망한 시인이었다. 그는 「지난달의 시와 소설」이란 글에서 "창작을 할 사람은 그 자신의 선지와 같은 충분한 관찰을 가져서 한 개의 작품에 완전한 '새 세상'을 보이거나 '새 살이'를 보여야 할 것이다"라고 하였다.

바로 그의 작품 세계가 그러한 바 그의 작품들에는 '새 세상', '새 살이'에 대한 애타는 갈망이 흘러넘치고 있다.

이러한 이유로 리상화는 생활 개조와 사회 혁신의 정열로 충만한 작가라 할 수 있다.

그는 시 「시인에게」에서 시인은 현실에 대한 단순한 관찰자가 아니라 생활의 개조자, 세기의 혁신자가 되어야 한다는 것을 강조하고 있다. 그렇다, 시인은 생활의 개조자이며 세기의 혁신자이다. 따라서 시인의 시의 창조, 그것은 바로 생활 창조에 이바지한다.

그는 단순한 생활의 관찰자가 아니라 '사회의 관찰안', '시대의 관찰력'('문학 측면관')으로 사회 현실의 본질과 시대 정신을 깊이 체험하여 창작에 옮겼다.

그의 작품은 또한 '의식의 충동'으로 충만되어 있다. 그의 작품은 고상한 사상성과 풍부한 서정성, 강한 전투성으로 일관하고 있는 것이 특징이다.

그는 생활 현실과 작가의 사상 의식에 대하여 말하면서 창작에서의 생활 현실에 대한 작가의 주관적 사상 의식과 감정 세계 즉 '의식의 충동'의 역할을 강조하였다.

그는 "사상이 없는 생활은 생물의 기생寄生에 지나지 않고 생활 없는 사상은 간질癎疾의 발작에 다른 것이 없다"라고 하였다. '새 세기', '새 살이'를 갈망하는 생활 창조, 사회 혁신의 열정, 이러한 '의식의 충동' 이것들은 일체 낡고 반역적인 것들에 대한 강렬한 증오와 항거, 나라와 인민의 운명에 대한 한없는 근심과 동정으로 연소되고 있다. 이러한 연소는 그의 작품을 강한 전투성과 호소성으로 끓어오르게 하였다.

그는 철두철미 조선 인민의 이익과 행복, 그들의 민족적, 계급적 해방을 열렬히 옹호 대변한 애국적이며 인도주의적인 프롤레타리아 시인이다.

애국주의와 인도주의, 이것들은 그의 '번민'과 '심원心源'으로 나타나고 있다. "요즈음 작품의 거의가 사회라든지 인생에 대한 깊은 번민도 없고 생기 있고 아름다운 심원도 없이 다못 현상 만족에서 난 오락 기분이나 또는 한가롭게 지은 듯한 흥미 이야기로 보일 뿐이다. 이래서야 문학의 인생에 대한 가치 같은 점으로 말고도 어디 조선에 제 문단을 가졌다 할 거리가 있으며 무엇을 문단이 조선에 있을 보람이라 할까." '번민', 이것은 그의 작품에서 나라와 인민들의 운명에 대한 근심이 되었으며 나라와 인민의 원수들에 대한 증오와 항거가 되었다. '심원', 이것은 나라와 인민들의 해방, '새 세기'에 대한 염원이며 혁명 도래의 목마른 갈망이다. 나아가서는 사회개조의 이상이기도 하다.

리상화는 조국을 앗긴 억울함과 서러움, 번민과 울분의 감정을 격조 높이 노래하였다.

「통곡」에서 시인은 내 나라, 내 고장임에도 사람들은 일제에게 행복과 자유를 깡그리 앗겼고 갖은 천대와 억압 속에서 "두 발을 못 뻗는 이 땅이 애닲아" 하는 조선 인민의 감정 세계를 노래하였다.

이러한 생지옥 속에서 헤매는 조선 사람들의 "참의꽃 같은 얼굴"들에는 압박과 천대 속에서 참혹하게 시달린 그림자가 서려 있다. 일제 암흑의 장막이 드리운 조선의 땅, 얼마나 숨막히고 답답하였던가, 시인은 울분에 찬 정열로 외친다. "저 하늘에다 봉창이나 뚫으라—숨결이 막힌다." 여기에 얼마나 당시 전 조선 인민들의 울분이 강하게 울려 나오고 있는가. 이렇게 시인은 당시 시대 정신을 대변하고 일제에 대한 증오로 몸서리치고 있다.

이러한 몸부림은 「비음」에서 더욱 심해진다. "낮에도 밤—밤에도 밤", "망각의 뭉텅이 같은" 암흑 속으로 밀려 달리던 조선 사람들에 대한 시인의 높은 인도주의 정신이 이 시에서 강하게 울려 나오고 있다. 유달리 높은 인도주의 정신으로 하여 시인은 그만큼 더 일제 암흑에 대한 전율로 몸부림친다.

그의 작품들에는 그가 「방백」에서 말한 것처럼 시대에 대한 자각과 의식, '의식의 충동'이 복받쳐 오르고 있다.

시인은 '의식의 충동'이 있음으로 지난날의 뼈아픈 수욕에 대하여 통절한 참회를 갖게 되었다. 시인의 사상적 발전은 굴욕의 세계에서 그를 그대로 남아 있게 하지 않았다.

> 아 서리맞은 배암과 같은 이 목숨이나마 끊어지기 전에
> 입김을 불어 넣자 피물을 디뤄 보자.
> 묵은 옛날을 돌아보지 말려고 기억을 무찔러 버리고
> 또 하루 못 살면서 먼 앞날을 쫓아가려는 공상도 말아야겠다,
> 게으름이 빚어 낸, 조을음 속에서 나올 것이란 죄 많은 잠꼬대 뿐이니
> 오랜 병으로 혼백을 잃은 나에게 무슨 놀라움이 되랴
> 아 오직 오늘의 하루부터 먼첨 살아나야겠다.
> 그리하여 이 하루에서만 영원을 잡아 쥐고 이 하루에 세기를 헤아리며
> 권태를 부시자! 관성을 죽이자!
>
> ―「오늘의 노래」

여기에서 우리는 진정 영원한 '새 살이'를 향하여 나아가려는 시인의 정신 면모를 감수할 수 있다.

시인은 일제 사회에 타협하고 소부르죠아 근성에 잦아 잇던 지난 시기, 수치스럽던 자기 생활에 대하여 가차없는 타매를 가하고 있다. 타매할 뿐만 아니라 시인은 쓰린 조소를 받기도 한다.

지난날의 추악한 생활과 아직도 남아 있는 낡은 철리와 묵은 관성의 그림자가

어른거리는 자기에 대하여 사람들은 비웃고 지난다고 「조소」에서 노래하고 있다.

「오늘의 노래」에서 시인은 일제 부르죠아 사회에서 굴종하며 지내온 치욕의 과거에 대하여 분노를 터뜨리고 있으며 자기의 소부르죠아적 낡은 관성과 근성에 대하여 자책하며 항기를 든다.

이 시는 시인 자신의 총화이기도 하다. 그의 문학에 항거의 정신이 깃들게 되었다. 그의 문학은 증오와 항거의 문학으로 발전하였다.

시인은 「오늘의 노래」에서 강한 주정토로로써 항거의 목소리를 높인다. "해골의 때가 밤낮으로 도깨비춤"을 추며 "문둥이의 송장 뼈다귀"와 "독사의 썩은 등성이 턱"보다도 더 무서운 이 해골을, "태워 버리자! 태워 버리자!" 하고 외친다.

얼마나 증오에 찬 반항의 목소리인가. 모든 낡고 반역적인 관성을 깨끗이 불살라 버리고 '새 살이', '새 세상'을 지향하여 나가려 그의 의식은 강하게 충동되고 있다.

이와 같이 그의 작품은 새 생활의 탐구의 정열로 충만하게 되었다. 이렇게 그의 사상적 경향성은 더욱 뚜렷해지기 시작하며 그의 시문학도 프롤레타리아 문학의 면모를 갖추게 되었다. 그는 낡은 것과 새 것과의 내부적 투쟁에서 굴하지 않았다.

그의 승리는 다만 리상화 자신의 세계관 발전만을 보여 주는 것이 아니라 부르죠아 문학에 대한 프롤레타리아문학의 우월성과 그의 승리의 확인도 되었다.

「극단」과 「가장 비통한 기욕」에서도 일제의 침략하에서 억압과 멸시와 치욕 속에서 발버둥치며 몸부림치던 세계에서 단연 뛰쳐 나와 죽음을 가리잖는 무서운 악에 치바친 항거의 외침을 폭발하는 시인의 모습을 볼 수 있다.

　　　자족, 굴종에서 내 길을 찾기보담

　　　남의 목숨에서 내 살이를 얽매기 보담

오, 차라리 죽음—죽음의 내 길이로다

굴종, 자족, 차라리 죽음의 길을 택할지언정 이 길만은 택할 수 없으며 착취와 이기적인 습성, 차라리 내 목숨을 죽일지언정 이 짓만은 차마 할 수 없는 시인 리상화다.

그러나 굴종과 수욕을 강요당하고 있는 것이 현실이었다. 죽어도 비굴과 굴종의 길만은 택할 수 없는 리상화는 이 두 시에서 결사적인 반항의 목소리를 높이고 있으며 애달픔에 쓰리고 아픈 가슴을 후벼 뜯고 있다. 리상화의 항거의 정열은 고개를 떨굴 줄을 몰랐으며 더 무섭게 치받고 있다.

하늘에는 게으른 흰구름이 몰고
땅에서도 고달픈 침묵이 가라진
오— 이런 날 이런 때에는
이 땅과 내 마음의 우울을 부실
동해에서 폭풍우나 쏟아져라! 빈다.

이것은 「폭풍우를 기다리는 마음」의 한 연이다. 치욕적인 일제의 세상을 휩쓸기 위한 얼마나 목타는 심원心源이며 갈망의 울부짖임인가!

물론 이 시는 비유를 사용하여 완곡하게 표현되어 있으나 일제 식민지 통치를 뒤엎어 버리려는 시인의 울분에 찬 전투적 기백으로 충일되어 있다. 바로 여기에 우리는 일제 식민지 통치배들에 대한 앙갚음의 항거가 역력히 울려 퍼지고 있다는 것을 알 수 있다.

이상에서 보아 온 바와 같이 그의 작품 세계는 낡은 것에서부터 벗어나 오직 새것을 추구하려는 강한 지향력으로 일관하고 있다.

이러한 강한 새 생활을 향한 지향력으로 하여 그는 아름다움을 무한히 사랑하고 동경하였다.

그가 본 아름다움이란 곧 사람다운 사람이 사는 새로운 사회였다. 그는 "진실한 생활이란 것은 보기 더 좋은 인간과 보다 더 좋은 세기를 창조하려는 행위"「생활자가본문예가」라고 하였다. 바로 이 행위는 시인 자신의 창작적 입장이었는바 이 입장은 시 「시인에게」에서 더욱 뚜렷이 표명되었다. 이러한 그의 창작적 입장으로 하여 그의 시는 강한 사회 개혁적 지향의 정열로 흘러넘치고 있다.

생활 개조자적 역할을 담당한 시인으로서의 리상화는 이 '새 살이', '새 세상'의 창조에 역행하는 일체 모든 것에 대하여 증오하였다. 리상화는 생활 개조를 방해하는 부르죠아 반동 문인들에게도 무한한 증오와 격분을 표시하였다.

리상화는 '생활 만족'에 한가롭던 반동적 부르죠아 작가들과 대치하여 '비분'과 '심원'을 토로하였던 것이다.

위에서도 지적한 바와 같이 '심원'은 원수에 대한 멸망의 염원이며 혁명 도태와 그에 대한 낭만적인 갈망이다.

일제에 대한 강한 항거의 정신에 못지않게 그는 나라와 인민을 사랑하고 동정하였으며 인민들의 힘을 믿었고 사회 혁신의 여광의 도래를 확신하였다.

이러한 그의 사상적 경향성으로 하여 「바다의 노래」에서 표명한 바와 같이 그는 사회 현실을 변화와 발전의 과정으로 보았으며 혁명이 반드시 도래하리라는 것을 확신하였다.

그는 당시 새로운 사회적 역량으로 조선 역사 무대에 등장한 노동 대중들과 기타 근로 대중들의 힘을 보았고 확신하였다. 여기로부터 그의 시적 세계는 혁신의 사상과 혁명적인 낭만으로 더욱 충만하게 되었다.

「저무는 놀 안에서」에는 시인의 높은 인도주의 정신과 인민 대중들의 힘에 대한 확신이 표명되어 있다.

아 그들이 흘리는 땀방울이

세상을 만들고 다시 움직인다.

시인은 역사의 창조자, 시대의 담당자는 인민대중들이라는 것을 확인하였으며 착취에서 영영 벗어나야 할 노동자들의 사명에 대하여 노래하였다.

그런데 시인은 왜 울면서 노래 부르는가? 그것은 시인이 계급 사회의 모순을 파악하고 있었기 때문이다. 일제하에서의 노동에는 유례없는 고한 제도가 적용되고 있었으며 흑심한 착취와 억압으로 그야말로 노동자들은 도탄에 빠져 있었다.

저주로운 착취자들의 고역에서 벗어난 "거룩하고 감사론 이 동안", 한때의 휴식이 "영영 있게시리" 그는 울면서 노래하였다면 시 마지막 부분에서는 "거룩한 저녁 꺼지려는 이 동안에 나는 혼자 울면서 노래 부른다"고 하였다.

노동자들에 대한 시인의 동정이 얼마나 절절하게 흘러넘치고 있는가. 시인의 인도주의 정신은 노동자뿐만 아니라 전반적인 피착취 대중들과 최하층의 생활도 유지하지 못하는 참혹한 인민들에게도 물려졌다.

시 「거러지」의 사상적 내용은 당시 사회의 가장 최하층의 생활도 못 하는 거러지에 대하여 동정하였다. 그러나 이 시에서 더 중요한 것은 자본주의 사회에 대한 폭로의 정신이다.

시인은 계급 사회의 불가피한 산물인 거러지를 통하여 자본주의 사회의 모순의 정체를 밝혀 놓으려는 데 시의 중점을 두었다.

「구루마 군」에서도 역시 시인의 인도주의 정신이 풍만하게 풍겨 오고 있다. 그러나 이 시에서도 중요한 것은 계급 사회에서의 노동의 성격에 대한 규정이다.

시인은 이 시에서 자본주의 사회에서의 노동은 그야말로 '소 흉내'를 내듯 고통스럽고 불영예스럽다는 것을 확인하였다. 자본주의 사회에서 노동자는 소와 같은 존재밖에 되지 못함을 시인은 체험하고 울분을 토하고 있다.

시인의 인도주의는 농민들의 운명을 주제로 한 작품들에서 더욱 높아진다. 「이 해를 보내는 노래」에서는 '한숨'과 '피'로 젖은 생활과 주림을 원망하다가 끝내는 죽어 가는 농민들의 참담한 생활 처지를 한없는 동정으로 노래 부르고 있다.

그야말로 당시 농민들의 생활 처지는 생지옥이었다. 때문에 이 시는 당시 일제 사회에 대하여 저주로운 비꼬임과 야유를 보내고 있다.

서정적 주인공인 농민들은 너무나 악에 바쳐 벼락을 내려 죽여 달라고까지 외치고 있다. 바로 당시 농민들의, 생활이란 차마 죽지 못해 사는 형편이었으며 차라리 벼락 맞아 죽는 것만도 못한 생활이었다.

시인은 이러한 생지옥의 참경을 체험하고 격분과 울분을 토한다. 이러한 형편에 비마저 내리지 않아 농민들의 생명을 위협하였다.

농민들은 이러한 운명의 위기를 걱정하여 하늘에 하소한다. 시「비를 다고」에서 시인은 바로 이러한 처참한 형편에 처한 농민들의 감정을 대변하고 있다.

거름이야 죽을 판 살 판 거두어 두었지만
비가 안 와서―원수 놈의 비가 안 와서 보리는 벌써 목이 말라 입에 대지도 않는다.
이렇게 한 장 동안만 더 간다면
그만― 그만이다 죽을 수밖에 없는 노릇이로구나!

하늘아 한 해 열두 달 남의 일 해 주고 겨우 사는 이 목숨이
곯아 죽으면 네 마음에 시원할 게 뭐란 말이냐
제발 빌자! 밭에서 갈잎 소리가 나기 전에
무슨 수가 나주어야 올해는 그대로 살아 나가 보제!

농민들의 절통한 심정을 노래하고 있다. 한 해 열두 달 지주의 고역으로 겨우 자기 농사를 지어 놓았는가 하였더니 비가 오지 않아 죽을 운명에 처하였다.

여기에서 원망이란 어찌 하늘에 대한 원망만인가?! 착취로 하여 못 살고 한 재로 하여 못 사는 것은 농민만이다.

"비가 안 와서 — 원수 놈의 비가 안 와서", "그만 — 그만이다, 죽을 수밖에 없는 노릇이구나!" 얼마나 원통한 절규인가! "제발 빌자!", "무슨 수가 나주어야" 살지 않겠는가.

시인은 그야말로 농민들의 절통하고 억울하고 애타는 심정을 자기의 심정으로 그려내고 있다. 이렇게 그의 인도주의 정신은 농촌 주제의 작품에서 더욱 뚜렷이 발현되고 있는 것이 특징이다. 이러한 뚜렷한 인도주의적 발현은 시인 자신이 직접 농민들의 감정 정서를 체험하지 않고서는 불가능했다.

바로 여기에서 우리는 시인 자신이 인정하고 있듯이 생활이 문학 창작의 원천지이며 생활 없는 사상은 간질의 발작에 불과하다는 것을 교훈 받게 된다. 뿐만 아니라 우리는 '사회에 대한 관찰안'을 가지고 "사회라든지 인생에 대한 깊은 번민"이 있어야만 진실한 작품이 될 수 있다는 것도 다시 한번 느끼게 된다. 작가는 생활과 시대를 떠나서는 공허한 존재에 불과하다.

그러면 그의 대표작 「빼앗긴 들에도 봄은 오는가」를 보자. 이 시에서 우리는 다른 시에 비해 아주 높은 시인의 정서적 체험, 형상적 세련성을 보게 된다.

이 시에서는 일제에게 빼앗긴 조국에 대한 억울한 감정 세계와 향토에 대한 한없는 사랑의 정리를 노래하고 있다.

망국노가 된 조선 사람들의 한결같은 감정 세계, 다감하면서도 정다운 우리 민족의 정서 세계, 이것들이 그야말로 진실하게, 그윽한 음조를 띠면서도 억울한 감정으로 뒷받침되어 울려 나오고 있다.

이와 같이 시인의 애국주의 사상은 짙은 정서 속에 채색되어 있다. 너무나도 열렬한 조국에 대한 애국심, 그지없는 향토에 대한 정다움으로 더욱더 침통해지는 나라의 비극적 운명에 대하여 시인은 울부짖고 있다.

리상화의 시에서 가장 중요한 것, 그것은 바로 사회 혁신의 사상이다. 「폭풍우를 기다리는 마음」, 「바다의 노래」, 「저무는 놀 안에서」, 「시인에게」, 「오늘의 노래」 등에서 더욱 그러하다.

이 땅의 "우울을 부실 폭풍우"의 내습을 애타게 기다리는 심정, 모든 '묵은 철리'를 다 버리고 '눈물 젖은 세상'을 하직하여 '청춘과 자유'가 있는 곳, 거기로 오라는 호소, 운명의 "해결은 변동에만 있고", 세상을 만들고 움직이는 근로 대중에 대한 신뢰, "새 세계를 낳으며 쏘댄 자욱"이 시가 될 때에 시인의 영광이 있다는 사상, 그리고 모든 낡은 것을 태워 버리자는 외침, 이 속에는 시인의 당대 사회에 대한 부정과 근본적 혁신에 대한 사상이 깃들어 있는 것을 역력히 우리는 암시받게 된다.

리상화의 이러한 근본적 개혁의 사상은 혁명의 도래를 예견하고 갈망하였다. 「바다의 노래」에서는 자유와 청춘이 있는 곳을 확인하였다. 「비 개인 아침」에서는 이러한 기분이 더욱 강하게 울려온다.

밤이 새도록 퍼붓던 그 비도 그치고
동편 하늘이 이제야 불그스레 하다.
기다리듯 고요한 이 땅 우로
해는 점잔하게 돋아 오른다.

눈부시는 이 땅,
아름다운 이 땅,
내야 세상이 너무도 밝고 깨끗해서

발을 내밀기에 황송만 하다.

해는 모든 것에게 젖을 주었나보다.

조국에 대한 사랑과 낭만, 해방의 여명에 대한 갈망이 얼마나 견인력을 가지고, 상징적으로 안겨 오는가. 당시 우리 인민들은 불그스레 해돋이에 눈부시는 해방될 이 땅을 갈망하였으며 모든 것이 골고루 살 수 있는 그런 인민의 세상을 얼마나 바라왔던가.

우리는 리상화의 시에서 그의 시상 감정이 얼마나 높고 다감하며, 얼마나 격동적으로 울려 오는가를 보아 왔다. 이렇게 되는 데는 작가의 높은 기량과 세련된 형상적 기교가 필요하다.

시인은 이 기교적 측면에서도 극히 세심한 부분에까지 관심을 돌렸다. 연, 행, 음절, 운, 호흡과 리듬, 심지어는 구독점, 휴지부 하나 찍는 데까지도 시인은 소홀히 하지 않았다.

시인은 시의 내용을 강화하기 위하여 기교적인 측면에서도 매우 세심한 관심을 돌렸으며 비상한 노력을 경주하였다. 그러면 우선 시의 구성에 대하여 보기로 하자. 리상화의 시의 구성은 대체로 크게 3부류로 놓아 볼 수 있다.

「빼앗긴 들에도 봄은 오는가」를 우선 보자. 시와 첫 연의 수사학적 질문은 강한 견인력을 가지고 독자들을 둘째 연으로 끌고 들어 간다. 둘째 연에서 시인은 조국에 대한 그리움으로 한없이 흥분된 감정 속에서 서정적 주인공의 행동 세계를 그려나가며 3연에 가서는 이렇게 흥분된 서정적 주인공의 내적 세계를 강한 호소로써 토로한다. 이렇게 앙양된 감정은 조국에 대한 한없는 정다움으로 설레이는 바, 이러한 감정 세계는 넷째 연에서 일곱째 연까지 물결쳐 간다. 감정 세계는 8연에 가서 극도로 앙양되며 향토에 대한 걷잡을 수 없는 애정으로 하여 폭발한다. 8연을 분수령으로 흥분되어 오던 서정 세계는 침통한 감정 세계로 바뀌게 되며 심한 내심적 울분 속에서 시는 끝난다.

이 시는 이렇게 순차적인 체계 속에서 감정 세계는 다양하게 연결되어 나갔다. 그러나 이렇게만 설명하는 것은 이 시의 구성적 특징을 포착하는데 너무도 일면적이다. 이 시에서 리상화의 독특한 구성의 특징을 끄집어내야 할 것이다. 그것이 바로 그의 구성 특징의 하나인 대우對偶적 구성 방법이다.

지금은 나의 땅—빼앗긴 들에도 봄은 오는가?

시인은 그의 대표작 「빼앗긴 들에도 봄은 오는가」의 첫 연을 이렇게 시작하였다. 이것은 하나의 시행이며 하나의 연이다. 수사학적 질문인 이 시행을 읽고 난 우리는 어쩐지 숨이 가쁘게 되며 깊은 사색의 심연으로 끌려 들어가게 된다.

"생명다운 생명—내 몸이 사는 맛을 못 보던 그 자리에서 잃어버렸던 내 생명을 찾아"보려는 것인가?

"조선이란 나라에도 사람이 있는 이상 그 사람들 모두가 임종석에 누워 있는 반 귀신이 아닌 이상 그들에게도 살려는 충동이 쉬지 않을 것이다… 그들의 생활이… 대지를 밟고 있는 이상… 그들에게도 추구하려는 울음이 있을 것"이니 그 울음을 노래하자는 것인가? 수사학적 질문은 독자들을 이렇게 사색의 심연으로 끌어넣어 애타게 대답을 고대하게끔 해 놓고도 다음 연들에서 인제 해답을 주지 않으며 계속 끌고만 간다.

그러면 해답을 어데 가서야 받게 되겠는가?

그러나 지금은—들을 빼앗겨 봄조차 빼앗기였네.

2연은 10연마지막에서 둘째 연과 대우적 위치에 놓인다.

나는 온몸에 햇살을 받고

푸른 하늘 푸른 들이 맞붙은 곳으로

가리마 같은 논길을 따로 꿈속을 가듯 걸어만 간다.

(2연)

나는 온몸에 풋내를 띠고

푸른 웃음 푸른 설음이 어우러진 사이로

다리를 절며 하루를 걷는다 아마도 봄신령이 접혔나보다.

(10연)

이 두 연은 다 같이 서정적 주인공이 들판을 걸어가는 과정의 행동 국면을 통하여 소여의 감정을 환기시켜 주자는 데서 대우 관계를 이루고 있다.

2연에서 서정적 주인공은 사무치는 흥분을 안고 지금은 남의 땅—빼앗긴 조국의 전야이지만 가리마 같은 논길을 온몸으로 햇빛을 받으면서 꿈길 속을 헤쳐가듯 끝없이 걸어만 간다. 그런가 하면 10연마지막에서 둘째 연의 서정적 주인공의 감정 세계는 2연의 서정적 주인공의 감정 세계보다 복잡해지며 '푸른 웃음', '푸른 설음'이 서로 뒤엉킨 감정으로 다리를 절며 걸어간다.

이 두 연은 대우적 위치에 있으니만치 이 연들에서 울려 나오는 서정적 감성 세계는 대조성을 띠고 나온다.

2연은 나라를 앗긴 비통한 감정이 깔려 있으면서도 거기에는 더 많이 조국의 품에 안긴 황홀한 감정이 우세하다. 그런가 하면 10연마지막에서 둘째 연에서는 제 땅이지만 '푸른 설음'을 안고 가지 않으면 안 되는 침통한 감정 세계가 더 강하게 울려온다.

3연은 또한 9연마지막에서 셋째 연과 대치되고 있는 바 이 연들은 서정적 주인공의 내적 세계의 호소적인 질문으로서 대우 관계를 맺고 있다.

입술을 다문 하늘아 들아
내 마음에는 내 혼자 온 것 같지를 않구나
네가 끌었느냐 누가 부르더냐 답답해라 말을 해 다오

(3연)

강가에 나온 아이와 같이
짬도 모르고 끝도 없이 닫는 내 혼아
무엇을 찾느냐 어디로 가느냐 웃습다 답을 하려무나

(9연)

이 연들에서 서정적 주인공은 '망국노'의 답답한 심정을 통분하게 호소하면서 '사무쳐 나오는 절규'를 하고 있다. 이 두 연들에서 환기되는 서정 세계도 대조적이다. 3연의 서정 세계는 그래도 조국의 대자연 속으로 끌려 들어가는 그립고 정다운 감정으로 높이 울리고 있다.

"내 마음에는 내 혼자 온 것 같지를 않구나, 네가 끌었느냐 누가 부르더냐 답답해라 말을 해 다오", 이 질문에 시인 자신은 대답을 주지 않았어도 독자는 능히 그 정신을 감득하고 남음이 있다. 그것은 다름 아닌 조국의 자연, 하늘과 물이 불렀다고.

그런가 하면 9연마지막에서 셋째 연은 3연의 서정 세계보다 더 서럽고 비분에 찬 기분을 준다. "무엇을 찾느냐 어디로 가느냐 웃습다 답을 하려무나" 무엇이라

대답할 것인가? 나라 앗긴 망국노의 신세, 어디로 갈 것인가? "무엇을 찾느냐?" 나라는 이미 빼앗기지 않았는가, 서럽고 통분하다. 이렇게 서정은 비통한 색조를 띤다.

4연에서 8연마지막에서 넷째 연까지는 대우적 관계의 중심부를 이루고 있다. 이 연들은 들판의 이러저러한 서정적 디테일들을 그리면서 거기에서 환기되는 향토에 대한 한없는 사랑의 감정을 전개해가고 있다.

시인은 우선 서정적 주인공을 정답게 맞이하는 전야의 자연 현상을 집약, 앙양된 정서 속에서 묘사하여 나간다. 그러면서 독자들의 감수성과 설득력을 돕기 위하여 자연 현상을 인격화하여 그렸다.

"한 자욱도 섰지" 말고 "옷자락을 흔들며" 줄기차게 걸어가라는 '봄바람'의 정다운 속삭임이며 울타리 넘어 아씨 같이 구름 뒤에서 반가웁다 웃는 종다리며 간밤 자정이 넘어 내린 고운 비로 삼단 같은 머리를 감은 고맙게 자란 보리밭, 그리고 마른 논을 안고 도는 착한 도랑, 그 밖에도 나비며, 제비며, 맨드라미며, 들마꽃이며, 아주까리 기름 바르고 김매는 이며, 이러한 자연 현상들을 매우 구체적인 체험 속에서 매우 생동하게 매우 진한 우리 민족의 색조를 돋구면서 전개해 나갔다.

우리는 이 속에서 정다운 향토적 색조를 감수할 뿐만 아니라 전야의 사물 현상들에 대한 시인의 열렬한 환희의 감정과 그러나 어딘가 밑바닥에서 치받는 짓궂은 서러운 감정 세계까지도 전개된 생생한 화폭 속에서 전달받는다.

이렇게 전개된 감정은 향토에 대한 사랑, 빼앗긴 조국에 대한 치솟는 울분으로 인하여 더욱 높은 격정으로 올라서지 않을 수 없다.

때문에 시인은 이번에는 입체성을 부여하면서 감정을 넓이로 확산시키지 않고 전개한 감정을 강한 염원의 세계로 집중시켜 고도로 앙양시킨다. 그러기 위해서 시인은 강한 호소성을 띤 주정토로로써 연을 전환시킨다.

내 손에 호미를 쥐여 다오

살찐 젖가슴 같은 부드러운 이 흙을

발목이 시도록 밟아도 보고 좋은 땀조차 흘리고 싶다.

서정의 높이는 이렇게 앙양되었다. 못견디게 솟구쳐 오르는 향토에 대한 정다움과 애착심, 이것이 얼마나 높이 울려오는가! 시인의 감정은 절정에 달하였다.

이렇듯 이 시는 4연에서 8연8연은 감정의 최고 절정까지를 중심으로 3연과 마지막에서 3연, 2연과 마지막에서 2연, 첫 연과 마지막 연이 각각 대우적인 위치에 놓여 있기 때문에 정서의 흐름도 대우적 형태를 띠게 되었다.

대우적 구성에서 특징은 전반부와 후반부의 서정 세계가 내용적 측면에서는 동류同類의 것으로 되어 있으나 서정의 색조에 있어서는 대조적으로 다르게 나타난다.

「빼앗긴 들에도 봄은 오는가」는 전편을 통하여 조국에 대한 그리움과 정다움 등의 밝은 감정과 나라를 앗긴 통분하고 서러운 어두운 감정이 뒤엉켜 나간다. 그러나 이 시의 대우적 구성 체계의 특징으로 인하여 시의 전반부의 서정 세계는 밝고 맑은 것이 더 우세를 차지하며 후반부는 침통하고 서러운 어두운 감정이 더 정면에 나타난다. 바로 여기에 시적 효과를 나타내고 있다.

때문에 대우적 구성은 상기 예에서 본 바와 같이 서정 세계의 흐름을 대조적으로 부조시켜 주는데 유리한 구성 형식이다. 뿐만 아니라 이 구성법은 시의 정제성을 보장케 하며 내용 전달에서도 운치를 돋구고 서정적 흐름의 조화성과 선명성을 준다. 그러면 다음으로 리상화의 시 구성에서 점진漸進적인 구성을 보자.

「오늘의 노래」, 「폭풍우를 기다리는 마음」, 「비음」, 「극단」, 「선구자의 노래」, 「비를 다고」, 「저무는 놀 안에서」, 「어촌 애경」 등 적지 않은 시들이 이 구성법에 준하고 있다. 그러면 「오늘의 노래」를 분석하여 보자. "나의 신령 ―. 우울을 헤칠 그 날이 왔다—. 나의 목숨아—. 발악을 해 볼 그 때가 왔다."

첫 시작부터 미칠 듯한 정열로 '발악'한다. 이 연은 시의 기본 사상의 첫 폭발이며 동시에 결론이다. 때문에 시인은 첫 연을 마지막 연에서 다시 반복하였다. 감정 구성의 초점을 처음과 마감에 다 쳐 놓았다. 우리는 첫 연에서부터 강한 충격을 받고 다음 연으로 끌려 들어간다. 다음 연은 과거, 현재, 미래의 순으로 전개된다.

2연의 감정 흐름은 얼마간 조용하다. 3연에 들어서면서부터 서정적 체험은 다시 점점 전개되며 앙양된다. 징그럽고 추악한 반역의 굴종하던 지난 시기에 대하여 무서운 증오를 퍼부으면서 그 사회에 강경히 투쟁을 선고한다.

> 관성이란 해골의 떼가 밤낮으로 도깨비 춤추는 것 뿐이 아니냐?
> 아— 문둥이의 송장 뼈다귀보다도 더 더럽고
> 독사의 썩은 등성이 뼈보다도 더 무서운 이 해골을
> 태워 버리자! 태워 버리자!

여기에 적용한 비유법은 그야말로 추악한 사회에 대한 증오의 감정을 강화하는 데 비상한 힘을 발휘하였으며 감정을 고도의 격정 상태로 이끌어 올리는 데 성공하였다.

현재의 시인은 그 징그러운 반역의 세계에서 아주 썩지 않고 그곳을 벗어나 참되게 살아 보려고 모대긴다. "아 서리맞은 배암과 같은 이 목숨이나마 끊어지기 전에, 입김을 불어 넣자 피물을 들여 보자"고.

소생의 길, 갱생의 운명을 타개하기 위하여 시인은 이처럼 몸부림친다. "오늘 하루부터 먼첨 살"아야 하며 이 하루를 살아야 만이 영원을 잡아 쥐고 세기를 헤아릴 수 있다고 하면서 그러기 위해서 시인은 "권태를 부시자! 관성을 부시자!"

하고 외친다. 이렇게 시인은 반역의 현실과 투쟁을 선포하였으며 오늘의 삶, 오늘의 투쟁이 있어야만 미래의 광명을 기대할 수 있다는 것을 강조하고 있다.

이렇게 시인은 과거로부터 미래로 감정을 점진적으로 엮어 나갔으며 마지막 연에 이행하면서는 비약을 주어 수치스러운 반역을 불태우며 권태와 관성을 부수기 위해서 할 일—첫 연의 내용을 다시 반복하여 강조하였다. "나의 신령아! 우울을 헤칠 그 날이 왔다. 나의 목숨아! 발악을 해 볼 그때가 왔다."

이상에서 우리는 리상화의 대우적 구성법과 점진적 구성법을 보았다. 이 두 구성법은 공통된 특징을 가지는 바 그것은 매개 연이 제각기 상대적으로 완결된 내용을 가지지 않고 하나의 내용이 시 전체의 구성 체계 속에서 起기, 承승, 轉전, 結결로, 일관되게 전개되어 나간다.

이러한 두 구성법에서 리상화는 자기 고유의 특징을 가지고 있다. 그 특징은 첫 연과 마지막 연이 서로 비상한 견인력과 흡착력을 가지고 연결시킨 데서 찾아볼 수 있다.

그러면 우선 첫 연과 마지막 연이 질문과 해답의 형식으로 결합된 것을 보기로 하자. 「빼앗긴 들에도, 봄은 오는가」의 첫 연이 수사학적 질문이라면 마지막 연은 그에 대한 대답이며 중간 연들은 이들에 대하여 구체적으로 설명을 하는 형식이다.

첫 연은 단 한 줄의 시행으로 구성되어 있지만 세 행으로 구성된 다른 연들보다 더 심오하고 비상한 힘을 가지고 독자들의 감정을 마지막 연까지 힘차게 끌어간다.

첫 연의 수사학적 질문은 중간 연에서 해답을 받지 못한 채로 중간 연들의 서정과 어울리면서 줄곧 마지막 연까지 서정을 끌어가는 데 비상한 견인력을 가졌다. 마지막 연에 가서야 오래간만에 해답을 받게 된다. "지금은 남의 땅—빼앗긴 들에도 봄은 오는가?"라는 물음에 "그러나 지금은—들을 빼앗겨 봄조차 빼앗기였네"라고 대답한다.

이러한 흡착 관계는 시의 기본 사상을 줄기차게 끌어가는 데 비상한 탄력을 가졌다. 이와 같이 첫 연과 마감 연을 상호 강한 힘으로 밀접하게 연결시키는 수법을 리상화는 즐겨 사용하였다.

리상화는 또한 첫 연과 마지막 연을 반복시키는 수법을 사용하였다. 이것은 「오늘의 노래」를 분석하면서 간단히 언급한 바 있다. 두 연의 반복은 시의 내용의 기본 사상을 두드러지게 부각시켰을 뿐만 아니라 첫 연과 마지막 연을 상호 작용시킴으로써 마지막 연을 읽고 나면 첫 연을 다시 한번 상기시키게 한다. 동시에 그 첫 연을 받아 나가는 중간 연들까지도 연이어 상기시키게 하는 순환 작용을 일으키게 하는 목적도 또한 겸하였다. 이러한 순환 작용은 시의 초점 뿐만 아니라 시 전반의 사상을 다시 한번 강조하는 데 유익했다.

한 연으로 된 단시들에서도 이런 구성상 특징을 시인은 적용하고 있는 바 「조선병」, 「초혼」, 「엿장사」 등을 예로 들 수 있다.

「조선병」과 「초혼」은 첫 연과 마감 연에 반복 음절을 주면서 상호 밀접하게 연결시켰다.

언제나 오늘 보이는 사람마다
　　　숨결이 막힌다.
(…중략…)
저 하늘에 봉창이나 뚫으랴
　　　숨결이 막힌다.

—「조선병」

서럽다 건망증이 든 도회야

(…중략…)

서울아 반역이 낳은 도회야

—「초혼」

보는 바와 같이 첫 연과 마감 연의 이러한 연결은 그 시의 초점이 되는 음절을 반복시켜 그 초점을 시작과 마감에서 강조해 줌으로써 시의 영상을 두드러지게 떠오르게 하는 데 기여하였다.

「조선병」에서는 "숨이 막힌다"를 첫 연과 마감 연에서 반복시켰는 바 이렇게 함으로써 이 시의 기본 사상인 일제 암흑기에서의 조선 인민의 질식된 울분을 부각시킬 수 있었다.

「초혼」도 역시 그러한 바 이 시의 기본 초점이 되는 '도회야'를 첫 연과 마감 연에서 반복시킴으로써 이 시의 기본 사상인 반역의 도회를 강조하는 데 기여하였다.

이 시들에서 보는 바와 같이 음절의 반복을 첫 연과 마감 연에서 줌으로써 시 전체의 영상을 더욱 두드러지게 하는 데 효과를 거두었다.

우리는 이상에서 리상화가 두 가지 구성법을 적용하는 데 있어서 그 내용을 부각시키기 위해서 어떻게 자기 특유의 형상적 기교를 사용하였는가를 보았다. 리상화는 또한 병립竝立적인 구성법도 즐겨 사용하였다.

아, 가도다 가도다 쫓겨 가도다

잊음 속에 있는 간도와 노동벌로

주린 목숨 움켜 쥐고 쫓겨 가도다

진흙을 밥으로, 해채를 마셔도

마구나 가졌더면, 단잠을 얽맬 것을—

사람을 만든 검아 하루 일찍
차라리 주린 목숨 **뺏어** 가거라!

아 사노라, 사노라, 취해 사노라
자폭 속에 있는 서울과 시골로
멍든 목숨 행여 갈까 취해 사노라
어두운 밤 말 없는 돌을 안고서
피울음을 울면 설음은 풀릴 것을—
사람을 만든 검아 하루 일찍
차라리 취한 목숨 죽여버려라!

「가장 비통한 기욕」의 전문이다. 주린 목숨 움켜쥔 채 내외의 방랑의 길로 내쫓긴 조선 사람들의 악에 받치는 항거가 얼마나 절통하게 울려 나오는가! 이 시는 내용상에 있어서나 형식에 있어서나 병립적 형태를 취하고 있다.

이 시의 각 연은 제각기 상대적으로 완결된 내용을 이루고 있으며 각 연이 제각기 기, 승, 전, 결을 갖추면서 두 연이 동위同位적 위치에서 병립되고 있다.

보는 바와 같이 이 시는 시 전체의 체계 속에서 일관된 기, 승, 전, 결로 엮어 간 것이 아니라 두 연이 제각기 기, 승, 전, 결을 가지고 병립되어 있다.

첫 연은 간도로 내쫓겨 생활고에 시달리는 조선 인민들의 항의의 목소리를 노래하였고 둘째 연은 국내에서 서울로, 시골로 유랑하면서 생활고에 시달리는 인민들의 항의의 목소리를 노래했다.

이와 같이 두 연은 동류同類의 성격을 띠고 등위적 위치에 놓여 있을 뿐만 아니라 연들이 제각기 상대적으로 하나의 완결된 내용과 감정 세계를 갖추고 있다.

「방문 거절」도 이러한 특징을 갖추고 있다.

아 내 맘의 잠근 문을 두드리는 이여, 네가 누냐— 이 어둔 밤에?

〈영예!〉

방두께 살자는 영예여! 너거든 오지 말아라

나는 네게서 오직 가엾은 선웃음을 볼 뿐이로다.

아 벙어리 입으로 문만 두드리는 이여, 너는 누냐— 이 어둔 밤에?

〈생명!〉

도깨비 노래하자는 목숨아, 너는 돌아가거라

네가 주는 것 다만 내 가슴을 썩힌 곰팡 뿐일러라.

아 아직도 문을 두드리는 이여! 이 어둔 밤에?

〈애련!〉

불놀이하자는 사랑아, 네거든 와서 낚아 가거라,

내겐 너 줄 오직 네 병든 목숨에 누운 넋 뿐이로라.

첫 연에서는 '〈영예〉'에 대한 시인의 감정 세계, 둘째 연에서는 '〈생명〉'에 대한 시인의 감정 세계, 셋째 연에서는 '〈애련〉'에 대한 시인의 감정 세계가 제 각기 엮어져 있으며 상대적으로 완결된 내용을 각 연이 갖추고 있다.

형식적으로도 이 두 시는 병립 형태를 취하고 있다. 각 연이 같은 수의 행으로 구성되어 있을 뿐만 아니라 각 연에서 같은 순차의 행끼리, 즉 첫 연의 첫 행과 둘째 연의 첫 행, 첫 연의 둘째 행과 둘째 연의 둘째 행, 첫 연의 셋째 행과 둘째 연의 셋째 행들끼리 서로 동일한 음절, 그룹의 수와 동일한 운을 가지고 있다. 각 연의 첫 행만 예를 들어도 명확하다.

아 가도다 가도다 쫓겨 가도다 (1연 1행)

아 사노라, 사노라, 취해 사노라 (2연 1행)

—「가장 비통한 기욕」

운을 보아도 아—아 가도다—사노라 등으로 동일하며 음향도 거의 맑은 음조이고 음절수도 동일하다. 다만 다른 것은 둘째 연의 첫 행에서는 휴식점이 찍혀 있는 것이다. 이것은 이유가 있다. 1연의 내용을 읽고 나면 독자들의 감정은 흥분되며 호흡도 긴박해진다. 때문에 휴식점으로써 그것을 표시하였다.

아 내 맘의 잠근 문을 두드리는 이여, 네가 누냐—이 어둔 밤에?

아 벙어리 입으로 문만 두드리는 이여, 너는 누냐—이 어둔 밤에?

—「방문 거절」

음과 어음들을 보라, 아—아, 두드리는—두드리는, 이여—이여, 누냐—누냐, 어둔 밤에—어둔 밤에처럼 동일하며 음절 그룹의 수도, 각 연의 행수도 같지 않은가.

병립식 구성에 속해 있는 「시인에게」, 「이 해를 보내는 노래」들도 거기에는 시의 초점을 강조하기 위해서 꼭 필요하게 제기되는 파격이 적용되어 있다 하더라도 시를 전반적으로 볼 때는 정제성을 보유하고 있다.

리상화의 시의 특징의 하나인 시의 정제성은 대우와 점진적 구성에서도 기본적으로 보장되어 있다. 특히 그의 정제성은 병립적 구성의 시들에서보다 뚜렷한 만큼 그것은 정형적이며 규칙적인 특징을 보인다. 이과 같은 외형의 정형성은 리듬의 조화에 크게 기여하였다.

이 시들에는 규칙적인 리듬이 조성되어 운율의 파동도 연에 따라 큰 굴곡을 잡으면서 균등하게 반복되고 있다.

구성에서는 그것이 더욱 뚜렷하다. 작자는 연 구성에서 중요하게 제기되는 행수의 설정에 있어서도 매우 세밀한 관심을 보였다. 감정 세계의 흐름으로 보아 리듬과 균등한 조화성이 요구될 때, 시인은 더 많이 우수행偶數行을 사용하였으며 거기에서도 두 행씩 짝을 이루게 하였거나 또는 동일한 음절 그룹의 수를 가진 행을 교차시키거나 하였다.

나의 신령 ―,

우울을 헤칠 그 날이 왔다 ―.

나의 목숨아 ―.

발악을 해 볼 그 때가 왔다.

― 「오늘의 노래」의 첫 연

한 개 연이 4행으로 되어 있으며 첫 행과 둘째 행, 셋째 행과 넷째 행이 각각 짝을 이루고 있는 바 첫 짝과 둘째 짝 사이에는 서정의 율동이 균등한 굴곡을 가지고 파동치고 있으며 호흡도 두 짝들 사이에서 균등한 박자를 가지고 반복되고 있다.

뿐만 아니라 이 시에는 동일 음절 그룹 수의 행을 교차시키고 있는 바 1행은 3행으로, 2행은 4행으로 교차되어 있다. 이렇게 함으로써 서정의 율동을 교차시켰으며, 이것이 또한 짝으로 이루어진 균등한 파동을 가진 율동과 어울려 한 연 전체의 율동을 다양하게 조화시켜 놓았다.

오래간만에 만나는 반가움도 없이

참외꽃 같은 얼굴에 선웃음이 집을 짓더라.

눈보라 몰아치는 겨울 맛도 없이

고사리 같은 주먹에 진땀물이 굽이치더라.

—「조선병」에서

한 개 연이 네 개 행으로 되어 있으며 1행과 2행, 3행과 4행은 각각 짝을 이루고 있다. 두 짝 사이에 흐르는 율동의 굴곡과 호흡 관계는 균등한 조화성을 갖고 있다. 역시 여기에서도 1행은 3행으로, 2행은 4행으로 율동이 교차되어 있다.

그러면 다음으로 리상화의 행 조직에 대하여 보자. 리듬의 기복과 호흡의 장단, 감정 흐름의 완만과 고저 등의 변화에 따라 시인은 그에 적절한 행 조직을 매우 세심하게 구성하고 있다. 시인은 시의 내용의 초점을 강조하거나 감정의 흐름을 높여야 할 부분에 가서는 많은 경우 음절이 짧고, 음절 그룹의 수가 적은 행 조직을 내보였다.

「방문 거절」을 예로 들 수 있는 바 이 시에서 강조해야 할 초점은 둘째 행들이다. 때문에 시인은 이 부분에 독자들의 관심을 돌리기 위하여 이 행들을 '〈영예〉', '〈생명!〉', '〈애련!〉' 등과 같이 단음절로 된 한 음절 그룹으로 매우 짧게 조직하였다. 이렇게 하여 초점에 시상을 집중시키게 하였다.

이 밖에도 내용의 중심이 되는 「시인에게」에서의 "시인아 너의 존재가", "시인아 너의 목숨은", "시인아 너의 영예는", 「비음」에서의 "낮에도 밤―밤에도 밤", 그리고 「오늘의 노래」에서의 첫 연과 마지막 연들의 행 등을 다른 행들보다 매우 짧게 조정함으로써 위에서 지적한 기능을 수행하게 하였다. 이 밖에도 많은 예를 들 수 있다.

다음으로는 리상화의 시의 음향조성에 대하여 보자. 시의 음향조성에서 그는 매우 다양한 방법을 취하였다. 특히 그는 운 조성에서 교차의 방법을 더 많이 사용하였다. 위에서 예로 든「오늘의 노래」의 첫 연을 보라.

이는 운 교차의 전형적인 실례이다. 첫 행에서 셋째 행으로는 '나의'의 '의'가 교차되었으며 둘째 행에서 넷째 행으로는 첫째 음절 그룹의 '을', 둘째 음절 그룹의 'ㄹ', 마지막 음절 그룹의 '다'끝 운 등이 교차되었다.

이번에는 끝 운의 교차를 보자. 리상화는 끝 운 교차를 연 단위로 교차시키기도 하였으며 한 연 속에서 행별로 교차시키기도 하였다.

　　　기러기 제비가 서로 엇갈림이 보기에 이리도 설은가,
　　　귀뚜리 떨어진 나뭇잎을 부여잡고 긴 밤을 새네.
　　　가을은 애달픈 목숨이 나뉘어질까 울 시절인가 보다.

　　　가 없는 생각 짬 모를 꿈이 그만 하나 둘 잦아지려는가.
　　　홀아비 같이 헤매는 바람떼가 한배 가득 굽이치네.
　　　가을은 구슬픈 마음이 앓다 못해 날뛸 시절인가보다.

　　　　　　　　　　　　　　　　　　　　　　　　　　 ―「병적 계절」

보는 바와 같이 첫 연의 끝 운 '가', '네', '다'는 다음 연의 '가', '네', '다'로 교차되었다. 이것은 연 단위의 교차이다.

그러면 행 단위의 교차를 보자. 위에서 인용한「조선병」을 보라. 둘째와 넷째 행은 끝 운이 교차되어 있다는 것을 볼 수 있을 것이다.

여기서 우리는 얼마간 생각해 보고 넘어갈 필요가 있다. 위에서 인용한 두 시의 끝 운 교차는 적절하게 적용되었는가? 생각 같아서는 끝 운 적용에서 다음과 같은 것을 고려해 볼 필요가 있지 않은가 한다.

「병적 계절」은 연 단위로 교차하기 때문에 교차 운 사이가 지나치게 벌어져 있다. 이렇게 된 결과 교차의 템포가 매우 완만해져서 첫 연의 교차 운의 여음이 다음 연의 교차 운에까지 이어가지 못하게 되었다. 이러한 결과 음의 교차로써, 음향적으로 서정을 강조하려던 시인의 시도는 허사가 되다시피 하였다. 더욱이 이 시는 행마저 길기 때문에 더욱 역효과를 나타냈다.

그러나 「조선병」의 경우는 사정이 다르다. 이 시의 교차 운 간의 폭은 행 단위로 되어 있기 때문에 교차 운 사이의 폭은 매우 좁다. 때문에 빠른 템포로 연이 이어졌으며 운들의 여음도 스러짐이 없이 연이어 교차적으로 반복, 강화되었다. 이렇게 하여 음향의 흐름을 교차적인 박력으로 파동치게 하였다.

이상과 같이 볼 때 끝 운은 적용함에 있어서, 연 단위 교차에서 성공하기 위해서는 비상한 노력이 필요하며 행들이 길어서는 역효과를 가져온다는 것을 말하고 싶다.

또한 리상화는 운을 대우적인 위치에서 사용하기도 했다. 이것은 「빼앗긴 들에도 봄은 오는가」에서 볼 수 있는 바. 구성상 대우적 위치에 있는 2연과 10연의 관계만을 보더라도 그러하다.

나는 온몸에 햇빛을 받고
푸른 하늘 푸른 들이 맞붙은 곳으로

(2연에서)

나는 온몸에 풋내를 띠고
푸른 웃음 푸른 설음이 어우러진 사이로

이 음들도 상당한 폭을 두고 대우적으로 반복되지만 강하게 울리는 반복 음절과 동반됨으로써 그의 도움을 받아 여음들이 비교적 연계를 맺게 되었고 서정을 음향적으로 채색하는 데 일정하게 기여하였으며 서정의 대우적 기복을 강화하였다.

이 밖에도 운을 인접 행에서 병렬적으로 반복시키는 방법도 적지 않게 사용하고 감정의 흐름을 강화하는 데 도움을 주고 있다.

그러면 마지막으로 그가 즐겨 사용한 반복, 유사한 행의 중복의 수법을 보기로 하자. 시인은 「비 개인 아침」에서 강한 낭만적 기분을 돋구기 위하여 시의 가장 중심 부분인 둘째 연에 가서 유사한 행의 중복을 적용하였다.

> 눈부시는 이 땅.
> 아름다운 이 땅.

보는 바와 같이 유사한 두 행을 중복시킴으로써 아름답고 눈부신 조선 땅에 대한 황홀한 감정을 강조하게 되었으며 특히 '이 땅'의 반복은 그 감정을 더욱 강화하는 데 도움을 주었다.

그는 반복과 중복의 방법을 적용함에 있어서 두 가지 목적을 추구하였다. 그 하나는 시의 초점 부분을 중복, 반복시켜 그 초점에 시상을 집중시켜 주는 방법이다.

위에서 인용한 「오늘의 노래」의 첫 연과 마지막 연은 여기에도 해당된다. 시인은 이 시의 내용의 중심 부분인 이 두 연을 반복시킴으로써 시상을 일관시켜 주는데 도움을 주었다.

「거러지」의 주제적 과업은 자본주의 사회의 무가치한 산물인 거러지를 통하여 계급 사회를 폭로하는 데 있다. 때문에 이를 강조하기 위해서 '거러지', '나 오너라'를 시인은 반복하여 소기의 목적을 달성하였다.

「초혼」에서도 이 시의 내용의 중심인 첫 연 "서럽다 건망증이 든 도회야!"와 마지막 연 "서울아 반역이 낳은 도희야!"를 첫 행과 마지막 행에서 중복, '도희야!'를 반복하였다. 이렇게 함으로써 이 시의 중심내용인 건망증 많고 반역이 낳은 도시라는 것을 거듭 강조할 수 있었다.

이 밖에도 「선구자의 노래」의 4연에 있는 "나는 몰랐노라 안일한 세상이 자족에 있음을, 나는 몰랐노라 행복한 목숨이 굴종에 있음을", 「폭풍우를 기다리는 마음」에서의 "숙명이 주는 자족이 아직도 있다, 자족이 시킨 굴종이 아직도 있다" 등도 시인이 역점을 주려는 부분들인 바 그 부분들을 중복, 반복함으로써 이 감정 흐름의 굴곡을 그곳에서 높일 수 있게 하였다.

이러한 중복, 반복은 리듬의 강화에도 중요한 역할을 증대시키고 있다.

중복과 반복의 다른 하나의 목적은 어떤 부분을 중복, 반복시킴으로써 그 반복, 중복되는 부분 자체를 강조하는 동시에 다음에 오는 부분들의 내용에 독자들이 주의를 집중시키도록 미리 경고해두려는 데 있다.

「가장 비통한 기욕」에서의 "아 가도다 가도다 쫓겨 가도다", "아 사노라, 사노라, 취해 사노라"에서 '가도다', '사노라'의 반복은 물론 자체의 내용도 강화하지만 보다 중요하게는 독자들로 하여금 시의 중심인 다음 행들의 내용에 관심을 집중시키도록 미리 자극한 데 있다. 이렇게 하여 시의 중심부인 다음 행들을 강화하여 내용을 부각할 수 있게 하였다.

「방문 거절」에서는 "네가 누냐— 이 어둔 밤에?"를 각 연에서 반복시킴으로써 미리 독자들에게 강한 의문을 던져 주었다. 이렇게 함으로써 독자들로 하여금 다음에 오는 시의 중심인 '〈영예!〉', '〈생명!〉', '〈애련!〉' 등에 관심을 집중시켜 시의 초점 부분을 강조하였다.

이상에서 연, 행, 음절, 운별로 몇 가지 기교적 측면들을 보아 왔다. 이 기교적 측면들에서도 알 수 있는 바와 같이 리상화의 또 하나의 특징으로 지적할 수 있는 것은 행 수, 음절 수, 운 조직 등에서 정제성을 띠고 있는 그것이다. 이 정제성은 특히 병립적 구성과 대우적 구성의 시들에서 더욱 뚜렷이 나타나고 있다.

이상에서 리상화의 작품의 사상적 내용과 그를 강화하기 위한 기교적 측면에 대하여 매우 피상적으로 몇 가지 이야기를 해 보았다. 이것은 리상화의 시 작품의 고상한 사상성과 세련된 예술적 기교의 극히 일부를 언급하여 보았을 뿐이며 그의 진가는 이보다 훨씬 높이 솟아 있다.

시인 리상화가 그렇게도 지향하던 '새 살이', '새 세상'은 오늘 우리 노동당 시대에 와서 사회주의 혁명의 일대 고조를 일으키고 있다.[3행 생략]

바야흐로 웅대한 7개년 계획의 전망 과업을 바라보고 그의 수행을 위한 투쟁에서 천리마의 대진군에 더욱 박차를 가하고 있는 오늘 우리에게 그의 혁명적 문학은 귀중한 유산이 되고 있다.

그의 높은 사상적 대응과 세련된 기교는 우리 시 문학 창작실천에 많은 도움을 주고 있다.

『조선문학』, 조선작가동맹출판사, 1961년 4월

포석 조명희의 소설 연구

김재하(북한 평론가)

포석 조명희는 1925년 전후 조선 사회 형편을 진실하게 반영하였으며 조선 프롤레타리아문학의 길을 개척한 공로 있는 작가의 한 사람이다.

포석은 자기 창작의 초기에 시를 썼으며 1924년에 처음으로 시집 『봄잔디밭 우에서』를 내놓았다. 그의 초기 시 작품에서는 아직 그의 세계관이 뚜렷하지 못하였다. 처음으로 조명희의 사상적이며 명확한 특색을 표현한 것은 그의 소설이다.

1920년대 조선 민족 해방 운동의 급속한 성장은 그로 하여금 점차 현실에 눈을 돌리게 하였다.

1920년대는 조선 문학사상에서 중요한 단계였다. 이 시기에는 러시아에서의 위대한 사회주의 10월 혁명의 영향과 맑스-레닌주의 선진적 혁명사상이 침투하였다. 민족 해방 운동의 급속한 앙양, 노동 운동과 농민 운동의 결합 양상이 특징적으로 드러났다. 이같은 제 특징들은 이 시기의 선진적인 조선 문학의 발양의 토대가 되었다.

1920년대 초에 부르죠아 문학을 반대하여 새로운 경향의 문학이 힘있게 일어났다. 이 새로운 경향은 예술 문학의 비계급성을 운운하며 상아탑 속에서 진부와 공상, 연애와 비탄, 허무와 환멸을 지껄이는 부르죠아 문학을 타승하는 투쟁 행정에서 부르죠아 문학이 처한 위기에 타격을 주면서 자기의 길을 개척하였다. 이 새로운 경향은 당시 조선 민족 해방 운동의 새로운 특징을 뒷받침하였다. 이 새로운 경향을 신경향파라고 하는 바 이에는 최서해, 한설야, 이기영, 송영, 이상화 등과 함께 조명희도 가담하였다. 이들은 자기 작품을 통하여 일제의 침략을 반대하며 자본주의 제도에 대한 전면적 부정을 반영하였으며 일치하게 사회적 평등과 사회적 해방을 부르짖음으로 인민 대중들로 하여금 그 사회를 반항하여 나서게 하였다. 즉 이들은 전체 조선 근로 인민들의 이해 관계의 옹호자였으며 조선 민족 해방 운동의 새로운 단계에서의 새로운 인간들을 형상화하였다.

포석 조명희의 창작 활동의 시대적 배경과 의의는 이러한 데 기초하여 이해하여야 한다.

조명희는 당시 조선 현실에 대한 정당한 탐구의 길에 들어섰으며 특히 조선 무산 계급의 처지에 대하여 깊이 통찰하였다. 이리하여 그는 추상적인 세계에서 점차 벗어나 현실에 대한 심각한 해부와 폭로 비판의 길을 걷기 시작하였다. 예를 들면 단편『땅속으로』, 『저기압』, 『새 거지』, 『한 여름밤』, 『농촌 사람들』에서는 주로 현실에 대한 신랄한 폭로와 항의와 공격에 집중하였다.

조명희가 이러한 길을 걷기 시작함에 있어서 다른 중요한 원인은 조선의 수많은 고전을 탐독하는 과정에서 조선의 사실주의 문학의 전통을 이해하였다는 점이며, 다른 하나는 외국 작가들의 작품, 그중에서도 고리키적 사실주의에서 받은 영향이다. 그가 자기의 『생활 기록의 단편』에서 솔직히 말하고 있는 바와 같이 조선의 고전 소설들과 외국 작가들의 작품들을 탐독하는 과정에서 고리 키적 사실주의 길로 나가는 것이 정당한 길인 것으로 판단하였다. 그는 "사실 주의다. 현실에 부닥치자, 뚫고 나가자!"고 외쳤다. 그가 이러한 길에 들어섬은 "이때껏 사상이 생활을 낳는 줄로만 알았"던 그 때가 아니라, 생활의 사실이 사 상을 낳는다는 것을 확신한 뒤였다. 이것은 그가 추상적인 세계에서 현실적인 세계로 넘어오는 과정을 이야기해 주는 것이다.

생활과 의식에 대한 정당한 이해는 그로 하여금 현실을 깊이 파고 들어가 생 활의 진리를 찾아내게 하였다. 이러한 기초 위에서만이 튼튼한 견해가 형성될 수 있었으며 그의 소설의 주인공의 형상도 뚜렷하여졌다.

조명희는 "현실을 해부하고 비판하여 체험과 지식 위에 사상의 기초를 쌓자" 고 스스로 다짐하였다. 그는 이렇게 하여 걷는 길만이 새로운 시대가 요구하는 정당한 길이라고 인정하였다. 말하자면 그는 가공적 이상이 아니라, 현실을 해 부하고 비판한 토대 위에서, 즉 현실에 양 다리를 튼튼히 붙이고 현실 생활에 충실한 길을 걸으려고 하였으며 자기 작품 속에 생활의 진리와 인민들의 감정 을 반영하였다. 『R군에게』는 이를 말하여 준다.

조명희의 소설은 당시 인민들의 목소리를 대변하였으며 생활의 진리에 더욱 깊이 침투하여 있었다. 그의 소설은 현실의 본질적 측면을 반영하였다. 그의 소설 작품이 보여 주는 선진적 견해는 그가 생활의 진리를 이해하고 있었으며 인민의 편에 서 있었다는 명백한 증거가 된다.

조명희는 현실에 대한 폭로 비판으로부터 시작하여 조선 무산 계급의 진출 을 명백하게 형상화하였다. 그의 소설에 형상화된 인물들은 모두가 실지 현실 생활에서 자기의 사상 견해를 확립한 생동한 인물이며 현실적으로 생활하는 인민대중이다. 현실 생활에서 있을 수 없는 인물은 하나도 없다. 생활을 발전에서 이해한 만큼 그의 세계관도 발전하고 있으며 따라서 그의 소설의 주인공도 명백하게 발전하여 가고 있다. 이리하여 『낙동강』, 『춘선이』에서 보는 바와 같이 그의 마지막 시기의 작품에 와서는 현실에 대한 정당한 묘사와 함께 사회주의적 미래에 대한 명백한 세계를 보여 주었다.

조명희의 첫 소설 작품은 1925년에 쓴 단편 『땅 속으로』이다. 이 작품에서 벌써 새로운 경향을 가지고 진출하려는 그의 세계관이 명백하게 드러나고 있다. 그는 일제의 야수적 침략에 의하여 유린된 조선 현실을 포착하였으며 이를 반영하였다. 일제의 침략과 새로운 제도가 낳은 서울을 "20만 인구에 걸식자가 19만!"이라고 표현하였다. 이는 일제의 침략과 착취와 압박이 지배하는 당시 조선에 대한 명백한 일반화다. 작자는 벌써 현대 계급 사회의 특징을 감촉하였으며 이해하였다. 그는 이러한 조선 사회의 진상을 인식하였을 뿐만 아니라 자체의 체험에 기초하여 "온 세계 무산군의 고통을 알 수 있다"고 까지 말하게 되었다.

조명희는 조선 무산 계급의 처지에 대한 이해로부터 출발하여 온 세계 무산 계급의 공통적 처지를 규정하고 있다.

조명희는 주인공 '나'를 통하여 현실을 깊이 파고들어 갈 것을, 일반적으로는 "온 세계 무산 대중의 고통속으로!", 구체적으로는 조선 인민들의 고통 속으로, "지하 몇 천층 암굴 속으로!"를 소리높이 외쳤다. 주인공의 이같은 외침은 식민지하에서의 무산 계급 투쟁의 일반적 특징의 하나를 의미한다.

작자는 이러한 문제의 제기로서만 끝나지 않았다. 그는 이 모습의 해결을 위한 '번민'을 말하고 있다. 이 모순의 해결을 위한 '번민', 이것은 "위대한 번민이다, 최고의 번민이다"고 말하면서 자신이 이에 적극 참여하는 것을 영광으로 생각하였다. 조명희는 주인공의 형상을 통하여 이러한 사상적 경지에 이르기까지는 결코 쉬운 일이 아니었다는 것을 보여 주고 있다. 때로는 이러저러한 부정적 경향에도 기울기 쉬웠으나, 오직 그가 현실 생활에 깊이 발을 붙임에 따라서 정당한 길을 걸어갈 수 있다는 것을 보여 주었다.

현실에 대한 정당한 이해에 기초하여 그의 세계관도 뚜렷해졌으며 따라서 작품 활동에 있어서도 일보 전진을 보게 되었다. 포석은 점차 자기의 주제를 구체화시켰으며 심화시켰다.

단편 『저기압』1926에서는 "여름 날 쇠불알 모양으로 축 늘어져 매달린" 값없는 생활을 하는 소부르죠아 인텔리들의 사상을 통절히 비판하고 나섰다. 그는 주인공의 입을 통하여 그들의 생활을 비판하면서 "이게 다 무슨 생활이란 것이야? (···중략···) 네가 참으로 생활다운 생활을 하려면 생활을 저렇게 값없이 만드는 현실 — 그 속을 정면으로 파고 뚫고 들어가서 냅다 한번 부딪쳐 보든지 어쩌던지 밤낮 그 늘어진 개꼬리 모양으로 질질 끌고 가는 생활의 꼴이란 참 볼 수 없다"고 질책하였다. 마치 진열장에 얹어 놓은 물건과도 같이 멍청하게 세월을 보낼 것이 아니라 생활에 부딪쳐 보라는 작가의 호소이다. 그러나 이러한 호소로써 작품의 끝을 맺지 않았다.

공포와 굶주림, 학대와 멸시, 압박과 착취가 지배하는 이 사회에서는 진정한 생활이 없는 바, 그것은 이 사회의 모순과 부패일 뿐만 아니라 "생활의 기초적 조건이 되는 경제가 사회적으로 또는 개인적으로 파멸되었다"는 것을 말하고 있다. 자본주의적 생활은 이미 자기의 생활력을 잃고 있다는 것이다.

이 작품의 마지막에 이르러 작자는 이 사회를 휩싸고 도는 저기압은 방금 소낙비라도 부를 것이니 갑갑한 이 세상에 "이 거리에, 이 사람들 위에 어서 비가 내리지 않나! 어서······"하면서 끝을 맺었다. 결국 작자는 이 저기압에 권태와 공포와 값없는 생활은 찌그러지고 그 위에 새로운 싹이 새로운 햇빛을 맞아 싱싱하게 자랄 광명한 세계를 동경하여 마지않았다.

단편『마음을 갈아 먹는 사람』에서는 계급 사회에서의 타락된 도덕이 선량한 인간들을 추잡한 구렁으로 몰아넣고 있음을 보여 주면서 이 사회를 부정하는 작자의 견해를 명백히 밝혔다.

조명희의 사상적 발전은 그의 작품의 사상성을 더욱 심화시켰고 확대시켰으며 현실에서 가장 심각한 문제를 들고 나오게 하였다.

『새 거지』1926.12.5에서는 새로운 거지를 수많이 탄생시키는 일제의 약탈, 지배 계급들의 악착하고도 비인간적인 착취를 신랄하게 드러냈다. 이러한 사회를 평가하여 "세상 인심이 참 살얼음판이야, 눈 없으면 코 베어먹을 세상이지"라고 하였다.

작가의 중요한 관심의 하나는 새로운 세대에 대한 피끓는 동정이었다. 이 사회가 빚어낸 어린 거지들을 보고 "저것들을 잘 키워 살릴 수만 있다면 내 몸뚱이가 갈려 없어지더라도……" 하면서 하염없는 동정과 자기의 절실한 심정을 토로하였다. 이 사회에서 버림을 받은 "어린 것이 주림에 시달리고 학령은 되었어도 학교도 못 다니고……" 가두에 방황할 때 작자는 이들을 볼 수 없었다. 이들이 이 험악한 사회에서 찌들어 꽃피지 못하고 있을 때 작자는 그에게 동정의 마음을 뻗치지 않을 수 없다. 작자는 자기의 근육이 아픈 것처럼 그들의 처지를 아프게 생각하였다.

새로운 거지는 이들 뿐이 아니었다. 이 작품의 중심에는 조선 농촌에 대한 일제 침략자와 착취자들의 가혹한 약탈로 인한 농민들의 생활 형편이 자리잡고 있다. 조선의 농촌은 피폐할 대로 피폐하여졌고 농촌에서는 급속한 계급 분화가 일어났다. 농민들의 재산은 이미 착취자들의 것이 되었다.『농촌 사람들』1926.5은 1920년대 조선 농촌에 대한 전형적인 화폭으로 단편『새 거지』에서의 사상을 한층 심화시키고 있으며 구체적으로 묘사하고 있다.

일제는 조선에서 원시적인 방법으로 약탈을 감행하였다. 농촌에 대한 약탈은 그의 전형적 형태 중의 하나다. 작자는 확실히 그리고 정확히 이 점을 포착하였다.

노동을 사랑하는 이 나라 농민들은 말라 시들어 가는 여름철 넓은 들을 바라볼 때, "죽어 가는 자식의 꼴을 들여다보고 있는 어버이의 마음씨와 같이 말라 죽어 가는 벼이삭의 운명을 들여다보고 있을 때 울고도 싶고 미칠 듯도 싶"었다. 이러한 묘사는 한재에 대한 농민들의 애타는 마음을 한층 벗어나 일제에 대한 조선 인민들의 분노의 감정을 격화시켰음을 말한다.

가혹한 약탈로 인하여 이제 농민들에게는 그들의 생활에서 떼어낼 수 없는 쪽바가지만 남았다. 바로 이들이 이 사회가 빚어낸 새로운 거지다. 그들은 자기의 생명을 구하기 위하여 도시로, 공장으로, 서북 간도로 떼를 지어 몰려가기도 하였다. 그러나 이들이 가는 노동판은 지옥 같은 곳이어서 한번 가면 오기도 힘든 곳이요 죽음과 기아가 위협하는 험악한 암흑세계였다. 그들이 간 간도에서도 관헌의 등살에, 지주들의 압제 때문에 살 수 없었다. 하는 수 없어 정든 고향의 땅이나마 밟아 보고 죽자는 심사에서 나오는 사람도 있었다. 가까스로 고향땅에 발을 붙이고 고용, 소작으로 겨우 지탱하여 가는 농민들도 있었건만 일제 관헌의 위협으로 그들 역시 허리도 펴기 어려운 새우등 신세였다. 작자는 이러한 과정의 묘사를 통하여 일제와 함께 그들의 주구인 말하자면 "어깨 바람이 나도록 세도를 부리는 헌병 보조원인 김창봉의 아들", 군청이나 척식 회사의 등살을 믿고 인민들 앞에 나서는 자들을 조선 인민의 원수로, 구체적으로는 조선 농민의 원수로 대치시켰다.

농민들은 이리 뜯기고 저리 눌리게 되었다. 세상은 그들을 기아와 함정 속에 몰아넣고만 있었다. "그러면 네미… 우리 조선 사람은 살 곳도 없고 갈 곳도 없구나" "사람이 조금만 더 배가 고파봐, 악이 나서 무슨 짓을 못 하나". 그래도 세상은 그들을 죽을 고비로만 몰았으니 "막다른 골목에서는 돌아선 죽을 범보다 무섭다고······"라고 하여 작자는 조선 무산 계급의 해방 투쟁은 불가피하게 필연성이 있다는 것과 이 투쟁 앞에 적은 겁을 먹지 않을 수 없다는 진리를 묘사하였다.

이 작품에 나오는 농민들은 한결같이 이 사회에 반항하며 침략자와 착취자들을 한없이 증오하고 있다. 이 의식은 앞으로 목적 의식적 반항으로 넘어가는 길이며 피착취자들의 단결체로서의 동맹 결성으로 나가는 과정으로 보았다. 때문에 작자는 "사람이 어떤 공황에 눌릴 때에는 서로 모이고 싶은 마음이 다른 때보다 더 나는 법이다"라고 말하였다. 작자는 대중을 단절시키는 예술적 형상을 창조하였으며 이러한 제도에 대한 힘 있는 투쟁의 필요를 보여 주었다.

작자는 독자들의 심금을 울리는 슈제트의 긴장성을 보여 주면서 진실감이 풍부한 문체로써 인민들의 생활 감정을 현실적으로 간결하게 묘사하였다. 그는 이러한 묘사로써 압박과 착취에 대한 준엄한 심판자로 나서고 있다. 그는 생활의 현실을 면밀히 관찰하고 그에 대한 정당한 평가를 내렸다. 때문에 그의 작품에는 당시의 현실 생활을 폭로한 준엄하고도 진실한 목소리가 울리고 있는 것이다. 이렇듯 작자는 조선의 농촌 풍경, 농민들의 생활 모습, 그들의 사상 감정, 그들의 움직임을 사실주의적으로 그려냈다. 이 작품에서 말하려는 작자의 사상은 극히 설득력이 있으며 반박할 수 없는 진실성을 가지고 있다.

조명희의 작품에서의 주인공의 성격은 점점 뚜렷하여져 갔다. 단편 『R군에게』1926.2의 주인공 '나'는 자기 생활에서의 커다란 변천 과정을 말하고 있다. 한 때는 허무적인 경향으로 전락하기 쉬웠고 때로는 테러리스트로 기울기 쉬웠으나 "여기가 몹시 위험한 곳"이라는 것을 깨달았으며 자신을 붙들어 나가는 과정에서 단련되었고 생활의 진리 찾기에까지 이른다. 주인공 '나'는 복잡한 환경에서 정당한 길을 선택할 줄 아는 인물이다. 진리란 지식뿐 아니라 생활 경험과 실천을 통하여 검열되었을 때 명백하게 이해할 수 있으며 자기 행동의 지침으로 삼을 수 있다. 주인공 '나'는 그가 생활의 진리를 찾기까지 이른 길을 정당하게 이해하고 있다. 결코 진리를 말하려거든, 신념에 대하여 말하려거든 말뿐 아니라 실천을 통하여 "죽음의 구덩이를 피투성이하고 뚫고 나와서야만 말할 것이지", "결코 양지 쪽에 자빠져 콧노래를 부르는 격으로 책상머리에서 얻은 공상이나 지식대로 생에 대한 진리와 신념을 찾을 것은 아닐 줄로 아네" 하며 자신이 생활의 진리를 찾기까지는 어떻게 이르렀는가를 보여 주고 있다.

생활과 진리와의 관계의 이해에서 실천을 들고 나온 그의 견해는 정당하였다. 진리를 깨달았을 때의 기쁨은 한없었다. 그것은 미래에 대한 전망을 확고하게 하기 때문이다. 그리하여 그는 "사람이 새로운 생활의 진리의 길을 나가는 것처럼 감격과 정열에 넘칠 때는 또다시 없을 것일세"라고 자기 동무에게 말하고 있다. 주인공 '나'는 현실에 발을 붙이고 씩씩하게 생활의 진리를 향해 침투하고 있다. 주인공은 다음과 같이 말하고 있다.

그것은 진실, 자기를 속이지 않고 진실하게 살아 나가는 것 외에는 더 위대한 것이 없을 줄 알고 또는 그것을 어데까지든지 실행해 나갈 자신이 있는 까닭일세. 내가 만일에 5년 동안이란 것을 마치고 세상밖에를 나갈 것 같으면 전보다 더 굳센 힘으로 나갈 듯 싶네. 짧은 시일에 내가 이만큼 자라난 것을 자네도 기뻐할 줄 아네.

주인공 '나'는 확실히 곤란한 현실에서 단련된 전형적 인물이며 생활의 합법칙성을 이해하여 나가는 인물이다. 그는 선진 투사의 대열에 들어서고 있다. 하여 그는 단편 『동지』1927.2에서 자기와 같은 길을 걷고 있는 동지를 만났을 때의 기쁨을 "사람이 환란의 바다 밑을 헤쳐나갈 때에 동지를 만난 기쁨"은 무엇에다도 비교할 수 없이 값싸다는 우러나오는 감정을 고백하였다.

조명희의 소설은 호소성이 강하다. 이 호소성은 그의 소설의 디테일의 구체성과 사실성에서 오는 것이며 생활에 대한 진실한 묘사에 기인하는 것이다. 또한 주인공들의 선명한 언어와 작가의 예술적 수완은 작품의 호소성을 한층 돕고 있다.

조명희의 소설에는 노동자의 생활을 묘사한 것이 아주 적다. 그러나 그는 계급 사회의 현상을 깊이 반영하면서 고조되어 가는 조선 근로 대중의 혁명 의식과 근로 대중의 혁명 운동을 반영하였다. 그는 "새 현실관에서 솟아오르는 '힘'의 예술! 이것이 새로 요구하는 무산 계급의 예술이다"고 하면서 "역사는 움직인다. 대중은 움직인다. '힘'은 움직인다. 확실히 움직인다"잡지 『조선지광』 제63호라고 썼다. 그는 확실히 역사를 그 발전 속에서 이해하였으며 고조되어 가는 조선 근로 대중의 혁명 의식을 이해하였으며 이를 자기 작품 속에 반영하였다.

조명희의 소설에서의 특성은 조선 민족 해방 운동의 성장과 작자 자신의 뚜렷한 세계관의 확립에 따라 더욱 명백하게 드러났으며 마침내 1927년 5월에 그의 대표작 『낙동강』을 내놓게 되었다.

이 작품이 쓰인 시기는 카프 문학에서 목적 의식적 문학으로 방향 전향을 논의하던 시기다. 이 시기에 이 작품은 조선 프롤레타리아문학 발전에 광범한 반향을 일으킨 작품이다. 작자는 이 작품에서 식민지적 반봉건적 사회를 반대하는 인민들의 투쟁을 처음으로 대중적 조직적 투쟁에 결부시켰다.

『낙동강』의 첫 부분에는 "종래의 모든 사회의 역사는 계급 투쟁의 역사다"라는 맑스-엥겔스의 명제에 공명한 작가의 입장이 선명하게 드러나 있다.

작가가 묘사한 바 낙동강 7백 리와 이 "강을 따라 바둑판 같은 들이 바다를 향하여 아득하게 열려 있고 그 넓은 들 품 안"에 안긴 무덤무덤의 마을의 역사가 그를 말하여 준다.

이 땅에 발을 붙이고 있는 오늘의 어부와 농민의 "조상이 처음으로 이 강의 고기를 낚고 이 벌에 곡식과 열매를 딸 때부터 세이지도 못할 긴 세월을 오래 오래 두고 그네는 참으로 자유로웠었다. 서로서로 노래 부르며 서로서로 일하였을 것이다. (…중략…) 그러나 역사는 한 바퀴 굴렀었다. 놀고먹는 계급이 생기고, 일하여 먹여 주는 계급이 생겼다". 이로부터 계급 투쟁의 역사가 시작되었다는 명백한 사상을 보여 주었다.

맑스와 엥겔스는 『공산당 선언』에서 계급 투쟁에 대하여 서술하면서 "압박하는 자와 압박받는 자는 서로 항구적인 적대 상태에 처하여 있어서 빈번히 전 사회를 혁명적으로 고쳐 건설하든가 (…중략…) 혹은 은연한, 혹은 공공연한 끊임 없는 투쟁을 계속하여 왔다"고 지적하였다.

작자는 이러한 견지에서 낙동강의 역사를 묘사하고 있다. 낙동강 양안에 널려 있는 벌판에 임자가 생겨났고 주림을 모르던 인민들이 굶주리게 되었다. 이리하여 "불편의 평화 속에서" 나날을 보내던 인민들은 갑오 농민 전쟁에 일어났고 지배 계급을 반대하는 투쟁이 꼬리를 물고 일어났다. 낙동강 양안에 자리 잡은 이 마을의 역사는 계급 투쟁의 역사를 말하여 주고 있다.

작자는 현대 계급 투쟁의 특징을 밝혔으며 맑스-레닌주의의 보급과 그의 힘을 밝혔다. 암나비의 궁둥이에서 쏟아지는 수많은 알과도 같이 번식되어 가는 그의 생활력과 급속한 전파를 세련된 예술적 화폭 속에 보여 주었다. 이리하여 노동운동, 농민운동 청년운동, 여성운동, 형평사운동이 일어났다.

『낙동강』은 이 같은 사정을 명백히 반영하고 있다. 즉 조선 인민의 투쟁은 이미 정치적 성격을 띠였는 바 그것은 반제 반봉건 투쟁이라는 것을 말하고 있다. 따라서 주인공은 이러한 투쟁에 나선 낭만으로 가득 찬 인물로서 형상화되었다.

주인공 박성운은 이 땅의 근로하는 무산 계급들의 이익을 위하여 자신이 소작 쟁의에 가담하여 싸웠다. 그 때문에 감옥 생활을 하였다. 그는 감옥 생활에서 얼은 병으로 보석 출옥 당한 미결수로서 자기 고향에 돌아왔다.

그는 소작농의 아들이었다. 그가 자라던 환경은 그로 하여금 소위 출세욕을 헌신짝 같이 버리게 하고 현실의 투쟁 마당으로 뛰어들게 하였으며 열렬한 투사로 만들었다.

그가 처음에 일을 하러 서울에 올라왔을 때 일은 용이하지 않았다. 그것은 우리의 혁명 운동에 커다란 해독을 미칠 종파 분자들의 활동이었다. 이 종파 분자들은 파벌을 일삼으며 인민 대중들의 현실적 투쟁으로부터 유리된 인간들이었다. 그 광범한 인민 대중들의 힘에 의거하지 않았을 뿐 아니라 민족 해방 운동에 해독을 미쳤다.

작자는 이러한 사정을 설득력 있게 보여 주었다. 주인공 박성운은 실지 일에는 힘을 쓰지 않고 눈이 빨게서 파벌로만 일삼는 이들의 해독성을 비난하였으며 이를 극복하기에 노력한 인물이다. 박성운은 대중들이 움직이는 현실로 들어갔다. 이러한 주인공의 형상 창조는 당시 조선 사회에서 지극히 정당하였다.

박성운은 행복한 미래를 위한 투쟁을 펼치려고 한때는 외국 땅에서도 싸웠다. 그럴수록 그는 만 목숨의 젖이 된 낙동강을 잊을 수 없었으며 이 땅의 어부의 손자요 농부의 아들임을 잊어 본 적이 없고 따라서 자기의 조국 조선도 잊지 않았다. 조명희에 의하여 형상화된 인물들은 모두 다 이같이 자기의 고향과 조국에 대한 애착심에서부터 출발하고 있다. 『농촌 사람들』에서도 작자는 서북 간도로 몰려 가는 농민들의 묘사에서 정든 고향에 대한 잊을 수 없는 농민들의 심정을 그렸다.

"이 고개 마루턱을 다 넘을 때까지 그들은 서로 번갈아 가며 두 걸음에 한 번씩 아득히 보이는 자기가 살던 마을을 우두커니 서서 바라다보고는 걷고 있다."

고향땅에 대한 인민들의 애착심은 자기 조국에 대한 조선 인민들의 애국심의 구체적 표현이 된다. 단편 『춘선이』1927.12의 주인공의 형상도 역시 그러하다. 애국주의 조명희의 창작의 주요한 기초가 되어 있다. 『낙동강』의 주인공 박성운은 애국자며 선진 투사다.

박성운은 당시 조선 사회의 요구대로 현실로, 대중 속으로 뛰어들었다. 그의 다른 단편『R군에게』, 『농촌 사람들』, 『춘선이』의 주인공도 그러하거니와 박성운도 역시 가공적으로 공상의 세계를 헤매는 인물이 아니다. 그는 현실에서, 대중 속에서 호흡하고 있으며 그 속에서 자신의 굳은 의지를 배양한 인물이다. 그는 작품 속에 생동하게 살아 있으며 당 시대의 전형적 인물로서 형상화되어 있다. 그가 처음으로 자기가 살던 옛 마을을 찾았을 때 농촌은 황폐화되어 있었다. 농민들은 분화를 일으켰으며 중농은 소작농으로, 소작농은 거의 다 풍지박산이 되어 나갔다. 착취자와 침략자들은 약탈할 대로 약탈하였다. 새로 들어선 커다란 동척 창고마저 쓰러져 가는 초가집들을 멸시하듯이 위압하고 있다.

이러한 광경을 바라볼 때 박성운은 한편 어린 시절이 그리웠고 지난날을 추억하였다. 그러나 흐느끼고 한숨 쉴 때도 못 되었다. 이러한 생각을 벗어나야 한다고, 이러한 감정을 억누르고 굳은 의지의 마음을 가져야 한다고 자신을 채찍질하였다. 그에게 있어서는 이것이 생활을 정당하게 파고 이해하여 나가는 길이라고 인정하였다. 생활에서의 자신에 대한 정당한 비판은 그로 하여금 무산 계급의 이익을 위하여 일하여야 하며 이 일을 위하여 이 땅의 인민들과 함께 생사를 함께하여야 한다는 의무감을 더욱 굳게 하였다.

박성운은 선진 투사였을 뿐만 아니라 주위의 인간들을 감화시킬 줄 아는 인물이다. 이러한 인물은 단편『한 여름밤』의 주인공의 형상에서 이미 우리들은 명백히 감촉할 수 있다. 박성운은 자기의 벗 로사를 투사로 길렀으며 선진 투사의 대열에 합류시켰다.

로사는 형평사원의 딸이다. 그는 박성운에 의하여 시대의 흐름에 눈뜨게 되었다. 그는 낡은 울타리에서 헤매는 아버지를 설복시키려고 하였으며 단연히 자기 계급의 이익을 위하여 나섰다. 작품에서 묘사된 로사의 형상은 확실히 묵은 둥지에서 움터 나오는 새로운 싹으로 형상화되었다. 박성운은 그의 새로운 싹을 사랑하여 그에게 교양을 높여주었으며 굳센 사람으로 키워나갔다.

박성운은 자기의 고상한 사업에서 끝장을 보지 못하고 이 세상을 하직하였다. 마음 사람들—그의 뜻을 받든 각 단체는 '고 박성운 동무의 영구'라는 기폭을 들게 되었다. 그러나 박성운의 뜻은 살았고 그가 끓인 더운 피는 남은 이들의 가슴에서 용솟음치며 튀었다. 로사는 최하층에서 나온 자기 계급의 이익을 옹호하는 투사가 될 것을 맹세한다. 이 맹세는 박성운에 의하여 뿌려진 씨앗의 성장이다. 로사는 이 맹세를 지키려고 박성운이 걷던 길에 나선다. 이 길을 밟는 동안에 필경 그는 잊지 못할 이 땅으로 다시 돌아오고 말 것이다, 그때는 설사 그가 박성운과 같은 마지막 길을 걷는다 하더라도 그의 뜻은 이 땅에 다시 새싹을 움트게 할 것이며 그 싹이 맑은 하늘 아래에서 활짝 피어 광명한 날을 즐길 것이라는 미래에 대한 충만한 감정으로 작품의 끝을 맺고 있다.

작품에 묘사된 박성운과 로사의 형상은 확실히 혁명적 낭만주의의 농후한 색조로 일관하고 있다.

작가 조명희는 자기의 창작 활동 과정에서 신경향파 문학이 가지고 있던 제약성을 벗어나 새로운 경지를 개척하였다.

그는 조선 사실주의 문학의 전통을 조선 사회 발전의 요구에 적절하게 혁신시켰다. 즉 그는 당시의 선진적 작가들과 함께 조선 문학의 사실주의 전통을 새로운 환경에서 새로운 사상적 내용으로 보충, 혁신시켰다. 그는 생활에 대한 사색으로부터 시작하여 생활의 합법칙성을 이해하며 생활 개조의 문제를 제기하였다. 이리하여 그는 현실을 혁명적 발전 속에서 재생시키면서 그의 주요한 선진적 경향을 확증하였다.

조명희의 소설 속에는 당시 조선의 계급 관계와 생활의 구체적 화폭이 심오하고 세련된 예술적 형상 속에 구현되고 있다. 그는 식민지 반봉건적 조선 사회의 진상을 반영함으로써 인민들로 하여금 각성하게 하였으며 자기의 처지를 개조하도록 하였다. 이는 그의 작품에 등장한 주인공들의 성격의 발전이 잘 말하여 주고 있다.

그가 창조한 인물들은 계급적 모순을 이해한 인물로 발전하였을 뿐만 아니라 계급 투쟁에 적극적으로 참가하고 새로운 사회의 도래를 위하여 적극적으로 활동하는 동적인 인물이다. 그의 소설에 등장하고 있는 주인공들은 전형적 인물로서 성공된 화폭 속에 구현되어 있다. 그것은 주인공들을 둘러싸고 있는 환경 묘사와 거기에서 나오는 주인공들의 심리 묘사, 구체적 환경에서 우러나오는 심리적 작용에 의한 명백한 행동 묘사가 이들을 전형적 인물이 되게 하였다.

조명희의 소설에는 근로 인민들에 대한 열렬한 사랑과 애국주의 감정이 뒷받침되어 있다. 이는 현실 제도에 대한 강한 부정과 반항 의식을 의미하며 착취와 학대를 받는 인민들에 대한 절실한 인도주의 사상을 말하는 것이다. 그의 작품을 일관하고 있는 인도주의는 투쟁에서 인민의 원수를 무자비하게 채찍질하고 무산 계급의 이익을 적극 옹호하는 현실적이며 적극적이며 타협과는 양립할 수 없는 인도주의다.

조명희의 창작 활동은 조선민족해방운동과 긴밀히 연계되어 있다. 그는 1925년 전후 조선의 사회에서 움터 나온 새로운 힘을 찾아냈으며 이 새로운 역량의 생활력을 명백하게 표현하였다. 이리하여 그의 마지막 시기의 작품에 와서는 사회 발전의 혁명적 전망을 명백히 표현하였다. 즉 사회주의적 이상을 위하여 투쟁하는 선진 투사의 형상을 창조하였다. 그는 생활의 본질적인 측면을 보여 주면서 매우 구체성과 예술적 진실성을 가진 인간 성격을 창조하였다. 이러한 주인공들은 사회주의적 이상을 위하여 현실에서 적극 투쟁하는 투사다. 그 이상은 어떤 일개인의 이상인 것이 아니라 사회주의를 위하여 투쟁하는 인민 대중의 이상이다. 때문에 그의 소설 작품에서의 긍정적 주인공의 실제적 투쟁은 무산 계급의 이상을 실천하는 투쟁인 것이다.

조명희의 소설에서의 언어는 최서해, 한설야, 이기영의 작품처럼 생생하며 사건 묘사에 대한 진실을 더욱 선명히 드러내고 있다. 그의 언어는 격동적 박력을 가지고 독자들의 심금을 울리면서 현실에 육박하고 있다.

그의 작품에서의 슈제트의 첨예성은 그의 단편의 주제를 더욱 격동적이며 박력 있는 것으로 설정하였다. 이러한 제 특성은 당시 사회의 모습을 폭로하고 현실에 반항하여 일어서는 무산 계급을 혁명 투쟁의 길로 이끄는 데 있어서 적절하였다.

포석 조명희의 소설 작품에 담겨져 있는 인민성과 계급성, 창작 방법에서 그가 도달한 사회주의 사실주의 창작 방법과 예술적 성과는 그 이후의 조선 프롤레타리아문학에 계승되어 더욱 명백하고도 구체적인 것으로 발전되어 나갔다.

『조선문학』, 1956년 9월호

이중의 디아스포라, 윤동주

최일(연변대학교 교수)

1. 윤동주의 '발견'

1970년대 후반 한국의 연구자들이 한국 근대문학의 '만주'체험에 주목하기 시작하면서부터 '재만조선인문학' 혹은 '재만한국인문학'이 한국 근대문학 연구의 한 갈래로 떠올랐다. 대표적 연구자인 오양호는 「이민문학론 I – 남석의 작품을 중심으로 한 40년대 국문학 속에 나타난 이민문학의 성격 고찰」『한민족어문학』 제3집, 1976, 「이민문학론 II – 박계주의 작품을 중심으로」『한민족어문학』 제4집, 1977 등의 논문, 그리고 이후 출간한 여러 권의 논저에서 '재만조선인문학'은 한국 근대문학의 '암흑기' 혹은 '공백기'를 채울 수 있다고 주장했다. '재만조선인문학'이 한국 근대문학의 한 갈래로 자리매김을 한 것이다.

그리고 한참 뒤인 1990년대 후반에 이르러서야 중국의 조선족 연구자들도 오랫동안 가까이 두고도 '발견'하지 못했던 '재만조선인문학', 해방 전 중국의 동북지역에서 이뤄졌던 조선인들의 문학 활동에 눈길을 돌리기 시작했다.

여기서 '발견'에 따옴표를 친 이유는 '재만조선인문학'의 존재 자체는 의식하고 있었지만 '재만조선인문학'이 아닌 '중국조선족문학'으로 인식했기 때문이다. 1980년대 '중국조선족문학'의 사적인 정립이 시도되면서 해방 전 동북지역에서 활동한 조선인작가 중 김택영, 신채호, 최서해 등 북한에서 인정받고 있었던 작가들의 문학을 포함시키게 되었다. 같은 시기 한국에서는 중국 조선족사회에 '책 보내기' 운동이 전개된다. 한국방문이 이뤄지면서 중국조선족학계에서는 한국의 근대문학에 대한 보다 전면적인 이해를 가질 수 있었다. 강경애 등 만주에서 생활하고 문학 활동을 했던 작가들도 이때 새롭게 발견된다.

윤동주도 그렇게 발견되었다. 1985년 일본의 전형적인 한국 근대문학 연구자인 오무라 마스오大村益夫가 윤동주의 동생 윤일주로부터 윤동주의 묘소와 생가 등에 대한 대략적인 정보를 전해 듣고 '재만조선인문학'의 중심지인 연변을 찾았다. 수교 이전이라 한국인들의 중국입국이 여의치 않았기에 가능했던 일이라고 할 수 있겠다. 그때까지 중국조선족사회는 물론 학계에서도 윤동주의 존재를 까맣게 모르고 있었던 것이다. 우여곡절 끝에 일본인연구자에 의하여 윤동주의 묘소와 생가, 중학시절의 학적부 등이 발견되었고 중국조선족학계에서 윤동주에 대한 관심과 연구가 시작되었다. 이로써 1990년에 출간된 '중국조선족문학'의 첫 통사인 『중국조선족문학사』_{권철 외, 연변인민출판사, 1990}에는 윤동주가 포함된다.

주지하는 바와 같이 윤동주는 1917년 12월 30일 만주의 용정 명동_{길림성 연변조선족자치주 용정시 명동촌}에서 태어난 조선이주민 3세이다. '만주조선인문학'의 연구에서 거론되는, 즉 만주에서 활동한 조선인문인들의 수는 150명을 훨씬 웃돌지만 대부분은 이주민들이고 만주에서 태어난 사람은 윤동주와 박계주 둘뿐이다. 소설가 박계주 역시 1913년 용정에서 태어났다.

사실 윤동주는 한국에서도 뒤늦게 발견된 경우라고 할 수 있다. 작품 대부분은 유고작이며 『하늘과 바람과 별과 시』정음사, 1948가 출간된 후에도 큰 주목을 받지 못하다가 1960년대에 이르러서야 새롭게 조명을 받았다.

한마디로 윤동주는 조선인 디아스포라이다. 1945년 2월 16일 일본의 후쿠오카福岡 형무소에서 옥사를 하기까지 26년 남짓한 생애 동안 윤동주는 만주에서 19년, 한국에서 4년, 일본에서 3년을 살았다. 디아스포라들에게 네이션 nation 즉 국민으로서의 정체성은 큰 의미가 없다고 할 수 있다. 사프란W. Safran 의 말을 빌면 디아스포라는 모국에서 이국으로 떠밀려 왔지만 이국에 귀속감을 가지지 못하고 표류하는 사람이다. 기원의 땅과 생존의 땅 모두에 안주할 수 없는 자들에게 언어국어에 의한 통합체로서의 근대국민국가는 말 그대로 '상상된 공동체'일 뿐이라 하겠다.

만주에서 태어난 조선인 윤동주는 1985년 중국조선족문학의 한 '풍경'으로 '발견'되고 나서 끊임없이 명명되고 해석되었으며, 다양한 문화콘텐츠로 개발되고 소비되기도 하였다. '중국조선족문학'에 포섭된 사실 때문에 윤동주의 문학적 귀속에 관한 논란이 있었고 최근에는 '조선족 애국시인'이라는 명명 때문에 또 한 번 논란이 벌어지고 있다. 이러한 논란들을 명쾌하게 종결짓기도 어렵겠지만 나름대로 해명을 하려고 해도 정체성, 국민국가, '조선인', '조선족' 등 다양한 명제들을 끌어들여야 가능한 문제다. 이 글 역시 논란에 참여하려는 목적에서 쓴 것은 아니다. 윤동주는 시인인 만큼 그의 시를 해독하여 그가 시에서 말하는 '고향', '국가' 등을 살펴보려는 것뿐이다.

2. '만주'라는 공간과 한민족 디아스포라

일제강점기 한국인 디아스포라로서 윤동주의 신분에서 우선 주목해야 하는 것은 '만주' 혹은 '북간도', 구체적으로는 '명동촌'이라는 지리적 공간일 것이다. 그것은 디아스포라의 기본적인 의미가 "인간의 공간적 이동"이기 때문이다. 이-푸 투안Yi-Fu Tuan이 『공간과 장소』에서 세밀하게 구분하고 있는 공간과 장소의 개념을 차치하더라도, 윤동주의 시 속에 나타난 구체적인 경험적 표상으로서의 공간에 대한 분석은 충분히 필요하고 또 의미가 있다.

한민족 디아스포라들에게 '만주'는 특별한 의미를 가지는 장소이다. 고구려와 발해 그리고 더 오랜 옛날로 거슬러 올라가 한민족의 발상지였다는 일종 '고토의식' 때문에 만주는 한국인의 특별한 정감을 자극하게 된다. "과거에 무조건하고 중국민의 정복한 바 되어 여기에서 민족적 대쇠약을 만났다 하면 참으로 등한히 간과할 바가 아니"[1]라는 식의 '만주담론'에서 나타나듯, 근대 이후 만주에 대한 한국인의 관심은 "만주는 원래 우리 땅이었다"라는 역사인식에 기반하고 있다고 해도 과언은 아니다. '만주'에 대한 이러한 공간적 인식은 한민족 디아스포라시 문학에서도 심심찮게 찾아볼 수 있다.[2]

이처럼 민족의 역사에 기댄 만주는 일제의 식민지 담론이 곁들어져 때때로 한국인 디아스포라들에 의하여 "상상된 고향"으로 인식되기도 한다.

1932년 일제에 의하여 조작된 '만주국'이라는 국가가 등장한다. 만주국은

---

1 북려동곡(北旅東谷), 「조선대중국금후관계관(朝鮮對中國之今後關係觀)」, 『개벽』 제28호.
2 "이제는 참으로 이기지 못할 슬픔과 시름에 쫓겨
　　나는 나의 옛 하늘로 땅으로─나의 태반으로 돌아왔으나
　　이미 해는 늙고 달은 파리하고 미치고 보래구름만 혼자 넋없이 떠도는데."(백석, 「북방에서」 부분)
　　"옛날에 여기는
　　우리네 조상이 뛰놀던 벌판!
　　이날에 여기는 쫓기운 아들딸이 울고 헤매는 벌판"(박우천, 「이국의 봄」 부분)

비록 국어를 통한 민족적 통합이라는 근대국민국가national state의 개념에는 철저하게 위배되는 존재였지만, 일제는 기존의 식민지 한국에서 온 한민족 디아스포라들을 새로운 식민지 '만주국'의 '2등 국민'[3]으로 호명해냄으로써 제국의 질서에 편입시키려고 하였다.[4] 이러한 호명을 받아들이면 한국인 디아스포라들은 일제의 '신민臣民'도 아니고 중국에 얹혀사는 '유이민'도 아닌 '만주국 국민'이 되어 표면적으로나마 디아스포라 상태에서 벗어날 수가 있었으므로, 마치 상실된 고향을 상상적으로 복원할 수 있는 가능성을 가진 것처럼 보였다. 그 결과 일부 조선인 디아스포라들은 신분적인 불안감과 불안정성을 떨쳐버리는 첩경으로 '만주국 국민 되기'를 택했던 바 "북방에 새로운 고향을 건설하자"는 식의 안수길의 '북향北鄕'의식을 그 대표적 상상으로 들 수 있다.

물론 한민족 디아스포라로서 개인적인 생존상태에 대한 인식보다는 민족의 현실적 과제에 대한 인식에서 출발하여 '만주'를 반일독립투쟁의 전장으로 삼으려는 시도도 끈질기게 존재하였다. 강경애의 「소금」, 「축국전」 등 소설이 대표적이라고 할 수 있다.

문제는 윤동주의 경우 이상의 어느 쪽에도 해당되지 않는다는 것이다. 윤동주의 시에서 '만주'는 때로는 '고향'으로 표상되어 실향, 향수, 불안 등의 정서를 표현하고 있고 때로는 또 많은 연구자들이 이미 수 없이 밝힌 것처럼 그러한 현실에 대한 내면적인 저항감으로 표현되기도 한다.

한마디로 윤동주는 일제강점기 '만주'로 이주한 조선인 디아스포라였지만 '신체적인 고향'인 '만주'와 '정신적인 고향'인 '한반도'에서 모두 이산을 겪게

---

3 "만주국" 내에서 한국인은 그 지위가 실질적인 통치자인 일본인에 버금가는 "2등 국민"으로 규정되었다.

4 일례로 일제가 1936년 8월에 반포한 「재만조선인지도요강(在滿朝鮮人指導要綱)」은 "재만조선인은 만주국의 중요한 구성분자임을 진실로 자각하면서 스스로 자기의 소질을 향상시키고 그 내용을 충실히 하며 기꺼이 만주국 국민의 의무를 이행하고 앞다투어 만주국의 발전에 기여하며" 등을 핵심적인 내용으로 하고 있다.

되는 '이중 디아스포라'였다. 그래서 그의 시에서 만주는 막연하고 추상적으로 표상되었던 것이다.

3. "만주"의 부재와 추상적인 고향

> 사이좋은 정문正門의 두 돌기둥 끝에서
> 오색기五色旗와 태양기太陽旗가 춤을 추는 날
> 금을 그은 지역地域의 아이들이 즐거워하다
>
> ─「이런 날」 부분

윤동주의 「이런 날」은 1936년 6월 10일 쓴 시로 시인이 평양의 숭실학교가 폐교된 후 만주 용정의 광명학원光明學院에 전학해 공부하던 시절의 작품이다. 이 시가 특이한 것은 윤동주의 시 중 유일하게 만주의 장소적 이미지를 직접적으로 표상화한 작품이기 때문이다. '오색기'는 '만주국'의 국기이고 '태양기'는 일본제국의 국기로 시적 화자는 일제강점기의 만주라는 공간의 혼종성과 허구성을 두 깃발을 통하여 구체화시키고 있다.

만주의 용정 명동촌에서 태어나 용정에서 성장한 윤동주의 시에는 '명동', '용정' 등의 구체적인 지명이 전혀 등장하지 않을뿐더러 넓은 의미에서 '만주'나 '간도' 같은 지명의 등장도 극히 제한되어 있다.

> 꿈에 가본 엄마 계신
> 별나라 지돈가
> 돈 벌러 간 아빠 계신

만주땅 지돈가

—「오줌싸개 지도」 부분

헌 짚신짝 끌고

나 여기 왜 왔노

두만강을 건너서

쓸쓸한 이 땅에

—「고향집 – 만주에서 부른」 부분

어머님,

그리고 당신은 멀리 북간도에 계십니다.

—「별 헤는 밤」 부분

칸트에 의하면 공간은 외부의 경험에 의하여 추상화된 개념이 아니다. 왜냐하면 어떤 감각이 "내 밖"에 있는 어떤 것에 관계하기 위해서는 그 근저에 공간의 표상이 먼저 존재해야 하기 때문이다. 이 견해에 비추어 볼 때 윤동주의 시에서 자신의 출생지 즉 신체적 고향인 만주가 구체적 공간으로 표상되어 있지 않음은 역으로 윤동주의 '고향'의 추상성을 보여준다고 할 수 있다. 이런 현상이 나타나게 된 이유는 아래 설명하게 될 윤동주의 '이중 디아스포라'라는 특별한 신분에서 찾아 볼 수가 있다.

4. '이중 디아스포라'의 표류하는 고향

제비는 두 나래를 가졌다.
스산한 가을날ー

어머니의 젖가슴이 그리운
서리 내리는 저녁ー
어린 영靈은 쪽나래의 향수를 타고
남쪽하늘에 떠돌 뿐ー

ー「남쪽하늘」 전문

헌 짚신짝 끌고
나 여기 왜 왔노
두만강을 건너서
쓸쓸한 이 땅에

남쪽하늘 저 밑엔
따뜻한 내 고향
내 어머니 계신 곳
그리운 고향집

ー「고향집ー만주에서 부른」 전문

「남쪽하늘」은 1935년 10월, 평양 숭실학교 시절에 발표한 시이다. "어머니의 젖가슴"이 있는 시적 화자의 고향은 '북쪽'의 명동촌이 아니라 '남쪽'이다.

「고향집−만주에서 부른」은 1936년 1월의 작품으로, 이 역시 평양 숭실학교 시절의 작품이다. 시적 화자의 고향은 모두 '남쪽'이고 '따뜻한' 곳으로 두만강 건너에 있는 "쓸쓸한 이 땅"과 비교되는 공간이다.

윤동주는 만주에서 나서 자란 조선인 3세이다. 윤동주의 가족은 증조부 때인 1886년에 중국으로 이주하였다. 윤동주가 성인이 된 시기까지 그 가족은 이미 만주에서 반세기가 넘는 세월을 살았었다. 하지만 윤동주의 상당수 작품에서 그의 고향은 중국이 아닌 '남쪽' 즉 한반도로 그려진다. 이주민 3세에게 있어 '남쪽'의 고향은 직접적인 체험이 아니라 부모, 친지, 이웃 등 윗세대들에게서 전수받은 기억이었는바 융Jung의 용어를 빌리면 '집단무의식'이라고도 할 수 있는 관념적인 존재이다. 따라서 그러한 기억에 의하여 형성된 향수는 막연하기까지 한 추상성을 띠고 있다.

아롱아롱 조개껍데기
울 언니 바닷가에서
주어온 조개껍데기

여긴여긴 북쪽나라요
조개는 귀여운 선물
장난감 조개껍데기

데굴데굴 굴리며 놀다
짝 잃은 조개껍데기
한짝을 그리워하네

아롱아롱 조개껍데기

나처럼 그리워하네

물소리 바닷물소리

— 「조개껍질 – 바닷물 소리 듣고 싶어」 전문

　이 시에서 시적 화자는 "바닷물 소리를 듣고 싶"은 바다와 멀리 떨어져 있는, 바꿔 말하면 '북쪽'의 사람이다. 하지만 바다가 있는 '남쪽' 또한 "조개껍데기"와 같은 "귀여운 선물"이 있는 추상적인 선망의 대상일 뿐 구체적인 장소성을 띠지 않는다. 이러한 추상성으로 하여 윤동주의 고향은 때론 디아스포라적인 실존상태에 대한 부정을 낳기도 한다.

빨랫줄에 걸어놓은

요에다 그린 지도는

지난밤에 내동생

오줌 싸서 그린 지도

꿈에 가본 엄마 계신

별나라 지돈가

돈벌러간 아빠 계신

만주땅 지돈가

— 「오줌싸개 지도」 전문

　1937년 1월 『카톨릭소년』에 발표된 「오줌싸개 지도」이다. 시에서 화자는 어린 동생이 간밤에 오줌을 싸서 이불에 남긴 자국을 지도라고 하면서 "돈벌러간 아빠 계신 만주땅 지도"라는 상상을 펼치고 있다. 만주로 돈 벌러 간 아버지를 그린다는 내용으로 보아 시적 화자는 아직 고향을 떠나지 않은 상태로 디아스 포라가 아니다. 하지만 결국 디아스포라로서의 실존은 결코 부정할 수 없는 것 이었고 윤동주는 '북쪽' 즉 실존적인 고향에 대한 향수를 어쩔 수 없이 표출하 게 된다.

> 햇살은 미닫이 틈으로
> 길쭉한 일자一字를 쓰고…… 지우고……
>
> 까마귀 떼 지붕 위로
> 둘, 둘, 셋, 넷, 자꾸 날아 지난다.
> 쑥쑥, 꿈틀꿈틀 북쪽 하늘로,
>
> 내사……
> 북쪽 하늘에 나래를 펴고 싶다.
>
> ─「황혼」 전문

이 시는 1936년 3월 평양에서 지은 것으로, 윤동주가 다니던 평양의 숭실학 교가 일제의 신사참배를 반대하여 폐교되고 난 다음 중국으로 돌아올 즈음에 창작한 작품인 듯싶다. "북쪽 하늘에 나래를 펴고 싶다"는 시구는 윤동주의 귀 향 의지의 표출이라고 보아 무방할 것이다. 일제의 신사참배 강요로 윤동주는 민족의식과 신앙심을 동시에 유린당하는 처지에 직면하게 되었고 그때 윤동주 가 돌아갈 수 있는 곳은 오직 "북쪽" 즉 어머니가 계시는 고향이었다고 할 수 있다. 이처럼 추상적인 상태로 무의식의 상태로 존재하던 실존적 고향인 "북쪽"은 주체가 극한에 처했을 때에 이르러서야 구체성을 띠게 되었던 것이다.

봄이 오던 아침 서울 어느 조그마한 정거장에서
희망과 사랑처럼 기차를 기다려

나는 플랫폼에 간신한 그림자를 떨어뜨리고
담배를 피웠다.

내 그림자는 담배연기 그림자를 날리고
비둘기 한 떼가 부끄러울 것도 없이
나래 속을 속 속 햇빛에 비쳐 날았다.

기차는 아무 새로운 소식도 없이
나를 멀리 실어다 주어

봄은 다가고 ― 동경 교외 어느 조용한 하숙방
에서 옛거리에 남은 나를 희망과 사랑처럼
그리워한다.

오늘도 기차는 몇 번이나 무의미하게 지나가고

오늘도 나는 누구를 기다려 정거장 가차운
언덕에서 서성거릴게다.

아아 젊음은 오래 거기 남아있거라.

—「사랑스런 추억(追憶)」 전문

일제강점기 중국의 한민족 디아스포라문학의 경우 '남쪽'의 고향과 그에 대한 향수는 잃어버린 고향에 대한 슬픔의 형태로 일원화되어 구체적인 이미지로 나타난다.[5]

하지만 윤동주는 중국에서 나서 자란 한국이주민 3세대로 한국인 디아스포라문학에 있어서 상당히 특이한 경우였다. 말하자면 윤동주는 역으로 중국의 고향을 떠나 평양, 서울, 도쿄 등지로 떠돌았던 것이다. 바꾸어 말하면 윤동주는 조선인 디아스포라 3세대로서 '존재적 고향'인 '남쪽'과 '존재자적 고향'인 '북쪽' 모두를 상실하는 이중적인 이산체험을 하게 되는 것이다.

고향에 돌아온 날 밤에

내 백골이 따라와 한방에 누웠다.

어둔 방은 우주로 통하고

하늘에선가 소리처럼 바람이 불어온다.

어둠속에서 곱게 풍화작용 하는

백골을 드려다 보며

5 　일례로 유치환의 「도포」와 같은 작품이 대표적이라고 할 수 있다. "때묻은 얼굴을 하고 / 옆대기에서 단과를 바수어 먹는 니—야여 / 나는 한궈런(韓國人의 중국어발음—인용자 주)이요 / 할아버지의 할아버지적 물려받은 / 도포같은 슬픔을 나는 입었소 / 벗으려도 벗을 수 없는 슬픔이요 / —나는 한궈런이요 / 가라면 어디라도 갈 / —꺼우리팡스요('高麗棒子'의 중국어발음으로 중국인들이 한국이주민을 비하하여 이르던 말이다—인용자 주)"

눈물짓는 것이 내가 우는 것이냐

백골이 우는 것이냐

아름다운 혼이 우는 것이냐

지조 높은 개는

밤을 새워 어둠을 짓는다.

어둠을 짓는 개는

나를 쫓는 것일 게다.

가자 가자

쫓기는 사람처럼 가자

백골 몰래

아름다운 또 다른 고향에 가자.

— 「또 다른 고향」 전문

이 시에서 "고향"은 '존재자적 고향'인 용정또는 명동촌을 가리키고 "또 다른 고향"은 '존재적 고향'인 '남쪽'의 한반도를 가리킨다고 해석하는 것이 마땅하겠지만 또 다른 의미에서 보면 이러한 해석은 무의미하다. 상술한 것처럼 윤동주의 시에서는 이 두 개의 고향이 종래로 명확하지 않았는바 때로는 분리되고 때로는 겹쳐 있었기 때문이다. 따라서 이러한 해석에 비해 윤동주가 '북쪽'과 '남쪽' 모두에서 상실감을 느끼고 있었고 늘 표류하는 상태로 있었다는 정신적 궤적을 읽어내는 것이 보다 합리적일 수가 있다.

또한 여기서 보다 중요한 것은 한민족 디아스포라로서의 고향상실이 일제의 식민통치라는 강압과 굴욕에서 비롯된 것이라는 점이다. 디아스포라의 신분이 강압적일 때 그 영원한 상실감은 시인의 성찰을 보다 깊이 있게 만든다. 이러한 의미에서 윤동주 시에서 보이는 고향의 불확실성은 여타의 한민족 디아스포라시인들의 시에서 흔히 보이는 고민과 방황, 심지어는 타락의 색채를 띠지 않고 있다고 해야 할 것이다.

5. '국민'이라는 기표를 가진 자와 가지지 못한 자

마침내 광복이 되고 만주의 조선인들은 디아스포라의 신분을 종결할 수 있는 기회를 가지게 되었다. 이를테면 만주의 조선인들은 일종 민족ethnic group이었고 식민지조선이 국민국가로 바뀔 수 있는 기회를 가진 이상 귀환을 선택하면 '국민nation'이 될 수 있었다. 반대로 정착을 선택해도 중국 역시 국민국가를 만들어가고 있었기에 결과는 마찬가지였다. 결과적으로 그 수가 200만 이상이었던 중국의 조선인 디아스포라 중 반 이상이 귀환을 선택했고 분단된 한반도의 두 국민국가에 귀속되게 되었다.

'북향'이라는 새로운 기원을 상상했던 안수길을 비롯한 만주의 조선인문인들도 거의 대부분 귀환을 선택했다. 김창걸, 이학성해방 후에는 '이욱'으로 개명 등 '만주조선인문학'에서 활약했던 문인 중 정착을 선택한 경우는 극히 드물었다. 이들은 '중화인민공화국'이라는 국민국가의 국민인 '조선족'으로 신분identity을 전환했고 이들의 문학은 '중국조선족문학'이라는 새로운 역사에 편입되었다.

하지만 윤동주는 광복을 보지 못하고 세상을 떴고 국민의 신분을 선택할 기회조차 갖지 못했다. 윤동주는 끝까지 스스로 시에서 썼던 것처럼 "손들어 표할 하늘도 없는" 디아스포라였다.

말하자면 윤동주라는 '기의'는 국민국가라는 담론에서 '기표'를 가지지 못했다. 하지만 윤동주는 '한국인', '조선족' 등의 '기표'를 부여받아 '한국 근대문학'과 '중국조선족문학' 양쪽에 모두 자리하고 있다.

'국민'으로서의 '한국인'이 대한민국이라는 '국민국가'가 생겨난 다음에야 어느 순간 갑자기 생겨난 것이 아닌 것처럼 '조선족' 또한 중화인민공화국이라는 국민국가가 생겨난 다음에 생겨난 것이 아니다. 굳이 설명을 한다면 "한반도에서 살던 에스닉그룹"이 기의이고 '한국인', '조선인', '고려인', '재일교포', '재미교포' 등은 기표일 뿐이다.

> 이제 나는 종시終始를 바꿔야 한다. 하나 내 차에도 신경행新京行, 북경행北京行, 남경행南京行을 달고 싶다. 세일주행世一周行이라고 달고 싶다. 아니 그보다 진정한 내 고향이 있다면 고향행을 달겠다. 다음 도착하여야 할 시대의 정거장이 있다면 더 좋다.
>
> ―산문 「종시」 부분

'고향' '국민'이라는 기표를 가지지 못했기에 윤동주는 '십자가'라는 더 크고, 더 초월적인 기표에 대한 지향을 보여줬고, 나아가 기표를 찾기 위한 저항행동을 취했고, 그로 인해 죽음을 맞는다. 윤동주를 둘러싼 담론에서 다소 상반된 '부끄러움의 미학'과 '저항의식'은 '기표'를 가지지 못한 채 표류하는 주체인 윤동주의 신분에서부터 보면 일맥상통한다. 기표를 잃어 기의로 살아가야만 하는 주체는 부끄러울 수밖에 없었다. 잃은 것을 찾기 위한 즉, 초월과 극복을 위한 행동이 바로 윤동주의 저항인 것이다.

『작가들』 제59집, 2016년

윤동주 동시와 그 문학사적 의의

김만석(전 연변대학교 교수)

윤동주는 북간도가 낳은 시인이다. 이 시인은 초기 동시 창작으로부터 시작하여 문단에 소문 없이 올랐다가 세상을 뜬 먼 훗날에 와서 이름을 날린 시인으로 그 영예를 세상에 떨치고 있다.

그런데 윤동주의 동시에 대한 연구가 우리 중국에서는 물론 한국에서도 별로 진행되지 못하고 있다. 있다면 한국의 김수복 씨가 쓴 『윤동주의 동시 세계』가 있을 뿐이다.

본 논문에서는 북간도가 낳은 우리의 동시 작가 윤동주에 대하여 우리 나름대로 연구하면서 그의 동시에 대한 사상 예술적 평가를 내리고 그의 문학사적 의의를 밝히려 한다.

1. 윤동주의 동시 학습과 창작

윤동주는 1925년 8세 때 명동학교에 입학했는데 1928년부터 당시 서울에서 간행된『어린이』와『아이생활』이라는 잡지를 구독하면서 동요 동시에 대하여 남다른 흥취를 가졌다.

5학년에 이르러서는 학급의 친구들과 함께 등사판 문예지『새 명동』을 꾸리면서 아직은 어설프지만 그래도 나름의 자작 동시를 창작하여 발표하기 시작하였다. 1935년, 은진학교에 입학한 뒤부터 윤동주는 정지용, 윤석중, 강소천, 박영종 등의 동요 동시를 탐독하면서 동요 동시를 깊이 파고들며 학습하였다.

그때 정지용1902.6.20~1950.9.25은 "언어에 대한 남다른 감수성과 시적 줄 고르기에 유다른 감각을 보인 시인이었다". 정지용은 1935년 10월 27일에『정지용 시집』을 출간했는데 윤동주는 이 시집을 1936년 3월 19일에 구매하였다. 이 시집에는「해바라기씨」로부터「별똥」까지 도합 16수의 동요가 수록되었는데 윤동주는 이런 시에 대하여 파고들며 학습하였다.

윤동주는 은진중학교 1학년 때부터 윤석중1911.5.25~2003.12.9의 동요 동시에 심취했었다. 윤석중은 1932년에 조선 최초의 창작동요집『윤석중 동요집』을 출간했었다. 그는 정형에 의한 구속에서 벗어나려고 자유시의 동시 창작에 발 벗고 나서서 1933년에 두 번째 작품집인『잃어버린 댕기』를 출간하였다. 윤동주는 바로 이『잃어버린 댕기』에 심취되어 동시 학습을 다그쳤던 것이다.

윤동주는 강소천1915.9.16~1963.5.6의 동요 동시집『호박꽃 초롱』도 학습했다. 그때 강소천은 벌써 7·5조, 3·4조의 전통적 운율에서 벗어나 동시로서의 참신한 리듬과 직관적인 표현미를 보여주면서 훌륭한 동시들을 써내었다. 윤동주는 박영종1916.1.3~1978.3.24의 동시집『나루터』에도 무척 흥취를 가지고 짓궂게 달라붙어 학습하였다. 박영종은 재래의 정형률에 구애되던 동요 형태를 완전히 벗어나서 시적 동시 개척에 앞장서 나간 동시 작가였다.

이와 같이 윤동주는 선배 시인들과 동시대 시인들의 동요, 동시 작품을 학습하면서, 특히 동시에 대한 인식을 심화하고 동시 창작의 기법을 장악함으로써 금후 동시 창작에서의 이론적 토대와 예술적 기교를 굳건히 다지게 되었다.

이런 창작적 기량을 닦은 윤동주는 1935년 3월, 18세 때 유정중앙교회 주일학교 유년 학부에서 나이 어린 학생들을 가르친 적이 있었다. 이것은 윤동주가 어린이들 속에 들어가서 그 당시 어린이들의 생활을 체험할 수 있는 좋은 기회가 되었다.

윤동주는 기독교를 신앙하는 가정에서 태어났고 또 기독교를 숭상하던 터이라 기독교에서 설교하는 어린이들에 대한 사랑의 감정으로 자신을 무장할 수가 있었다. 『마태복음』제18장 제3장에는 "진실로 너희에게 이르노니, 너희가 돌이켜 어린이들과 같이 되지 아니하면 결단코 천국에 들어가지 못하리라"라고 쓰여 있다. 기독교의 이 사상은 윤동주의 행동의 지침이 되었다. 하여 윤동주는 어린이로 '회귀'하여 어린이들 속에 들어가 동심 세계에서 살게 되었다. 이것은 그가 동시를 쓸 수 있는 생활적 토대를 마련해준다.

이렇게 그는 동시 창작으로부터 시작하게 된 것이다. 지금까지 윤동주에 대한 연구자료에 의하면 윤동주의 첫 작품은 1934년 12월 24일에 쓴 「초 한대」, 「삶과 죽음」, 「내일은 없다」 등으로 거론되고 있다. 이 가운데서 「내일은 없다」가 윤동주의 첫 동시이다.

윤동주는 1935년 9월 평양 숭실중학교 3학년에 편입하여 공부하면서부터 시 창작에 몰두하였다. 그로부터 7개월간1935.9~1936.4 그는 동시 「조개껍데기」, 「고향 집」, 「병아리」, 「오줌싸개 지도」, 「기왓장 내외」, 「양지쪽」 등을 써냈다. 평양 숭실중학교가 폐교되자 유정으로 다시 돌아와서 광명중학 4학년에 편입한 1936년부터 윤동주는 동시 창작에 본격적으로 매진하였다. 이 시기 윤동주는 동시 「참새」, 「햇빛」, 「빗자루」, 「비행기」, 「봄」, 「무얼 먹고 사나」, 「굴뚝」, 「호주머니」, 「사과」, 「눈」, 「닭」, 「편지」, 「가을밤」, 「버선본」 등 많은 작품을 써냈다.

1937년에는 동시 「울다」, 「반딧불」, 「할아버지」, 「만들기」, 「나무」 등을 썼다. 그런데 이 기간에 윤동주는 시를 15수나 썼다. 이처럼 이때부터 동시 창작이 시 창작보다 수량이 줄어드는 경향을 보이기 시작했다. 1938년에는 동시 「귀뚜라미와 나와」, 「해바라기 얼굴」, 「아기의 새벽」, 「햇빛, 바람」, 「산울림」, 「아우의 인상화」 등을 써냈다. 1939년에는 산문 「달을 쏘다」를 썼고 1941년에는 동시 「못 자는 밤」과 「눈감고 가다」를 썼다.

이런 작품들 가운데서 「병아리」『카톨릭소년지』, 1936.2, 「빗자루」『카톨릭소년지』, 1936.12, 「고향집」『카롤릭소년지』, 1936, 「오줌싸개 지도」『카톨릭소년지』, 1937.1, 「무얼 먹고 사나」『카톨릭소년지』, 1937.3, 「거짓부리」『카톨릭소년지』, 1937.10, 「산울림」『소년』, 1939, 「달을 쏘다」『조선일보』, 1939.1 등을 발표하였다.

상술한 바와 같이 윤동주는 짧디짧은 8년간의 창작 생활 가운데 도합 116수(편)의 작품을 창작했는데 그 속에 아동문학 작품으로는 동시 35수, 산문 1편이 들어 있다. 그리고 잡지와 신문에 발표한 작품은 작은 동시 7수와 산문 1편으로 알려지고 있다.

2. 윤동주가 추구한 동시의 형태

윤동주는 1934년 12월 24일 「내일은 없다」로부터 동시 창작을 시작하여 1936년에 동시 창작의 고조를 형성하면서 왕성기를 보이다가 1937년부터 동시 창작의 저조기를 보이기 시작했다. 그러다가 1941년에 「못 자는 밤」을 끝으로 동시 창작의 종지부를 찍고 말았다.

한국의 평론가 김수복 씨는 1934년부터 1936년 사이를 윤동주의 시 창작 습작기로 보고 있다. 이 논리에 따르면 윤동주는 많은 동시를 창작 초기도 아닌 습작 말기에 썼다는 것이다. 이런 특수사정에 처한 동시 작가 윤동주와 그의 동시를 어떻게 실사구시적이고도 과학적으로 평가할 것인가? 이것이 우리 앞에 엄숙한 과제로 제기되고 있다.

윤동주는 무엇 때문에 동시 창작부터 시작한 시인인데 점차 동시 창작 수량이 줄어들게 되었는가? 이것은 마땅히 풀어야 할 문제이다. 윤동주는 "죽는 날까지 하늘을 우러러 한점 부끄럼 없기"를 바라며 살려고 한 정직하고 선량한 사람이었다. 때문에 그는 깨끗한 동심으로 살면서 동시부터 쓰기 시작했던 것이다.

그러나 그가 산 시대, 일제 치하의 사회 현실은 그에게 많은 풀지 못한 수수께끼를 제기하였다. 무엇 때문에 나서 자란 고향에서 쫓겨나야 하는가? 무엇 때문에 사랑하는 제 나라를 빼앗겨야만 하는가? 무엇 때문에 자랑스러운 우리말을 쓰지 못하게 되는가? 참으로 참혹한 세상이었다. 그러므로 그는 괴로웠고 고민하였고 갈 길이 막막하여 방황하면서 고독을 느꼈던 것이다.

이런 현실과 그런 현실이 제기해준 복잡한 문제로 인하여 윤동주는 골머리를 앓게 되었다. 따라서 윤동주는 천진한 아이들 사유 방법대로 제기된 문제들을 생각할 수 없게 되었으며 또 동심 그대로 사회 현실을 반영하는데 만족할 수가 없게 되었다.

게다가 나이를 한 살 두 살 먹고 점차 상급 학교에 진학하여 새로운 지식을 배우면서부터 그는 그 당시 조선으로 들어온 현대적 시와 접촉하게 되었다. 그러다가 윤동주는 시에서 자기의 시 창작의 출구를 찾은 것이다. 따라서 그는 당시 다른 동시 작가들과는 달리 동시 작가에서 점차 일반적 시인으로 자기의 모습을 바꾸게 된 것이다.

필자는 바로 윤동주가 시인으로 탈바꿈하기 전인 동시 작가로 동시를 창작한 시기에 초점을 맞추고 연구하려 한다. 윤동주는 선배 시인들과 동시대 시인들의 창작 경험을 비판적으로 학습하면서 자기 나름대로 탐구적인 노력을 하였던 것이다. 특히 그가 추구한 시 형태들에서 그의 의식적인 탐구와 노력이 완연히 드러나고 있다.

첫째, 윤동주는 자유로운 동시 형태를 추구하였다. 윤동주는 정지용의 「줄고르기」에서 동요를 배웠지만 결국은 정형적 구속에서 벗어나 자유 동시를 창작한 윤석중의 편에 섰다. 당시 강소천도 전통 운율에서 뛰쳐나와 동시로 참신한 리듬감을 보여 주었고 박영종도 재래의 정형률에 구애되던 동요 형태를 벗어나 동시 개척에 앞장섰다.

이런 상황에서 1937년 김영일과 박영종은 함께 자유시론을 들고나왔다. 따라서 윤동주가 동시 창작을 한 시대는 자유 동시를 창작하는 시대였다. 이것은 동시 창작의 혁신적 바람이기도 하였다.

그리하여 재래 동요의 전후 절, 대구, 후렴 등의 전형적 요소들이 동시 창작에서 배제되고 "미문美文의식에 사로잡힌 말장난과 정형들이 고정된 형식으로 반복되던 그러한 따분한 창작"에서 혁신파들은 해탈되어 나왔다. 윤동주도 바로 그런 형태를 멀리하고 혁신의 물결에 합류한 셈이다.

윤동주가 창작한 35수의 동시 가운데 「기왓장 내외」1936.3.20, 「참새」1936.1.2, 「굴뚝」1936.9 등 수 편이 7·5조이고 나머지는 모두 다 격식을 갖춘 정형률에서 완전히 벗어난 자유 동시들이다. 이렇게 볼 때 윤동주는 자유시 형태를 추구한 혁신적인 동시 작가라고 할 수가 있는 것이다.

둘째, 윤동주는 당대 현실에 발붙이고 서서 아이들의 정서 세계를 서사적 화폭으로 직관적으로 묘사한 동시 작가였다. 다시 말하면 요적 동시謠的童詩보다는 짤막한 이야기를 담은 화적 동시話的童詩를 추구한 동시 작가였다. 윤동주가 숭상한 윤석중은 자유 동시를 추구했지만 현실 세계를 떠나 초현실적인 꿈의 세계를 그렸다. 하여 윤석중은 "의식적으로 슬픈 현실을 슬프지 않게 하려고 노력하였다".

윤동주는 윤석중의 자유로운 동시 형태를 따오고 초현실적인 창작 태도는 배격하였다. 윤석중도 진공 속에서 산 것이 아니라 1930년대라는 특정된 일본 치하의 식민지사회에서 산 것만은 사실이었다. 그러기에 그가 그토록 "초현실적인 낙천적 사상"을 동시에 표현하려고 했지만 「허수아비」, 「대낮의 바다가」, 「모래성」, 「휘파람」과 같은 현실 참여적 작품을 쓰지 않을 수가 없었던 것이다.

윤동주는 바로 이런 현실 참여의식을 반영한 윤석중의 작품에 더 흥취를 가졌다. 그리하여 정지용의 「말」이나 박영종의 「나룻터」 같은 시 옆에 윤동주는 연필로 "꿈 아닌 현실이 표현되었기에 좋은 작품이다"라고 썼다. 여기에 혁신적인 동시 작가 윤동주의 비판의식이 드러난다. 그는 선배 시인들의 작품을 무작정 답습한 것이 아니라 비판적으로 수용했던 것이다.

그가 쓴 「거짓부리」, 「만돌이」, 「굴뚝」, 「버선본」, 「빗자루」 등은 바로 이런 화적 동시에 속한다. 동시 「만돌이」는 전형적인 화적 동시이다. 시적 주인공 만돌이가 시험치기 전날 요행을 바라면서 길가에서 돌 다섯 개를 주어 전봇대를 향해 뿌려 맞히는 것으로 자기를 안위하는 동심의 세계를 그려낸 것이다. 당시 이런 화적 동시는 요적 동시를 배격하면서 동시 작가들이 개척한 새로운 시 형태였다. 윤동주도 바로 이런 동시 쓰기에 발 벗고 나섰던 것이다.

셋째, 화적 동시를 쓰던 그 당시, 동시 작가들은 정형 동시에서 해탈한 결과 가뿐한 심정이었지만 서사적 이야기에 점차 혐오감을 느끼고 시적 대상에 대한 간단한 소묘적 처리에 서정성을 가해주는 그런 시들을 추구하는 단계에 들어서게 되었다. 바로 윤동주가 숭상한 정지용이 사물에 대한 가벼운 소묘를 시도하였다. 그런데 정지용은 그런 소묘를 민요풍에 담아 요적 동시로 썼던 것이다. 윤동주는 정지용의 소묘적 방법을 따왔으나 민요적인 정형 동요 형식을 배격하고 자유 동시 형태를 취하였다. 이런 작품으로는 「오줌싸개 지도」, 「조개껍데기」, 「누나」 같은 것이 있다.

빨래줄에 걸어논
요에다 그린 지도
지난밤에 내 동생
오줌 싸 그린 지도

꿈에 가본 엄마 계신
별나라 지돈가?
돈 벌러 간 아빠 계신
만주땅 지돈가?

이것은 동시 「오줌싸개 지도」의 전문이다. 시에서 볼 수 있는 바와 같이 동생이 오줌을 싼 '요'라는 이 객관적 대상물을 소묘적으로 그려놓고 거기에 당시 현실을 지도라는 기발한 생각으로 오묘하게 반영하고 있다. 엄마는 왜 세상 뜨고 아버지는 왜 만주땅으로 갔을까? 이것은 그 당시 현실에 대한 예술적인 반영이 아닐 수가 없다. 이렇게 윤동주는 꿈 아닌 그 당시 어린이들의 생활 그대로를 서사적 화폭으로 소묘하면서 새로운 동시를 추구했던 것이다.

넷째, 윤동주는 점차 참신한 감각적 이미지를 창조하는 시적 형태도 추구하였다. 그가 숭상한 정지용은 1930년대에 이르러 참신한 감각적 이미지와 섬세하고도 독특한 언어 구사에 의한 현대시 창작에서 일정한 성과를 올리고 있었다. 박영종은 참신한 시어로 이미지 창조에서 시적 돌파를 추구하였다. 김영일은 찰나적, 즉물적인 감수성을 살리면서 감각적 이미지 창조로 시를 새로운 차원으로 끌어올리려 애를 썼다. 윤동주도 이런 시대적 영향을 받아 객관적 사물에 대한 직관적인 소묘로부터 사물을 감각적으로 그려내는 방향에서 노력하였다.

> 까치가 울어서
> 산울림,
> 아무도 못 들은
> 산울림
>
> 까치가 울었다
> 산울림,
> 저 혼자 들었다
> 산울림

이것은 동시 「산울림」의 전문이다. 산울림이라는 청각적 감각세계를 까치를 매체로 하여 펼쳐 보이고 있다. 까치가 울고 까치가 듣는 산울림, 산울림의 여운을 살리려 생략부호까지 쳐준 윤동주의 추구는 실로 의도적인 것이다. 이런 시는 형식이 간결하고 느낌이 찌르는 듯하여 시적 이미지가 산뜻하고도 날카로운 것이 특징이다. 윤동주가 쓴 이런 시들로는 「산울림」1938.5, 「반딧불」1937, 「나무」1937 등이 있다. 하지만 윤동주는 동시 창작을 너무 일찍 마무리 지었기에 이런 형태의 동시는 그렇게 많지 않다.

다섯째, 윤동주는 환상과 의인화 방법을 도입하여 당시 어린이들의 서정 세계를 상징적으로 그리면서 상징적 동시 형태도 추구하였다. 일제 침략자의 고압적 탄압 속에서 우리의 작가, 시인들에게는 창작 자유가 없었다. 압박이 있는 곳에는 반항이 있는 법이다. 그러나 그 반항도 사람 나름이었다. 윤석중과 같은 동시 작가는 현실을 떠난 초현실적인 꿈나라에서 이른바 동심을 노래했다면 박영종은 동화적인 환상으로 상징적인 동시를 썼던 것이다.

윤동주는 바로 꿈 아닌 현실을 반영할 것을 주장한 시인이었다. 그는 현실을 사실주의적으로 반영하던 데로부터 동화적이며 우회적인 방법으로 상징적 동시로 현실을 반영하였다. 「귀뚜라미와 나와」1938, 「참새」1936.1.2, 「해바라기얼굴」1938 등은 이 부류에 속하는 작품들이다. 이런 작품들은 대개 동식물을 시적 대상으로 삼고 거기에 사회 현실을 굴절의 형태로 담으면서 상징적 동시 형태를 취한 것들이다. 이것은 동시 작가로서 예술적인 반항의 한 수단이었으며 또한 윤동주가 추구한 시의 한 형태이기도 했다.

여섯째, 윤동주는 점차 소박하고도 간결한 시어와 짧고도 깔끔한 시 형식을 취하면서 애써 철학적인 내용을 담는 방향으로 나아갔다. 당시 박영종은 참신한 시어 고르기를 중시했고 강소천은 동시 「닭」과 같은 것을 써서 간결하면서도 객관적인 표현미를 살리며 독자가 다각적으로 음미하도록 하는 방향에서 창작했다.

윤동주도 화적 동시를 쓸 때와는 달리 시의 함축에 애를 썼고 또 시의 관념형태로 나아가면서 점차 시의 무게를 강화하는 면으로 나아간 것이 그의 작품에 완연히 드러난다. 이를테면 「무얼 먹고 사나」1936, 「호주머니」1936, 「못 자는 밤」1941 등이 이런 시에 속한다. 동시 「못 자는 밤」에는 객관적 대상물이 없이 관념적인 뜻을 간결한 시어로 다루고 있다. 그 뜻을 독자들마다 나름대로 해석할 수 있는 드넓은 감상 여지를 갖추고 있다. 이런 시들은 윤동주의 시 가운데 그렇게 많지 않다. 그러나 이런 시 형태도 윤동주가 추구했던 것만은 사실이다.

이상에서 볼 수 있는 바 윤동주는 선배 시인들의 훌륭한 학생으로서 그들의 창작 경험을 진지하게 학습했던 것이다. 그러나 윤동주는 선배들과 동시대 동시 작가들의 창작 경험을 무분별하게 그대로 받아들인 것이 아니라 비판적으로 수용하면서 자기 나름대로 시를 창작한 탐구적 동시 작가였다는 것을 우리는 알 수가 있다.

3. 윤동주 동시의 사상 미학적 가치

윤동주는 1917년 12월 30일에 태어나서 1945년 2월 16일 오전 3시 36분까지 만 27년 2개월 만을 산 시인이다. 이 짧디짧은 생애에 그는 정치적으로 아직 미숙하나마 개량주의 경향을 보였지만 사상적으로 보면 그때 벌써 '격렬한 민족의식'을 가진 철두철미한 민족주의자였다.

그는 프로작가들과도 다르고 친일적인 자산 계급작가와도 다른 오직 민족주의 입장에 굳건히 서서 문학가다운 신분으로 일본제국주의에 대한 자기의 저항 의식을 예술적으로 오묘하게 표현하였다. 그가 쓴 동시에서도 그의 저항 의식은 충분히 표현되고 있다.

첫째, 윤동주는 일제 치하에서의 우리 인민들의 고달픈 생활을 그대로 그려내고 그런 현실을 부정함으로써 일제에 대한 저항 의식을 예술적으로 표현하였다. 우선, 문학가 윤동주는 일제강점하의 우리 인민들의 고달픈 생활을 소묘적으로 그려내는 데 성공하였다. 이런 작품들에는 「아기의 새벽」, 「해바라기 얼굴」, 「기왓장 내외」 등이 있다.

　　우리 집에는
　　닭도 없단다.

다만
아기가 젖달라 울어서
새벽이 된다.

우리 집에는
시계도 없단다.
다만
아기가 젖달라 보채어
새벽이 된다.

이것은 동시 「아기의 새벽」의 전문이다. 일제시대 일본인들과 친일파 나부랭이, 그리고 잘사는 집들에서는 이른바 현대문명의 '혜택'을 입어 벽시계들이 나타나 땡땡 시간을 알려주었다. 그러나 서정적 주인공의 '우리 집'에는 시계는 고사하고 새벽을 알리는 닭마저 없는 지지리 구차한 집이다. 오직 시간을 알리는 것은 배불리 먹지 못해 빽빽거리는 젖먹이의 젖 달라는 그 울음소리뿐이었다. 배고픔으로 어제를 보내고 배고픈 채 새날을 맞이하는 인민들의 생활을 아기의 울음소리로 기발하게 보여 준 여기에 윤동주의 시적 재능이 남김없이 나타난다.

누나의 얼굴은
해바라기 얼굴
해가 금방 뜨자
일터에 간다

해바라기 얼굴은

누나의 얼굴

얼굴이 숙어들어

집으로 돌아온다.

이것은 동시 「해바라기 얼굴」의 전문이다. 한창 꽃피어야 할 꽃나이 누나는
일제 놈들의 강제노동 터에 끌려가 고달픈 노동으로 시들고 만다.

비오는 날 저녁에 기왓장 내외

잃어버린 외아들 생각나선지

꼬부라진 잔등을 어루만지며

쭈룩쭈룩 구슬피 울음웁니다

이것은 동시 「기왓장 내외」의 제1연이다. 작자는 기와장 내외를 의인화하여
외아들이 그리워 구슬피 우는 기왓장 내외의 처량한 모습을 비극적 정서로 노
래하고 있다. 왜 달콤히 자야 할 갓난아기가 이른 새벽부터 울음을 터뜨려야
하는가? 왜 한창 꽃필 나이의 누나가 서리 맞아 시들어야만 하는가? 왜 꼬부라
진 잔등을 어루 만지며 기왓장 내외는 구슬피 울어야만 하는가? 이 모든 것은
윤동주가 소묘적으로 그려낸 당대 현실의 축도적 표현인 것이다. 이것은 '대동
아공영권'을 불어대면서 '낙토樂土'라고 떠벌인 일제 침략자에 대한 공개적인
도전이요, 철저한 부정이었다.
　다음 윤동주는 당대 현실에 대한 부정 의식을 아주 함축적이면서도 철학적
으로 표현했을 뿐만 아니라 자기의 저항 의식을 상징적이면서도 예술적으로
승화시켰다.

내일 내일 하기에
물었더니
밤을 자고 동틀 때
내일이라고

새날을 찾던 나는
잠을 자고 돌아보니
그때는 내일이 아니라
오늘이더라

무리여! 동무여!
내일은 없나니

　이것은 윤동주의 최초의 동시이다. 이 시를 단순한 '새날'을 기대하는 동심의 표현이라고 보아서는 안 된다. '새날'에 대한 희망과 기대를 갖고 '내일'을 찾던 시적 주인공은 오늘과 같은 내일, 즉 오늘이 반복되는 내일을 만나게 된다. 그러므로 내일은 오늘이요, 따라서 내일은 없다는 것이다. 여기서 '새날'과 같은 광명의 내일이 올 수 없다는 놀라운 시적 경지에 올라선 윤동주를 우리는 기꺼이 바라보게 된다. 비극적 현실로 가득찬 오늘의 지속, 그것은 일제 치하의 현실이었으며 내일이 있을 수 없는 비극적인 일상이었다.

하나, 둘, 셋, 넷
······
밤은

많기도 하다

이것은 윤동주의 마지막 동시 「못 자는 밤」의 전문이다. 윤동주는 내면세계의 불안한 정서를 잠이 오지 않는 시적 주인공을 통해 간결하게 드러내면서 시적 주장을 함축적으로 생략부호로 표현하였다. 그리고 독자더러 그것을 음미하고 터득하도록 하였다. 내일이 없는 비극적인 오늘 잠을 못자는 고달픈 운명, 이것이 일제 치하 우리 민족의 생활 형편이었다. 윤동주는 바로 이처럼 일제 치하의 비극적 현실을 소묘적으로 재현하고 철학적으로 음미하면서 일제 침략에 대한 저항 의식을 예술적으로 표현하였다.

둘째, 윤동주는 조국과 고향을 잃은 우리 민족의 설움을 읊조림으로써 조국을 빼앗고 고향에서 쫓아낸 일제 침략자에 대한 저항 의식을 오묘하게 드러내고 있다. 이런 시들로는 「조개껍데기」, 「고향 집」, 「오줌싸개 지도」, 「편지」 등이 있다.

아롱아롱 조개껍데기
울 언니 바닷가에서
주어온 조개껍데기

여긴여긴 북쪽나라요
조개는 귀여운 선물
장난감 조개껍데기

데굴데굴 굴리며 놀다
짝 잃은 조개껍데기

한 짝을 그리워하네

아롱다롱 조개껍데기
나처럼 그리워하네
물소리 바닷 물소리.

윤동주의 「조개껍데기」라는 이 동시는 아주 절묘한 구성으로 쓰였다. 바닷가
에서 주어온 조개껍데기가 짝을 잃고 그 짝을 그리워하는 그리움의 정서와 바
닷가에서 북쪽 나라로 쫓겨 온 시적 주인공의 물소리 바닷 물소리 그리는 망향
望鄕의 정서가 합쳐서 그 시적 정서를 보다 풍부히 해주는 예술적 효과를 드러
내고 있다.

조개는 무엇 때문에 바다를 떠났고 시적 주인공은 무엇 때문에 바닷가를 떠
났는가? 이것은 대단히 값진 물음이 아닐 수 없다. 일제 침략자가 고향땅을 강
점하지 않았으면 그렇게 정든 고향을 떠났겠는가? 그 원인을 생각해보며 저도
모르는 새 주먹을 그러쥐고 입술을 깨물며 일제 침략자를 저주하는 시적 주인
공을 우리는 보는 듯하다. 윤동주는 바로 이런 형상적인 방법으로 자기의 저항
의식을 동시에 예술적으로 다분히 부여하였다.

헌 짚신짝 끄을고
나 여기 왜 왔소
두만강을 건너서
쓸쓸한 이 땅에

남쪽 하늘 저 길에

따뜻한 내 고향

내 어머니 계신 곳

그리운 고향 집

　이것은 동시 「고향 집」의 전문이다. 이 동시에서는 두만강 건너서 쓸쓸한 이
땅에 왜 왔냐고 직접적인 물음을 들이대고 있다. 이 시에서 시적 주인공은 더
대담한 형상으로 우리 앞에 나타난다. 여기서 우리는 또 이런 물음을 제기하도
록 시적 주인공 뒤에 서서 부축해주는 윤동주의 형상을 찾아볼 수가 있다. 바
로 쓸쓸한 이 땅에 온 것은 일제 침략자 때문인 것이다. 이 결론은 우리 민족이
라면 그 누구나 얼른 찾아낼 수가 있는 대답이었다. 그러므로 작자는 문제만
제기하고 독자더러 음미하고 그 대답을 찾게끔 했던 것이다.

　윤동주는 「오줌싸개 지도」에서 어머니를 잃은 시적 주인공이 만주로 떠난 아
버지를 그리는 소년의 비극으로 일제 침략에 대한 저항 의식을 보여 주었고 「조개
껍데기」에서는 고향에서 쫓겨난 어린 애들이 고향을 그리는 정서로 일제 침략자
에 대한 반항의 정서를 보여 주었다. 그리고 「고향 집」에서는 고향을 떠난 그 원
인을 장천長天에 물음으로써 일제 침략자에 대한 분노를 예술적으로 표현하였다.

　셋째, 윤동주는 우리 민족의 문화 의식을 고취하는 것으로써 일제에 대한 저
항 의식을 예술적으로 표현하였다. 윤동주는 "조선 독립을 위하여 조선의 민족
문화를 사수"하려고 했다. 그는 "학교에서 조선어 수업을 폐지하거나, 한글 신
문잡지를 폐간하는 것을 조선 문화 즉 고유 민족성을 말살하고 조선 민족을 멸
망시키는 것"으로 간주했다. 그는 조선 민족의 언어와 글을 갈고 닦는 것을 필
생의 목표로 내세운 동시 작가였다.

　그런 까닭에 한국의 평론가 김수복은 "윤동주의 동시 창작은 이러한 민족현
실과 긴밀한 관계를 맺고 있으며 그의 동시관 또한 그의 시가 지향하는 민족 자

아회복을 통한 민족정신의 앙양이라는 주제 의식을 담고 있다"고 하였다. 1937년, 일제 침략자는 조선 말과 글을 사용하는 것을 엄금했다. 이리하여 아동문학계에서 김영일과 같은 사람들은 1940년대에 일본말로 일본 침략자를 칭송하는 동요 「대일본의 소년」이라는 것을 써서 『아이생활』에 발표하기까지 했던 것이다. 그러나 양심적인 민족주의자 윤동주는 계속 우리 말과 우리 글로 시를 썼으니 발표하지는 못했지만 이 자체가 바로 저항시인의 모습을 뚜렷이 보여 주었음을 뒷받침한다.

산골짜기 오막살이 낮은 굴뚝에
몽기몽기 웨인 연기 대낮에 솟나

감자를 굽는 게지 총각애들이
깜박깜박 검은 눈이 모여앉아서
입술에 꺼멓게 숯을 바르고
옛이야기 한 커리에 감자 하나씩

산골짜기 오막살이 낮은 굴뚝에
살랑살랑 솟아나네 감자 굽는 내

이것은 윤동주가 명동촌 안에서 보낸 어린 시절을 바탕으로 해서 쓴 「굴뚝」이라는 동시 전문이다. 화전민 아이들이 오막살이집에서 감자를 구어 주린 배를 달래면서 민족의 얼을 키우고 있었다. 우리 민족의 옛이야기를 하면서 그들은 감자를 먹고 그들은 날마다 커갔다. 그런 이야기에는 이순신, 강감찬, 을지

문덕 장군의 이야기가 들어 있었을 것이다. 바로 이런 이야기를 하고 이런 이야기를 들으면서 민족의식을 키운 어린이들, 그 가운데 윤동주는 빨리도 자라 27년 2개월 동안 벌써 우리 민족의 저항시인이 되지 않았는가!

> 가을 지난 마당은 하이얀 종이
> 참새들이 글씨를 공부하지요
>
> 째액째액 입으로 받아 읽으며
> 두 발로는 글씨를 연습하지요
>
> 하루 종일 글씨를 공부하여도
> 쩩 자 한 자밖에 더 못 쓰는걸.

이것은 실로 묘한 시라고 하지 않을 수가 없다. 이 「참새」라는 동시는 윤동주의 시적 재주를 훌륭히 구현하고 있다. 참새를 의인화하여 글씨 공부를 하게 한 것, 이 시각視角이 대단히 묘하다. 우리 말과 우리 글을 못 쓰게 하는 그런 비극적 시대에 참새에게 글씨 공부를 하게 한 윤동주의 착상 또한 얼마나 절묘한가! 이것은 바로 일제 언어정책에 대한 직접적인 도전이요 일제 침략자에 대한 반항임이 틀림없다.

이같이 윤동주는 일제 침략자에 대한 저항 의식을 자기의 시에 예술적으로 표현하였다. 이것은 당시 프로작가들이 자기의 이념을 직접적으로 토로하는 것과는 완전히 다른 것이다. 윤동주는 저항 의식을 간접적으로 예술적으로 반영했던 것이다. 윤동주의 동시는 한결 값비싼 사상 미학적 가치를 가진 우리 아동문학의 성과적 보물이다.

4. 결론

이상의 논술을 정리해보면 다음과 같은 결론을 내릴 수가 있다. 첫째, 윤동주는 동시 창작자로 문단에 조용히 나타나 1930년대 조선 동시 혁신의 시대에 탐구적 자세를 보이며 여러 동시 형태로 적잖은 성과작을 세상에 내놓았다. 그러다가 특정한 시대에 사회 모순의 자아를 발견하게 되면서 윤동주는 괴로워하고 고민하고 방황하면서 더는 동심에 젖어 동시를 쓸 수 없다는 것을 자각하게 되었다. 게다가 나이를 점차 먹어가고 학식도 점차 늘게 되면서 현대시를 접하고 윤동주는 시 창작의 출구를 시에서 찾게 되었다. 그리하여 점차 동시 창작을 줄이고 성인 시 창작을 많이 하게 되었다. 그 결과 윤동주 창작의 성과는 시에 많이 드러나는데 동시 창작에서 얻은 성과 또한 소홀히 할 수가 없다.

이렇게 볼 때 윤동주의 동시 창작은 그의 창작 활동에서 자못 중요한 의의를 지니게 된다. 윤동주는 동시 창작에서 어떻게 현실을 시적으로 반영하는가 하는 것을 터득하였으며, 또 동시 창작 탐구 노력의 과정에서 여러 시적 기교를 학습하고 장악하게 되었다. 그리하여 그는 동시 창작에서 얻은 경험과 교훈을 살려 짧디짧은 창작 생애인데도 불구하고 재빠르게 시 창작에서 빛나는 성과를 올릴 수 있었던 것이다.

더구나 지금까지 중국 조선족 아동문학사에서 보면 윤동주는 떳떳한 자리를 차지하는 대표적 동시 작가로 이름을 새겨야 할 대상이다. 셋째, 윤동주는 중국 북간도 태생으로 중국 조선족 아동문학의 대표주자일 뿐만 아니라 그가 거둔 창작적 성과로 보더라도 조선 아동문학 전반에서도 그 위치가 상당한 동시 작가이다.

그는 1930년대 조선의 동시 혁신 운동 시기에 많은 영역에 걸쳐 동시 혁신을 위한 탐구적 노력을 하였다. 또 훌륭한 동시들을 많이 써내었다. 특히 일제의 조선말 말살 정책에 항거하여 우리의 아름다운 말과 자랑스러운 글로 동시를 써내는 성과를 올려 조선의 동시 발전에 지울 수 없는 공훈을 세운 작가로 평가하기에 손색이 없다고 생각한다.

따라서 윤동주는 "부끄럼 없는" 조선족 아동문학의 밝은 별로 영원히 빛날 것이다.

조선 남부의 저항작가 이석성을 읽는다

발굴의 의미를 담아

김정훈(전남과학대학교 교수)

1. 머리말

일제강점기인 1932년 이석성본명은 이창신, 1914~1948이라는 나주 출신 작가가 집필한 일본어 시가 나와서 화제가 되고 있다. 일본에서도 주목해 시 전문지 『시와 사상』 3월~5월호2021에서 기획으로 소개한 바 있다.

시의 제목은 「우리들의 선구자 말라테스타를 애도한다」이며 부제목은 '말라여! 철의 사나이여'이다. 시의 말미에는 '1932·8'이라고 새겨져 있으므로 저명한 이탈리아의 아나키스트 에리코 말라테스타1853~1932[1]가 세상을 등진 1개월

---

[1] 이탈리아의 아나키스트. 나폴리대학교 의학과 학생 시절 파리·코뮌의 영향 하에 공화파로부터 제1인터네셔널에 가입해 72년 바쿠닌을 만났다. 이후 60년 동안 아나키스트 활동가의 삶을 영위했다. 전 인류가 성차별 없이 사랑과 연대로 정치적·문화적 자유와 경제적 평등을 누릴 수 있는 아나키즘 사회의 실현을 꿈꾸며 각자가 자유의지를 지니고 이 과정에 참가할 것을 호소했다.

후에 이석성이 집필한 작품임을 알 수 있다.

1932년이니 만 18세. 이석성은 일제강점기 나주에서 청소년기를 보냈는데 그가 이탈리아의 아나키스트 지도자에게 관심을 품고 당시 일본어로 그를 애도하는 시를 집필한 만큼 주목하지 않을 수 없다.

실은 작가 이석성이 국내의 언론에 소개된 것은 2001년이다. 당시 1934년 『신동아』에 문단 데뷔작으로 발표된 이석성의 장편소설 『제방공사』가 그의 장남인 이명한에 의해 최초로 공개되어 눈길을 끌었다. 『광주타임즈』『남도일보』의 전신는 이석성의 출현에 초점을 맞추어 수차례에 걸쳐 보도한 적이 있다.[2]

하지만 그동안 그 외의 작품은 전혀 발견되지 않았던 까닭에 주목의 대상이 될 수 없었다. 그런데 이석성이 일본어로 집필한 시가 발굴된 것이다. 이명한은 "낡은 궤짝에서 새로 「우리들의 선구자 말라테스타를 애도한다」라는 일본어 시가 발견되어 일본에 전해졌다. 어떠한 평가를 받을지 궁금하다"[3]고 언급한 바 있다.

조선인 작가가 일본인들에게 의심스럽게 여겨지는 내용을 테마로 들추는 자체가 금기시되는 시대였다. 일본의 정치 권력은 1925년 치안유지법을 제정하여 식민지 지배를 강화하는 정책을 펼쳤을뿐더러 조선 내지에서도 조선인들의 사상과 자유를 철저히 탄압했다. 치안유지법 제정 후 조선총독부는 노동조합이나 사상단체 등 요주의 조직조선 각지의 156개 단체의 간부들을 불러 엄중한 경고를 내린 적이 있다. 그러나 "합법적으로 존재하는 단체에 대한 '경고'를 비밀결사 단속이라는 치안유지법으로 밀어붙이는 행위는 일본 내지에서는 일어나지

　　투옥, 망명, 박해의 현실 속에서도 때때로 이탈리아에 잠입, 끊임없이 지하활동을 전개했다. '사랑의 혁명가'로도 불린다. 『세계대백과사전』 제2판의 해설, 平凡社, 2005.

2　『광주타임즈』의 김선기 기자는 2001년 3월 13일 자의 문화면에 「30년대 호남 프롤레타리아문학 선도」라는 제목으로 특집 기사를 썼고 그 이후에도 몇 차례 관련 내용을 단독 취재·보도했다.

3　이명한, 「눈 내리는 동토에도 꽃은 피는가」, 『시와 사상』 3월호, 토요미술사출판판매, 2021.

않았다"[4]라고 한다. 법률 적용에서도 얼마나 조선인이 차별이 대상이었는지를 가늠해볼 수 있는 대목이다.

그런데도 그 후인 1928년 일본제국주의는 치안유지법을 개악했다. 그리하여 일본에서 고문에 의한 학살은 있었더라도 사형 판결집행은 없었음에도 조선에서는 독립운동가나 사상범에 대해 치안유지법 위반이라는 구실을 내세워 연이어 사형을 집행했다. 제정 후 해방에 이르기까지 조선인 사형수는 40명에 달하며 예컨대 간도 공산당 사건1930으로 사형에 처해진 주현갑1899~1936 등을 그 예로 거론할 수 있다.[5]

아나키즘이나 마르크시즘 등의 진보적 문학 활동이 얼마나 혹독한 감시와 통제의 대상이었는지 두말할 나위 없다. 일본제국주의는 문학적 저항의 움직임을 차단하고 지배 강화를 목적으로 두 차례1931년과 1934년에 걸쳐 카프조선프롤레타리아예술가동맹의 멤버들을 모조리 검거했다.[6]

이러한 일본제국주의 정부의 조선인에 대한 사상 통제의 시기에 이석성은 일제의 식민지 지배 현실을 직시했다. 그리고 저항소설을 집필했거니와 아나키즘을 추구, 해외 아나키스트의 죽음을 기리는 시를 남몰래 작성했던 것이다.[7]

과연 이석성은 어떠한 작가였을까? 그리고 그의 시와 소설의 지향점은 무엇이었을까? 본고는 그의 생애와 활동, 나아가 그가 써서 남긴 작품을 주목하고 검증해 봄으로써 1930년대 조선 남부 지역에서는 흔히 찾아볼 수 없는 저항작가로서의 이석성을 확인하기 위한 시도이다.

4　미즈노 나오키(水野直樹), 「치안유지법의 제정과 식민지 조선」, 『인문학보』 제83호, 교토대학 인문과학연구소, 2000.
5　미즈노 나오키, 「일본의 조선 지배와 치안유지법」(하타다 다카시, 『조선의 근대사와 일본』, 大和書房, 1987)이나 『신문 아카하타』(2006년 9월 20일 자) 참조.
6　가미야 다다타카(神谷忠孝), 「전시 하의 조선문학계와 일본-'내선일체'에 대하여」, 『북해도분쿄대학논집』 제9호, 2008.
7　시는 특정 문예지에 게재되지 않았다. 마지막 부분 '구고(舊稿) 중에서'라는 기록으로 보아 새로운 원고가 작성되었는지, 혹은 공개할 의도가 있었는지에 대해서 밝혀진 바 없다.

2. 이석성은 누구인가

이석성은 1914년 나주군현 나주시 봉황면 유곡리에서 한방약 관련업에 종사하던 아버지 이유섭과 어머니 김도천 사이에 외아들로 태어났다. 본명은 이창신李昌信이고 이석성李石城은 필명이다.[8]

봉황면의 남부는 산지, 북부는 구릉이 펼쳐지는 평야로 이루어져 있다. 예부터 쌀·보리 농사를 짓는 농민들이 농업 활동을 삶의 기반으로 삼아 생활하던 고장이다. 봉황면으로 불리기 시작한 것은 1914년. 그 해에 조선총독부의 행정구역 개편으로 3개의 면이 통합, 봉황면이 되었다.[9]

이석성은 1923년 봉황면 소재의 봉황공립보통학교현 봉황초등학교에 입학한다. 4년 후에는 나주공립보통학교현 나주초등학교로 옮겨 학업을 이어가는데, 그가 나주농업보습학교에 입학한 것은 1928년이다. 광주와 나주지역에서 파란을 불러일으킨 사건이 발발한 것은 그 이듬해이다.

한일학생의 대립이 광주에서 격렬하게 펼쳐지는 상황에서 이석성은 나주에서 동료 학생들과 함께 학생 만세운동을 주도한다. 부당한 일을 목격하면 수수방관하지 않을 정도로 정의감이 투철한 성격의 소유자였던 그는 일찍이도 민족해방의 목소리를 드높이는 것이다.

이석성이 나주농업보습학교에서 등사판을 빼낸 뒤 전단을 인쇄하여 항일시위에 앞장선 것은 1929년 11월 27일제1차 만세운동. 학생운동이 나주에서 광주로, 광주에서 각 지역으로 퍼져나갈 즈음 맨 처음 나주역에서 불을 지핀 주인공 박준채의 고종사촌 유찬옥을 중심으로 나주 학생들이 뭉쳤다. 유찬옥이 같은 학

---

8 이창신은 독립운동가로 이미 나주 시민들에게 널리 알려져 있으며 나주학생독립운동기념관에도 독립유공자로 사진이 전시되어 있다.

9 나주시청 홈페이지(https://www.naju.go.kr/www/introduction/dong/bonghwang/condition) 참조.

교의 이석성을 어느 정도 신뢰했을지 짐작하고도 남는다.

나주농업보습학교 2학년 유찬옥이 신간회 나주지회 회원들을 만나 학생 만세운동을 결의하자 이 결의에 이석성, 홍민후를 비롯한 나주농업보습학교 선두그룹, 그리고 나주보통학교 리더들이 동참했다. 그리하여 그들은 27일 나주 장날을 기해 전단을 배포하며 학생 만세운동을 전개하는 것이다.

이석성이 가져온 등사기에 의해 '조선학생대중만세!', '피압박민족해방만세'라는 글귀가 선명히 새겨졌다. 이석성을 비롯한 선두그룹은 학생들을 인솔, 27일 나주시장에서 전단을 살포하며 '민족해방'이라는 구호를 외쳤다. 이날의 만세운동으로 학생들과 나주신간회 간부들이 검거되었다.

재판이 열리고 예심을 거쳐 재판장조선총독부 기무라 판사이 판결문에 서명한 것은 쇼와 5년1930 3월 5일이다. 당시의 재판 기록일본어 원문에는 "이창신이 비밀리에 농업보습학교 사무실에서 꺼내온 등사판謄 제3호 및 피고인 유찬옥이 구입해 가져온 등사 원지 잉크, 용지 등을 사용, 관할 관청의 허가를 받지 않고 약 2천 부의 선전 삐리謄 제1호는 그 1부를 인쇄하여 다음 날 27일 아침······"[10]이라고 적시되어 있다.

만 15세였던 이석성은 저학년생이었기에 공판의 피고석에 앉지는 못했지만, 예심에서도 총독부 판사는 피고인의 증언을 통해 유찬옥이 원지와 잉크를 지참하고 이창신이 농업보습학교 사무실에서 등사기를 가져와 전단지 2천 장을 인쇄해 배포한 사실을 명확히 밝혔다.[11]

이석성은 30년 2월 10일제2차 만세운동, 다시 학생들의 선두에 서서 만세운동을 전개하다가 일경에 체포되었다. 1930년 2월 16일 자의 『조선일보』는 광주지방법원합의부의 공판 사실을 거론하며 신간회의 책동으로 나주의 학생들이 연

---

10 쇼와 5년(1930년) 3월 5일 광주지방법원에서 열린 재판 기록.
11 조선총독부 판사 후지모토 가토의 주도로 1930년 2월 8일에 열린 예심의 기록. 『조선일보』(1930년 2월 16일) 등 참조.

루되었다고 보도했다. 같은 날의『중외일보』『중앙일보』의전신는 이 사건의 경위 대한 기사를 송출했다.

> 전남 광주光州학생사건에 동정하야 라주농업보습학교羅州農業補習學校 동 보통학교同普通學校 합 이백여 명은 지난 이월 십일 라주 장날을 긔하야 조선학생 만세를 고창하며 시위운동을 하엿다 함은 루차 보도 하엿거니와 동사건이 혹시 단톄의 조종이나 아닌가 의심을 품은 라주경찰은 어린 학생 사십오명을 검속하야 엄중 취됴하여 오든 중 지난 이월 십이일 오전에 이십명 오후에 십오명을 석방하고 남어지 칠명 보교생普校生 원복준元福準, 김형수金亨洙, 최동균崔東均 외 일명과 농보교생農補校生 **리창신李昌信 박춘근朴椿根 최봉춘崔鳳春** 합 7명은 아즉 싸지 엄중한 취됴를 받는 중이라더라.[12]

(고딕 강조는 인용자)

이석성은 나주농업보습학교 학생 중 가장 앞에 이름이 새겨져 있으므로 학생 만세운동의 선두그룹에 속해 있었음을 알 수 있다. 농업보습학교 학생 세 명=이창신, 박춘근, 최봉춘은 당연히 학교로부터 무기정학 처분을 받았다.[13]

당시 유찬옥, 이석성 등이 주도적으로 참가한 학생 독립운동 전후의 배경을 살펴보자. 1920년 후반은 광주와 나주를 중심으로 조선인 학생과 일본인 학생 사이의 갈등이 노골적으로 드러나는 시기였다. 급기야 29년 10월 30일 광주발 나주행의 통학 열차가 나주역에 도착할 즈음 일본인 중학생 후쿠다 슈조福田修三 일행이 조선인 여학생 박기옥 일행을 희롱하는 사건이 발발했다. 이에 박기옥의 사촌 동생 박준채가 분노를 삼키지 못하고 후쿠다를 구타하면서 패싸움으로 번지

---

12 『중외일보』(1930년 2월 16일), 본문 인용은『광주학생독립운동과 나주』, 나주시·전남대 호남문화연구소, 경인문화사, 1999.
13 『조선일보』(1930년 3월 4일) 참조.

고 만다. 조선인 학생과 일본인 학생의 격렬한 대결에 더욱 불을 당기는 것이다.[14]

기실 여러 해 전부터 광주와 인근지역에서 항일학생 충돌이 있었고 이러한 분위기가 조금씩 격화하는 양상으로 드러나는 상황이었다. 그러다가 나주역 사건도 발생한 것이다. 이 나주역에서 발생한 사건이 "광주에서의 학생 봉기로 이어졌으며, 나아가 전국적인 학생봉기로 확대되었다"는 점을 강조하는 의견이 있다.[15] 뿐만 아니라 예컨대 3·1독립운동, 6·10만세운동과 함께 광주학생운동을 '3대 독립운동으로' 규정하고 이 독립운동이 시작된 최초의 장소를 중시하는 견해도 나오고 있는 만큼[16] 당시 나주의 움직임을 주목하는 목소리는 수그러들지 않고 있다.

나주역에서 발생한 한일간의 분쟁은 일본 경찰이 일본 학생들을 두둔함으로써 조선인 학생들의 분노를 불러일으킨다. 더구나 언론통제를 강화하기 위해 일본 당국이 지역신문인 『광주일보』를 장악, 광주일보로부터 편향적인 보도가 나오자 조선인 학생들은 강렬하게 항의한다. 이에 일본 경찰은 무력으로 조선인 학생들을 체포하는 등 무자비한 탄압을 가한다. 이 와중에 나주에서는 항일단체인 신간회 나주지부의 회원이 개입해 조직적으로 운동을 전개한다. 그들의 지원으로 이석성 등은 타학교 학생들과 연대하며 나주농업보습학교 학생들의 선두에 서서 투쟁을 지휘한 것이다.[17]

1930년 2월부터 3월 말까지 중앙지 『조선일보』, 『동아일보』, 『중외일보』『중앙일보』 등은 나주에서 이석성과 그의 동료들이 펼치는 운동을 일제히 보도했다.

---

14 광주학생독립운동동지회, 『광주학생독립운동사』, 국제문화사, 1974.
15 박찬승, 「11·3학생독립운동과 나주」, 『광주학생독립운동과 나주』, 나주시·전남대 호남문화연구소, 1999. 여기에서 논자는 학생운동이 나주에서 광주를 거쳐 전국으로 확대된 점에 착안하여 '광주학생운동'이 아니라 '11·3학생독립운동'이라고 표현하는 것이 적절하다고 주장하고 있다.
16 윤선자 외, 『나주독립운동사』, 전남대 학교출판부, 2015, 등 참조.
17 김성민, 「광주학생운동과 나주지역 학생들의 활동」, 『항일민족운동과 나주』, 나주시·나주학생독립운동기념관, 나주투데이, 2009 등 참조.

그 학생운동의 기세가 얼마나 격렬한 것이었는지 상상하고도 남는다. 조선인 학생들은 동료들의 석방을 강력히 요구하면서 총독부의 차별정책에 맞서 투쟁의 강도를 높여나갔다. 이러한 나주 학생들의 연대와 지원하에 광주를 비롯한 각 지역으로 학생들의 운동이 퍼져나간 점을 염두에 두면 이석성 일행의 나주에서의 활약은 학생 운동사에 중요한 의미를 지니는 것으로 볼 수 있다.

전국적 운동으로의 확대는 김병노, 허헌을 중심으로 한 신간회 중앙본부의 개입에 의한 것이었다. 신간회는 광주학생운동의 조사단을 파견한 후 서울에서 성대한 집회를 열고 대규모의 민중운동을 전개하려는 계획을 세우고 있었다. 하지만 신간회를 비롯해 사회단체의 간부들이 연이어 일본 경찰에 체포되어 집회는 개최될 수 없었다.[18] 일본에서 출간된『광주항일학생사건자료 - 조선총독부 경무국 극비문서』風媒社, 1979라는 문헌에도 상세하게 실려있는데 그 후 각 학교에 대한 감시와 통제는 더욱 강화되었고, 동맹휴교와 시위 활동은 그치지 않고 이어졌다.

이석성은 이러한 혼돈의 정국하에서 글 쓰는 작업을 게을리하지 않았다. 장남 이명한의 증언에 따르면 이석성은 시문 창작에 남다른 면모를 보여 수 편의 시를 집필했고 일기도 남겼다. 하지만 해방 이후 분실된 것으로 드러났다.[19]

『시와 사상』2021년 3월호에 실린 '우리들의 선구자 말라테스타를 애도한다'라는 발굴 시로부터 추측하건대 이석성은 아나키즘과 같은 진보적 사상에 심취해 있었던 것이 분명하다. 그리고 일본어로 시 창작을 할 정도로 일본어 능력이 탁월했음을 알 수 있다. 장남인 이명한은 어릴 적에 부친이 일본어 서적을 읽는 모습을 종종 목격했다고 하며, 언론 인터뷰를 통해서도 "내가 15세 무렵에 돌

---

18 광주학생독립운동동지회, 『광주학생독립운동사』, 국제문화사, 1974;『항일민족운동과 나주』, 나주시·나주학생독립운동기념관, 나주투데이, 2009 등 참조.
19 필자가 2020년 8월 29일 자택을 방문했을 당시, 이명한이 재판 기록을 건네며 들려준 증언.

아가셨기 때문에 웬만한 일은 다 기억하고 있다. 당시 우리 집은 일경들이 매일 살다시피 했고, 무슨 내용인지 모르겠으나 아버지는 일경들과 큰 소리로 자주 싸우셨다"[20]고 언급한 바 있다.

이석성이 『신동아』에 『제방공사』라는 소설로 문단에 데뷔한 것은 '우리들의 선구자 말라테스타를 애도한다'를 집필한 2년 후1934이다. 이 소설은 『신동아』 측으로부터 가작으로 선정되었지만, 총독부의 검열을 무사통과할 리 없었다. 『신동아』에 3회에 걸쳐 게재되었다고는 하나 1~2회1934년 10~11월호는 여기저기 복자伏字 처리되었고, 3회12월호부터는 게재 중지의 탄압을 받았다. 12월호에 실린 것은 1장의 표지뿐으로 모든 내용이 복자伏字 표시가 가해진데다가 삭제되어 읽기조차 불가능한 상태이다.

이석성은 이러한 감시와 탄압을 견디지 못하고 일본으로 건너가기로 결심을 굳힌다. 그 결심이 실행된 것은 문단 데뷔 후 얼마 지나지 않아서였다. 이미 일본어 표현능력을 충분히 체득한 터라 일본 생활에서 언어소통의 문제는 없었을 것이다. 하지만 일본에서의 활동이나 일본 진보세력과의 교류에 대해서 추측할 수는 있겠지만 관련 작품이나 기록은 없다. 찾을 길이 묘연하다.

이명한은 증언한다. "어린시절의 기억으로는 아버지가 일본에서 7년여 동안 지내면서 상당한 활동을 했던 것으로 들었다. 나 역시 일본에서의 행적이 몹시 궁금하다. 기회가 닿는다면 일본에서의 족적을 더듬어 보고 싶다"[21]고.

이석성은 해방을 맞이하여 나주로 귀향한 것으로 전해지고 있다. 그 뒤 직장생활을 하던 중 불운한 시대적 상황 속에서 비극적인 사고를 당한다. 이데올로기의 대립이 격렬한 사회적 분위기에 내몰려 최후를 맞을 줄을 누가 알았으랴. 안타깝게도 34세의 나이로 요절하고 마는 것이다.

---

20 『광주타임즈』(2001년 3월 13일 자)의 「이창신의 아들 명한씨의 일문일답」 참조.
21 위의 글.

3. 발굴 시에서 읽히는 의미

발굴 시 「우리들의 선구자 말라테스타를 애도한다－말라여! 철의 사나이여」는 앞서 언급한 것처럼 특정한 잡지나 문예지에 게재된 것은 아니다. 더불어 이석성이 말미에 '1932 · 8'이라고 자필로 기록했으므로 작품 집필 시기는 예측 가능하다고 볼 수 있지만, 집필 배경이나 경위에 대해서는 밝혀지지 않았다. 다만 시대적 분위기를 살펴건대 시의 의도가 무엇인지 가늠해볼 수 없는 것도 아니다. 시의 내용도 말라테스타의 죽음에 애도의 마음을 표하는 것이니 이석성이 어느 정도 아나키즘에 관심을 보였는지 유추해볼 수 있다.

시는 9연으로 구성되어 있는데 마지막 부분에 '구고舊稿 중에서'라는 표현이 눈에 뜨인다. 그런 만큼 과연 신고新稿도 있을까 하는 의문이 제기될 법하다. 하지만 지금까지 새로운 원고가 발견된 적은 없다. 시의 전문은 다음과 같다.

우리들의 선구자 말라테스타를 애도한다

－ 말라여! 철의 사나이여

이석성

태양은 폭군처럼 눈부시게 빛나고

동에서 서로 날이 새고 해가 진다

이런 분위기에 역사는 유전流轉하는 것인가

광음光陰은 영원히 흐르고

역사는 끊임없이 이어지고

그리고 또

삶과 죽음은 순식간에 왔다 사라지는 것
지금 우리는 그걸 슬퍼하는 게 아니다
헌데 지금
우리가 가장 용감한 투사를 잃을 줄이야……

우리는 자신의 목숨을 아끼는 무정無精한 무리가 아니다
우리는 인류 최고의 이상 ××××주의를 위해서는
설령…… 이 생목이
당장 날아갈지라도 꿈쩍도 하지 않는다
하지만……
아아……
우리의 전선에서 가장 앞서고 가장 용감한
말라를 잃을 줄이야……

아아!
『말라여! 철의 사나이여!』
동지의 70여 년 투쟁은
—인류의 낙원을 건설하려고
정의의 검은 깃발 치켜올린 투쟁은—
얼마나 격렬하고 통렬했던가
추방과 감옥, 그리고 빈곤과 병마……
허나 동지는 언제나 용감하지 않았는가?
말라는 열정의 사나이—태양 같았던 대상
—모든 걸 사랑하는

자유 평등한 사랑의 명성明星—

허나
이제 그는 이 세상에 없다
철과 같은 의지의 인간! 열정을 불태우던 사내는
지금 목숨이 끊어져
로마의 한구석에 오랫동안 누워있다

아아! 이지理智로 빛나는 그 투지
말라테스타는 눈을 감았다

나는 말라를 본 적이 없다 또 알지 못한다
허나 나는 알고 있다
그의 정신은 지금
더 강력히 되살아나
—지배계급에 대해 모두가 증오의 마음으로—
—희망에 빛나는 자유 코뮌(공동체)—
고귀한 검은 깃발을
단단히 끌어안고 있는 것이다

아아!
『말라여! 철의 사나이여!』
동지의 가슴에 타오르는
고귀한 이상은 어찌하여

두 번 다시 돌아올 수 없는 길을 걷는가

나 지금 동지의 죽음과 함께

굳은 신념 더욱 강해져

자유를 위해 행복을 위해

목숨을 바치리라 맹세한다……

아아! 동지들이여!

열렬한 의지를 품은 전 세계의 동지들이여!

그대들은……

말라테스타의 장렬한 죽음의 길을 뒤따라

일어서자!

자유 코뮌 건설을 위해 ―

자유 평등 박애의 수호를 위해 ―

그리고 안락한 사회……만인의 행복이 성취될 그 날을 맞자!

― 1932 · 8 ―

구고舊稿 중에서

　말라테스타는 어떠한 인물일까? 이탈리아의 중산층에서 태어난 에리코 말라테스타는 청소년기부터 권력에 저항하는 모습을 보인다. 학교를 떠나 일찍이도 혁명가의 길을 걷다가 바쿠닌을 만났고 바쿠닌이나 크로포토킨과 함께 아나키즘 운동에 몰두했다. 그는 감시의 눈길을 피하기 위해 이탈리아를 떠나 망명 생활을 선택하기도 했다.[22] 영국, 프랑스, 스위스 등 각국을 전전하면서 수

22　에리코 말라테스타, 하승우 역, 『국가 없는 사회』, 포도밭출판사, 2014 참조.

십 년간 지하활동을 펼쳤거니와 아나키즘을 사람들에게 전파하는 역할을 자임하였다. 즉 말라테스터는 아나키즘 운동에 헌신하는 일생을 보냈다고 해도 과언이 아닐 것이다.

이와 같은 삶을 산 말라테스타는 평생 권력을 부정하고 자유와 평등을 중요한 가치로 인식하는 활동을 전개했다. 말라테스타는 아나키즘 사상에 대해 "사회적 불공정에 대한 도덕적 반항 속에서 탄생했다"고 언급하며, 그 사상을 "모든 형태의 권력·착취에 언제나 도전하는"[23] 것으로 받아들였다. 그러한 가치가 정착된 이상적인 아나키즘 사회를 꿈꾸고 있었음이 틀림없다.

이석성은 말라테스타를 '우리들의 선구자', '철의 사나이'로 바라보았으며 그 정도로 투철한 신념과 사상의 소유자로 인식하고 있었다고 여겨진다. 특히 학생운동의 리더인 입장에서 지배권력에 대한 저항 의식과 인간해방 추구, 절대적 자유를 말라테스타의 아나키즘으로부터 수용하고 있었음이 틀림없다.

주목하지 않을 수 없는 것은 이석성이 말라테스타의 아나키즘 사상을 추종하면서 일본어로 시를 집필한 점이다. 이석성은 일본어 읽기와 쓰기에 불편함이 없었다. 일본어 서적을 연이어 입수하여 독파하고 있었으므로 구미의 상황은 물론 일본 아나키즘의 분위기나 실상도 간파하고 있었을 것이다.

일본에서는 1908년 혁명가 고토쿠 슈스이幸德秋水가 말라테스타의 「무정부주의와 신노동조합」을 『일본평민신문』에 번역하여 선을 보였다. "그 후 고토쿠 번역이 다소 손질되어 구어체의 형태로 말라테스타의 『무정부주의 조직론』地底社, 1929에 부록으로 수록되었다. (…중략…) 말라테스타의 저작으로는 그 외에 『무정부주의론』解放新聞社, 1927, 『농민과 함께』기노시타 시게루 역, 小作人社, 1929, 『선거전에 즈음하여』自由書房, 1929, 『말라테스타 논문집』노동자의지식사, 1932"[24] 등이 일본에 번

---

23 에리코 말라테스타, 『그의 생과 사유(*His Life and Ideas*)』, Freedom, Press, 1965.
24 고마츠 류지(小松隆二), 「고토쿠 슈스이와 아나키즘」, 『경제조직의 미래 외』(고토쿠 슈스이 전

역, 공개되었다.

『무정부주의론』은 1930년 흑색전선사黒色戦線社에서도 간행하였고 평범사平凡社에서는 「농민의 사이에서」『사회사상전집』 28, 1930 등을 독자에게 소개하였다. 이처럼 1920년대 후반부터 1930년대 초반까지 말라테스타의 저작이 유행을 탔다. 따라서 말라테스타 저작이 당시의 독자에게 읽힌 시대적 분위기를 주시하지 않을 수 없다.[25] 이석성은 위의 책이나 전집을 입수해 읽은 것이다.

자택에서 부친의 일거수일투족을 지켜보던 이명한은 "서적이 방 안에 가득 찰 정도였다. 개조사改造社의 경제학전집, 메이지・다이쇼 문학전집, 세계 사상전집, 바쿠닌, 크로포토킨, 고토쿠 슈스이, 오스기 사카에, 가와카미 하지메의 저서 등 헤아릴 수 없을 정도로 책이 쌓여 있었다"[26]라고 증언했다. 말하자면 이석성의 사상과 정신세계는 서양 사상가의 일본어 번역, 혹은 일본 사상가의 책을 통해 형성된 것으로 보아도 지나침이 없다.

말라테스타는 일찍이 「아나키」라는 논문에서 "아나키라는 것은 그리스어에서 파생된 언어로 지배가 없는 상황, 시민이 위로부터 권위나 권력의 영향을 받지 않고 자치를 누리는 상황이다"[27]라고 서술한 바 있다. 과연 조선 식민지 시대에 '권력의 영향을 받지 않는 상황'이 어떠한 것일까? 학생 독립운동에 눈을 뜬 이석성에게 자치라는 것은 무엇을 의미할까? 그것은 어김없이 '지배가 없는 상황', 즉 조선 독립이었음이 명확하다.

집 편집위원회 편, 『고토쿠 슈스이 전집』 7권, 明治文献, 1969).

25 도다 미사토(戸田三三冬), 「말라테스타 연구에 관한 자료 상황 소묘」, 『분쿄대학 국제학부 기요』 제15권 1호, 2004의 '참고문헌'의 목록, 혹은 『1930년대의 일본 아나키즘 혁명운동』, 농촌青年社運動史간행회, 1972년의 목록에는 당시 일본어로 번역된 말라테스타의 저작이 실려 있으니 참조 바람.

26 이명한, 「눈 내리는 동토에도 꽃은 피는가」, 『시와 사상』 3월호, 토요미술사출판판매, 2021.

27 말라테스타, 「아나키」, 『시회문제(La Questione Sociale)』 제2호, 1885를, 도다 미사토(戸田三三冬), 「말라테스타 연구에 관한 자료 상황 소묘」, 『분쿄대학 국제학부 기요』 제15권 1호, 2004로부터 재인용.

그와 동시에 이석성은, 크로포토킨이나 말라테스타 등이 추구한 서양의 아나키즘이 일본으로 스며들어 일본의 아나키스트들이 반제국주의의 깃발을 들어 올린 사실을 깊이 의식하고 있었음이 틀림없다. 특히 고토쿠 슈스이를 비롯한 평민사 일행은 제국주의와 식민지 지배에 반대하는 목소리를 드높였기 때문이다.

고토쿠 슈스이는 말라테스타 저서 『무정부주의와 신노동조합』뿐만 아니라 크로포토킨의 저서 『빵의 약취』平民社, 1907를 번역해 일본에 소개한 장본인이다. 중국의 아나키스트 장계長繼도 고토쿠의 학식에 감복하여 고토쿠의 번역서로 확신한 책을 참고로 중역판 『무정부주의』를 출간한 바 있다.[28]

무엇보다 이석성이 시를 발표하기 전인 1930년부터 31년에 걸쳐 말라테스타를 일본에 소개한 이 고토쿠의 『고토쿠 슈스이 전집』전6권이 완성되었다. 20년 중반부터 『해방』 등을 통해 고토쿠 슈스이 특집이 엮이는 등 여러 시도 끝에 야마자키 게사야山崎今朝弥 등의 노력으로 드디어 해방사解放社로부터 나온 그 전집은 "전권을 갖춘 형태로는 거의 찾아볼 수 없는 전쟁 전 출판된 '환상적인 슈스이 전집'이다".[29] 이석성이 말라테스타의 번역서는 물론 이러한 서적을 입수해서 읽었을 것으로 추측해볼 수 있는 근거이다.

---

28 사카이 히로부미(坂井洋史), 「근대 중국의 아나키즘 비판」, 『히토츠바시 논총』 제101권 제3호, 1989 등에는 이 내용이 상세히 실려 있다. 이곳에서 논자는 장계의 판단과는 달리 『무정부주의』의 역자는 시라야나기 슈코(白柳秀湖)라고 밝히고 있다.

29 고마츠 류지(小松隆二), 「전쟁 전판 『고토쿠 슈스이 전집』 고찰」, 『미타(三田) 학회잡지』 79권 2호, 게오기주쿠경제학회, 1986.

4. 조선으로의 사상 유입

이석성의 시대와 활동을 염두에 둘 때 주목해야 마땅한 사건이 있다. 조선인 아나키스트 박열1902~1974과 내연의 관계를 맺던 가네코 후미코金子文子가 천황 암살을 계획했다는 용의로 검거되어 대역 죄인으로 1926년 사형판결을 받은 일이다. 두 사람은 극형을 면했지만 조선 독립운동의 일환으로 감행한 박열 일행의 행동에 자극받지 않은 조선의 사상가는 없었을 것이다.

그러고 보면 이석성이 나주에서 학생운동을 주도한 1개월 전인 1929년 10월 초순에는 고토쿠 슈스이의 영향을 받은 신채호1880~1936의 재판이 열렸다. '동방무정부주의자연맹사건'의 관계자에 대한 법정이 대련지방법원에서 개최된 것이다. 그곳에서 조선 독립운동가로 명성이 자자한 신채호는 재판장에게 고토쿠 슈스이의 저작을 읽고 공감했다고 진술했거니와 그의 저작에 대해서 합리적이라고 덧붙인 사실을 지적하지 않을 수 없다.[30]

당시 조선의 운동권에서는 이러한 시대적 분위기를 민감하게 수용했거니와 특히 말라테스타와 일본인 사상가의 저술에 심취하던 이석성 등은 일본 서적 등을 통해 진보적 사상을 섭렵하고 있었다. 그런 만큼 조선인 아나키즘 독립운동 단체의 활동에 대해서도 파악하고 있었을 것으로 여겨진다.

조선인 아나키즘 독립운동의 대표적 인물인 신채호는 1919년 의열단을 조직한 김원봉1898~1958의 요청으로 1923년 「조선혁명선언」을 완성, 지배권력에 대한 민중 행동론을 외쳤다. 1931년에는 「조선상고사」를 『조선일보』에 연재, 독립운동의 길을 걷는 이들에게 상당한 영향력을 미치고 있었다.

독립에 대한 열망이 점차 타올라 1932년 초에는 도쿄에서 독립운동가 이봉창1901~1932이 천황의 거처에 위치한 사쿠라다몬桜田門에서 천황에게 수류탄을

---

[30] 『동아일보』, 1929년 10월 7일 자 등에는 재판장의 심문과 신채호의 답변이 상세히 새겨져 있다.

던지는 사건이 일어났다. 이어서 4월 천황 탄생일에는 상해 일본인 마을의 축하 식전에서 윤봉길1908~1932이 단상에 수류탄을 투척해 다수의 사상자가 나오는 사건이 발생했다.

이석성이 일본어 육필 시고를 32년 8월에 집필한 사실을 상기하건대 독립정신과 민족의식의 불꽃에 기름을 붓는 일련의 사건에 매우 자극을 받은 것은 분명할 것이다. 그리고 말라테스타를 일본에 소개한 고토쿠 슈스이와 같은 일본의 사상가와 고토쿠가 영향을 미친 신채호와 같은 조선의 아나키즘 독립운동가로부터도 어떠한 형태로든 정신적 자양분을 흡수하고 있었을 것이다.

따라서 이석성의 말라테스타 수용은 전술한 시대적 분위기, 또는 일본의 사상계를 통해서 형성된 것으로 볼 수 있다. 그러므로 말라테스타→일본의 사상가(고토쿠 슈스이 외) → 조선의 사상가(신채호 외) → 이석성이라는 사상 유입의 흐름을 상정해볼 수 있다.

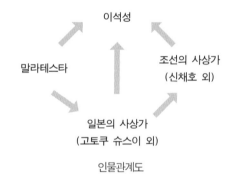

인물관계도

말라테스타의 저술은 일본의 고토쿠 슈스이, 기노시타 시게루木下茂, 아소기麻生義 등이 번역하여 조선에서도 읽히게 되었다.[31] 그리고 고토쿠 등이 번역한 말라테스타의 저술뿐만 아니라 조선의 활동가들에게 아나키즘 사상을 소개한 이

---

31 각 역자의 이름과 역서는 주24), 25)의 연구물 등을 통해 확인할 수 있다.

론가의 서적은 인구에 회자, 독립운동을 향한 정신적 무장 강화의 지침서로 수용되었다.

일본의 아나키즘은 고토쿠의 사후, 오스기 사카에大杉栄 등이 명맥을 유지하다가 관동대지진1923의 해에 그가 학살당한 뒤 일시적으로 움직임이 희미하게 보일지 모른다. 하지만 아나키즘에 관심을 품은 문필가들은 관련 잡지를 이곳저곳에서 꾸렸으며 "1927년 이후 활발한 활동과 더불어 소규모였지만 수십 개의 잡지를 연이어 창간하였다".[32] 그리하여 20년대 후반부터 30년대에 걸쳐서 아나키즘 관련 서적도 계속 출간된 것이다.

학생운동에 앞장서던 이석성은 일본의 사상을 적극적으로 수용하여 동료에게 전파했음이 틀림없다. 일본에서 출간된 말타테스타 서적을 독파하면서 독립운동과 관련한 주요 사건을 주시하는 일에서 눈을 떼지 않았다고 여겨진다. 그와 같은 과정을 거쳐 말라테스타의 죽음을 애도하는 시를 집필하기에 이른 것이다.

그 과정을 살피며 판단하면 이석성이 아나키즘을 수용하고 말라테스타의 죽음을 시로 형상화한 의도를 간파할 수 있겠다. 즉 이석성이 일본어로 시를 남긴 배경에는 적어도 말라테스타에게 배웠던 것, 혹은 조선과 일본의 사상가가 부르짖었던 것을 이석성도 그대로 추구하고 싶다는 염원이 자리를 잡고 있었을 터이다. 그저 단순히 말라테스타의 죽음을 애도하는 목적의 집필은 아니었음이 틀림없다.

이석성은 아나키즘 사상이 지배권력에 맞서 저항과 독립·자유를 쟁취하려는 소위 인간해방 정신에 뿌리를 내리고 있다는 사실을 자각하고 있었다. 아나키즘이야말로 애초부터 "권력 지배나 국가, 정부와 같은 권력기관의 존재를 극도로 혐오하고 인간의 자유에 최고의 가치를 둔 사상"[33]임을 깨닫고 있었던 것이다.

---

32 무라타 히로카즈(村田裕和), 「아나키즘 시의 지방 네트워크」, 『어학문학』 53호, 북해도교육대학 어학문학회, 2014.

이석성은 강렬한 민족의식이 담긴 소설 『제방공사』를 발표한 후 총독부의 감시망을 피해 일본으로 건너가지만, 그의 내면에는 지배권력＝일본의 조선 지배에 대한 저항 의식이 똬리를 틀고 있었다고 볼 수 있다. 말라테스타처럼 열정을 불태우면서 '태양'＝해방을 맞으려는 희망과 염원을 품지 않고 지내는 날은 없었을 것이다.

그러나 1930년대 일본제국주의의 조선인 작가에 대한 감시와 탄압은 엄격했다. 특히 1931년에는 조선총독부가 조선 내지에서 문학인들의 사상을 무력으로 통제하는 정책을 강행하며 김기진, 임화를 비롯한 작가 70여 명을 일제히 검거했다(제1차 카프 검거사건). 그러므로 작가에게는 정상적인 창작활동이 불가능한 시기였던 셈이다.

이러한 분위기 속에서 이석성은 「우리들의 선구자 말라테스타를 애도한다」라는 시문을 작성하여 거기에 지배권력에 대한 항의의 목소리와 민족독립을 향한 열망을 새겨넣었다. 이석성이 시적 수사로 동원한 '인류의 낙원', '정의', '자유', '평등', '박애', '안락한 사회'는 당시의 조선과 조선인 입장을 고려할 때 바로 독립의 의미일 수밖에 없다. 이석성은 그 의미를 말라테스타의 죽음을 애도하는 비유적 기법으로 표현했지만, 매우 선명한 메시지로 남긴 것이다.

5. 『제방공사』의 테마와 의의

『제방공사』는 일본 제국이 전라남도·나주지역의 홍수로 인한 영산강 범람에 대처하여 제방공사를 진행하는 과정에서 발발한 사건을 테마로 한 작품이다. 소설이지만 당시의 사실을 토대로 삼아 노동 현장에서의 조선인 노동자의

---

33 『일본대백과전집』, 소학관, 1994.

일상과 애환을 생생하게 그리고 있는 점으로 보아 리얼리티를 지닌 작품으로 볼 수 있다.

1911~1912년에 작성된 조선총독부 통계 연보에 따르면 나주는 전라남도에서 쌀농사를 짓기에 가장 양호한 곳이었다.[34] 1930년대에 접어들어 세계적 경제공황으로 농산물 가격이 폭락하자 일본 제국은 일본의 쌀 공급지 나주를 더욱 중요한 식량 생산지로 인식한다. 범람이 발생하여 공급에 차질이 빚어졌던 만큼 조선총독부를 통해 제방공사에 힘을 쏟는 것이다. 침수된 토지를 경작지로 바꾸고 수확량을 늘리기 위한 조치이기도 했다. 실제로 조선총독부가 영산강 제방공사를 시작한 것은 1931년이다.[35] 이석성은 이와 같은 배경하에서 제방공사가 진행되는 현장을 직접 목격하고 작품 집필에 착수하였다.

작가는 작품 도입부에 나주지역의 혼잡한 분위기에 대해 묘사한다. 추위가 맹위를 떨치는 한겨울 12월에도 나주군 영산강에 세워지는 인도교와 제방공사 현장이 얼마나 과밀한 곳인지를 독자에게 전하는 것이다. 하지만 도입부에서도 'X군의 X강'처럼 고유명사가 복자伏字로 표기되어 있어서 사건 현장을 표기하는 자체가 총독부 검열관에게는 허용되지 않은 일이었음을 알 수 있다. 그렇지만 독자는 "남쪽 X강안에 기다랗게느러선 그다지 크지않은 항구", "X평야를등지고 X조선의 저간선도로의 중심지"라는 표현에서 영산강과 나주평야를 가리키는 표현임을 알아차릴 것임이 틀림없다.

무슨 목적으로 이 지역에서 제방공사가 추진되었는지, 현장 분위기 묘사와 함께 거기에 대한 설명이 곁들여지는 곳에서 독자는 전반적인 배경을 파악할 수 있다. "X강은 홍수의 범람하기 쉬운 강이여서 나리는림우가 삼사일만 계속하면 그만 우도열두골물이 기새를돕고 달여들어 X평야는 바다로 화해버리고

---

34 목포대학교, 「천년의 역사문화도시 나주의 재발견」, 나주 천년사 발간 학술연구, 나주시, 2018.
35 위의 자료.

조선 남부의 저항작가 이석성을 읽는다 275

×강에 가설한 목교같은것은 도저히 이억센물을 해낼재조가없어 그만 교통이 주절되고 마는것이다"라고 명시되어 있기 때문이다. 그러므로 정부는 그 지역을 확장하기 위한 제방공사를 추진하는 데에 '×십만원'이라는 거금을 투자하여 진행하고 있다는 것이다.

하지만 이 공사는 결국 곡창지대 나주평야로부터의 곡물 수확이 목적이며 그 수확이 또한 일본에 공급하기 위한 것이라는 점에 대해서는 구체적인 설명이 없어도 파악하기 어렵지 않다.

그냥 지나칠 수 없는 것은 작가 이석성이 이러한 공사를 개발독재, 혹은 자연 파괴로 보는 비판적 시점에서 주시한 점이다. 예컨대 '선창거리의 소음', '자동차 자전차소리', '잡다한음향', '다이나마이트의 폭발음' 등 '괴성'이 개발독재의 주체에 의해 발생하고 있는 부분을 예리하게 지적한다.

한편 그들에게 휘둘리는 조선인 노동자들의 궁핍한 생활과 그 고통의 강도에 대한 표현도 새겨져 있다. 조선인 노동자들은 "로동의 결과를 팔아서라도 자기와 그가족의 목구멍이나마 실컷 체워보지못하는 가련한 수많은 사람들"로 등장하기 때문이다. 작가가 지배개발독재와 피지배의 구도를 대조적으로 묘사하고 있음을 간파할 수 있다.

당시 조선총독부1930의 「조선국세國勢조사보고」에 따르면 나주군의 조선인 인구는 161,822명, 일본인 인구는 3,788명이었다. 그러나 조선인의 토지는 51,275,950평, 일본인 토지는 3,732,905평으로 조선인은 한 사람당 310평을 소유하고 있었던 데 비하여 일본인은 한 사람당 10,000평을 소유하고 있었다.[36] 이 자료는 식민지 경영사업에 투입된 나주지역 일본인 자본가의 착취 실태를 엿볼 수 있는 것이다. 그렇게 조선인은 토지를 강탈당하고 빈한한 생활을

---

36 김민영, 「일제하 나주·영산포지역 일본인 자본가의 동향」, 『광주학생독립운동과 나주』, 나주시·전남대 호남문화연구소, 1999.

276 제3부_ 학생 독립운동과 저항시인

영위할 수밖에 없었던 것이다.

주인공 '동수'라는 가난한 조선인은 동료와 함께 하숙집에 기거하면서 공사현장에서 일하는 노동자로 등장한다. 하루라도 쉬면 처자가 굶기 때문에 피곤에 지친 몸이지만 영산강 상류까지 올라가 돌을 옮기는 작업에 매달린다. 하지만 작가는 여타의 조선인 동료들과는 차별화하여 이 동수를 "샛별같이 번적이는 눈방울"의 소유자로 설정한다. 자신들을 감시, 개돼지 취급을 하면서 가혹한 노동을 강요하는 '소야'라는 십장에게 "가슴에서 불끈 이러나는 반항심"을 불태우는 인물로 그리는 것이다. 동수가 "잡다하게 이러나는 모든음향과 괴성은 모도다 이러한 (…중략…) 더러운세상의 한표현에 흐르는 소리에지나지 못하는것이다. 장차 얼마나 아프고얼마나 비참한일이 생기려는가?"라고 고뇌하며 개발의 현장을 우려의 시선으로 바라보는 배경이기도 하다.

하지만 동수가 곧장 행동에 나서지 않는 이유는 어디에 있을까? "이자와 싸호면 이일터에서 쪼기여나가고만다 그러면 집에서 굶주리는 처자는 어찌한단말이냐? 참자!"고 중얼거리는 동수의 모습에서 해답을 얻을 수 있다. 그러나 이석성은 결코 동수를 그 정도의 선에 머무르는 단순한 인물로 묘사하지 않는다. 소야에게 뺨을 맞고서도 인내하고 있던 동수는 "아아! 나는 바보다! 병신이다"라고 부르짖으며 소야의 뒤태를 뚫어질 듯 바라보다가 '진리'를 체득한 것처럼 변모하는 모습을 보이기 때문이다.

그 '진리'라는 것이 무엇일까? 이석성은 동수가 깨달은 '진리'에 대해 서술하며 "가슴속에 깊이 깊이 싸너으려던 분기가 다시 타오름을 억제치못하였다 그러나 그분기는 아까와 같이 사사스런 분기가 아니라 더한거름 나아가서 자기의 동료들에 대한 의분심과 사회조직의 모순에 대한 공분심이 섞인 불길이었다"라고 묘사한다. 결국 동수는 "물론 나의 처자는 굶주린 것이다 나의 몸은 쓰라린 고초에 부닥길 것이다?"라고 걱정하면서도 "주저하여 오던 것을 단행하자!"

고 마음을 굳힌다. 그리고 "더 좀 큰마음으로 더 좀 안게를 넓이여서 굳세게 나아가보자!"고 선언하는 것이다.

요컨대 작가 이석성은 사적 영역에 안주하지 않고 권력 횡포에 맞서기 위해 일어서는 주인공의 모습을 통해 '사회조직의 모순'에 대한 비판적 목소리를 드높인다. 그리고 그 모순을 조장하는 권력측에 저항하는 것이야말로 '진리'임을 천명하는 것이다. "굳세게 나아가보자!"고 선언한 동수는 그 후 동료들에게 "어째서 이 일터에 와서 가진 고생을 다하고", "뚜들겨 마진 줄 아나"라고 하는 근본적인 문제를 제기하면서 선동한다.

그 문제가 본격적으로 논의되는 것은 『신동아』1934 11월호의 『제방공사』 제2회째 본문이다. 이석성은 10월호의 1회 말미에 동수가 '단행'을 결의하는 장면에 이어 조선인 노동자가 착취당하는 현실에 대해 '어째서'라는 물음을 던진 뒤, 2회에서 그 물음에 대한 논의를 이어나간다. 따라서 "어째서 우리가 이렇게 못사는줄아느냐고?"라는 군일이의 동료들을 향한 질문이 1편 말미의 동수의 문제 제기를 계승한 화두임을 확인할 수 있다. 그 질문에 "빼앗기니까", "복 없으니까" 등의 대답이 제시된다. 하지만 동수가 나서서 그 문제를 정리하는 장면 약 20행 정도가 총독부 검열로 복자 표시가 가해져 있어서 독자는 읽을 수 없다.

『신동아』에 실린 『제방공사』 제2회는 동수가 "자기가 마음먹고있는 일이 얼마나 중대한일이며 얼마나 가진 수난을 격거야 할일임을 생각하고 혼자서 빙그레 자부의 우슴과 공포의 우슴이 서로 섞이었던" 그 웃음을 지어보이는 곳에서 막을 내린다. 동수가 '마음먹고 있는 일'이 개발독재를 강행하는 측에 대항하여 봉기를 일으키는 실천적 행위임을 미루어 짐작할 수 있다. 하지만 2회에서 연재가 중간되었기 때문에 동수가 동료들을 어떻게 선동하고 어떻게 투쟁을 펼치는지, 그 구체적 전개의 양상은 알 수가 없다. 총독부로부터 게재 중지의 탄압을 당할 정도로 지배권력에 격렬하게 항의하는 비판적인 내용이었음이 분명하다.

이석성은 일본제국주의의 조선 내 곡물 수탈과 조선 민중에 대한 착취의 현실을 고발하는 테마를 염두에 두고『제방공사』를 집필하였음에 틀림없다. 곡창지대 나주의 곡물 수확에 차질이 생기는 것을 무엇보다 두려워한 조선총독부가 저임금으로 조선인 노동자를 고용하여 제방공사 작업에 착수하였기 때문이다. 이석성은 이러한 곡물 수확과 착취의 현실을 꿰뚫어 보고 동수라는 실천적 조선인을 통해 부당한 상황과 식민지 지배에 대해 비판의 메스를 가하려 한 것이다. 작품의 후반에 동수가 조선인 동료들과 함께 그 결의를 실행에 옮기는 장면이 구체적으로 펼쳐졌을 것이라고 예측할 수 있는 근거이기도 하다.

『제방공사』는 일본제국주의가 광주학생운동의 파장과 반제국주의의 움직임에 경계심을 품고 항일세력 척결을 슬로건으로 내세워 조선 내의 진보세력에 대한 통제를 강화하던 시기에 발표되었다. 고바야시 다키지小林多喜二 학살 2년 후의 일이다.『제방공사』의 스토리 전개를 의식할 때『게 가공선蟹工船』이 떠오르는 것은 왜일까? 이석성이『게 가공선』의 스토리를 염두에 두고 있었는지 어땠는지는 알 수가 없다. 하지만 일본의 정보에 촉각을 곤두세우고 있었던 터이기에 여러 구상이 그의 뇌리를 자극하고 있었음이 틀림없다.

이석성은 이『제방공사』발표 후 일본 경찰이 자택 주변을 배회하며 자신을 감시하는 일상을 보내게 된다. 그 감시망을 피하면서 활동을 전개할 수밖에 없었다. 그러므로 지배권력에 대한 저항 의식과 조선 독립을 갈망하는 마음에 의지하는 나날을 보냈을 것이다.

6. 맺음말

이석성의 새로운 시가 발굴된 것을 계기로 그의 1930년대 전후의 활동과 작품세계를 들여다보았다. 그의 생애와 활동, 그리고 작품 읽기를 통해 일관되게 관통하는 것은 저항정신이라고 생각한다. 이석성은 조선 식민지 시대에 태어나 일본 제국이 조선 식민지 경영에 힘을 쏟는 현장을 지켜보면서 성장하였다. 학창 시절에는 광주학생운동의 발상지인 나주에서 학생운동의 리더로 활약하였고 재판 기록에 이름이 실렸거니와 당시의 주요 언론에도 그의 활동이 보도되었다.

그 정도로 청년기의 이석성은 의협심이 강했을 뿐만 아니라 독립정신을 키우면서 다양한 사회 서적을 독파하였다. 특히 일본어 사상 서적에 심취하여 서양에서 유입된 아나키즘에도 접하게 된다. 하지만 아나키즘의 근저에 엿보이는 정신은 모든 지배를 거부하는 것으로, 그 정신을 여느 때나 의식하면서 작가 활동을 전개한 것으로 드러났다. 더욱이 일본 아나키스트들의 조선 독립을 외치는 운동 등도 그에게 영향을 미쳤음이 틀림없다.

이석성은 국내는 물론 일본에도 알려지지 않은 작가이다. 하지만 남겨진 시 「우리들의 선구자 말라테스타를 애도한다」와 소설 『제방공사』를 통해 그가 당시 조선에서 터부시되던 소재를 살려 상상하기 어려울 정도로 강렬한 메시지를 발신한 것을 확인할 수 있다. 이른바 1930년 조선 남부의 저항작가로서 활동한 이석성의 존재가 새롭게 부상한 것이다.

『시와 사상』 제3권 제404~405호, 2021년

조선 식민지기의 아나키즘 독립운동

가메다 히로시(亀田 博, 역사학자)

1. 3·1독립운동과 가네코 후미코金子文子의 반역적 기분

가네코 후미코는 일본인이었지만 10대에 조선에서 학대받는 생활을 경험한 뒤 도쿄에서 비로소 아나키즘에 관심을 품은 조선인들과 함께 활동을 펼쳤다. 가네코 후미코는 예심 법정에서 발언했다. "조선인의 사상을 들추지 않고서는 일본에 대한 반역적 기분을 제거할 수는 없을 터입니다. 나는 다이쇼大표 8년 1919 조선에 있으면서 조선 독립 소요의 광경을 목격했습니다. 저 또한 권력에 대한 반역 기분이 용솟음쳐서 조선인이 펼치는 독립운동을 떠올릴 때면 타인의 일처럼 생각할 수 없을 정도로 감격이 가슴에 차오릅니다."[1]

---

1   가네코 후미코, 「1924년 1월 23일 제4회 신문조서」, 고마쓰 류지(小松隆二)편, 『아나키즘(속 現代史資料)』, 1988.

여기에서 가네코 후미코는 일본 국가가 조선을 침략하고 식민지화한 현실을 자신의 7년간의 체험을 통해 충분히 느끼고 있음을 표현하고 있다. 양친에게 버림받은 체험, 아버지 쪽 친척에게 받은 학대를 피해자로서 의식하는 일에 그치지 않고 사회의 모순으로 받아들이려고 한 것이다. 가네코 후미코가 품은 반역적 기분은 아나키즘에 대한 관심으로 이어져 아나키즘 운동에 참가한 조선인들과의 연대를 창출해낸다.

2. 동아시아의 아나키즘

1919년 3·1독립운동, 5·4운동을 거쳐 중국, 한국을 비롯한 동아시아에서 타국의 지배에 항의하고 식민지 지배로부터 독립을 희구하려는 운동은 민족주의자들을 끌어들였다. 이윽고 일본제국주의에 항거하는 운동으로 발전해간다. 1919년부터 1920년대의 동아시아 아나키즘 운동은 하나의 조류로 형성되었으며 조선의 아나키스트들은 조선 독립운동에 막대한 힘을 쏟았다.

조선 아나키즘 운동의 시기를 대략 구분해보자.

一、전 역사로서 동아시아 아나키즘 운동의 맹아, 요람기 1900년대
一、조선 아나키즘 운동의 조직기 1919년~1920년대
一、조선 아나키즘 운동의 전투기 1920년대 후반

1919년에 이르기까지의 역사를 정리해두고 싶다. 조선 아나키즘 운동의 확대는 동아시아에서 일본제국주의의 침략, 식민지화에 대한 투쟁과 일체가 된 것이었다. 우선 동아시아 아나키즘 사상의 유입은 1907년 중국의 독립운동가

를 중심으로 한 '아주화친회亞洲和親會'의 결성(도쿄에서)이 그 시발점이었다. 거기에 조선인 참가자도 있었다고 한다.

그 이념은 정부를 두지 않는 것, 독립 후에는 무정부의 제도를 실천하는 것, 바쿠닌의 연방주의를 채용하거나 혹은 크로포토킨의 자유연합론을 축으로 추진하는 것이었다. 하지만 일본 경찰의 탄압으로 동아시아의 독립운동가들은 일본을 벗어나지 않을 수 없었다. 그리고 1910년 조선 강제 병합의 시기에 일본의 아나키스트이자 사회주의자 간노 스가코菅野須賀子, 고토쿠 슈스이幸德秋水 일행에 대한 형법 73조, 이른바 대역죄 탄압도 가해져 일시적으로 일본 아나키즘 운동은 침묵할 수밖에 없었다. 그런 결과 동아시아 아나키즘 사상의 심화, 아나키스트 단체 활동은 십 년 이상의 세월을 필요로 하게 된다. 그동안 일본제국은 무력으로 조선 독립운동에 참가한 민중과 옛 군인들을 상대로 제노사이드라고 일컫는 만행을 저질렀다. 20세기 초에 시작하여 1910년의 강제 병합을 거쳐 식민지 지배의 무단정치라고 불리는 강권적 민중 지배가 시행되었던 것이다.

한편 1919년 3·1독립운동 후 조선의 민족주의와 아나키스트들의 독립운동 단체는 무장투쟁을 기치로 내세우지 않을 수 없었다. 조선에서 중국 동북부로 거점을 옮겨 코뮌 건설 등을 외치며 지속적으로 투쟁을 전개하였다. 일본제국의 군대를 격파한 청산리전투의 활약 주체 김좌진은 김종진, 이을규 등이 소속한 만주의 조선무정부주의자연맹과 연대하여 코뮌을 재편, 한족 총연합회로서 아나키즘의 조직원리를 채용하였다. 또한 상해에서는 의열단과의 연대도 추진하여 일본제국의 요인에 대한 무장 공격의 계획을 세우기도 하였다.

3. 의열단과 신채호

1919년 조선 전역에서 발발한 3·1독립운동을 거치면서 일본제국으로부터 독립, 일본제국 타도를 위해 다수의 민중이 의사를 결집, 아나키즘계 노동운동과 독립운동이 활발하게 전개된다.

1920년 조선 아나키즘 운동의 전개 양상을 살펴보면 ① 일본제국에 강제 병합된 조선에서 ② 중국 동북부에서 ③ 상해, 북경 등 중국의 도시에서 ④ 일본제국 본토 등 복수의 공간이 거점임을 알 수 있다.

아나키즘 운동에 크게 영향을 받은 조선의 저명한 역사가 신채호는 의열단의 「조선혁명선언」을 1923년에 작성한다. 일본 천황을 공격하여 타도한다는 목표를 명확히 세우고 독립투쟁의 이념과 구체적 행동을 장문으로 선언한 것이다. 신채호를 높이 평가하는 사람들이 적지 않다. "선언은 '아나키즘적 민족주의 선언'으로도 불리는데 국가주의와 결별한 것임이 틀림없다"고 일본의 연구자 조경달이 언급했을 정도이다.[2]

김원봉은 수명의 동지들과 함께 서간도로 가서 1919년 11월 9일 13인이 모인 가운데 다음날 10일 의열단을 결성하였다. 의열단 결성은 비폭력주의인 3·1독립운동에 대한 비판으로부터 촉발되어 무장투쟁을 근간으로 삼은 것이었다. 그 후 아나키스트 유자명이 합류한다.[3]

신채호는 1919년 항일운동으로 분투하던 중 북경에 체재하고 있던 아나키스트 이회영 등과 교류한다. 유자명도 신채호와 친밀한 관계를 갖게 된다. 더구나 일본의 아나키스트 오스기 사카에大杉栄의 활동을 접하게 되거니와 오스기 사카에가 번역한 크로포토킨의 저작을 독파한다. 당시 일본의 진보적인 잡지,

---

2 『조선의 근대사상』, 2019.
3 박태원, 『김약산과 의열단─1920년대의 조선독립운동과 테러』(일본어판, 김용권 역), 1980.

『개조』나 『해방』 등을 매월 구독하면서 의열단의 홍보 책임자겸 이론가로서 활동을 계속 전개한다. 유자명은 의열단의 이론적 중심축이 되어 조선을 벗어날 수밖에 없었던 아나키스트들과 의열단을 상해를 비롯한 중국 각지와 연결하는 역할을 수행했다.[4]

김원봉 자신도 의열단의 활동 초기인 1923~24년 무렵 아나키즘 이론에 관심이 있었던 듯하다. "『아리랑』의 김산은 김원봉을 아나키스트 중 한 사람이다"고 인식하고 있었다.[5] 또한 『김원봉 연구』에서 인용하건대 "유자명의 영향을 크게 입었다", "체계적인 조직이라기보다는 아나키즘적 조직관을 지니게 되었다"고 기술되어 있다. 그러나 "고전적인 아나키스트는 되지 못하였고 사정이 변하면 아나키즘은 언제든지 저버릴 수 있는 사상이었다"라고 하는 평가도 새겨져 있다. 김원봉은 의열단의 아지트를 구축하여 폭탄 제조자를 확보한 뒤 아나키스트들에게 폭탄 제조기술을 습득시켰다.

4. 상해의 아나키스트 그룹

1924년에는 재중국무정부주의연맹이 이회영을 중심으로 정형섭鄭賢燮, 백정기白貞基, 유흥식柳興湜, 이을규李乙奎, 이정규李丁奎에 의해 결성되었다. 기관지명은 『정의공보正義公報』였다. 신채호는 재중국무정부주의연맹 기관지 『정의공보』에 논설을 게재하고 아나키즘 운동에 빠져들었다.

1927년 무렵에는 남경에서 동방무정부주의연맹이 닻을 올리자 아시아 각국의 아나키스트들과 함께 행사에 참가, 연맹에 가입한 뒤 기관지 『동방』에 논문

---

4   『한국독립운동가 구파 백정기』(일본어판), 아카이시(明石)서점, 2014.
5   위의 책.

을 게재했다. 1928년 4월 조선 아나키스트를 중심으로 한 동방연맹대회에 참석했음은 물론 아나키즘 혁명운동을 전개했다. 신채호는 폭탄제조소 설치의 자금확보 투쟁 과정 중 대만의 기륭항基隆港에서 체포되었다. 그리고 2년간의 재판 후 징역 10년 판결을 받고 여순감옥으로 수감되었다. 재판을 보도하던 『동아일보』는 "그 후 일본 무정부주의자 고토쿠 슈스이의 저작 한 권을 읽고 공감하여 동방무정부주의자연맹에 가입했다"고 그가 진술한 법정 발언을 게재하였다.

일본에서 발행된 아나키즘 신문 『자유연합』은 "북경 교외에 폭탄 공장이 건설되었고 동방무정부주의자연맹은 독일과 러시아 양국에서 매우 우수한 전문적 기술가 2명을 초청하여 폭탄을 제조하였다. 그런데 비용을 조달하기 위하여 외국환을 위조했다는 이유로 일본 관헌은 신채호, 이향현, 이종원이상 조선인, 임병문林柄文, 대만인, 양길경揚吉慶, 중국인 등 5명을 일본, 조선, 관동주, 대만에서 잇달아 체포하기에 이른다. 기소 죄명은 모두 치안유지법 위반, 살인유기죄 등에 의한 것이다"라고 보도했다.

5. 후테샤不邏社 박열과 가네코 후미코金子文子

한편 박열은 3·1독립운동에 참가, 서울당시 경성의 활동에 한계를 느끼고 서울을 떠나 일본제국의 수도 도쿄로 돌아왔다. 그리고 1922년 『흑도』를 가네코 후미코와 함께 간행한다. 뿐만 아니라 조선과 일본 아나키즘에 관심을 지닌 동지들과 후테샤를 결성하여 아나키즘 사상 관련 강좌를 개최한다. 후테샤는 관동대지진의 혼란 상황에서 치안유지법 위반의 비밀결사 단체로 날조되어 박열은 가네코 후미코와 함께 대역죄라는 명목으로 탄압을 당한다. 박열은 감옥 안

독방에서 신채호의 『조선혁명선언』을 압수당하기도 한다.

　일본제국의 권력자에게는 제국주의 도시 도쿄에서 활동하는 박열, 가네코 후미코 등을 중심으로 한 후테샤 그룹의 존재가 가장 기피해야 할 대상이었다. 따라서 후테샤의 조선인 멤버와 주변의 조선 아나키스트에 대해 날조를 일삼는 탄압을 가했다. 1923년부터 1930년에 걸쳐 조선의 형무소에서는 옥사자가 발생했다. 박열과 가네코 후미코에 대해 대심원에서는 사형판결을 내렸으나, 정치적으로 고려해 무기징역으로 감형을 결정하였다. 하지만 그 후 가네코 후미코는 옥사하였다. 이 시기에 일본제국 본국과 강제 병합 하의 조선에서 커다란 두 사건이 발생한다. 한 사건은 조선 아나키스트도 참가한 고쿠쇼쿠黑色청년연맹에 의한 '구로하타黑旗사건긴자사건'이고, 또 하나의 사건은 조선의 대구독서회 그룹인 '진우연맹사건'이다.

　일본제국의 경찰은 1926년 1월의 흑색연맹에 의한 구로하타 사건으로 추태를 보였을뿐더러 1년 전 성립한 치안유지법을 집행하지 못하는 굴욕을 맛보았다. 고쿠쇼쿠청년연맹의 창설은 경찰 측의 자료에 따르면 이하와 같다.[6]

6. 구로하타사건, 진우연맹사건

"1926년 1월 31일 밤 도쿄 시바芝공원내 교초회관協調會館에서 고쿠쇼쿠黑色청년연맹 일파는 연설회를 개최, 청중 약 550명 앞에서 동지 41명이 연설"을 했다는 것이다. 혹은 황궁 궁내청 내부의 '도구쇼쿠東宮職 돗케하쓰特警発'라는 황태자의 경호대에 관한 경찰 자료도 있다.

　그 16호가 2월 1일 자로 연설회 발언자의 이름을 거론하고 있다. 당시 일본

---

[6]　「흑색청년연맹에 관한 조사」, 경보국 보안과, 1927.2(『속 현대사자료아나키즘』으로부터).

에 체재하고 있던 조선의 아나키스트 활동가의 이름이 거기에 포함되어 있다. 사회 구리하라 가즈오栗原一夫, 첫 번째 연설자 구리하라 가즈오, 스물 세 번째 연설자 무쿠모토 가즈오椋本運雄 - 자연이自然児연맹, 스물 다섯 번째 한모 씨 - 고쿠유카이黒友会, 서른 번째 맹모 씨 - 고쿠유카이에서 참가한 연설회였다는 소식이다.

1926년 발행된 『고쿠쇼쿠청년』이라는 잡지에 따르면 "우리 고쿠쇼쿠청년연맹은 1월 31일 오후 6시 반부터 시바교초회관에서 제1회 연설회를 개최했다. 도쿄지역에 산재하는 무정부주의 단체의 최초의 회합이었다. 회합에 참가한 사람은 700여 명. 40여 명의 연설자는 이 슬로건으로 열변을 토했다"[7]라고 전한다. 그들은 연설회 후 긴자에 검은 깃발을 휘날리며 상점의 유리창 등을 깨뜨렸다. 사건이 중의원 본회의에서 거론되어 "31일 고쿠쇼쿠청년연맹의 일행이 긴자 가두에서 혁명가를 제창하면서 상점의 유리창을 파괴하여 경찰도 골머리를 앓았다는 사실이 있다", "고쿠쇼쿠청년연맹은 오늘날 사상단체 중 가장 위험한 성질을 지니고 있다는 점을 당국도 알고 있을 것이다"라며 아나키즘 단체의 위험성에 대해 당시의 와카츠키若槻 수상이 추궁을 당한 바 있다. 더구나 "무정부주의 단속에 대해 곧 성명을 발표한다고 오늘 각의에서 결정"[8]이라고 보도된 바 있다. 그러나 막 제정된 치안유지법은 적용될 수 없었다.

그런 까닭에 일본제국주의 정부는 치안 유지력을 과시하기 위해 1926년 7월 23일에 옥사한 가네코 후미코에 대한 8월 15일의 추도 행동을 계기로 고쿠쇼쿠청년연맹의 무쿠모토 가즈오, 구리하라 가즈오, 김정근金正根을 경시청에 구속했다. 그리고 조선 대구의 '음모사건' 참가자로 몰아 대구로 보냈다. 더욱이 대구의 권력 통치기구의 파괴 계획을 날조하여 대구의 '진우연맹'이 대역사

---

7   『고쿠쇼쿠청년』, 1926.
8   『도쿄아사히신문』 석간, 1926년 2월 3일 자 기사.

건을 다시 일으킬지 모르는 음모집단이라고 선전하였다.

일본과 조선의 아나키스트의 연대, 공통투쟁을 모조리 말살하려는 관헌의 대탄압이었던 것이다. 진우연맹 자체는 대구의 아나키즘 독서회에서 출발한 그룹이다. 후에 짧게 아나키즘 활동을 하였지만, 작가이자 프롤레타리아 작가로 일본 국적을 취득하고 소설을 발표한 장혁주張赫宙도 참가하여 초기 단편에서는 사건의 구원 활동 등을 묘사했다. 김정근은 진우연맹사건으로 5년의 징역 판결을 받고 대구 감옥에서 복역 중 폐병으로 출옥을 허락받았다. 하지만 1928년 8월 6일39세 서거하였다.

일본제국은 1920년대의 중국 동북부에 대한 침략과 함께 가네코 후미코의 영향을 입은 조선 독립운동가의 동아시아에서의 활동을 탄압하기 위해 치안유지법을 일본보다 가혹하게 적용하였다.

7. 김종진, 이을규와 재만조선무정부주의자연맹

김종진은 1929년 여름 이회영과의 토론을 거쳐 아나키스트 활동가가 된다. 중국 동북부에 머물던 친척 김좌진을 방문하여 함께 신민부新民府를 개편하고 한족총연합회를 설립한다. 그리고 이을규와 함께 재만조선무정부주의연맹을 결성한다. 하지만 1931년 7월 11일 공산주의자에게 납치되어 행방불명의 대상이 되고 만다. 한족총연합회의 강령은 아나키즘의 원리였다. ① 우리는 인간의 존엄과 자유를 완전히 보장한 무지배 사회의 구현을 기한다. ② 사회적으로 모든 인간은 평등하며 각 개인은 자주 창의와 상호부조적 자유합작에 의한 각 개인의 자유발전을 기한다. ③ 각 개인의 능력에 따라 생산에 근로 봉사하고 각 개인의 수요에 따라 소비하는 경제질서 확립을 기한다. 이 세 가지 원리가 설정되었던 것이다.

나아가 항일독립전선으로 민족주의자들과는 우군으로서 협조와 협동, 작전적 의무를 수행한다고 강조했다. 신민부와 합작한 아나키스트의 투쟁은 인민을 주체로 삼아 조선의 해방을 추구하는 것이었다. 신민부=한족총연합회는 그때까지의 한일운동체와는 달랐으며 농민의 정착화, 자주 자치적 생활조직을 강화하는 가운데 항일 전사를 배출하기 위해 초중등학교의 설립, 정미소 공동 경영 등을 착실히 진행하였다.[9]

8. 상해의 전투 '구로쇼쿠黑色공포단'

조선의 아나키즘 운동의 투쟁 시기와 관련해서 귀중한 회상과 증언이 남아 있다. 아나키즘 계열의 운동 잡지에는 "상해폭탄 사건 조선 동지 3명 일본에 이송되다"[10]라는 기사가 게재되었다. 상해에서 발생한 아리요시有吉 공사에 대한 폭발 살해 미수사건 관련자들이었다. 동지 중 한 사람인 이강훈이 자서전 『항일독립운동사』를 1974년 6월에 서울에서 간행, 일본어 번역판이 1987년 『나의 항일독립운동사』라는 제목으로 출판되었다. 이강훈은 아나키즘 이론가 크로포토킨의 영향을 크게 입었는데 아나키스트가 아니었다고 진술하였다. 하지만 아나키스트 그룹에서 계속 활동한 것이 사실이다. 1930년대의 상해에서 아나키스트들이 민족주의적 독립운동에 커다란 영향을 미친 점을 직접 회상한 바 있다. "1933년 3월 5일 상해의 프랑스인 거주지역에 있는 정원방亭元坊이라는 아파트 2층에 모인 혁명 동지들은 백정기, 엄순봉嚴舜奉, 오면직吳冕稙, 이용준

---

9   이을규, 『시야 김종진전』(일본어 역) 참조, 1970년대 『아나키즘』 잡지에 게재.
10   『自由聯合』 83호, 1933년 8월 10일 발행.

李容俊, 김지강金芝江, 이달李達, 원훈元勳＝원심창, 정화암鄭華岩, 이수현李守鉉, 그리고 나 이강훈이었다."

원심창과 관련해 설명하건대 그는 오스기 사카에大杉栄와 친밀한 사이였고 박열과 함께 무정부주의 혁명가로서 일본에 거주하는 한인 중 대표적인 인물이었다. 동지 중 한 사람인 "백정기는 1935년 5월 22일 나가사키長崎형무소에서 옥사"했다. 백정기, 유자명, 오면직, 정화암과 나 등 5명이 아리요시를 폭발 살해하기로 결정, 일시적으로 그룹의 이름을 '고쿠쇼쿠黑色공포단BLACK TERRORIST PARTY'이라고 붙였다고 언급하였다.

아나키스트들의 그룹은 "교수대에서 순사한"오면직양여주·楊汝舟, 엄순봉형순, 10년 정도의 옥중생활 뒤 8·15해방으로 석방된 김성수지강·芝江, 주열·朱烈, 이규호이회영의 아들, 의열단의 중견 인물로서 당시 교수 생활을 하던 유자명별명 우근·友槿, 지도적 위치에 있었던 정화암현재 서울 거주, 이수현본명 박기성·朴基星, 이용준천리방, 정해리동오·東吾, 이달 등 식견, 용기, 의리로 보더라도 충분히 믿을 수 있는 집단이었다"라고 말했다. "무정부주의 혁명 투사가 김구 선생의 사업을 일시적으로 그대로 계승하여 대행하고 있는 것처럼 느껴지기도 했다."

"사실 궁극적인 목적이나 이상은 약간 달랐지만, 항일투쟁을 전개하는 과정에서 민족진영과 무정부주의 혁명 투사는 혼연일체가 되어 독립운동을 펼쳤다", "또한 무정부주의적 혁명이론은 언제나 이론의 빈곤으로 인해 젊은 에리트들을 이끄는데, 어려운 입장에 처한 민족진영을 이론과 실제적인 행동 면에서 보강하는 힘이 되었다."

"단재 신채호와 유자명을 비롯하여 다수의 자유 혁명 투사는 고매한 지식인"이었다. 이 무렵에는 "의열단원 가운데 중심적인 인물 몇 명이 무정부주의연맹에 참가하여 맹렬하게 활동을 전개하였다"라고 하며 상해의 조선 아나키스트들이 민족주의의 독립운동가에게 영향을 미친 점을 회상하고 있다.

9. 시인 이석성

일본제국의 탄압 하, 조선과 일본 아나키스트들의 연대 활동은 독립운동뿐만 아니라 문학표현의 영역으로도 확대되었다. 대구의 '진우연맹'의 활동에서도 밝혀진 사실이다.

그리고 최근 새롭게 이석성의 존재와 그의 표현 일부를 김정훈 논문으로 알 수 있었다.[11] 김정훈은 이석성의 사상과 정신세계는 서양 사상가, 일본 사상가를 통해 형성되었고 이탈리아 출신 아나키스트 말라테스타의 영향을 받았다고 논했다. 그리고 말라테스타를 일찍이 일본에 소개한 뒤 1911년 대역사건으로 사형을 당한 고토쿠 슈스이의 저작에 대해 언급하였다.

고토쿠의 저작은 오랫동안 일본제국의 발매금지처분으로 읽기 어려웠다. 하지만 변호사 야마자키 게사야山崎今朝弥에 의해 1920년대 중반인 치안유지법 하 시대에 저작의 간행이 이어졌고 1930년에는 전집으로 완성되었다. 야마자키는 다수의 아나키스트와 사회주의자의 변호 활동을 지속했으며 사회주의자의 표현에 대한 출판 활동을 잇는 일에 몰두했다. 고토쿠의 전집은 당시 200부 정도밖에 간행되지 않았으므로 100년이 지난 오늘날 희귀문헌인 셈이다.[12]

그 전집으로부터 유럽, 미국의 아나키즘 운동에 대해 언급한 논문을 소개하고자 한다. 2권 「상론문편想論文編」에는 「내 사상의 변화」1907가 수록되었다. 고토쿠는 의회주의가 아니라 직접 행동주의의 아나키즘 입장을 선언하고 크로포토킨의 논문 일부를 인용했다. 「무정부당의 진압」1906에서는 푸르동, 바쿠닌, 크로포토킨, 에리코 말라테스타, 에머 골드먼의 이름을 열거하면서 1900년 전후의 아나키즘 역사와 국가의 탄압을 묘사하였다. 더욱이 크로포토킨의 「만인

---

11 「조선 남부의 저항작가 이석성을 읽는다」, 『시와 사상』 4·5月号, 2021.
12 고마츠 류지(小松隆二), 『일본노동조합론 서설(日本労働組合論事始め)』, 論創社.

의 안락」이라는 짧은 논문의 번역도 게재하였다. 1907년 『주간 일본평민신문』에 연재한 「도쿄의 사회운동」은 1907년 8월 암스테르담에서 열린 「무정부당대회」의 개요에 대해 보고한 것이다. 말라테스타와 골드먼의 연설이 있었음도 거론하였다.

이석성은 1932년 말라테스타에 대해 시로 표현하였다. 한편 동시대에 매우 알려진 일본인 아나키스트 시인 하기와라 교지로萩原恭次郎도 말라테스타에 대해 읽고 시를 집필하였다. 하기와라는 그 시를 1931년의 시집 『단편斷片』에 수록하였다. 초출은 1929년 등사판으로 인쇄한 시집 『제2第二』에 게재하였다. 이석성이 하기와라 교지로의 시집 『단편』을 읽었다고 하는 기록은 없지만 하기와라 교지로의 시집은 조선으로도 전해졌을 터이다.

조선과 일본 시인들의 시작에 말라테스타가 거론되는 것은 당시 말라테스타의 활동과 저작이 아시아의 아나키스트들 사이에 알려졌기 때문이리라. 말라테스타의 『농민과 함께農民に伍して』1929는 아나키즘의 원리를 민중에게 알기 쉽게 대화 형식으로 안내한 팜플렛이다. 타이틀은 농민과 「나란히, 사이에서」라는 의미이다. 고사쿠닌샤小作人社의 기노시타 시게루木下茂라는 농촌의 아나키스트 활동가가 발행하였다. 기노시타는 말라테스타를 다음과 같이 소개하고 있다. "『농민과 함께』는 1884년 발행 이후 다언어로 번역되어 독자의 수가 크로포토킨의 『청년에 호소한다靑年に訴える』 등과 견줄 정도이다. 사회주의 문헌의 최고봉으로 불리고 있다." 시대를 초월해 다수의 독자를 확보하고 있으며 조선과 일본의 아나키스트 시인에게도 연결되고 있다는 뜻이다.

하기와라 교지로는 1889년 군마현群馬縣에서 태어났다. 1923년 1월 쓰보이 시게지壺井繁治, 오카모토 준岡本潤 등과 함께 잡지 『적과 흑赤と黑』을 창간하였다. 『적과 흑』은 당시 다다이즘, 미래파 등의 문학운동을 이끌었다. 하기와라는 1925년 최초의 시집 『사형선고』를 출판하였으며 27년에는 아나키즘계 문학

잡지 『문예해방』을 쓰보이 시게지, 오노 도자부로小野十三郎, 오카모토 준 등과 함께 창간하였다. 문예해방사는 날조된 사건으로 사형을 받은 사코와 반제티이 탈리아계 미국인 아나키스트 석방요구 운동의 중심이 되어 하기와라도 미국대사관에 항의하러 갔다가 구속된 바 있다.

그는 1932년 시 잡지 『코로포토킨에 있어서의 예술 연구』를 등사판 인쇄로 발행하였다. 하기와라 교지로의 시를 소개한다.

단편斷片 49

그 방에 책상이 하나 있다
런던 동쪽의 빈민굴의 다락방
낮에는 런던의 각 곳을 돌아다니다가
레몬음료를 팔며 생활하는 말라테스타를 위해
책상 하나가 놓여 있다

런던의 굴뚝과 연기와 기적이 방안에 가득 차 있다
창문 쪽을 망나니 노동자가
찌그러진 사냥모를 쓰고 지나가고 있다
말라테스타는 저녁 식사로 굽지 않은 빵을 먹고 있다
이탈리아의 혁명신문을 위해 매일 밤 열정적으로
논문을 쓰고 있는 것이다
프랑스의 감옥에서 도망친 몸이지만 이제 이탈리아인으로 변장한 채
잠입하려는 것이다

말라테스타는 언제 보아도 건강한 얼굴

거듭되는 투옥 (생활)

단두대로 끌려가는 선고宣告

××

무엇이 제일 먼저 자신을 붙잡을런지

그 어느 것에도 마음을 열고

내일 그 소용돌이 속에 몸을 던질 말라테스타가

다락방에서 펜을 쥐고 있다. [13]

10. 정리하며

조선 아나키즘 운동은, 일본제국 본국에서 박열, 가네코 후미코의 활동과 그들을 탄압하는 행위로부터 영향을 받았다. 그리고 조선 본국의 아나키스트들, 신채호의 「조선혁명선언」이나 만년의 활동과 논문으로부터 영향을 받은 상해 지역의 아나키스트들, 중국 동북부의 코뮌 조직인 한족총연합회 등으로 활동 지역은 분산되어 었었다. 하지만 서로 연대하며 완만한 연결고리를 형성하고 있었다. 그건 그렇고 아나키즘 이론의 심화 이전부터 일본제국의 탄압에 항거한 독립운동으로써 커다란 투쟁이 존재하고 있었던 사실을 염두에 두지 않을 수 없다.

한국의 역사학자 윤해동尹海東은 『식민지가 만든 근대』2017 7장 「신채호의 민족주의 민중적 민족주의, 혹은 민족주의를 넘어」에서 신채호의 1928년의 『선언문』으로부터 민중=민족이 아니라 "민중의 연대를 향한 열린틀"로서 신채호

13　하기와라 교지로, 「断片 49」(하기와라 교지로 詩集, 『단편(斷片)』, 1931).

의 동아시아 민중연대가 추구한 지점을 묻고 있다

신채호는 아나키스트로서 현장에서 활동했기 때문에 일본제국으로부터 탄압을 피할 수 없었다. 신채호는 만년에 아나키즘을 수용하고 동아시아 아나키스트들의 연대를 추구했다. 그것은 참가한 그룹명이 「동방무정부주의자연맹」이라는 사실로부터도 명백히 드러난다. 식민화된 사회, 제국주의에 침략당한 사회와 대극적인 위치에 존재하는 사회는 지배가 없거니와 자립한 개개인이 협동의 생활을 영위할 수 있다. 그런 사회를 일본제국에 항거하는 동아시아 민중연대로 창출해야만 했던 것이다.

2022년 5월 14일 나주학생독립운동기념관,

문병란시인기념사업회 공동주최심포지엄 '조선 저항시인과 탈식민주의' 자료집

정우채의 활동과 시편에 나타나는 저항정신

김정훈

머리말

나주 출신으로 광주학생독립운동의 불씨를 지핀 시인 정우채1911~1989. 그는 일찍이 광주고등보통학교현 광주제일고등학교 시절 『조선일보』 학생 문단에 저항시를 발표한 인물로 알려져 있다.

조선의 현실을 직시, 총독부 권력의 부당함에 맞선 정우채의 활동과 그의 시문에 흐르는 강렬한 저항정신을 분리해서 생각할 수는 없을 것이다. 또 정우채의 그러한 저항정신은 체내에 고인 채로 있었던 것이 아니라 조선 피지배의 모순을 타개하고자 하는 격렬한 운동과 몸부림으로 발현되었기에 주시하지 않을 수 없다.

정우채는 가장 연소자로서 광주학생운동의 주역들이 모이는 '성진회'에 입회하였다. 그리고 일본제국주의의 감시와 탄압이 횡횡하는 분위기에서 학생운동에 적극적으로 참여하였거니와 조국 해방을 향한 열망을 시로 담아내었다. 민족의식을 말살하려는 일본제국주의에 맞서 독서행위를 통해 이론 무장에 매진하면서 시문 창작을 통해 민족적 각성을 촉구하는 메시지를 새긴 것이다.

당시 정우채의 활동과 관련하여 성진회나 동맹휴학 투쟁 속에서 언급한 기록은 여러 편 있다. 하지만 학생들의 선두에 서서 중요한 메시지를 시로 전한 정우채를 문학적 시점에서 본격적으로 다룬 연구는 아직 없다.[1]

본고에서는 광주학생운동의 한복판에서 민족독립을 위해 직접 현실 참여의 목청을 돋우었을 뿐만 아니라 펜을 들고 문학적 투쟁을 감행한 정우채의 활동과 시편을 구체적으로 들여다보려고 한다. 그리고 정우채의 활동과 시편에 그의 저항정신이 어떻게 나타나고 묘사되는지를 고찰해보려고 한다.

1. 정우채의 성장 과정과 학생 문단 데뷔

정우채는 1911년 나주군현 나주시 반남면 신촌리에서 부친 정순규와 모친 전의 이씨 사이에 장남으로 태어났다. 반남면은 후기 신라 시대에 관제 개편에 따라 반남군이었으나, 고려 초에 반남현으로 개칭되었다가 조선 초 '목·군·현' 제도에 의하여 나주목의 일부가 되었다. 그 후 행정구역 개편으로 반남면으로 승격되어 1929년에 면사무소를 홍덕리에 두고 오늘에 이르렀다.[2]

중앙에 자미산이 있고 삼포천도 흐르고 있어서 주민들이 농업으로 생활하기

---

1 광주학생운동과 관련한 활동에 대해 기록한 역사서 등에서 종종 정우채를 언급하고 있다. 그리고 그의 시에 대해 단편적으로 다룬 연구로는 이동순, 「광주학생독립운동과 학생/작가의 문학적 행로」(『문화와융합』 43권 8호, 한국문화융합학회, 2021)이 있다.
2 『나주시지』 제2권(정치·행정·경제), 나주시지편찬위원회, 2006, 288쪽.

에는 천혜의 조건을 갖춘 지역이라고 볼 수 있다. 자미산을 오르면 광주 무등 산이 동쪽에 펼쳐지고 서쪽에 영산강 물줄기가 눈에 들어오는 만큼 어린 시절 정우채는 자미산을 오르내리며 소년기의 꿈을 키웠을 것임이 틀림없다.

할머니의 교육에 대한 각별한 관심 속에서 정우채는 할머니 신 씨부인에게 서 한문과 천자문을 익혔다.[3] 또한 부친 정순규로부터 문재를 이어받아 정우채 는 어릴 적부터 글읽기와 글쓰기에 남다른 열정을 보였다. 반남에 학습 강습소 가 들어서자 이곳에서 한글을 깨우치고 학문적 소양을 쌓은 등 학업을 게을리 하지 않았다.[4]

반남 학습 강습소가 1년의 과정이었으므로 그곳에서 약 1키로 거리에 위치 한 공산보통학교 3학년에 편입하게 된다. 그런데 재학 중 일본인 교장이 조선 의 민족혼을 짓밟고 일본 신화를 강조하는 제국주의 교육을 하자 거기에 반기 를 들고 항의하며 휴학의 길을 선택한다. 그의 민족정신은 어린 시절부터 싹이 움터 있었다고 볼 수 있다.

그가 나주보통학교 4학년에 편입하여 하숙 생활을 하며 학습을 재개한 것은 그로부터 1년 후이다. 나주보통학교 5학년을 마친 후 명문 광주고등보통학교 입학시험에 합격하였으니 그의 학구열이 얼마나 강렬했는지 가늠해볼 수 있는 대목이다.

정우채가 광주고등보통학교에 입학한 해는 6·10만세운동이 펼쳐진 해였다. 조선시대 최후의 왕 순종의 인산일을 맞이해 학생, 민족주의 계열, 사회주의 계 열, 천도교도 등을 중심으로 반일 시위가 진행되었다. 일본 경찰이 일부 계획을

3　정우채 장남 정찬준의 기록 「자유의 벌판으로 벌판으로······정우채의 생애, 사상, 시문」(2010년 대 중반 작성) 참조.

4　정우채, 「운동의 모체 『성진회』」, 『광주학생독립운동 타오르는 횃불』, 광주학생독립운동기념역 사관, 2009, 17쪽 등에서 정우채는 아버지 정순규가 세운 반남강습소에서 1년간 학습한 사실을 증언하고 있다.

사전에 발각하여 무산시켰지만, 학생을 비롯한 참가자들은 인산일 당일 서울의 각 곳에서 독립만세를 외치며 시위를 갖았다. 하지만 일본 경찰은 시위참가자 200명을 체포하는 탄압을 단행하였다.[5]

> 조선 민중아!
> 우리의 철천지원수는 자본·제국주의의 일본이다!
> 이천만 동포야! 죽음을 각오하고 싸우자!
> 만세 만세 조선 독립 만세.

6·10만세운동의 격문을 보더라도 얼마나 조선 독립이 민족적 과업이었는지 강조할 나위가 없다. 6·10만세운동은 대규모의 민중봉기로 확산하지 았았지만, 민족주의 계열과 사회주의 계열이 손을 맞잡고 함께 조선 독립 만세를 운동을 외쳤다는 점에서 의의가 있다. 6·10만세운동이 이후의 민족운동과 학생운동에 커다란 영향을 끼치게 되는 것도 이념을 초월한 민족공동체 의식의 발로였기 때문이다.

정우채는 이러한 투쟁과 일제의 강압적 통치를 지켜보면서 독립정신을 키워나간다. 광주고보 시절 그에게 크게 영향을 미친 이가 송홍 선생이었다는 것은 그의 증언이 뒷받침한다.

> 당시 우리에게 한문을 가르치던 송홍宋鴻 선생님의 강의는 지금도 잊을 수가 없다. 송홍 선생님은 수업 도중에 "문을 닫으라"고 말씀하신 뒤 우리들에게 「한국의 역사」를 강의해 주셨다. 송홍 선생님의 역사 강의로 한국역사를 말살하려던 일제의 흉계를 알게 되었고 우리들의 피는 끓기 시작했다.[6]

---

5 미즈노 나오키(水野直樹), 「6·10만세운동」, 『일본대백과전서』, 소학관(디지털판) 등 참조.

광주고등보통학교 학생들이 일본제국주의의 조선 지배 현실에 대한 모순을 깨닫고 치열한 투쟁을 전개하게 되는 것도 민족혼을 불러일으키는 송홍 선생의 지도가 있었기 때문이다. 정우채는 광주고보에서 민족의식을 일깨우며 조선의 역사를 강의하는 송홍 선생을 흠모하면서 민족독립을 향한 의지를 불태운다. 그에게 민족신문을 읽는 것은 현실을 직시하며 분연히 일어날 때를 기다리는 일이기도 했다. 민족신문을 읽는 학생들은 일본 경찰에게 문제 학생으로 낙인이 찍힘에도 불구하고 그는 민족신문을 구독해 읽는 일을 포기하지 않았다. 더구나 민족운동의 정신적 무장에 도움이 되는 사상서적 등을 독파하는 것도 그에게는 필수 불가결한 일이었음은 재론할 필요조차 없다.

주목하고 싶은 것은 남다른 민족의식을 지닌 정우채가 일제에 대한 저항 의지를 시문 활동을 통해서 표출하는 점이다. 그는 광주고등보통학교 재학 중에 「단결하자」라는 시를 써서 『조선일보』에 투고한다. 그리하여 학생 문단에 입선하게 되는데, 조선 독립 획득을 위해 학생들에게 단결을 호소하는 내용이어서 놀라지 않을 수 없다.

단결團結하자

광주고보光州高普 정우채鄭瑀采

나는 보앗노라.
약弱한 개미의 단결력團結力을
단결력團結力의 무엇보다 큰 것을
×
오! 자본가資本家의 ××한

---

6 정우채, 「운동의 모체『성진회』」, 『광주학생독립운동 타오르는 횃불』, 광주학생독립운동기념역사관, 2009, 20쪽.

그 ××에 ××당當허는 약弱한 동무

굶주리고 헐벗는 동무여

약弱한 개미의 단결력團結力을 보라

한힘으로 못하면 두힘으로 세힘으로

×

오! 자유自由의 굶주린 동무여!!

우리의 힘은 강強할 것이다.

모히는 진리眞理를 안다면 강強할 것이다.

×

동무야 저근 물이 합合하고 합合하야 조망무제眺望無際한

큰 바다를 이루지 안튼가?

우리도 저근 힘 합合하고 합合하야

한긔ㅅ 압흐로 나아가면

우리도 큰바다에 ××의 나라에 가지리

(동지同志를 불의되 올흔 이치理致를 가지고 말하엿다 ― 파인)[7]

학생으로서 참으로 담대함을 보여준 시이다. 독립을 향한 열정이나 기상, 스케일이 남다르다. 정우채는 모두 혼연일체가 되어 일제의 탄압과 수탈에 맞서 저항해야 함을 개미의 단결력에 비유하고 있다. 개미가 나무 잎사귀를 옮기는 데도 모두 힘을 합해 혼신의 힘을 다하 듯 그는 동료들이 "한힘으로 못하면 두 힘으로 세힘으로" 결집해야 함을 절절히 호소하는 것이다.

---

7 정우채, 「團結하자」, 『조선일보』, 1927년 12월 3일의 석간 3면에 게재. 『조선일보』 게재 당시의
   원문을 그대로 실었으나 띄어쓰기는 필자에 의한 것이다. 한편 정우채는 『전남일보』, 1979년
   11월 5일 자의 증언 「운동의 모체 『성진회』」에 「단결하자」로 학생 문단에 데뷔한 시기를 1926
   년 9월로 밝히고 있다.

무엇보다 학생인 자신의 역할에 안주하지 않고 모든 이에게 대동단결할 것을 강조하는 그의 모습에서 학생 운동가로서의 리더적 면모를 엿볼 수 있다. 연령이나 신분 등의 조건에 구애됨이 없이 조선 독립을 위하는 길이라면 가장 선두에 설 수 있다는 용기와 기개도 읽힌다. 또한 일제＝자본가, 동포＝'굶주리고 헐벗는' 대상으로 규정한 것은, 그가 일본＝지배, 조선＝피지배의 구도를 부르주아와 프롤레타리아라는 계급주의에 기반한 등식으로 환치해 생각하고 있었음을 뒷받침한다. 사회과학 서적을 탐독하던 그였던 만큼 부르주아와 프롤레타리아 계급의 차별성에 대해서도 충분히 자각하고 있었음이 틀림없다.

한편 정우채의 모든 학생과 동료들을 향한 메시지는 절망이나 포기와 같은 개념과는 달리 그 '힘'이 '강强할 것'이라는 기대감을 품고 있거니와 '합솔하고 합솔하야'라고 외치며 진보적 행보에 방점을 두고 있다는 점에서도 그의 시는 매우 진취적이라고 볼 수 있다. '큰 바다가' 예컨대 심훈의 「그날이 오면」의 '그날'과 같은 의미임을 미루어 짐작하는 데 어려움은 없을 터이다. 정우채는 그날을 맞기 위해 모두가 단결해야 함을 '진리'처럼 확신하면서 혼신의 힘을 다해 외친 것이다.

파인 김동환이 끄트머리에 덧붙인 평가처럼 시를 읽는 이라면 서슬 퍼런 지배 세력이 눈을 번뜩이고 있었기에 직접 행동으로 옮기지는 못하더라도 마음속으로 옳은 이치를 담은 시편으로 수용하지 않을 리 없다. 하지만 일본인 교장은 정우채를 호출하여 다시 시를 발표하면 퇴학시키겠다고 겁박했다고 전해진다.[8]

---

8   정우채, 「운동의 모체 『성진회』」, 『광주학생독립운동 타오르는 횃불』, 광주학생독립운동기념역
     사관, 2009. 20쪽.

2. 성진회 활동과 투옥

광주고등보통학교 동료들은 이미 그의 성품과 태도를 눈여겨 보았을 것이다. 정우채가 최연소의 나이로 성진회에 가입하게 되는 것도 동료들이 그의 의지를 확인했기 때문이다. 성진회의 결성에 가장 큰 역할을 한 왕재일은 신문배달을 하면서 광주고보, 광주농업학교 기숙사나 하숙집을 돌며 학생들과 친분을 쌓았다.[9] 정우채의 성진회 가입은 5학년 상급생이던 왕재일과의 교류와 무관하지 않다. 정우채는 왕재일의 영향으로 더욱 독립운동에 대한 의지를 불태우게 된다.

성진회와 관련하여 서로 다른 증언과 자료가 존재하는 것이 사실이다. 사회주의 비밀결사로 여겨져 오랜 보수정권 하에서 연구가 소극적일 수밖에 없었던 점, 일본 경찰에 체포된 회원들이 규모에 대해 최소화하거나 가벼운 진술을 해서 중형을 피하려 했던 점, 연구가 본격적으로 진행될 시기에는 관련자들이 사망하거나 고령이어서 기억 복원이 쉽지 않은 점 등이 그 이유로 들추어지고 있다.[10]

성진회의 구성원과 활동에 대해 일찍이 분석한 연구도 나왔을 정도이다.[11] 아무튼 여러 증언과 자료를 종합하건대 최규창의 하숙집에서 왕재일, 장재성, 박인생 등의 주도로 광주고보와 광주농교 학생 15명으로 구성된 사회과학 연구모임인 성진회가 조직된 것은 1926년 11월 3일.[12] 성진회 입회 당시 왕재일이 정우채를 소개하는 장면을 증언한 내용이 있어서 눈길을 끈다.

---

9 『광주학생독립운동 90년사』, 광주학생독립운동기념회관, 2019, 224쪽.

10 위의 책, 219~220쪽.

11 예컨대 한규무, 「醒進會의 조직과 활동에 대한 재검토」, 『한국독립운동사연구』 제22집, 독립기념관 한국독립운동사연구소, 2004; 김성민, 「1920년대 후반 광주지역 학생운동 조직의 발달」, 『한국근현대사연구』 제37집, 한국근현대사학회, 2006 등이 있다.

12 정우채, 「운동의 모체 『성진회』」, 『광주학생독립운동 타오르는 횃불』, 광주학생독립운동기념역사관, 2009, 22쪽에는 성진회 결성 바로 직후 찍은 사진에 15명이 실려 있다. 결성일에는 불참했던 광주고보 국순엽이를 포함해 16명으로 보는 설도 있지만, 본론에서는 결성일에 참가한 인원을 중시해 15명으로 보고 논의를 전개한다. 그리고 다수의 자료가 11월 3일을 결성일로 규정하고 있는 만큼 그에 따르고자 한다.

"저기 쭈그리고 앉아있는 꼬마학생을 보고 여러분은 의아스럽게 보셨을 줄 압니다. 진작 여러분에게 소개를 했어야 했는데 정말 미안합니다." 왕재일이 이와 같이 서두를 꺼내며 여러 동지의 양해를 구했다. 좌중은 어리둥절하였다.

"저 꼬마학생 정우채鄭瑀采 군은 현재 고보 1학년생으로 겨우 16세입니다. 정 군을 우리 조직의 일원으로 추천합니다만 그 생각이나 인품에 대해서는 언급하지 않겠습니다. 너무 어리지 않습니까? 단지 내가 알기로 군은 정의감이 굳세고 사물을 보는 시야가 어린 학생답지 않기에 우리의 후계자를 양성해야 하겠다는 견지에서 천거합니다."[13]

5학년인 왕재일이 '꼬마학생'임에도 정우채를 회원으로 추천하는 이유가 잘 드러나 있다. 왕재일은 정우채와 사귀면서 이미 그의 성격과 활약상을 파악했을 터이다. 최연소 학생이지만 우채가 얼마나 강한 정의감의 소유자인지, 우채가 얼마나 '어린 학생답지' 않게 동료들과 함께 조선 해방에 대한 열망을 불태우고 있었는지를 여실히 보아왔기 때문이다. 왕재일은 망설이지 않고 정우채를 성진회의 일원으로 추천하기에 이른 것이다.

성진회 회원은 광주고보생이 9명, 광주농업교생이 6명이었다.[14] 그들은 일본제국주의의 식민지정책에 반기를 들고 민족 주체성 회복을 위한 투쟁을 기치로 내세운다. 왕재일이 총무, 장재성이 회계, 박인생이 서기를 맡았고, 성진회 창립 당시의 결의사항이 성진회 재판의 예심종결서나 판결문에 나온 것처럼 '사회과학 연구의 정진', '비밀엄수', '동지의 획득'이었다는 의견[15]에 무리

---

13 최성원, 『광주학생독립운동의 주역들』, 고려원, 2001, 150~151쪽.
14 황광우가 『이름 없는 별들』, 심미안, 2021, 134쪽에서 성진회 회원을 언급하며 정우채의 증언을 그대로 인용하고 있는 점을 주목하고 싶다.
15 김성민, 「1920년대 후반 광주지역 학생운동 조직의 발달」, 『한국근현대사연구』 제37집, 한국근현대사학회, 2006, 211~213쪽에서 「성진회 창립시 결의사항」을 표로 정리하여 주체에 따라 결의사항이 다름을 소개하고 의견을 제시하고 있으니 참조 바란다.

는 없어 보인다. 또한 다음과 같은 강령을 채택하였다는 설이 적지 않다.[16]

    1. 일제의 기속羈束에서 조국의 독립을 쟁취한다.

    2. 일제의 식민지 노예교육을 절대 반대한다.

    3. 언론·출판·집회의 자유를 요구한다.

    성진회 회원들이 독립정신을 키우기 위해 결의를 다졌는지를 실감할 수 있는 내용이다. 성진회 회원들은 회비를 모아 도서를 구입하여 돌려 읽고, 사회주의 사상을 수용하여 독립 쟁취를 위한 이론 무장에도 철저함을 기했다. 그들이 이론과 실천을 병행하는 활동을 추구한 점에 대해서는 이론이 있을 수 없다. 그들이 매월 두 번씩 모임을 가졌거니와 비밀 누설을 우려해 가급적 모임 장소로 여관을 피했고 회원의 집을 전전한 것은 성진회 활동이 그 정도로 치밀하게 진행되었음을 방증한다.

    성진회 활동 중에도 정우채는 앞으로 나아가자는 간결한 시구를 통해 자유와 독립을 향한 강렬한 목소리를 담았다.

    우리는

    우리는

    자유의 벌판으로 벌판으로…

    힘차게 달리는

---

16 『광주학생운동사』(1974), 김성보, 「광주학생운동과 사회주의 청년·학생 조직」, 『역사비평』
    1989년 봄호 역사문제연구소, 1989 등과 정우채, 「운동의 모체『성진회』」, 『광주학생독립운동
    타오르는 횃불』, 광주학생독립운동기념역사관, 2009, 22쪽 참조.

기차의 운전수가 되자!!!

「단결團結하자」도 그렇지만 정우채의 해방에 대한 갈망을 새긴 시심은 사사로운 개인적 일상이나 고뇌에 머무르지 않는다. 개인이 아니라 우리를, 정적인 것이 아니라 동적인 것을 지향하며 호소와 권유를 수반한 메시지로 발신되므로 눈길을 끄는 것이다. "간결하면서도 강렬한 의기와 뜨거운 열망이 응축된 시"로, "미래는 젊은이들의 분발에 달려 있으니 머뭇거리지 말고 떨쳐 일어나 자유의 세계로 나아가자고 호소했다"[17]라는 평가가 나오는 이유임이 틀림없다. 정우채는 자신은 물론, 성진회 회원들, 나아가 학생 제군들을 향해 '자유의 벌판'＝자주독립을 향해 달리자＝분기하자고 외쳤던 것이다.

성진회는 1927년 비밀 유지의 어려움으로 해체되나, 학교별로 독서모임 등을 통해 내부 결속을 다지는 양상으로 드러난다. 그런 활동이 학생들의 독립에 대한 의지를 불태우는 움직임에 적지 않은 영향을 미친 것은 부인할 수 없는 사실이다. 정우채는 1928년 6월 광주고보생들의 동맹휴학 투쟁 때도 동료들과 함께 가열찬 시위를 벌였다. 이를 빌미로 학교 측은 정우채를 비롯한 학생 27명에게 퇴학, 그리고 281명에게는 무기정학 처분을 내렸다.[18] 동맹휴교 투쟁 등을 통해 다져진 조선 학생들의 연대 의식은 강화되어 나주역 부근의 한일 학생 대립을 통해 더욱 선명한 투쟁으로 이어졌다. 그리고 급기야 광주를 중심으로 한 본격적인 학생운동으로 전개되었다.

정우채는 경찰의 조사로 성진회에서 활동한 사항이 밝혀져 1930년 1월 6일 은신 중이던 반남의 자택에서 체포되었다.[19] 그 후 재판이 열려 정우채는 왕재

---

17 황광우, 「정우채의 옥중 편지」, 『이름 없는 별들』, 심미안, 2021, 314쪽.
18 『중외일보』, 1928년 7월 4일 자, 혹은 김성민, 『1929년 광주학생운동』, 역사공간, 2013, 180쪽 참조.
19 『나주시지』 제2권(정치·행정·경제), 나주시지편찬위원회, 2006, 833쪽.

일, 장재성을 비롯해 34명과 함께 공판 회부 대상이 되었다. 그리고 "1930년 10월 광주지방법원에서 소위 치안유지법 위반으로 징역 2년을 언도받았으며 그 후 대구복심법원에서 징역 1년형이 확정되었다.[20] 그 후 정우채는 옥고를 치르던 중 미결구류 일수를 합해 1년 7개월 만에 출옥했다.[21]

3. 처절한 삶의 현장과 자아 성찰을 새긴 노래

정우채의 시편이 연달아 『호남평론』에 실린 것은 1936년이다. 그는 그해 시문 창작에 왕성한 활동을 전개하며 9월 『호남평론』제2권 9호에 「목포해안木浦海岸의 아츰」, 11월 같은 잡지제2권 11호에 「나의 얼골」, 그리고 12월 「병자년丙子年」이라는 시를 잇달아 발표했다. 그야말로 그의 시 창작에 대한 집념이 한꺼번에 분출된 시기였다고 볼 수 있다.

『호남평론』은 1936년 1월 작가 김우진의 아우 김철진이 '호남평론사'를 창립하여 발행한 시사문예잡지이다. 목포에서는 그전부터 『목포평론』, 『전남평론』이 선을 보였는데, 『호남평론』이 이를 계승하였다.[22] 목포 출신의 박화성을 비롯한 여러 작가가 작품을 게재했는데 정우채 또한 1936년 연속해서 『호남평론』을 통해 시를 소개하였다. 당시 문학 동호인들도 물론 이곳에 시를 게재하기도 했다고 하나 1937년 여름 폐간될 때까지 지역 작가들이 정보를 교환하며 활동할 수 있는 효율적 공간이었음은 강조할 나위가 없다.

정우채가 1936년 가장 먼저 『호남평론』에 발표한 작품은 「목포해안木浦海岸의

---

20 윤선자, 『나주독립운동사』, 전남대 출판부, 2014, 297쪽에서 『독립유공자공훈록』, 국가보훈처 홈페이지(http://www.mpva.go.kr)를 참조하여 인용하고 있다.
21 정우채 장남 정찬준의 기록, 「자유의 별판으로 별판으로……정우채의 생애, 사상, 시문」 참조.
22 목포시, 『목포시사』 2권, 제1편(목포문화 예술), 2017, 59~61쪽 참조.

아츰」이다. 정우채의 그해 활동을 염두에 두건대 호남평론사가 위치한 목포 방문은 잡품발표와 무관하지 않았던 것으로 판단된다. 정우채는 아침에 펼쳐지는 항구의 모습과 삶의 현장을 생생하게 묘사한다.

목포해안木浦海岸의 아츰

정우채鄭瑀采

등대燈臺불은 아즉도 조으는대
어둠보를 찟고 떠오르는 태양太陽
첩첩이 쌓인 안개를 뜰고
잠깬 바닷물우에 피물을 드려놋습니다.
××
공장工場의 기적汽笛 사원寺院의 종鐘소래
아츰의 칼날바람에 은은히 들이니
장맛뒷 오월五月의 개미떼와도 같이
항구港口의 사나히 개집 노인老人들은
삶生의 경쟁장競爭場으로 다름질침니다.
××
아스팔드 길엽 가로수街路樹밑에
가마니로 하루밤을 지나든 걸인군乞人群
하얀 서리를 머리에 인차
깨어진 주전자를 들고 허터저 갑니다.
××
길이 미여질듯 쏘다지는 인파人波

실이고 푸고하는 온갖화물貨物

뚝딱 뚜다딱 기계機械도는 소리

떠나는 기적汽笛 이별離別을 악기는 개집애의 우름

소연騷然한 음향音響속에 아츰은 새여서 옵니다.

××

어가로漁街路의 전등電燈도 꺼젓습니다

서리싸인 어선魚船에도

부치의 그림자가 사라젓습니다

오! 목포木浦의 아츰은 움지겻습니다.

(구고舊稿에서)

　식민지 조선의 남쪽을 대표하는 목포는 일본제국주의의 수탈 현장이기도 했다. 해안의 아침을 바라보는 정우채의 시선에도 그러한 풍경이 역력히 비치고 있음을 포착할 수 있다. 정우채가 목도한 풍경 속의 "아스팔드 길엽 가로수街路樹밑에 / 가마니로 하루밤을 지나든 걸인군乞人群"은 다름 아닌 조선인들이다. 당시 목포의 열악한 상황을 전하는 기록에 따르면 조선인은 차별의 대상이어서 "이름하여 유명한 빈민굴"조차 있었다고 한다.[23] 다음과 같은 기술이 30년대 중반목포항에 사는 조선인들의 생활을 적확하게 지적한 것이다.

　농촌에서 패잔한 무리와 '봇짐 행상'들이 방황하는 곳이 상업도시 대목포항의 이면이었다. 청년은 생선장수·지게벌이, 여자는 떡장사·고구마장사, 소년은 겐마이빵·'덴뿌라'·수건양말장사, 소녀는 공기름·나물장사 등으로 나서 길거리에서 먹고 살았다. 이들은 교통정리 한답시고 내쫓는 바람에 이리저리 몰려다니는 가련한

23　고석규,『근대도시 목포의 역사 공간 문화』, 서울대 출판부, 2005, 114쪽.

신세들이었다. 실로 34년 목포의 현실이었다. 생활고로 자살하는 사람도 줄을 이었다. 걸인들도 무리를 지어 다녔다.[24]

위의 내용은 정우채가 방문하기 2년 전의 목포항 풍경이지만 그 후에도 조선인에 대한 차별은 여전했다. 35년 7월 목포에서 목포삼대사업기업기성회가 결성, '목포항만의 수축 및 해륙연락의 설비건'이 추진되었다. 하지만 매축공사의 시행은 4년 후였다. 1939년까지도 다수의 조선인이 거주하는 북교동·남교동·죽동은 막심한 오물이 산처럼 쌓여 있었다고 하니[25] 조선인 거주지 환경의 열악함을 실감할 수 있다.

정우채는 오로지 연명하기 위해 목포항에서 아침이 밝아오자 '공장工場의 기적汽笛'과 함께 삶의 현장으로 내몰리어 무거운 '화물貨物'을 옮기고 거친 '기계機械'를 돌리고 심지어는 깨어진 주전자를 차고 나가는 조선인 걸인들의 모습을 생생하게 묘사한 것이다. 그러나 그들이 목포의 아침을 움직이는 주역이었으니 얼마나 아이러니컬한 풍경인가. 「목포해안木浦海岸의 아츰」의 정조가 밝고 희망적이라기보다는 애절하게 느껴지는 것은 시인이 그러한 마음을 담아 노래했기 때문일 터이다.

한편 정우채는 그해 11월 『호남평론』에 발표한 「나의 얼골」에서는 자신의 내면에 초점을 맞추어 추구한 이상과 현실의 격차에서 느끼는 갈등을 진솔하게 토로하며 자성하는 면모를 내보인다. 작품명 바로 아래의 한자 이름 석 자 중 가운데 '瑀패옥 우'가 편집 착오로 '禹하우씨 우'로 잡지에 실려서 참으로 의아해했을 것이다.

---

24 위의 책, 115쪽.『중앙일보』, 1934년 10월 28일 자의 기사를 인용해 소개하고 있다.
25 위의 책, 111쪽.

나의 얼골

정우채鄭禹采

나는 거울鏡을 사랑한다

가버린 님이 주신 거울을

슬푼때나 깁분때나

나의 얼골을 그대로 빗오여줌으로

××

줄명같은 고ㅅ대가 나려오다 살끔 꼬부라진

성낸매鷹의입뿌리같은 나의코는

나는 나포레온코라고 자과한다

그러나 적은 영웅英雄도 못되였음에는 틀림

없다

××

그리고 개우룬 농부農夫의 보리씨처럼

뜸금뜸금 소사나는 나의 검은 수염은

남아男兒의 위풍偉風을 나타내기에는 너무나 초라하다

그럼으로 나는 자조면도의 신새를지운다

××

말은 나의 빰뺨가 소슨나의얼골의 그늘에는

지난 쓰린 실연失戀의 발자국이 숨어 있다

지금도 실비만 나리는 밤이면

눈물짓는 가버린님이 주신 선물처름

××

그러나 맑은하날에 반작이는 별같이

거믄 눈섭아래 숨은 희맑은 눈동자는

자조 나를 꾸짓는다

『외! 어리석은 남자가 되는야고』

쇼와昭和11년年 칠七, 오五

거울 속의 자신을 들여다보며 읊은 노래이다. 거울 앞에 선 나르시스트 정우
채의 형상이 비친다. 하지만 자신의 매부리코에 괘념하지 않고 오히려 나폴레
옹의 코라고 믿으며 자부해 왔는데 한탄하는 정우채의 모습이 느껴진다. 그는
성진회 활동으로 옥중 생활을 하고 출옥 2년 후인 "1933년 10월 우리 민족운
동의 방향이 급진성에서 지구적인 사회운동으로 전환할 즈음 문학활동을 재개
하였고 어린이 잡지 『아이생활』의 동인으로 참여하여 〈별〉, 〈사계〉 등의 동요
를 발표했다".26 그리고 3년 후의 시점에서 동요가 아니라 정식으로 시를 발표
한 셈인데 출옥 후 자신의 충족감이 빈약했을까? 그가 추구하던 사회적 활동
과 창작 활동에서 현실과 이상의 괴리를 느꼈다고 한다면 그렇게 생각했을지
도 모른다. 그가 최소한 되고자 했던 '적은 영웅英雄'과 자아 사이의 유리를 확
인, 고뇌하며 자성하는 모습이 비치기 때문이다.

그런 자성하는 모습은 "위풍威風을 나타내기에는 너무나도 초라"한 수염을 면
도로 미는 행위를 통해 구체적으로 드러나는데 '실연失戀'에서 빚어진 것으로
형상화되고 있다. 그 '실연失戀'이 극복할 수 없는 현실인지, 사회적 성취감의
결여인지, 이상을 이루지 못한 자괴감인지 알 수 없다. 하지만 "외! 어리석은
남자가 되는야고" 자문하는 동인이 되고 있음을 확인할 수는 있다.

「목포해안木浦海岸의 아츰」9월 발표 속에 '서리싸인 어선魚船'이라는 표현이 있다.

---

26 『나주시지』제2권(정치·행정·경제), 나주시지편찬위원회, 2006, 833쪽.

「나의 얼골」이 11월에 발표되었다고는 하나 끄트머리에 7월이라고 명시되어 있는 만큼 집필 시기는 더 이르다. 발전적인 자아를 추구, 자신을 채찍질하며 '어리석은 남자'가 되지 말자고 다짐하는 표현에서 정우채의 삶을 향한 진지한 태도와 진솔한 성격을 엿볼 수 있다.

4. 시문에 엿보이는 저항정신

대구형무소 복역 기간 정우채는 부모에 대한 효심이 깊어 조석으로 고향 땅을 향해 절을 올렸다. 형무소에 갇힌 아들을 걱정하는 부모님의 마음이 오죽했 겠는가. 정우채는 부모님을 그리워하며 진심을 담아 '어머님 전상서'를 썼다.

> 어마님 못된 자식으로 얼마나 무일풍야애 심화로
> 지나십니까 자식은 귀엽다드니 저와 갓튼 불효자는
> 귀엽지 안케지요 모든 저와 갓치 자라는 동무들은
> 부모의게 심화를 미치지 안는데
> 아~ 어마님 이 자식의 죌까요 만일 저이게 죄가
> 잇다면 어린것시 죄엿겠지요 어렷을 때 일이니
> 어마님 동편해가 소슬때나 그날 해가 서산을
> 질때나 할마님, 어머님, 아바님, 사랑스런 동생,
> 아~ 하고 긴한숨과 횐구름 솜구름 떠도난
> 고향 잇난곳을 바라며 그날 그날의 하로을 복축
> 합니다 아~ 어마님 안심하세요[27]

---

27 정우채, 「사랑하야주시난 어마님전상서」, 주 21)에서 인용.

광주형무소에서 대구형무소로 이감되었으니 그에게 고향 땅이 얼마나 멀게 느껴졌을지, 그리고 그런 만큼 부모님에 대한 그리움이 얼마나 절실한 것이었을지 상상할 수 있겠다. 정우채는 부모님께 '심화'를 끼치는 것을 무엇보다 죄스럽게 여기고 있었던 것이다.

한편 옥중에서 자신을 감옥에 처넣은 일제의 만행과 횡포에 대한 저항정신을 품지 않고 지낼 리 없었다. 정우채는 어느 날 밤 대구형무소에서 같은 처지에 놓인 동료의 제안으로 시문을 읊었다.

옥중시獄中詩

氷板冷壁北風寒　　찬바다 시린벽에 북풍은 몰아치고
月掛鐵窓獨斷腸　　애달프다 달빛만 철창에 걸렸구나
北岳孤松凌雪霜　　북악재 야윈솔도 눈서리 견디거늘
蘇武何事萬古香　　소무는 어인일로 만고로 향기로울고[28]

'찬바다', '시린벽', '북풍' 등의 시어가 고난의 현실, 즉 일본제국주의가 조선을 강압 통치하고 있는 무법천지의 세상을 암시하는 것임을 파악하기에 어렵지 않다. 그러니 어찌 비통한 심정이 아니겠는가. 하지만 그 자신의 의지를 '눈서리'에 견디는 '야윈솔'에 견주는 표현은 현실을 극복하려는 몸부림이 얼마나 강렬한지를 잘 나타내고 있다고 보인다. 정우채는 한나라 시절 흉노에게 잡혀갔지만 절개를 지킨 소무蘇武를 떠올리며 조선 독립을 향한 일심을 버리지 않겠다고 다짐하고 있는 것이다. 투옥된 동료들도 한결같은 마음으로 그의 시심을 이해했을 것임이 틀림없다.

---

[28]　주 21)에서 인용.

나주시지에 따르면 정우채가 복역을 마치고 미결구류 통산으로 출옥한 것은 1931년 6월.[29] 그는 귀향한 뒤로 전남노농협의회 재건위원회에 참여하여 자립경제 회복을 위해 노력함은 물론 일제의 독점자본을 견제하고 국산장려 운동을 펼치기도 했다. 이듬해에는 도쿄에서 반제동맹사건에 연류된 친동생 중병 사실을 전해 듣고 도쿄로 건너가 반제동맹관련자들과도 교우의 관계를 맺었다. 하지만 동생의 병세가 더욱 악화하자 정우채는 동생과 함께 귀향길에 올랐다. 돌아온 그를 경찰은 바로 검거했다. 그들은 전남노농협의회 건과 도쿄에서의 활동 등을 이유로 그에게 고문을 가하고 5개월 동안 수감 생활을 시키는 악행을 저질렀다.

그 후 정우채는 고향에서 요양하면서 부친이 주도하는 반양시회潘陽詩會가 활성화하여 인근 지역과 중앙에서 관심을 보이자 동료들과 계몽 서적을 구입하여 돌려 읽고 시 모임에도 적극적으로 참여하는 등 문화교류 활동을 전개하며 시문 창작에도 몰두했다. 그가 귀향하여 반양시회 활동 중 집필한 한시를 통해 그의 일상을 들여다볼 수 있다.

擇仁斯會勝於京	인仁을 좇는 이 모임 서울보다 나아
曾未拜參久仰名	일찍이 이름 듣고도 인사를 못 드렸소.
來路蒼松看鶴舞	오는 길 창송蒼松 위에 학이 춤추고
去時垂柳聽鶯聲	가는 길엔 버들 속 꾀꼬리 소리.
處世難持書士道	지식인 노릇 참으로 어려운 세상
居村無妨野人耕	돌아와 농부되어 밭 갈고 싶소.
拙文敢不汚時軸	볼품없는 이 글귀 누累가 되지 않을지
自信咎休父若兄	부형父兄들은 나무라지 말아주시길… [30]

---

29 『나주시지』 제2권(정치·행정·경제), 나주시지편찬위원회, 2006, 833쪽.

정우채의 장남 정찬준의 증언에 따르면 당시 정우채의 아버지 정순규는 고향 반남에서 시회를 주도하는 등 시문 운동에 앞장서고 있었다. 위의 한시는 정우채가 그 시회에 참가하여 읊은 시로 알려지고 있다.[31] 이 즈음 그의 심상은 고향에서 문학 동호회 활동이 펼쳐지고 그러한 환경이 부친에 의해 조성되자 그곳에서 자신의 정체성을 시문에 담아 표출하는 자세로 나타난다. 하지만 그러한 자세가 높은 이상을 추구하거나 자신의 문재를 타인에게 드러내는 형태로 표출되지는 않는다. 어디까지나 자신의 거주지에서 향유할 수 있는 풍토와 문화적 체험에 기반한 겸허함을 동반한 것으로 그려지고 있다. 고향을 떠나지 않고 반남 땅의 부형들과 소박한 모습으로 동행하려는 풍경이 비치는 것이다.

하지만 그가 지향하는 문학의 본령을 살리려는 일과 일제강점하 민족공동체 회복 위해 줄곧 추구해온 저항정신을 잊을 리 없었다. 1933년에는 『아히생활사』의 동인으로 활동하며 어린이들에게 앞날의 꿈과 민족성을 고취하는 동요 창작에도 열정적인 모습을 보이기도 했다.

한편 1936년 12월에 발표한 「병자년丙子年」의 메시지는 강렬하다. 「목포해안木浦海岸의 아츰」과 「나의 얼골」을 통해 드러난, 그의 삶의 현장과 스스로 내면을 바라보는 시선은 더욱 원대하고 광활한 목적지를 향해 펼쳐지기 때문이다.

병자년丙子年

정우채鄭瑀采

종鐘소리 울이여 온다

이 해를 조상하는 마즈막 종鐘소리 울여온다

---

30 정우채 외 87명, 『반양시사집(潘陽詩社集)』 1, 나주시 문화원, 2010.
31 위의 책.

소리 없이 나라는 눈 사이로

×   ×

비먹은 저기압低氣壓이 사나운 폭풍暴風이

파초芭蕉의 그늘에서 원시原始 꿈을 꾸는

검둥이 나라 에치오피아의 하늘에서

자치自治의 물결치는 황허黃河가에서

오월五月의 장마구름처름 서려서 있는채

병자년丙子年은 저무려 간다

×   ×

공중空中의 여왕女王 비행기飛行機의 대열隊列

바다의 괴물怪物 군함軍艦의 대기待機

신호信號를 기다리는 장갑자동차裝甲自動車

탄환彈丸이 터저 나오려는 총뿌리 우에

이 해의 어둠은 차저를 왔다

×   ×

전공戰功을 꿈꺾는 빗나는 병정兵丁의 눈동자目瞳子

평화平和을 비는 종교신자宗教信者의 기도祈禱

피로疲勞에 창백한 노동자勞動者의 행렬行列

기아飢餓에 우는 걸인乞人의 한숨에

저 종鐘소리와 같이 이 해는 저무려 간다[32]

쇼와昭和 11년十一年

이 시에 시인의 독립을 향한 갈망이나 반전 평화 정신이 잘 스며들어 있는

32 정우채, 「丙子年」, 『호남평론』 제2권 제12호, 1936.12.

것으로 읽힌다. 조선의 암울한 피지배 상황은 '비먹은 저기압'이나 '장마구름처럼 서려서' 등의 시구에서 느껴지고 그것이 '자치의 물결치는 황허黃河가'와 대비적 표현으로 받아들여지는 것이다. 더욱이 일본제국주의의 침략전쟁으로 인해 일본=지배, 조선과 만주=피식민지라는 구도가 형성된 사실을 고려하자면 '군함, '장갑자동차', '탄환', '총뿌리' 등의 시어가 무엇을 의미하는지 어렵지 않게 알아차릴 수 있다. 그것들이 '어둠'을 초래한 요소임이 명확히 드러나기 때문이다. 이 시에서도 정우채는 '노동자'나 '걸인' 등의 프롤레타리아 계급을 피지배자인 조선인의 이미지에 중첩시키고 있다고 볼 수 있을 것이다. 나아가 평화=자치=독립으로 이해할 수 있으므로 '평화平和를 비는 종교신자宗敎信者의 기도祈禱'라는 시적 표현을 접하고 이 시에도 역시 그의 강렬한 저항정신이 깃들어 있음을 확인할 수 있겠다.

맺음말

정우채의 성장 과정과 학생 문단 데뷔, 성진회 활동과 투옥, 삶의 현장과 자아 성찰, 시문에 엿보이는 저항정신이라는 논점들을 통해 총체적 시점에서 그의 활동과 시편에 드러난 특징에 대해 언급할 수 있다.

첫째, 학생 문단에 데뷔한 시절부터 정우채는 개인이나 사적 영역에서 벗어나 청년들과 학생 동료들의 민족의식 고취를 목적으로 시문을 작성하고, 독립 쟁취를 위한 프로파간다 활동을 수행했다는 점이다.

둘째, 시창작과 민족주체성 회복을 위한 실천 운동을 병행했다는 점을 들 수 있겠다. 다시 말하면 정우채는 시문을 통해 독립의 열망을 불태우기도 했지만, 행동을 위한 이론 무장에 나서 동료들과 함께 사회과학서적을 윤독하면서 시위를 펼쳤다.

셋째, 정우채의 시편에는 부르조아와 프롤레타리아 계급의 차별성이 엿보이며, 조선인의 입장을 프롤레타리아 지배계급에 비추어 묘사하고 있는 점이다. 조선인을 독점자본과 제국주의 권력의 차별대상으로 인식한 결과인데 독립을 위한 이론서로 사회주의 관련 서적에 심취한 영향이기도 하다. 「단결하자」나 「병자년丙子年」 등에는 자본가와 노동자의 대립 구도가 선연히 보일 정도이다.

넷째, 안으로는 핍박받는 식민지 삶의 현장과 자기 성찰을 노래하며 내적 충실을 기하면서도 밖으로는 넓은 시야와 기상을 잃지 않은 점이다. 그러한 시점이 반영되었기에 시적 표현에서도 강렬함을 느낄 수 있다.

정우채는 출옥해서 귀향한 후 반남에서 시회詩會 활동에 주력하면서 한시를 읊고 민족적 정서를 함양하는 일에도 관심을 보였다. 그러면서 『아히생활』의 동인으로서 동요 창작에도 매진해 여러 편의 작품을 집필한 것은 아동들에게 민족의 꿈을 안겨주기 위해서였음이 틀림없다.

지금까지 살펴본 바와 같이 정우채는 일본제국주의의 감시와 통제에도 굴하지 않고 성진회 활동을 통해 독립운동에 참여했다. 그리고 저학년 학생 신분이었음에도 조선 식민지 현실을 개탄하며 시문을 통해 학생, 동료들에게 힘을 모으자고 호소했다. 그가 민족혼을 일깨우기 위해서 혼연일체가 되어 일어서는 것이 무엇보다 중요하게 인식하고 있었음을 확인할 수 있는 근거이다. 정우채 등이 독서행위를 통해 이론 무장에 철저함을 기하면서 동맹휴학 투쟁을 펼치는 등 독립 쟁취를 위한 실천적 활동을 병행했다는 점을 강조하지 않을 수 없다. 그는 시를 쓰면서 독립운동을 한 셈이다. 광주학생운동의 주역 중에는 그렇게 시문을 통해 학생, 청년들의 민족의식을 일깨우고 독서에 매진하는 등 이론과 실천을 겸비한 이가 있었기에, 운동에 치밀함과 설득력이 보태져 광주에서 타오른 광주학생운동이 각계각층의 역량결집으로 이어진 것이다.

정우채의 활동과 문학 창작 행위도 그곳에 의의가 있다고 볼 수 있다. 정우채가 광주학생운동 전후 집필한 시문을 통해 추구한 민족주체성 회복을 향한 열망이 얼마나 강렬한지를 체감할 수 있을 터이다. 유일한 분단국가이고 지역적 갈등이 해소되지 않은 현실인 까닭에 민족공동체 형성의 문제가 여전히 화두인 지금, 그의 활동과 시문에서 여전히 유의미성을 찾을 수 있겠다.

2022년 5월 14일 나주학생독립운동기념관,

문병란시인기념사업회 공동주최심포지엄 '조선 저항시인과 탈식민주의' 자료집 내용에 가필

독립운동가 박준채가 남긴 시편에 대한 고찰

와세다대학 유학 시절의 작품을 중심으로

김정훈

머리말

박준채朴準採, 1914~2001는 광주학생운동에 불씨를 지핀 독립운동가로 알려진 인물이다. 일제강점기인 1929년 10월 30일 한일 학생대립의 분위기가 수그러 들지 않던 터에 나주역 부근에서 자신의 사촌누이 박기옥을 일본인 학생 후쿠 다 슈조가 희롱하는 모습을 보고 격분하여 그에게 주먹을 날린 박준채의 이름 은 역사 교과서에 자주 등장한다.

박준채는 이 사건으로 말미암아 광주공립고통보통학교 2학년 재학 중1930 학 업을 중지할 수밖에 없었다. 하지만 남다른 학구열을 지니고 있었기에 같은 해 9월 상경해 서울의 양정고등보통학교 3학년에 입학했다. 그리고 이듬해인 1933년 3월 동교를 졸업했다. 그가 일본으로 유학을 떠나 도쿄에 소재한 와세다대학 부속 제2와세다고등학원에 입학한 것은 1934년 4월이다. 박준채는 그로부터 2년 후인 1936년 4월 와세다대학 정치경제학부 경제학과에 정식 입학하여 학업에 진력하였다. 그리고 1939년 3월 동대학 동과를 졸업했다.[1] 그러므로 고등학원 재학 기간을 포함해 1934~39년 도쿄에서 유학 시절을 보낸 셈이다.

그런데 이 시기에 그가 시를 썼다는 사실을 아는 이는 가족과 친인척, 그리고 그의 시를 접한 관계자 외에는 거의 없다.[2] 박준채의 차남 박형준에 의해 박준채의 유품이 나주학생독립운동기념관에 기증된 것은 2010년 12월 4일이다.[3] 이때 박준채가 와세다대학 유학 시절과 그 전후에 쓴 시편 모음 원고가 나주학생독립운동기념관에 전해졌지만, 시 집필 사실과 시의 내용이 소개된 적은 없다.

단지 2019년 3·1절 기간에 나주나빌레라문화센터에서 '구한말 구국운동과 3·1독립운동 100년 물결'전展이 열렸는데, 이때 박준채의 1929년 12월 31일 지은 「회상」이라는 시가 복사되어 참가자들에게 배포되었다. 그리고 그 「회상」 속의 독립과 민족 단결을 호소하는 3행의 시구가 전시되었을 뿐이다.[4] 박준채가 남긴 시편 모음 원고 노트의 실체와 수 편의 시가 공개된 것은 지난 7월 중순 무렵이었다.[5] 하지만 발굴된 시가 전체적으로 소개되거나 시의 내용에 대한 연구가 본격적으로 이루어진 적은 없다.

---

1 해촌 박준채 박사 고희기념 논문집 간행위원회, 『해촌 박준채 박사 고희기념 논문집』, 송정문화사, 1985, 도입부의 약력란 참조.
2 필자도 나주학생독립운동기념관과 문병란시인기념사업회 주최의 한일국제심포지엄(2022년 5월 14일, 나주학생독립운동기념관)의 발표 준비로 여념이 없던 2022년 3월 31일 나주학생독립운동기념관 사무국장에게서 와세다대학 유학 시절에 쓴 박준채의 시편 모음 원고 노트 사진 파일을 받기 전까지 전혀 모르고 있었다.
3 나주학생독립운동 기념관 소장 컴퓨터의 데이터베이스 기록에 의함.
4 3·1독립운동 100주년, 학생독립운동 90주년을 기념해 나주시는 나주학생독립운동기념관의 협조를 얻어 3월 5~31일까지 전시회를 개최했으며 한국일보를 비롯한 몇 곳의 언론에도 소개된 바 있다.
5 『한겨레신문』(7월 15일 자)을 비롯한 일부 언론에 박준채의 시 31편이 발굴된 소식과 노트의 실체가 공개되었다.

본고는 박준채의 차남 박형근이 나주학생독립운동기념관에 기증한 박준채의 시편 모음 원고 노트를 분석하여 그 실체를 밝히고, 시편 내용에 대해서도 언급하려는 것이다. 나아가 그 노트에 실린 작품 중 가족애와 고향 사랑이 담긴 시, 와세다대학 유학 시절의 시, 항일적 저항시를 중심으로 고찰을 시도함으로써 독립운동가 박준채의 시 집필 의도와 주제, 시적 정서에 대해서도 탐색하고자 한다.

1. 시편 모음 원고의 실체

필자가 확인한 박준채의 시편 모음 원고는 박준채가 일본의 마루젠MARUZEN 문방구에서 원고 노트를 구입해 기록한 것이다.[6] 시편이 신문이나 잡지 등에 게재된 적은 없으나 박준채가 나주학생독립운동의 해인 1929년부터 1940년까지 쓴 시를 노트에 일목요연하게 정리한 만큼 주목하지 않을 수 없다.

노트 도입부에는 목차 항목이 있어서 그곳에 박준채는 각 작품명을 자필로 순서대로 나열하였다. 그리고 각 시편 뒤에는 집필 시기를 명시하였으므로 작품이 언제 쓰였는지 파악할 수 있다.[7] 목차에 명기된 작품 수를 헤아리면 우리글 작품이 26편[8]이고, 일본어 작품이 14편이다. 한글 작품 중에는 시조가 8편

---

6 필자는 나주학생독립운동기념관 사무국장이 2022년 3월 31일 필자에게 보내온 시편 모음 원고 노트 사진 파일을 접하고, 2022년 5월 20일 나주학생독립운동기념관을 방문해 원본 대조 작업을 하였으며 2022년 6월 9일 나주 박준채의 생가를 방문, 박준채의 조카 박경중으로부터 와세다대학 시절 박준채가 보내온 서간의 필체와 시집 모음 원고 노트의 필체가 동일한 것임을 확인하였다.
7 단 정리된 필체의 정연함이나 원고 상태, 1929~40년에 집필한 시를 일본 유학 시절에 마루젠 문방구에서 구입한 노트에 가지런히 정리한 점 등으로 보아 1940년 이후 곧장 필사한 것으로 보이나 그 시기는 알 수가 없다.
8 목차에 제목명이 있는 우리 글 작품 중 훼손되어 읽을 수 없는 작품도 있다.

에 이른다. 일본어 작품 중에는 하이쿠나 단가도 있어서 그 당시에 그가 시문에 상당한 관심을 지니고 있었고 시 창작을 즐겨했음을 알 수 있다.

목차 란에 작품을 순서대로 기입하고 제목 뒤에 괄호를 새겨넣어 '시조', '한시', '하이쿠' 등으로 장르를 구분하였으며 노트에 일목요연하게 필사한 점으로 보아 공개를 염두에 두었을 가능성에 대해서도 추정해볼 수 있다. 박준채는 무슨 목적으로 시를 작성한 것일까? 그리고 시편의 내용은 어떠한 주제를 담고 있을까?

전체적인 시 내용을 통해 파악할 수 있는 것은 그가 당시 일상생활에 대해 인상 깊게 느낀 감정을 시어로 형상화하고 특히 그런 표현양식을 통해 내적 충실을 기했다는 점이다. 특별한 목적을 내세우기보다는 잊고 싶지 않은 기억이나 순간을 시적 감성에 실어 표출했다고 해도 과언이 아니다. 하지만 그의 시상은 때로는 항일적 의지를 내보이기도 하고 타향에서 고향을 그리워하고 고독한 자아를 노래하는 등 다양한 주제를 담고 있다.

청년 시절 박준채가 문학과 독서에 보인 열정은 남달랐다. 그가 대학 시절을 회고, 문학 서적을 독파하며 교양을 쌓은 경험을 소개한 것은 그 정도로 박준채가 책 읽기와 창작행위에 관심을 보였음을 방증한다.

> 대학 시절에는 자기 전공이 아닌 교양면에서도 폭넓은 독서가 필요하다. 각자의 가치관 확립에는 철학·문학·역사·사회 등 각 분야에 걸쳐 넓게 독서하면 좋다. 나의 대학 시절은 일제 치하의 나라 없는 설움의 영향도 있었지만, 교양면에서는 톨스토이의 『부활』·『인생론』, 도스토예프스키의 『죄와 벌』·『까라마조프 가의 형제들』, 나쓰메 소세키夏目漱石의 『나는 고양이다』, 이광수의 『무정』·『흙』, 펄벅의 『대지』 등은 지금도 인상적이고 기억에 남는 작품으로 나의 인생관에 도움을 준 책들이다.[9]

9　박준채, 『조대신문』, 1976.9.1; 박준채, 『이름없는 별들』, 고려원, 1988, 46쪽.

이러한 언급은 박준채가 대학 시절 정치경제학부에 소속하고 있었지만, 결코 전문영역에만 국한해 열정을 쏟지는 않았다는 것을 의미한다. 그는 다방면에 걸쳐서 교양 쌓기를 추구하였거니와 틈날 때마다 문학작품 읽기와 시 창작에도 몰두했음이 드러났다. 다른 한편 박준채는 자신이 스스로 실천해 보인 일제강점기의 항일운동을 되새기며 역사를 망각하는 현실을 개탄하는 목소리를 드높이는 일도 잊지 않았다. 광주학생독립운동의 의의를 되새기며 '학생의 날'을 빼앗기는 상황에 탄식하면서 올바른 역사관을 갖기를 청년들에게 강조한 것은 체험이 부른 투철한 역사의식에서 나온 호소였다.[10]

그의 문학적 감수성과 일찍부터 움텄던 역사관이 어우러져 일제강점기 시절 그에게 시 창작행위를 부채질했을 터이다. 박준채의 남긴 시편 모음 원고 노트는 청춘기 그의 독서 활동이나 체험에서 빚어진 그런 역사관과 결코 무관한 것이 아님을 간파할 수 있다. 시편 모음 원고 노트의 목차에 적힌 작품명을 나열하면 다음과 같다.

「회상回想」, 「첨성대瞻星臺」, 「짝 잃은 양」, 「오호嗚呼 형兄님」, 「장미 꽃薔薇の花」, 「무상無想」(시조時調), 「님」(시조時調), 「난상亂想」(시조時調), 「가을 밤」(시조時調), 「잊이 못할 오날 밤」, 「송발유시送発酉詩」(한시漢詩), 「고수孤愁」(시조時調), 「대황강大荒江」, 「갑술년을 보낸다甲戌年を送る」(단가短歌), 「향수鄕愁」(하이쿠俳句), 「무제無題」(하이쿠俳句), 「춘몽春夢」(한시漢詩), 「환상幻想」, 「암투暗鬪」, 「황혼黃昏」, 「제야이제除夜二題」(하이쿠俳句), 「무장야武蔵野의 밤」, 「황성荒城의 나주羅州」, 「그리운 님이여恋しき君よ」, 「님」(시조時調), 「월야상부月夜想父」(한시漢詩), 「환영幻影」, 「그리운 진달래」, 「님이여」, 「가을비」(시조時調), 「일구삼칠년一九三七年의 제석除夕」, 「황조黃鳥」(시조時調), 「추야상秋夜想」, 「촌감寸感」, 「무제無題」(하이쿠俳句), 「추억思い出」, 「귀녀상을 받고貴女

像を受けて」,「그리운 연妍이여」,「중천中天에」(시조時調),「초추잡제初秋雜題」(하이쿠俳句)

(밑줄－일본어 시(인용자), 강조－훼손된 시)

목차에 제목이 실린 40편 중에서 9편의 작품이 보이지 않아서 훼손되었음을 알 수 있는데, 그 배경은 알 길이 없다. 목차에서 살필 수 있듯이 박준채는 한글 시와 일본어 시의 순서를 구분하지 않고 기록하였다. 30년 초에는 고향과 서울에서 집필한 것이 대부분이나 34년 이후에는 일본에서 지은 시가 다수이다. 하지만 귀향하여 쓴 시도 있다. 일본에서 창작한 시 중에는 한글로 집필한 것도 있고 일본어로 집필한 것도 있으므로 한글로도 일본어로도 자연스레 시 창작이 가능할 정도로 언어표현력을 갖추고 있었던 것으로 판단된다.

발굴 작품을 최초로 공개하는 것은 리스크가 수반되는 일이다. 하지만 알려진 독립운동가의 친필 시문을 접하고 큰 충격에 휩싸여 연구의 필요성을 절감하면서도 검증·분석을 하지 않는다면 역사적인 인물의 실상과 진실이 그대로 묻히고 말 것이다. 이런 이유 외에도 필자가 시편 모음 원고 노트를 확인하면서 연구의 필요성을 느낀 것은 첫째, 알려진 독립운동가의 시편이 무더기로 나온 것인데, 박준채가 집필한 것인지에 대한 확신이 없었으나,[11] 시편 모음 원고 노트와 박준채가 와세다대학 유학 시절 일본에서 고향으로 보내온 서체가 일치함을 확인, 박준채 본인이 시를 집필한 것으로 드러났기 때문이다. 둘째, 박준채가 가족을 테마로 쓴 작품 두 편이 있는데, 박준채의 가족 얘기임이 틀림없기 때문이다. 셋째, 시적 표현이 풍부하고 시적 운율도 살리고 있어서 시적 예술성을 지니고 있다고 판단했기 때문이다. 넷째, 가족애, 고향에 대한 그리

---

11 필자는 시편 모음 원고 노트 사진 파일을 접하고 박준채가 집필한 것인지, 그 진위를 판단하기 위해서 나주학생독립운동기념관을 방문하고 원본 확인 절차를 거쳤으나, 와세다대학 시절의 노트 필체와 조선대학교 대학 시절의 필체가 다르게 느껴지는 부분도 있어서 시일을 보내며 고심을 거듭했음을 밝힌다.

움, 이국에서의 니힐리즘의 심경, 계절이나 풍경 묘사, 항일적 저항 의식 등 시적 주제가 다양해서 리얼리티가 느껴졌기 때문이다. 다섯째, 40편의 시편인데, 박준채가 목차를 정하고 년도 별로 정리했거니와 필사한 점으로 보아 시집으로 출판하거나 공개할 의향이 있었을 것으로 판단했기 때문이다. 여섯째, 박준채가 와세다대학 유학 시절 썼거나 그 이후 집필한 일본어 시가 여러 편 있어서 일본어 해독과 번역이 요구되는데, 필자가 접근할 수 있다고 확신했기 때문이다. 일곱째, 박준채가 집필한 일본어 시에 대한 수준의 문제인데, 필자는 일본의 중견 시인에게 박준채의 일본어 시를 보내 감상을 타진한 바 있고, 일본어 시로서 뛰어나다는 얘기를 들었기 때문이다.[12]

위와 같은 연구의 전제가 되는 항목이 충족되었다고 생각하는 만큼 박준채의 시편에 뚜렷이 드러나는 테마를 중심으로 관련 작품을 분석하고 논의를 전개해보겠다.

2. 가족애와 고향 사랑이 담긴 시

박준채는 1914년 현 나주시 남내동에서 아버지 박정업과 어머니 김운석 사이의 6남 1녀 중 4남으로 태어났다. 1922년 나주공립보통학교에 입학, 1928년 3월 동교를 졸업하였다. 광주 공립고등보통학교에 입학한 것은 1928년이다. 그로부터 4년 후인 서울 양정고등보통학교 시절1932년 4월 19일 고향으로부터 그는 뜻하지 않은 소식을 알리는 지급 전보를 받는다.

---

12 필자는 2022년 5월 15일 일본의 시인 사가와 아키(佐川亜紀) 씨에게 박준채가 1935년 도쿄의 메지로(目白)에서 집필한 「幻想」이라는 작품을 메일로 보내어 시를 읽은 감상과 일본어 표현에 대해 조언을 구했다. 그리고 5월 16일 "보내준 작품은 시로서 잘 정리된 것이고 새로운 서정성과 리듬이 있으며 일본어 표현도 뛰어나다고 생각한다"라는 답변을 받은 바 있다.

오호嗚呼 형兄님

잘가소서 평화平和의 낙천지樂天地로
이 괴롬 많은 인간세계人間世界를 떠나
자유自由와 행복幸福이 많은 저 나라로…

멀리 떨어저 있는 이 어린 아우를 두고
무정無情히도 떠나가셨나이까
그리도 이 세상世上이 싫어서!

인생人生을 떠나기는 너무나 빠릅니다
피끓는 청춘靑春에 뛰어놀지 않고
그리도 애닲프게 가셨습니까?

나는 형兄님께 맹서盟誓합니다
형兄님을 위爲하여 사회社會를 위하여
뛰어난 사람됨을

오호嗚呼 형兄님! 이 진계塵界는 다 잊어버리시고
무궁無窮한 낙천지樂天地에서 미소微笑하시며
영원永遠히 잠자소서!

(1932一九三二, 4四, 19一九이夜, 형兄님 별세別世의 지급전보至急電報를 받으면서)
1932一九三二, 4四, 19一九, 작作(광화문시대光化門時代)[13]

형의 죽음을 알리는 지급 전보를 받고 박준채는 아연실색했음이 틀림없다. 형들과의 유대관계는 가계의 내림으로 더욱 굳게 형성된 것이었다고 해도 지나침이 없을 것이다. 박준채의 조부 박재규는 장흥군수를 지낸 뒤 곡성군수로 부임하여 한일합병이 강행되자 관직을 사임하고 낙향하였다. 박준채 형제들은 아버지 박정업에게 조부에 관한 얘기를 반복해서 들으며 교육을 받았다.[14] "맏형 준삼準三 씨는 중앙고보 4학년 때 3·1독립운동을 만나 옥고를 치르시기도 했던 분"[15]이라는 박준채의 언급은 형제의 항일정신이 아버지의 교육이나 성장 과정과 무관하지 않다는 것을 방증한다. 조선 식민지 현실의 모순을 자각하며 일본제국주의의 타파를 숙원으로 삼던 시절이기도 하지만, 박준채가 사촌누이를 희롱하는 일본 학생을 눈뜨고 지켜보지 못하고 울분을 토해낸 것은 그러한 환경 속에서 자랐기 때문임을 부인할 수는 없을 터이다.

박준채의 바로 위의 8살 터울 형 박준상은 나이 차가 있기도 해서 준채를 애틋하게 돌보며 업어서 키웠다고 한다.[16] 형에 대한 사랑이 평소 얼마나 애틋하였을지 짐작하고도 남는다. 그런데 고향을 떠나 상경해 면학에 힘쓰던 중에 자신을 살뜰하게 보살피던 형이 별세했다는 전보를 받았으니 말로는 형용할 수 없는 심정이었을 것이다. 32년이면 박준채가 18세로 위의 형은 20대 중반을 갓 넘긴 상태이다. 그 나이에 세상을 등졌으므로 아픔이 배가되었을 것임을 미루어 짐작할 수 있다.

눈길을 끄는 것은 박준채가 형이 떠난 저세상을 "자유自由와 행복幸福이 많은 저 나라"로 표현하고 있는 점이다. 대비되는 표현이라면 '자유와 행복이 많지 않은 이 나라'일 것인데 박준채가 형의 죽음 앞에서 식민지 현실을 애써 염두

---

13 시의 본문 인용은 원문 그대로이나 띄어쓰기는 필자에 의한 것이다. 이하 다른 작품도 동일.
14 박준채, 『이름없는 별들』, 고려원, 1988, 49쪽 참조.
15 위의 주9)와 동일.
16 2022년 6월 9일 박준채의 조카 박경중으로부터 들은 증언.

에 두고 의도적으로 그렇게 묘사했는지 알 길은 없다. 하지만 어린 시절 준채를 등에 업은 준상과 그의 등에 업힌 준채가 일본제국주의 통치 시대를 겪는 조선인에게 진정한 자유와 행복이 무엇인지, 그 물음과 답을 주고받지 않았을리 없다. 따라서 박준채가 형의 명복을 빌기 위해 형에게 맹세하고 있는 부분에 눈길이 쏠린다. "형님을 위爲하여 사회社會를 위하여 / 뛰어난 사람됨을"이라는 시구로부터 준채가 사회社會를 위하여 이룰 수 있는 것에 대해 준상과 정보를 주고받았을 여지를 가늠해볼 수 있기 때문이다.

준채는 형의 죽음에 대한 애절한 마음을 담아 같은 날4월 19일 또 한편의 작품「짝 잃은 양」을 발표하였다. "자유自由롭게 맘껏노는 / 세 마리의 양군羊群 / 한 마리 황천黃泉에 / 불귀객不歸客되니 / 짝 잃은 두 양羊은 / 붓들고 운다! // 사방四坊으로 소리치며 / 불러보아도 / 산山울림만 들리고 / 안돌아오니 / 짝잃은 양신세羊身勢 / 가련可憐하도다! // 수천 리數千里 떠나 있는 /한 마리 어린 양羊 / 또다시 보고 싶어 / 그리워하나 / 얼골과 그림자 / 볼 수도 없네!"이 시에서는 형제를 세 마리 양에 비유, 자신을 짝 잃은 양으로 묘사하였다. 그리고 자신을 가련한 신세라고 한탄하고 있다. 형을 그리워하며 고인의 명복을 기원하는 마음을 새기려는 의도였음을 확인할 수 있는 작품이다.

부모와 형들이 있는 고향 나주를 준채는 어떻게 표현했을까? 일본 유학 중이었지만 잠시 귀향해서 지은 시가 있다.

황성荒城의 나주羅州

영산강瀯山江 맑은 물은 쉴사이 업시
나그네 마음 실어 남南쪽 나라로
푸른 하날 높이선 고혼 금성산錦城山

오백년五百年 꿈결 같다 황성荒城의 나주羅州

월정봉月井峯 고개 넘어 석양夕陽이 지고

폐허廢墟의 밤이 되면 별님만 반짝

방목야放牧野 달빛 아래 애닲은 정조情調

님 생각 새로워라 군유봉群游峯이여

동문東門 박 석동간石憧竿은 외 말이 업서

신라新羅의 우리 자랑 알바이 업고

심향시尋香寺 종鐘소리에 눈물 흘릴재

녯날이 그리워라 황성荒城의 나주羅州

1936一九三六, 9九, 6六 작作(고향故鄕에서)

　박준채는 유구한 역사를 지닌 고향 나주에서 태어나고 자란 지난 시절을 회고하며 나주에 대한 사랑을 이 작품에 새겼다. 그리고 나주의 흘러온 역사를 반추하며 일본제국주의에 점령당한 나주의 풍경을 애절한 마음으로 묘사하였다. '애닲은', '말이 업서', '알바이 업고', '눈물 흘릴재', '녯날이 그리워라'라는 시어로부터 현실을 한탄하는 박준채의 시심이 그저 나주의 풍경을 묘사하기 위해서 작동하지는 않았다는 것을 알 수 있다.

　통일신라 때는 금성錦城으로 부르다가 후삼국 시절에 왕건이 나주로 개칭하여 고려시대에는 현종이 나주를 열흘간 왕도王都로 삼았다. 그리고 조선왕조 때는 이곳에 관찰부를 두었으니 준채는 남도의 심장부 역할을 한 곳으로 인식하고 있었다.[17] 그러한 화려한 자태를 드러내던 시절과 견주면 곳곳이 침략자 일본제국주의의 마수가 잠식하고 있었다. 얼마나 나주가 초라하고 볼품없이 느껴졌을까. 옛날의 영화를 누리던 시절을 돌이켜보며 준채는 애통한 심정을 나주 곳곳의 명소에 담은 것이다. 나주의 풍경 묘사와 나주의 옛터를 그리는 회상으로부터 박준채의 고향 사랑이 얼마나 절절한 그의 심상을 반영한 것인지가 느껴진다. 한때는 명성을 떨치던 조선 남부의 심장이었으나 피지배 식민지로 전락한 나주의 황폐한 모습을 그야말로 애절한 마음으로 시에 담으려 했던 의도를 읽어낼 수 있다.

3. 와세다대학 유학 시절의 시

훼손된 작품을 제외하고 시편 모음 원고 노트에 실린 31편의 작품 중 와세다대학 부속 고등학교 시절을 포함해 와세다대학 유학 시절에 쓴 시가 18편에 달하고, 양정고등보통학교 시절과 유학 이후에 쓴 작품을 합하면 13편에 이른다. 그중에는 양정고등보통학교에 입학하기 전인 29년 말에 쓴 작품도 1편 있으니, 박준채는 광주 공립고등보통학교 시절부터 양정보등보통학교를 거쳐 와세다대학 유학 시절을 마치기까지 10여 년 동안 꾸준히 시 창작을 지속한 셈이다.

시편 모음 원고 노트에 기록된 작품 중에 와세다대학 유학 시절 이후에 쓴 시는 2편밖에 없다. 그러므로 유학 시절에 쓴 시가 절반을 넘는 양이라고 볼 수 있다. 일본어 시에 대해서는 다음 기회에 논하기로 하고 와세다대학 유학 시절에 우리말로 쓴 시편을 살펴보기로 하자. 박준채가 와세다대학에 정식 입학한 이듬해인 1937년 5월 메지로白문화촌[18]에서 집필한 시가 있다.

---

17 박준채, 『이름없는 별들』, 고려원, 1988, 103쪽 참조.
18 다이쇼(大正)시대부터 쇼와(昭和)시대까지 존재하던 교외 주택지의 명칭이다. 현 신주쿠(新宿)

그리운 진달래

한 송이의 진달래 소리도 업시

오날도 꿈나라로 속살거리며

끗업는 나그네길 배저어가네

그리워라 마음의 사랑꼿이여

푸른 하날 맑은 물 둥실지나서

낙원樂園의 그대 마을 헤매여보고

숨사이 깊이 숨은 적은 내 고향故鄉

황야荒野의 깔대밧을 찾으려가네

님그리워 날너온 파랑 진달래

향기香氣로운 몸둥이 붉은 마음이

영원永遠의 저나라로 사라지기 전前

고요히 잠들어라 나의 가슴에

1937一九三七, 5五, 17一七, 작作(메지로문화촌目白文化村에서)

　　조선을 지배한 일본의 수도 도쿄는 박준채에게는 그야말로 이국땅이었다. 이국의 교외 주택지에서 고국의 진달래를 그리워하는 박준채의 심경이 참으로 스산하게 느껴진다. 고향을 떠나온 지 3년째이므로 고향의 진달래가 그립기도 하겠지만 망국의 현실이니 조선의 상징인 진달래야말로 '마음의 사랑꼿'이었을

―――――――――――――――

　　구에 소재하고 있었다.

것이다. 진달래는 고향의 이미지이기도 하지만 고국 조선의 꽃임을 읽는 이라면 어렵지 않게 포착할 수 있다. 그러므로 진달래 피는 국토가 지배 세력에게 강탈당하여 영원히 '저 나라'=일본에 편입되는 것을 가장 두려워할 수밖에 없다. 그립고 그리운 진달래를 영원히 가슴속에 간직하려 몸부림치는 준채의 심경이 고스란히 스며 있는 작품으로 읽힌다. 이러한 준채의 심경은 5개월 후에 사기노미아鷺宮, 현 나카노·中野구에서 쓴 「님이여」라는 작품에 더욱 명징하게 드러난다.

님이여

님이여
고요한 밤이외다
멀리서 애닲은 개짓는 소리
버레소리박에 안들니는
기나긴 이국異國의 가을밤이외다

님이여
무엇을 하시나이까
이 순간瞬間 아니 이 깊은 밤에
귀여운 눈동자瞳子
앵도櫻桃의 입술
그대의 장미薔薇같은 날신한 몸을
꿈나라의 천사天使가 되셨나이까

님이여

이 밝은 밤! 명랑明朗한 정조情調의 밤!

마음껏 날 수 있는 불사조不死鳥라면

나의 가슴에 붉은 피 식기 전前

화살같이 날려오라

어린이 마음으로!

굳은 마음으로!

님이여

꿈을 께이라

우슴과 우름의 탈을 벗으라

우리의 살길을 위爲하야!

쩌르고 허무虛無한 이 인생人生

사랑과 힘으로써

어버이 업는 어린 양羊에게

영원永遠히 오라 나의 품 안에

1937一九三七, 10一○, 18一八, 직作(사기노미아鷺宮에서)

　한용운의 '님'이 상징하는 조국, 연인 등의 이미지를 연상시키는 작품이다. 박준채가 '이국異國의 가을 밤'이라는 시간과 공간 속에서 '님'을 부르짖는 것은 "화살같이 날려오"기를 바라는 염원이 '붉은 피'처럼 뜨거웠기 때문이다. 하루라도 빨리 그 '님'이 우리 곁으로 다시 찾아오기를 바라는 갈망과 애원의 시심이 이 '님이여'라는 작품에 선연히 뿌리를 내리고 있다고 볼 수 있다. 하지만 준채의 그러한 갈망과 애원은 님이 '꿈'을 깨고 더욱 각성하기를 바라는 방향으로 나아가고 있다. "우리의 살길을 위爲하야" 위선의 탈을 벗고 진실을 추구하라고 요청하는 것이다. 나가 아닌 '우리의 살길'이라는 시어에 준채가 의미를 부여하려고 했다면 그것은 어김없이 조선 독립이나 해방을 가리키는 것 아니었을까? 그래서 바로 그날이여 "영원永遠히 오라"고 호소하는 것이다. 이 작품 속에서도 준채의 과거 체험이 '님이 오기'='해방'을 더욱 절실한 것으로 받아들이는 호소의 기반임을 새삼 인식하지 않을 수 없다.

박준채는 "광주학생운동은 그 발단에 있어서 단순한 우발적인 사건이 아니라, 쌓이고 쌓였던 민족적 숙감宿憾이 한일 통학생간의 사소한 충돌로 도화선이 되어 드디어 한국 학생 대 일본 학생, 한인대 일인으로 전개되어 민족해방운동으로 폭발되고 만 것이다"[19]이라고 회고한 바 있다. 그 민족해방운동이 결실을 맺지 못하고 일본제국주의의 통치 시대는 이어지고 있었다. 이국땅에서 절규에 가깝게 '님'을 부르는 준채의 외침이 귓가에 맴돈다.

준채는 와세대대학 유학 시절에도 조선 피지배 현실에 대한 모순을 자각하고 있었던 것으로 드러나고 있다. 물론 때로는 허탈하고 허무한 심상을 풍경이나 계절에 담아 노래하기도 했다. 유학 중에 집필한 시조 「가을비」나 「황조黃鳥」 등을 통해 객수에 젖어 잠을 못 이루며 고향을 그리는 허전한 마음을 묘사하고, 녹음이 우거진 5월의 풍경을 그리며 날아가는 새에 시심을 싣기도 했다. 하지만 준채는 거기에 안주하거나 자유와 이상을 향한 시선을 거둔 채 생활하지는 않았다. 광복의 기쁨을 맛볼 수 없는 암울한 시기였던 까닭에 그의 뇌리에서 지배와 피지배, 침략과 수탈 등의 단어가 사라지는 날은 없었을 것이다.

1937년一九三七年의 제석除夕

---

19 박준채, 『世代』, 1969.4.1; 박준채, 『이름없는 별들』, 고려원, 1988, 86쪽.

우주宇宙를 울리는 은은殷殷한 종鐘소리

오날을 마즈막 고告함인가

혈사血史의 1397년一九三七年!

약지弱者의 수난기受難期인

풍운風雲의 1937년一九三七年!

백팔百八의 번민煩悶을 엇지하려고

어대로 그만 떠나려는가

왕관王冠의 화몽花夢도

야생野生의 황조荒鳥들의 난무亂舞로

드디어 빛나게 하고

오래동안 고양孤羊처럼

대지大地를 헤매이든 그들을

야조군野鳥群에게만 맛기고

엇지하려고 그만 떠나려는가

맹호孟虎의 명일明日이 온대도

이 APORIA는

영원永遠이 청사靑史에 못박일 터이니

오-즉 피 끓는 젊은이여!

두 팔을 걷으며

힘찬 그들의 철완鐵腕으로

약자弱者를 구救할지어다

자유自由로운 우리들의

이상理想을 위爲하야!

새 삶을 위爲하야!

멀니서 들리는 비명悲鳴의 고적孤笛소리

찬 달님이 객창客窓에 빛이는 이 밤

지난날의 어버이의 환영幻影이

끝업시 그리운 이 정조情調

그 누가 알가 이 애상哀想을!

나의 마음의 벗이나

불타는 이 마음 알아줄가

난시亂史의 1937년一九三七年이여!

잘 가라 영원永遠의 나라로

1937一九三七, 12十二, 31三十一, 후 네 시后四時, 사기노미야鷺宮에서

(고딕 강조는 인용자)

준채는 1937년 말일 일본에서 지내면서 한 해를 돌이켜보고 소회를 「1937년一九三七年의 제석除夕」이라는 시문을 통해 밝힌 것이다. 참으로 다사다난했던 한 해였지만 와세다대학에 정식 입학하고 2년을 보내면서 조선의 상황을 주시하지 않고는 배길 수 없던 그였음이 틀림없다.

1937년은 일본제국주의가 노골적으로 식민지 지배를 강화하던 시기였다. 8년에 걸친 중일전쟁의 신호탄을 쏘아 올린 해로, 일본제국주의의 한반도 병참기지화 정책이 조선을 억압하던 불행한 해였다. 미나미지로南次郎 총독은 조선에서 새로 정강을 발표해 조선 민족을 말살하려는 목표하에 황민화정책을 밀어붙

였다. 조선을 대륙침략의 발판으로 삼기 위해 남쪽은 군량 공급과 경공업 생산, 북쪽은 중공업 생산의 기지로 여기며 전시체제를 구축하였다.[20] 이러한 황민화 정책으로 조선 내부에서는 공공연히 신사참배를 강요하는 일이 자행되었다. 각 직장이나 학교에서는 신사참배가 의무적으로 실시되었거니와 황궁을 향해 절을 하도록 강요당하는 일이 비일비재했다. "혈사血史의 1937년一九三七年! / 약자弱者의 수난기受難期"라는 시적 수사는 다분히 시대적 상황을 의식한 표현이다. 이는 박준채가 학업에 전념하면서도 조선 내지의 상황과 일본제국주의의 침략 근성을 드러내는 야욕의 현장을 두 눈 부릅뜨고 주시하고 있었음을 뒷받침한다. 또한 거기에 머무르지 않고 착취와 수탈, 수난受難의 역사를 방관하지 않으려는 준채의 몸부림이 느껴진다. 한 해를 보내며 피지배 현실의 지속에 허탈함을 감추지 않으면서도 극복의 의지를 선명히 드러내는 것이다. '자유自由', '이상理想', '새 삶'을 위해 두 팔을 걷어붙이고 나아가려는 '불타는' 마음을 준채가 와세다 대학 유학 시절에도 지니고 있었음을 읽어낼 수 있다.

4. 항일적 저항시

박준채의 시편 모음 원고 노트 속의 작품은 상당량이 자연이나 배경을 노래한 것이다. 전체적으로 서정성을 기반으로 하고 있거니와 시조, 한시, 하이쿠, 단가에 해당하는 작품이 적지 않은 사실과 무관하지 않다. 따라서 작품에 따라서 조국을 상실한 식민지민으로서 느끼는 절망이나 생에 대한 달관, 과거와 현재의 비교에서 오는 허탈함이나 현실 초극의 불가능에서 오는 니힐리즘 등의

20 　모리타 요시오(森田芳夫)·오사다 카나코(長田かな子) 편, 『조선 종전의 기록』, 巖南堂書店, 1979, 19쪽 참조.

시적 정서를 포착할 수 있다.

일찍이 시인 문병란은 "시는 교육이나 도덕, 철학과 같은 관념 자체는 아니고, 정치·경제와 같이 현실적 사실도 아니지만 그것들과 유리될 때 공허한 감정이나 감상의 낭비가 되며, 쾌락의 추구에서 퇴폐적 향락적 탐미주의로 전락할 위험성을 갖게 된다"[21]고 언급한 바 있다. '역사에 있어서의 시적 참여'라는 시점에서 볼 때 박준채의 시편이 이 언급에 해당하는 것이라면 그저 시 창작에 대한 취향이나 미학적 가치 추구를 반영한 정도로 이해할 수도 있다.

하지만 시 창작을 지속하던 10여 년 동안 그가 그냥 거기에 머무르지 않았다는 것을 증명하는 작품이 여러 편 있다. 즉 항일적 저항시이다. 예컨대 「회상回想」, 「암투暗鬪」, 「촌감寸感」 등으로 대표되는 시편들인데, 창작 연도도 1929년, 1935년, 1938년이므로 박준채의 시작 활동 시절 10년 동안 그의 의식 세계를 관통하던 시적 흐름으로 파악할 수 있다.

회상回想

삼경三更이 다 되도록 좁은 방에서
을사년중乙巳年中 한 일을 회상回想을 하니
나의 눈엔 눈물이 가득하여요

십일월 삼일十一月三日은 잊지 못할 날
더러운 저네들의 비겁행동卑怯行動은
그 누가 안 웃을 이 있을가보냐

---

21 문병란, 「역사에 있어서의 시적 참여」, 『文炳蘭 現代詩論集 삶의 고뇌 삶의 노래』, 하락도서, 1993, 292쪽.

새 삶을 구求하는 자者 무산자無産者로다

단결團結과 인내忍耐는 그들의 무기武器

힘차게 싸워라 굳새인 동지同志여

피바다로 굴러가는 무궁無窮의 대지大地에

평화平和로운 이상향理想鄕 이룰 그때엔

우리도 그곳서 자유自由롭게 살자

1929一九二九, 12十二, 31三一, 작作(작은 사랑舍廊에서)

(고딕 강조는 인용자)

이것은 박준채의 시편 모음 원고 노트에 실린 첫 작품으로 상경하기 전인 1929년 말 고향 땅에서 창작한 시이다. 그러니까 끝부분에 적시된 것처럼 박준채가 광주학생운동에 불을 지핀 해의 마지막 날에 집필한 것이다. 박준채는 한일 학생의 대립적 관계를 심화시킨 이유로 투옥되었음은 물론, 학생운동이 들풀처럼 번져 다수의 학생이 퇴학당하고 옥고를 치르는 모습을 지켜보았다. 그해 말은 만감이 교차하는 시점이었을 것이다.

한해의 끄트머리에서 역사적인 날 10월 30일을 회상하면서 두 눈에 눈물을 가득 머금은 박준채의 모습이 비친다. 하지만 그 회상의 모습이 곧장 분노와 울분을 띠는 모습으로 바뀐다. 따라서 그의 눈물은 강력함을 동반한 각성의 기제로 작동되고 있음을 알 수 있다. 11월 3일은 광주학생운동 제1차 시위의 날이다. 일본경찰은 '비겁행동卑怯行動'으로 철저하게 학생들의 움직임을 차단하고 통제·억압을 자행, 무차별로 검거하였다. 이렇게 학생운동이 격렬했는데 불을 지핀 당사자인 그가 분노와 울분을 삼킬 수 있을까.

그 분노와 울분은 독립 의지를 불태우며 '새 삶을 구求하'기 위해 '단결團結과 인내忍耐'를 견지하는 학생들의 모습을 통해 더욱 발전하는 양상으로 드러나고 있다. 준채가 동료들에게 "힘차게 싸워라 / 군새인 동지同志여"라는 독려와 선동적 구호를 발하고 있기 때문이다. 그런 움직임이 '무궁無窮의 대지大地'＝조선의 '평화平和로운 이상향理想鄕'＝해방을 맞기 위한 것임은 새삼 강조할 나위조차 없다. 그가 와세다고등학원 시절인 1935년 집필한 「암투暗鬪」라는 작품에도 이런 독려와 선동이 더욱 확연히 비치기에 시선을 사로잡는다.

암투暗鬪

피 끓는 젊은이여!
굳센 두팔을 걷으며
힘차게 hammer를 억개에 메고
화염火焰이 사라지기 전前
단단한 쇠를 처라
굵지 않거든 몇 번이던지 다시 처라
강철鋼鐵인들 최후最後에는 굽이나니
우리의 할 일은 태산泰山 같으나
애수哀愁의 눈물 흘릴 그때도 아니며
상아탑象牙塔의 탈콤한 환상幻想도 아니요
오-즉 피바다가 되도록
정의正義를 위하여
새 삶을 위爲하여
굳세게, 억세게 싸움에 있다   (고딕 강조는 인용자)

이 작품은 독립을 향한 투쟁 의지를 젊은이가 헤머를 내리치는 모습에 비유하여 표현한 것이다. 따라서 더욱 강렬하고 직접적인 묘사임이 틀림없다. 그 의지를 끝까지 굽히지 말고 관철하라고 강력히 호소하는 준채의 모습이 눈에 선하다. 와세다고등학원 시절임에도 이와 같은 저항시를 작성했다는 것이 경이로울 따름인데, 이 작품에서도 어김없이 '새 삶', '굳세게', '싸움'이라는 시어가 등장하고 있어서 독립의 열망을 불태웠음은 물론, 민족 주권 회복을 위한 실천적 행동을 강조하는 준채의 호소가 전해진다.

그로부터 3년 후에도 박준채는 독립 의지를 전혀 굽히지 않았다. 오로지 민족해방을 위한 투쟁을 강조하는 일관된 행보를 보이며 모든 이를 향한 호소와 바램을 시편에 새겼다. 그의 민족의식과 항일적 저항 의식이 얼마나 투철한 것이었는지를 알 수 있다.

촌감寸感

고요한 異國의 달빛에
어데서인지 애닲은 「멜로디!」
창窓틈으로 흘러나온다
사막砂漠의 「캬라반」 노래처럼
아니! 야자수椰子樹 그늘 밑 토인土人의 춤처럼
희락喜樂의 교차면交叉面이
흐터진 도회都會의 대기大氣와 함께
요란이도 고막鼓膜을 울려준다

사랑도 명예名譽도 황금黃金도

불합리不合理한 이 사파娑婆

누구를 믿으며

누구에게 하소연하랴

넘자 업는 무리들

오-즉 정의正義의 기旗발 아래

싸울지어다

힘차게! 굳세게!

대지大地를 가림업이 빗어주는

차디찬 저 달님

불타는 이 심금心琴

살펴 아시리라

미래未來에 살야든 그들의 꿈

가신님들에게

행운幸運의 그날이 있도록

부디 전傳하여 주소서!

1938一九三八, 12一二, 17一七, 밤, 사기노미아鷺宮에서

(고딕 강조는 인용자)

　박준채는 이국에서 창문 틈으로 들리는 음악 소리를 단순히 감흥을 불러일으키는 음률로 묘사하지 않는다. 이는 들리는 음향이나 보이는 사물을 단지 미학적으로 수용하는 듯한 시 창작에 주안점을 두지는 않았다는 뜻이다. 준채는 도쿄의 도심 속을 파고드는 「멜로디」를 통해 조선에서 부르던 노래와 함성을

상기하고 있다. 그는 시 창작에 심취했다고는 하나 시 동인지나 잡지에 이름을 올리는 일이 없었다. 그런 까닭에 시인으로 불린 적도 없다. 하지만 그는 핍박 당하는 조선 민중 편에 서서 항일의식을 드높이며 참여하는 모습을 보여주었다. "시인은 불행한 시대, 불행한 조국, 불행 속에서 이 땅을 지켜온 민중을 초월한 특권도, 외면할 자격도, 없으며 끝없는 상상의 날개를 타고 무한한 환상의 세계를 날아다닐 그런 권리가 주어지는 것이 아니다"[22]라는 것을 준채는 이 시에서도 여실히 증명해 보여주고 있다. '고막鼓膜'을 울리는 「멜로디」가 결국 "정의正義의 기旗발 아래"서 싸움에 대한 의지를 다지거나 그것을 '굳세게' 맹세하는 행위로 발전하기 때문이다.

3편의 시에서 거듭 발견되는 시어는 투쟁과 관련한 '싸워라', '싸움', '싸울지어다' 등 강한 의지를 나타내는 언어이다. 준채의 시적 지향점을 가늠해볼 수 있는 근거이다. 그리고 그 '싸움'이 '정의正義'나 '자유自由', 즉 독립을 쟁취하기 위함임을 모르는 이는 없을 것이다. 박준채는 그날로부터 40년이 지난 1969년에도 광주학생독립운동을 회고하며 지하地下에 계신 선배님들의 명복을 비는 마음을 문장에 담는 일을 잊지 않았는데[23] '가신님들에게' 바치는 노래를 일본에서부터 부르기 시작했으며 줄곧 앞서간 선배들에 대한 공양의 마음을 지니고 산 셈이다.

---

22 위의 글, 295쪽.
23 박준채, 『世代』, 1969.4.1; 박준채, 『이름없는 별들』, 고려원, 1988, 86쪽.

맺음말

전술한 바와 같이 독립운동가 박준채의 발굴된 시편 모음 원고 실체를 분석해보고 원고에 실린 시편 중에서 주요 작품을 발췌하여 고향과 가족 관련 시, 와세다대학 유학 시절의 시, 항일적 저항시로 구분해 논의를 전개해보았다. 박준채는 시인으로서 문명을 떨치거나 동인회 활동을 한 적은 없다. 하지만 그가 학생독립운동에 불씨를 지핀 해부터 와세다대학 유학 시절을 거쳐 귀향의 해에 이르기까지 10여 년 동안 치열하게 시 창작 활동을 했다는 사실이 밝혀졌다. 그리고 그가 일본 현지에서 일본어로 시를 쓰는 등 언어와 장르에 구애되지 않고 시 창작 행위에 집념을 보였음은 물론, 독립 쟁취를 위해 가열찬 투쟁을 호소하는 저항시를 작성한 것으로 드러났다.

그가 독립운동가로서 실천적 면모를 갖추었을 뿐만이 아니라 그 정도로 그가 학창 시절 다양한 장르를 넘나드는 시 창작을 통해서 독립에 대한 의지와 열망을 드러냈다는 점에서 그 의의가 작지 않다고 느껴진다. 특히 박준채의 항일적 저항시는 본인의 체험을 기반으로 삼고 있기에 타인을 감화시킬 수 있는 설득력을 지니고 있다는 점도 강조하고 싶다. 그는 일제강점기 부당한 제국주의 권력이 조선 식민지 정책을 강화하는 분위기에서 투철한 항일정신을 보였다. 조선인의 민족의식을 고조시키는 데 공헌한 역사적 인물이다. 그런 만큼 이 연구를 통해 10여 년의 기간이지만 40편의 시를 집필한 문필가로서의 박준채의 존재가 알려지기를 기대해 마지 않는다. 박준채는 '광주학생독립운동'의 성격에 대해 논하며 다음과 같이 규정한 바 있다.

광주학생독립운동은 성격과 질에 있어서 정의·인도人道에 입각한 학생 스스로의 힘과 민족에서 출발한 운동이었다. 또한 조직적으로 민족해방운동에로 발전한

점, 비밀을 잘 지키고 남자들만이 아니라 여학생과 어린 소학생들까지 합심하여 맨주먹으로 싸워 민족정기를 북돋고, 마침내 조국의 자유독립을 가져오게 한 점 등은 한국독립운동사상 커다란 금자탑을 쌓아올린 것이라 할 것이다.[24]

박준채에게 광주학생독립운동은 청년 시절의 역사이자 시공을 초월한 시였고 노래였다. 본문에서 인용한 시들이 증명하듯 '광주학생독립운동'은 그가 시 창작을 시작한 날부터 펜을 놓은 날까지 그의 뇌리에서 벗어난 날이 없었기 때문이다. 하지만 안타깝게도 해방 이후 일상에 쫓겨 그는 시 창작을 하지 않았다. 한때 은행에 근무하기도 했지만 1960년 조선대학교 법정대학 교수로 부임해 대학강단에 서서 관련학문에 매진하는 인생을 보냈다.

---

24 박준채, 『世代』, 1969.4.1; 박준채, 『이름없는 별들』, 85쪽.

「회상回想」, 「첨성대瞻星臺」, 「짝 잃은 양」, 「오호嗚呼 형兄님」, **「장미꽃薔薇の花」**, 「무상無想」(시조時調), 「님」(시조時調), **「난상亂想」**(시조時調), 「가을밤」(시조時調), 「잊이 못할 오날 밤」, 「송발유시送発酉詩(한시漢詩)」, **「고수孤愁(시조時調)」**, **「대황강大荒江」**, **「갑술년을 보낸다甲戌年を送る」**(단가短歌), **「향수郷愁」**(하이쿠俳句), **「무제無題」**(하이쿠俳句), 「춘몽春夢」(한시漢詩), **「환상幻想」**, **「암투暗鬪」**, **「황혼黃昏」**, **「제야이제除夜二題」**(하이쿠俳句), 「무장이武藏野의 밤」, 「황성荒城의 나주羅州」, **「그리운 님이여恋しき君よ」**, 「님」(시조時調), 「월야상부月夜想父」(한시漢詩), **「환영幻影」**, 「그리운 진달래」, 「님이여」, 「가을비」(시조時調), 「1937년一九三七年의 제석除夕」, **「황조黃鳥」**(시조時調), **「추야상秋夜想」**, 「촌감寸感」, 「무제無題」(하이쿠俳句), **「추억思い出」**, **「귀녀상을 받고貴女像を受けて」**, 「그리운 연妍이여」, 「중천中天에」(시조時調), **「초추잡제初秋雜題」**(하이쿠俳句)

(강조 – 일본어 시(인용자))

※ 시의 본문 인용은 원문 그대로이나 띄어쓰기는 인용자에 의한 것이다.

회상回想

삼경三更이 다 되도록 좁은 방에서
을사년중乙巳年中 한 일을 회상回想을 하니
나의 눈엔 눈물이 가득하여요

십일월삼일十一月三日은 잇지 못할 날
더러운 저네들의 비겁행동卑怯行動은
그 누가 안 웃을 이 있을가보냐

새 삶을 구求하는 자者 무산자無産者로다
단결團結과 인내忍耐는 그들의 무기武器
힘차게 싸워라 굳새인 동지同志여

피바다로 굴러가는 무궁無窮의 대지大地에
평화平和로운 이상향理想鄕 이룰 그때엔
우리도 그곧서 자유自由롭게 살자

1929一九二九, 12十二, 31三一, 작作(작은 사랑舍廊에서)

첨성대瞻星臺

광야廣野에 홀로 섯는
쓸쓸한 첨성대瞻星臺는
신라新羅의 천문학天文學을
자랑한다네!!

넷날 이곳에서 우리 선조先祖는
하날을 처다보며 말하였건만
지금至今은 그림자만
보일 뿐일세!!

이십 척二十尺 대상臺上 우에
모여안저서
넷 신라新羅의 천문학사天文學史를
힘잇게 世界에 노래부르자!!

1930一九三〇, 10一〇, 7七, 작作(양정료養正寮에서)

짝 잃은 양

자유自由롭게 맘껏노는
세 마리의 양군羊群
한 마리 황천黃泉에
불귀객不歸客되니
짝 잃은 두 양羊은
붓들고 운다!

사방四坊으로 소리치며
불러보아도
산山울림만 들리고
안돌아오니
짝잃은 양신세羊身勢
가련可憐하도다!

수천 리數千里 떠나 있는
한 마리 어린 양羊
또다시 보고 싶어
그리워하나
얼골과 그림자
볼 수도 없네!
(선형先兄을 사모思慕하면서)
1932一九三二, 4四, 19一九, 작作(광화문시대光化門時代)

오호嗚呼 형兄님

잘가소서 평화平和의 낙천지樂天地로
이 괴롬 많은 인간세계人間世界를 떠나
자유自由와 행복幸福이 많은 저 나라로…

멀리 떨어저 있는 이 어린 아우를 두고
무정無情히도 떠나가셨나이까
그리도 이 세상世上이 싫어서!

인생人生을 떠나기는 너무나 빠릅니다
피끓는 청춘靑春에 뛰어놀지 않고
그리도 애닯프게 가셨습니까?

나는 형兄님께 맹서盟誓합니다
형兄님을 위爲하여 사회社會를 위하여
뛰어난 사람됨을

오호嗚呼 형兄님! 이 진계塵界는 다 잊어버리시고
무궁無窮한 낙천지樂天地에서 미소微笑하시며
영원永遠히 잠자소서!

(1932一九三二, 4四, 19야一九夜, 형兄님 별세別世의 지급전보至急電報를 받으면서)
1932一九三二, 4四, 19一九, 작作(광화문시대光化門時代)

장미꽃薔薇の花

금빛 바위 새의 황혼도
검은 연기에 휩싸이네
저녁 종소리의 음향
하늘엔 차가운 유성

길고 짧은 2년의
쌓인 정이 뜨겁게 타오르네
굳세게 강하게 버티어
비에 지지 않는 장미꽃

맑은 시내와의 교제는
별님만이 알뿐
둘이서 맺는 사랑의 향기
덧없는 세상에 빛나는 붉은 별

사라지는 세월도 모르는 새에
산새가 울음을 토해낼 때
굳세게 강하게 버티어
비에 지지 않는 장미꽃

1933년一九三三, 작作 (죽첨시대竹添時代)

무상無想(시조時調)

어미업는 이몸이요 님업는 이몸이로다
사랑이 좋다한들 모다 허무虛無함이니
정情깊은 명월明月과 함께 사라볼가 하노라

1933─九三三, 작作(죽첨시대竹添時代)

◆

님(시조時調)

청천靑天에 높이 소슨 맑고 둥근 저 달님이
피끓고 타는 가삼 행여 나아신다면
그리운 님의 창窓박 빛어줌이 어이하리

1933─九三三, 작作(죽첨시대竹添時代)

난상亂想(시조時調)

세상에 사는 사람 많기도 많것만은
그대는 무엇이 얼마나 쓰라려서
외 하필何必 소나무에 목매고 떠남인저

1933─一九三三, 작作(죽첨시대竹添時代)

◆

가을밤(시조時調)

기나긴 가늘 밤에 객창客窓에 홀노 앉어
애닲은 버레소래 듯고 있는 차에
명랑明朗한 달님은 보고 웃으신 듯 하더라

1933─一九三三, 작作(다옥시대茶屋時代)

잊이 못할 오날 밤

사랑하는 K여!
북풍北風불고 비오는 치운 겨울밤
묵묵默默히 침묵沈默을 직히든 그 순간瞬間
「비너스」의 환영幻影이나 아니엿슬까요
누가 그리될 줄 꿈에나 알아겠소
적심赤心으로 주시든 선물 받은 날
나는 잊이 못하겠소이다 영원永遠이 오날밤
(첫날)

사랑하는 K여!
정말 인간人間은 못믿겠소이다
찰나刹那를 익이지 못하는 양심良心
사람은 언제나 깔대야요
신神아닌 우리가 참회懺悔하였다면
그 얼마나 아릿다우릿까
나는 잊이 못하겠소이다 영원永遠이 오날밤
(청산淸算하든 날)

사랑하는 K여!
세모歲暮의 명랑明朗한 행운幸運의 달
오―즉 저 달님만은 미소微笑합니다
저르고 허무虛無한 이 사파娑婆

어린양羊 형제兄弟와도 같이

기리기리 사랑으로 도아가라고

나는 잊이 못하겠소이다 영원永遠이 오날밤

(청산후淸算後 감상感想)

1933一九三三, 12一二, 작作(다옥시대茶屋時代)

◆

송발유시送發酉詩(시조時調漢詩)

寒月斜窓外　　　차가운 달 창밖 비스듬히 걸렸네

孤身起客愁　　　쓸쓸한 몸 일으키니 시름이 밀려오네

鷄聲千里別　　　닭 우는 소리 천 리까지 들리려나

高枕淚空流　　　높은 베개 위 눈물 허공으로 흐르네

1933一九三三, 12一二, 31三一 작作(다옥시대茶屋時代)

(번역 : 인용자)

고수孤愁(시조時調)

그리운 님이시여 저 달을 보시나이까
보시고 질거웁거든 혼자서 질거말고
외로이 슲퍼하는 나와 함께 나누소서

1934一九三四, 2二, 작作(고향故鄕에서)

◆

대황강大荒江

녹음綠陰의 어느 여름날
도화원桃花源의 낙원樂園을 찾어
잔잔한 백사白沙에 가득이 찬
대황강大荒江 은파銀波에 둥실 봄을 실었다
유유悠悠히 이리저리 헤메이며
타오르는 우울憂鬱한 마음 흘러보내고
쿵쿵 찟는 물방아 소래 듯고 있을재
왕씨王氏의 흥망興亡은 알바이 없고
석양夕陽에 빛이는 붉은 백일홍百日紅
닙사귀만 바람에 휘날니도다.

1934一九三四, 8八, 작作

무제無題(하이쿠俳句)

봄비랑 흰 눈 사라지자 푸르른 버들.

1935一九三五, 1一, 작作
메지로目白에서

◆

환상幻想

비 오는 날, 바람 부는 날, 눈 내리는 날
흘러가 버린 4년은
새벽 별과 같네
허무한 환상과 같네
몇 차례 이어지는 기쁨과 고민
아아, 사랑스런 은방울꽃이여
산들거리는 미풍의 봄날
푸른 버들, 새로 뻗은 나뭇가지가
시냇물 흐름에 고개 숙일 무렵
그대는 평화의 여신
양치는 목동이려니
상냥한 황조의 노래 되리니

지난날의 추억이여

작은 가슴은 불타오르네

지금은 외로운 철새

영원히 잊을 수 없는 사랑의 향기

행복 있으라 그대의 전신에

아아, 사랑스런 은방울꽃이여

1935一九三五, 10一○, 개작改作

메지로目白에서

암투暗鬪

피 끓는 젊은이여!
굳센 두팔을 걷으며
힘차게 hammer를 억개에 메고
화염火焰이 사라지기 전前
단단한 쇠를 처라
굽지 않거든 몇 번이던지 다시 처라
강철鋼鐵인들 최후最後에는 굽이나니
우리의 할 일은 태산泰山 같으나
애수哀愁의 눈물 흘릴 그때도 아니며
상아탑象牙塔의 탈콤한 환상幻想도 아니요
오－즉 피바다가 되도록
정의正義를 위하여
새 삶을 위爲하여
굳세게, 억세게 싸움에 있다

피끓는 젊은이어!
힘없고 배곺은 몸이나마
(이하 원고 훼손)

황혼黃昏

항간의 부드러운 비너스도
잿빛 환영에 덮였네
만종 소리 맑게 울리더니
모든 게 황천으로 사라지네

도로의 불빛도 하나씩 사라지네
태양보다 밝은 네온 교차곡
어디론가 서두르는 발자욱 소리
하늘에는 별님만이 반짝이네

1935一九三五, 12一二, 30三〇
메지로目白에서

제야이제除夜二題(하이쿠俳句)

차가운 달과 객침을 일깨우는 해질녘
냉랭히 울리며 꿈을 깨우는 제야의 종소리

1935一九三五, 12一二, 31三一, 작作
메지로目白에서

황성荒城의 나주羅州

영산강瀯山江 맑은 물은 쉴사이 업시
나그네 마음 실어 남南쪽 나라로
푸른 하날 높이선 고흔 금성산錦城山
오백년五百年 꿈결 같다 황성荒城의 나주羅州

월정봉月井峯 고개 넘어 석양夕陽이 지고
폐허廢墟의 밤이 되면 별님만 반짝
방목야放牧野 달빛 아래 애닲은 정조情調
님 생각 새로워라 군유봉群游峯이여

동문東門 박 석동간石㠉竿은 외 말이 업서
신라新羅의 우리 자랑 알바이 업고
심향사尋香寺 종鐘소리에 눈물 흘릴재
넷날이 그리워라 황성荒城의 나주羅州

1936一九三六, 9九, 6六 작作(고향故鄉에서)

환영幻影

봄비 계속 내리는 황혼에
다방에 핀 하이얀 꽃
연기가 향기도 빼앗았지만
잊을 수 없는 장미의 환영幻影

벗과 얘기해도 흥이 없을 만큼
타오르는 마음은 끝이 없구려
귀여운 보조개의 미소여
잊지 않으려오 그대의 환영幻影

장단의 흐름 산뜻하오
덧없는 꿈에 헤매지 않으리
영원히 지켜다오 그대의 순정
잊을 수 없는 장미의 환영幻影

1937一九三七, 4四, 25二五 작作(불이관不二舘에서)

그리운 진달래

한 송이의 진달래 소리도 업시
오날도 꿈나라로 속살거리며
끗업는 나그네길 배저어가네
그리워라 마음의 사랑꼿이여

푸른 하날 맑은 물 둥실지나서
낙원樂園의 그대 마을 헤매여보고
숩사이 깊이 숨은 적은 내 고향故鄕
황야荒野의 깔대밧을 찾으려가네

님그리워 날너온 파랑 진달래
향기香氣로운 몸둥이 붉은 마음이
영원永遠의 저나라로 사라지기 전前
고요히 잠들어라 나의 가슴에

1937一九三七, 5五, 17一七, 작作(메지로문화촌目白文化村에서)

님이여

님이여
고요한 밤이외다
멀리서 애닯은 개짓는 소리
버레소리박에 안들니는
기나긴 이국異國의 가을밤이외다

님이여
무엇을 하시나이까
이 순간瞬間 아니 이 깊은 밤에
귀여운 눈동자瞳子
앵도櫻桃의 입술
그대의 장미薔薇같은 날신한 몸을
꿈나라의 천사天使가 되셨나이까

님이여
이 밝은 밤! 명랑明朗한 정조情調의 밤!
마음껏 날 수 있는 불사조不死鳥라면
나의 가슴에 붉은 피 식기 전前
화살같이 날너오라
어린이 마음으로!
굳은 마음으로!

님이여

꿈을 께이라

우슴과 우름의 탈을 벗으라

우리의 살길을 위爲하야!

쩌르고 허무虛無한 이 인생人生

사랑과 힘으로써

어버이 업는 어린 양羊에게

영원永遠히 오라 나의 품 안에

1937一九三七, 10一〇, 18一八, 작作(사기노미아鷺宮에서)

◆

가을비(시조時調)

가을비 보슬보슬 게일 줄을 모르난대

객수客愁에 드럿든 잠 문듯 깨여 아니온다

꿈에나 고향故鄕소식 보였으면 하노라

1937一九三七, 12一二, 3三, 작作(사기노미아鷺宮에서)

1937년一九三七年의 제석除夕

우주宇宙를 울리는 은은殷殷한 종鐘소리
오날을 마즈막 고告함인가
혈사血史의 1937년一九三七年!
약자弱者의 수난기受難期인
풍운風雲의 1937년一九三七年!
백팔百八의 번민煩悶을 엇지하려고
어대로 그만 떠나려는가

왕관王冠의 화몽花夢도
야생野生의 황조荒鳥들의 난무亂舞로
드디어 빛나게 하고
오래동안 고양孤羊처럼
대지大地를 헤매이든 그들을
야조군野鳥群에게만 맛기고
엇지하려고 그만 떠나려는가

맹호孟虎의 명일明日이 온대도
이 APORIA는
영원永遠이 청사靑史에 못박일 터이니
오ー즉 피 끓는 젊은이여!
두 팔을 걷으며
힘찬 그들의 철완鐵腕으로

약자弱者를 구救할지어다

자유自由로운 우리들의

이상理想을 위爲하야!

새 삶을 위爲하야!

멀니서 들리는 비명悲鳴의 고적孤笛소리

찬 달님이 객창客窓에 빛이는 이 밤

지난날의 어버이의 환영幻影이

끝업시 그리운 이 정조情調

그 누가 알가 이 애상哀想을!

나의 마음의 벗이나

불타는 이 마음 알아줄가

난사亂史의 1937년一九三七年이여!

잘 가라 영원永遠의 나라로

1937一九三七, 12十二, 31三十一, 후 네 시后四時(사기노미아鷺宮에서)

황조黃鳥 (시조時調)

만정滿庭에 꽃피고 봉접蜂蝶이 춤을 추든고
구십춘광九十春光 어데가고 녹음綠陰이 승화시勝花時
님그려 우난 황조黃鳥 너는 알가 하노라

1938一九三八, 5五, 25二五, 작作 (고향故鄕에서)

◆

추야상秋夜想

가을바람 산들거리고
귀뚜라미 우는구나
일곱 화초 흐드러질 무렵
떠오르는 지난날의 환상이여
되돌릴 수 없는 허무한 시간

지난해 네잎을 받아쥔 첫 꿈
어디로 사라졌을까
나는 쓸쓸한 외톨이
이와 같은 인간 세상
덧없음을……

1938一九三八, 9九, 27二七, 작作 (사기노미아鷺宮에서)

촌감寸感

고요한 이국異國의 달빛에

어데서인지 애닲은 「멜로디!」

창窓틈으로 흘러나온다

사막砂漠의 「캬라반」 노래처럼

아니! 야자수椰子樹 그늘 밑 토인土人의 춤처럼

희락喜樂의 교차면交叉面이

흐터진 도회都會의 대기大氣와 함께

요란이도 고막鼓膜을 울려준다

사랑도 명예名譽도 황금黃金도

불합리不合理한 이 사파娑婆

누구를 믿으며

누구에게 하소연하랴

님자 업는 무리들

오-즉 정의正義의 기旗발 아래

싸울지어다

힘차게! 굳세게!

대지大地를 가림업이 빗어주는

차디찬 저 달님

불타는 이 심금心琴

살펴 아시리라

미래未來에 살아든 그들의 꿈

가신님들에게

행운幸運의 그날이 있도록

부디 전傳하여 주소서!

1938一九三八, 12一二, 17一七, 밤(사기노미야鷺宮에서)

◆

무제無題(하이쿠俳句)

차가운 달과 객침을 일깨우는 환상을

1939一九三九, 2二, 8八(사기노미야鷺宮에서)

추억

홀로 생각하는 인간의 꿈
비너스 여신이 수호하여
별들의 세계를 노니오
끝없는 방랑객 되소서

지난날의 추억이여
들판 속의 흰 양 같으오

◆

중천中天에(시조時調)

중천中天에 솟은 저 달 나그네 잠을 깨워
님사창紗窓 빚어주면 이 마음 알렷만은
천리千里나 떠러진몸이니 그를 설어하노라

1940一九四〇, 4四, 25二五, 대구大邱 봉산정鳳山町에서

초추잡제 初秋雜題 (하이쿠俳句)

저녁 매미랑 객침을 깨우며 홀로 우는 소리

가을바람에 화초 향기로운 고향의 해질녘

새털구름 자욱한 산에 올라 비에 젖는다

고향 꿈에 눈 뜨이는 나의 육신이련가

문병란 시인의 민족문학 서설

민족문학론에 대한 서설 | 개항 100년을 배경으로

역사(歷史)에 있어서의 시적 참여

민족문학으로서의 항일시 | YMCA 시민학당 강의안

민족문학론에 대한 서설

개항 100년을 배경으로

1. 용어개념에 대한 정리

서언을 대신하여 먼저 몇 가지 용어에 대한 개념을 간단히 정리할 필요가 있다.

우선 '민족'이란 단어에 대하여 생각해 보자. 서구어의 Nation이나 people에 해당한 이 말의 뜻은 일반적으로 다음과 같이 정의한다. "일정한 지역에서 장기간에 걸쳐 공동생활을 함으로써 언어·풍습·종교·정치·경제등 각종 문화내용을 공유하고 집단귀속감정에 의하여 결합된 인간집단의 최대단위, 문화공동체를 의미한다."^{동아백과 사전}[1]

그러나, 민족이란 국민·부족·종족 등과 혼동되는 경우가 많으며, 우리말에는 '겨레'라는 말도 쓰이고 넓은 의미의 인종은 민족과 다르나 동일한 인종적

---

[1] 『동아백과사전』 권13, 42쪽.

기반 위에서 민족이 형성된다. 그러므로 인종이나 국민, 종족이나 겨레 같은 낱말들은 민족이란 단어와 밀접한 관계가 있는 것으로 풀이된다. 단일민족인 경우는 국민과 민족은 동일개념일 수 있지만 소련이나 미국 같은 나라는 그 나라 국민이 곧 민족일 수 없다. 여러 종족 민족이 합하여 연방이나 합중국을 이루기 때문이다.

우리의 경우는 한 겨레, 한 종족이 한 영토, 하나의 문화권에서 하나의 나라國家를 형성하여 살아왔기에 어느 나라의 경우보다 그 '민족'이란 어의語義가 강력하다고 생각한다.

더구나 외세의 침략이나 식민정책에 의한 고난을 수반할 경우 이 민족이란 단어는 그 말 자체만으로도 강력한 보존성을 의미하여 저항성을 띨 뿐만 아니라, 거의 신앙에 가까운 본능적 보존의식이나 집단적 생존의식이 강하게 발동된다. 한용운스님이 지고지순至高至純 최고의 가치이념의 표상을 '님'으로 표현할 때, 그 '님'이 바로 '민족'이었음을 상기한다면 '민족'이 신앙적 경지에까지 승화되고 있음을 이해할 수 있을 것이다.[2]

그러면, 그 다음으로 '민족문학'이란 말을 정리하여 보자. 넓은 의미로는 그 민족의 삶을 소재로 그 민족의 언어로 표현된 모든 문학을 지칭한다고 할 수 있다. 민족문학, 국민문학이라 말이 비슷하게 쓰임도 유의할 필요가 있다. 그러나, 모든 문학을 다 포함한다고 할 때 그 민족문학의 특성이나 성격을 규정하기가 힘들다. 여기서 우리는 좀더 '민족의식'이나 '민족주의적 이념'이 작용한 개념으로 한정하거나 강화할 필요가 있다. 우리 민족이 쓰고 우리 말로 썼다고 해서 반민족적이나 매국의식 내지 친일파적 입장에서 쓴 것을 민족문학의 범주에 넣을 수는 없는 것이다. 민족의 역사 속에서 올바른 '민족의식'을 가

---

2 1926년 회동서관 간행. 님만 님이 아니라, 기리는 것은 모두 님이라 하여, 님 속에 조국이 불타는, 지고한 이념의 대상을 상징하였음.

지고 쓰여진 '민족주의적 문학'을 민족문학으로 정의할 필요가 있다.

민족주의적 문학, 그것은 그 민족이 처한 역사적 상황 속에서 그 민족의 올바른 이상과 생존에 관하여 민족의 공통된 보편적 투쟁정신과 창조정신을 바탕으로 형상화 해야만 민족문학이라 할 것이다.

세계 역사상 이 민족주의가 등장한 것은 17세기 이후의 일이며, 그것이 강력한 힘을 나타내기 시작한 것은 18세기 이후로 보고 있다.[3] 이것은 무엇을 의미하느냐 하면, 단일집단을 이룩한 민족국가들이 자기 세력을 과시하기 시작한데서 연유했고 그 강한 국가들이 바로 침략주의 내지 식민주의를 지향한 제국주의의 모체가 되었음을 안다면, 민족국가나 민족주의에 양면이 있음을 알 것이다. 부정적, 반동적, 반인류적 강국의 입장으로서의 민족주의 국가인 제국주의들, 이를테면 대영제국, 나찌즘의 독일, 파시즘의 이탈리아, 일본군국주의 등이 그 예가 될 것이다. 이와 반면에 아프리카 중남미, 중동, 동남아시아, 한국 등이 표방한 민족주의 — 혹자 제3세계 민족주의라 일컫는 경우 — 는 반제 반외세 입장으로서 민족해방, 자주독립, 통일투쟁을 위한 저항적 입장의 민족주의라 할 것이다. 물론 우리의 경우는 후자이며, 제1, 2차대전 이후엔 제국주의를 민족주의로 분류하지는 않는다. 오늘날 민족주의란 말은 제3세계 민족주의를 의미하며 반제, 반외세, 반식민의 입장에서 해방과 독립 통일운동을 전개하는 제3세계의 민족적 입장을 지칭한다.

앞으로 논하는 민족문학도 이상과 같은 어의의 개념을 참고로 하여 개항 100년, 근대화란 미명하에 서구의 문물이 들어오면서 시작한 일제 40년 분단 45년의 오늘까지 식민지치하 민족운동과 그 궤를 같이하는 민족문학의 100년 역사를 더듬어 보고자 한다.

---

3 『민족주의란 무엇인가』(백낙청, 창비)의 15~45쪽. 한스·콘은 논문 「민족주의의 개념」에서, 민족주의를 18세기 후반 이후 등장한 것으로 고찰하고 있으며, 프랑스혁명의 산물이라고도 규정하고 있다.

2. 개화기의 민족문학

개화란 근대화를 의미했는데, 그 이면에는 일본화 서구화란 제국주의적 침략의 음모가 도사리고 있었다. 그러기 때문에 개화에는 두 가지 측면이 대두된다. 민중의식의 저항의지에 의만 반봉건적 민주의식이 그것이요, 제국주의의 침략이라는 부정적 함정이 그것이었다. 이 두 가지의 현실문제, 즉 민족모순이 1894년의 민중봉기인 갑오농민전쟁의 구호에 잘 나타나 있다. 제폭구민除暴救民과 척양척왜斥洋斥倭가 바로 그것이다.

제폭구민은 민족의 내적 모순— 지배계급과 민중 사이의 갈등투쟁— 을 의미하며, 척양척왜는 양놈과 왜놈, 즉 제국주의 침략세력을 의미한다. 그런데, 민족의 내적, 외적 모순은 같은 고리를 갖고 있다. 지배계층은 수세기 동안 외세를 등에 업은 사대주의적 정권이었고, 근대 이후도 제국주의 세력을 불러들였으며 일정 기간 그들을 등에 업은 반민족세력으로서 권력기반을 유지했다. 그렇기 때문에 이 두 개의 모순이 연계되어 있는 억압의 고리를 깨뜨려야만 민족적 모순이 해결될 것이다. 역사적으로 보면 사실상 종주국 행세를 하던 중국이 있는 자리에 일본제국주의가 들어오며, 그들이 물러간 자리에 미소가 들어왔다가 남쪽의 경우 상기 미국이 남아 있고 한반도를 둘러싼 미·소·일·중 4대 강국은 유형무형의 올가미로 한반도의 운명을 틀어쥐고 있다. 지금 우리의 역사는 자율성에 의한 능동적, 자주적 역사창조의 대상이 아니라 타율에 의한 외세의 조정적, 타협적 흥정의 대리전 성격을 띤 비극의 역사라 볼 수 있다. 이것도 바로 식민정책에 이어 지배의 형태를 교묘히 위장한 신식민시대가 계속된다고 보는 데서 연유한 주장이라 할 수 있다.[4]

---

[4] 미시나 쇼에이(三品彰英)의 「조선사의 타율성」(1940)은 식민사관에 입각한 일본의 한반도 침략을 정당화하려는 의도에서 나온 논이나, 현실적으로 보아 한반도는 항상 강대국의 각축장이 되었음.

왕조양반과 귀족에 대한 민중적 저항의지로서의 반봉건운동半封建運動은 너무도 당연한 근대적 민중의 자각이지만, 그 근대의식을 부추기던 신학문, 신사조, 신문명의 뒤에는 식민주의적 침략의 기회를 노리고 있는 제국주의가 도사리고 있었다.

갑신정변도 갑오경장도 유길준의 서유견문도 조금 뒤에 나온 이인직의 신문학론도 최남선의 신시론도 일맥상통하는 오류에 접어드는 이유가 바로 여기 근대화와 제국주의 침략이라는 모순된 두 가지의 접맥에 있었다.

신문명과 식민정책, 이는 피할 수 없는 민족적 모순을 지닌 큰 함정이었다. 이러한 민족적 모순의 등식은 그 양상은 조금씩 달라졌지만 개항 100년 상기 계속되고 있는 두 가지의 큰 모순인 반봉건과 반외세라는 민족적 투쟁양상이다. 1894년 갑오농민전쟁 당시 내세운 제폭구민과 척양척왜가 지금도 여전히 상존하는 민족운동의 2대 구호임이 그것을 입증한다. 양놈과 왜놈으로 표현되는 제국주의 세력은 100여 년 동안 이땅에 대하여 끊임없이 식민적 야욕을 전개하고 있다. 구한말 당시의 상황은 식민지를 탐구하는 서구 열강과 일본제국주의의 각축장이었음을 상기할 필요가 있다. 당시의 정세를 소재로 한 일련의 민요들, 〈소련에 속지 말고 미국 믿지 말라〉든가, 〈조지로朝支露 왜목 친다〉, 〈개혁이란 괴기지설〉, 기타 〈신 아리랑〉 등의 항일민요를 보면 그 당시 민중의 울분이 여실히 나타나 있다. 봉건잔재 세력인 지배계층과 개화파를 자처한 민족 브르조아지들은 반봉건을 빙자해 속속 외세와 결탁, 식민지치하 수용적 지식인으로 이행해 감을 알 수 있다.

이러한 개화가 지닌 양면, 반봉건이라는 필연적인 근대화의 요구와 그것을 틈타고 들어오는 식민정책의 함정이 맞물려 있었던 시기에 신문학이 등장했음을 간과해서는 안 된다.

반봉건과 신문화유입이라는 측면만 내세운다면 유길준을 선각자로 한 개화파나 그 시기의 신문학자 이인직, 그 뒤로 이어지는 최남선, 이광수 등을 대상으로 민족문학을 논하는 데 하나도 이상할 게 없다.

그러나, 반봉건만이 아닌 반제, 반외세 반식민운동으로서의 자국독립 사상과의 연관 속에서 본다면 우리의 신문학은 문제가 많았으며 비판의 여지를 가지고 있었다. 여기에 민족문학, 즉 민족주의적 문학론을 새로이 정립해야 할 필요성이 대두되는 것이다. 민족의 역사적 상황을 떠나서 민족문학을 논할 수 없음은 너무도 당연한 일이다. 엄밀한 의미에서 모든 문학을 역사적 산물로 규정한 사람도 있거니와 민족문학의 관점은 더욱 그래야 된다고 본다. 개화기의 중요 사건일지에 나타난 '1876년의 강화도조약', '1884년의 갑신정변', '1894년의 민중봉기였던 갑오농민전쟁', '1894년의 갑오경장', '1895년의 단발령 반대 상소 및 항일의병', '1904년의 러일전쟁', '1905년 을사보호조약', '1907년의 정미조약 헤이그밀사사건', '안중근의사의 거사 이등박문 저격', '1895년 을미사변의 국모시해사건', '의병과 남한 대토벌 작전1907~1911' 등 일련의 역사적 상황을 살펴보면 우리 민족문학의 태동기, 발아기로서의 시대적 성격을 짐작할 수 있다.

그러나, 당시 중요 장르인 창가, 신시, 신소설은 반봉건에는 전위적 시대의식을 나타냈으나, 반제, 반외세, 항일적 부분에는 오히려 항일민요의 것에도 못 미치고 있어 개화기 계몽주의적 문학을 한 지식인들에게도 문제점이 있음을 암시한다.

이것은 우리가 지닌 개화의 약한 고리, 식민지적 제국주의 침략에 의한 지식인의 수용적 투항주의를 감안한다면, 반제, 반외세 민족자존의 투쟁성 약화를 이해할 수 있다.

3. 일제시대의 민족문학

　1910년 이후 우리나라는 국권을 상실한 망국이 된다. 망국민의 설움, 그것은 그 어떤 슬픔보다 뼈저린 비애이다. 단순한 비애가 아니라 고통과 울분과 원한이 쌓인 크나큰 비애이다. 분노 중의 분노요, 비애 중의 비애라 이를 것이다. 일제시대의 민족문학은 한마디로 말하여 망국민의 비애와 원한을 담은 문학이라고 하겠다. 무단정치 치하에서 모든 자유를 빼앗긴 그 암울한 시대에 등장한 문학은 죽음과 같은 절망의 문학이요, 암흑의 문학이었다. 염상섭의 『만세전』은 그런 작품의 한 예가 된다. 처음에는 묘지墓地라는 제목으로 발표했다가 만세전萬世前으로 개제하였는데 3·1독립운동 이전 이땅의 암울한 현실을 사실적으로 그린 소설로 사회고, 집안이고, 구더기가 들끓는 공동묘지 같은 것이 우리 현실이라고 남김없이 그려냈다. 공동묘지와 같은 암울한 현실, 그것이 바로 망국치하 망국민의 원한 맺힌 설움이었을 것이다. 섣부른 계몽의식으로 새 시대가 시작된다는 따위의 상황을 분묘에 비유한 절망의식이 차라리 민족문학에 가까운 정서였을 것이다. 그래서 우리나라의 시인, 소설가들은 서구의 퇴폐 문학에도 끌렸고 감상과 우울한 정서를 남용하기도 했다. 저항의 의지보다 좌절과 실의와 애수에 더 접근한 3·1독립운동 전후의 우리 문학인들의 태도는 그러한 시대적 분위기에 무겁게 찌눌린 소치였으며, 어느 면에서는 극복의지가 박약했다고도 볼 수 있다.

　1918년 『태서문예신보』를 통해 프랑스의 상징파 시인들을 소개한 김억의 「오뇌의 무도」는 망국민의 절망적 정서에 부합했던 것 같고, 멜랑콜리한 퇴폐적 애수를 띤 베를렌느의 시나 파격적인 정서를 지닌 보들레르적 세기말 정서가 의외의 환영을 받은 것 또한 그러한 시대적 분위기를 잘 말해 준다. "가을날 / 비요홍의 / 가락 긴 흐느낌 / 우수에 잠긴 / 이내 가슴 / 애달파지네"라는 번역시가 풍기는 애상미는 망국민에게는 망국의 엘레지로 들렸을 것이다. '거리에 비오듯이 내 마음에 눈물비 오네'식의 문학이 근원적으로 애상을 띠는 것이 특징이지만, 망국치하에선 그것이 특히 어필했던 것 같다. 주요한의 「불놀이」는 백조파, 폐허파들의 암울한 정서를 담은 낭만시, 퇴폐적 상징시들이 갖는 병적 정서의 과용으로 평가된다. 극복의지의 부족을 지적할 수 있지만, 현상 자체는 무조건 부정될 수 없다. 「나의 침실로」, 「이중의 사망」, 「말세의 희탄」, 「이별」등을 쓴 이상화, 「사의 예찬」, 「흑방비곡」 등을 쓴 박종화, 「월광으로 짠 병실」, 「유령의 나라」를 쓴 박영희 등 모두 그러한 민족적 좌절과 절망을 노래한 시인들이었다. 3·1독립운동 이후 일제가 전개한 문화정책이나 총독부의 원고 사전검열 자체가 이같은 병적, 퇴폐적 좌절의식을 유도하여 건전한 저항의지를 봉쇄했지만, 당시 민중들의 감정은 윤심덕의 〈사의 찬가〉처럼 그대로 '돈도 명예도 사랑도 다 싫은' 염세와 실의에 빠져 있었던 것이다.

이러한 망국의 비애를 시적으로 여과시킨 최고의 걸작은 역시 김소월의 시집 『진달래꽃』과 한용운의 『님의 침묵』을 꼽을 수 있다.

"나 보기가 역겨워 가실 때에는 죽어도 아니 눈물 흘리오리다." 현상으로 볼 때는 떠나는 님에 대한 애이불비哀而不悲의 의지를 표현한 것이지만, 망국민의 한과 연결시킬 때 이것은 민족정서의 일단을 응축시킨 것이라 할 수 있다.

민족적 비극을 좀더 차원높은 종교적 세계로 승화시킨 시인이 한용운이었다. 그는 「님의 침묵」을 통해서, 가장 평범한 고백적 연가풍 시 형태에다 형이상학적 이념으로 조국에, 민족애를 담아 놓았다. 다음의 시에는 당시 민족의 암울한 현실과 작자의 울분이 잘 나타나 있다.

당신을 보았습니다

당신이 가신 뒤로 나는 당신을 잊을 수가 없습니다.

까닭은 당신을 위하느니보다 나를 위함이 많습니다.

나는 갈고 심을 땅이 없으므로 추수가 없습니다.

저녁거리가 없어서 조나 감자를 꾸러 이웃집에 갔더니,

주인은 "거지는 인격이 없다. 인격이 없는 사람은 생명이 없다. 너를 도와주는 것
은 죄악이다"고 말하였습니다.

그 말을 듣고 돌아 나올 때에 쏟아지는 눈물 속에서 당신을 보았습니다.

나는 집도 없고 다른 까닭을 겸하여 민적民籍이 없습니다. "민적이 없는 자는 인
권이 없다. 인권이 없는 너에게 무슨 정조냐" 하고 능욕하려는 장군이 있었습니다.

그를 항거한 뒤에 남에게 대한 격분이 스스로의 슬픔으로 화하는 찰나에 당신을
보았습니다.

아아 온갖 윤리, 도덕, 법률은 칼과 황금을 제사지내는 연기인 줄을 알았습니다.

영원의 사랑을 받을까, 인간 역사 첫 페이지에 잉크칠을 할까, 술을 마실까 망설
일 때에 당신을 보았습니다.

　　　　　　　　　　　　　　　　　　　　　─한용운의 「당신을 보았습니다」 전문

이 시에서 '당신'은 연인으로 제시된 2인칭인데 민족이나 조국의 상징임은
두말할 것 없다. 지금 당신에게 사랑을 고백하는 '나'는 어떤 처지인가, 첫째
당신과 이별한 처지요, 갈고 심을 땅이 없는 처지이다. 처음부터 땅이 없었던
것이 아니라 **빼앗겼을** 것이다. 저녁거리가 없는 빈궁한 처지요, 빌리러 갔다가
인격이 없다고 멸시받는다. 또 집도 없고 민적民籍도 없다. 물론 그러기에 인권

이 없고 폭력배 장군에게 능욕도 당한다. 여기에 나오는 '나'는 어김없이 당시 우리 민족의 모습이다. 이러한 비참한 현실을 직시하며 시인은 다음과 같이 절규하는 것이다.

"인간 역사의 첫 페이지에 잉크 칠을 할까, 술을 마실까 망설일 때에 당신을 보았습니다." 그러면 과연 나는 술을 마셔 분노를 삭혔을까? 역사책에 잉크 칠을 했을까? 아닐 것이다. 그 좌절과 분노를 극복하고 진정한 투쟁, 진정한 사랑의 인고를 통해 조국과 민족에 대한 영원한 사랑을 다짐했을 것이다. 암울한 시대에 시인이 부른 사랑의 노래는 망국의 한을 딛고 조국과 민족을 다시 포용하려는 보다 큰 사랑의 노래로 이해되어야 한다.

심훈의 「그날이 오면」[5] 또한 민족문학의 한 본보기가 된다. 「박군의 얼굴」, 「조선은 술을 먹인다」, 「그날이 오면」은 20년대의 통분한 민족현실을 소재로 담은 민족시의 귀감이다.

> 그날이 오면은 그날이 오면은
> 삼각산이 일어나 더덩실 춤이라도 추고
> 한강물이 뒤집혀 용솟음칠 그날이
> 이 목숨이 끊기기 전에 와주기만 할량이면
> 나는 밤하늘에 날으는 까마귀같이
> 종로의 인경을 머리로 들이받아 울리오리다.
>
> ―「그날이 오면」1절

이 격정, 이 열정, 이 감격은 거의 노도와 같이 우리의 가슴을 뒤흔든다. 민족

---

5 심훈의 유고시집으로 둘째형 심명섭이 1949년 한성도서 주식회사에서 간행했다. 자유시 47편 시조 10편이 수록됨.

시의 한 절정으로 제시하여도 좋을 것이다. 이러한 드높은 시적 정신은 30년대의 「광야」, 「청포도」, 「절정」의 시인 이육사의 지절시에 연결되고 옥사한 민족시인 윤동주의 「하늘과 바람과 별과 시」에 연결되어 불멸의 민족시, 민족의 연가를 이룩한다. "죽는 날까지 하늘을 우러러 / 한 점 부끄럼이 없기를 / 잎새에 이는 바람에도 / 나는 괴로워했다"라고 했을 만큼 지나치게 깔끔한 결백증까지 보이는 이 섬세한 정서는 옥중에서 죽임을 당하면서도 끝까지 지킨 민족혼의 한 절창絶唱이다.

한편 염상섭이 「만세전」에 이어 「표본실의 청개구리」[6]를 통하여 제시한 강박관념에 시달리는 민족현실의 해부는 단순한 자연주의 실험의 의미만은 아닐 것이다. 내장이 해체된 처참한 해부대 위의 청개구리의 형상 속에서 처참한 우리 민족의 모습을 보는 것이다. 「벙어리 삼룡이」,[7] 「물레방아」[8]의 나도향은 죽음의 미학을 통하여 절대적인 사랑의 드라마로 망국한을 극화시켰고, 현진건은 「빈처」,[9] 「술 권하는 사회」,[10] 「운수좋은 날」[11] 등을 통해 암울한 조국의 현실을 보여준다. 「감자」,[12] 「김연실전」,[13] 「붉은 산」[14]의 김동인과 함께 이땅의 대표적인 소설가로 높이 평가받는다.

그러나 이상의 작품들이 과연 반제, 반외세 항일의 성격에 얼마만큼 접근했는가의 논고는 매우 구체적이고도 조심스럽게 연구되어야 한다. 민중의 삶을 바탕으로 했다는 엄연한 사실성에도 불구하고 민족적 극복과 비전 제시라는

---

6 『개벽』 14~16호, 1921.8~10에 게재.
7 『여명』 창간호, 1925.
8 『조선문단』, 1925.
9 『개벽』, 1921.
10 위의 책.
11 『개벽』, 1924.
12 『조선문단』, 1925.
13 『문장』 2집, 1939.
14 『삼천리』, 1932.

민족문학론적 재조명을 통해 재평가 작업이 필요할 것이다. 물론 최남선, 이광수의 문학도 예외는 아니다. 종래의 평면적 문학사 연구가 사실 위주로 작가, 연대, 발표지 나열식에 그쳐 있다면 앞으로는 이에 대한 새로운 연구방법이 필요하다. 「감자」에 나오는 '복녀'를 어떻게 볼 것인가? 가난한 농가에 태어난 얼굴이 까무잡잡하나 매력있는 시골처녀 복녀. 그는 논 한 마지기에 팔리다시피 놀음꾼이요, 놈팽이인 20살이나 위인 위인에게 시집간다. 게으른 남편 때문에 칠성문 밖 거지굴에서 밥을 빌게 되고 송충이잡이로 날품 팔러 가서 십장에게 몸도 판다. 또, 왕서방네 감자밭에 서리를 하러 갔다가 붙잡히나 몸을 팔고 감자도 얻고 또 돈도 얻는다. 그러다가 왕서방이 새 장가 드는 날, 낫을 들고 신방에 난입했다가 도리어 변을 당한다. 남편과 약방 의사에게 돈이 건너가고 공동묘지에 병사로 묻힌다는 내용이다. 이 '복녀'의 타락과 죽음의 상징이 무엇일까? 복녀는 민중의 표상일 것이다. 무자비한 현실 속에서 타락할 대로 타락하고 그들에 의하여 희생당해 버리는 민중의 상징인 것이다. 그러나, 무엇인가 석연치 않은 작가의 시대의식, 현실대응 자세에 대한 불만이 남는다. 김동인의 냉소주의, 민중에 대한 애착심 결여 등을 느낀다. 유관순 누나와 복녀 사이에는 아무런 연결이 안 된다. 유관순 누나가 민족의식의 상징적 존재라면 적어도 우리의 문학 속에서 그 민족적 이상은 추구되어야 한다. 민중은 천한 것이다. 민중은 현실 앞에 약하다. 민중은 타락한다. 민중은 밥 앞에 약하다. 이러한 간단한 도식은 소재주의적 현실론에 귀착, 리얼리즘의 참뜻을 잊어버리기 쉽다. '복녀'는 당시 한국 여성의 한 모습일 수는 있으나 민족문학적 이상으로의 창조된 이념적 여인상은 아닌 것이다. 「운수좋은 날」의 김첨지 역시 자각된 인물이 아니다. 솔직한 현실 제시에도 불구하고 20년대의 사실주의 소설들이 민족의 고난을 뛰어넘지 못함은 아쉬움으로 남는다.

한편, 민족현실을 대중의 삶이라는 단순한 현실에서 평면적으로 보지 않고,

그것을 계급적 갈등으로 보려는 새로운 시도가 등장한다. 제국주의인 일본민족 대 조선민족의 대결로 보지 않고, 지배계급인 일본과 그에 추종하는 부르주아지주나 부호를 하나의 부정적 투쟁대상으로 상정하고 그와 대결하는 노동자, 농민, 도시 빈민들의 삶과 투쟁을 그리려는 시와 소설들이 20년대 초부터 선을 보인다. 염군사와 25년 카프의 결성이 그것이다. 이른바 계급주의 문학이니 목적문학이라 평하는 경향파적 성격의 사회주의적 리얼리즘이다. 여기서 일본의 제국주의적 지배논리와 민중의 수탈상 등 반제론이 구체화되며, 그 저항성도 강해지고 식민지극복을 시도하는 민족운동적 주제의식이 강화된다. 그러나, 어떤 도식이 등장, 인간의 삶을 관조하기보다 어떤 주장의 틀 속에 도입시키려는 섣부른 계급혁명적 목적의식이 선전 선동 계몽성으로 드러난다고 하는 평을 받는다. 최서해의 작품 「탈출기」,[15] 「기아와 살육」,[16] 「그믐밤」,[17] 「큰물진 뒤」,[18] 주요섭의 「인력거꾼」,[19] 「개밥」, 이기영의 「민촌」, 조명희의 「낙동강」[20] 등 모두 그렇지는 않지만 문제 제기가 강한 만큼 객관적 묘사의 설득력이 약하고 방화나 살인이라는 극단적 파국으로 끝나는 것이 보통이다. 소설이 지닌 드라마적 한계가 아니라 작가의 사상적 한계가 아닌가 하는 반문도 있고, 더 근원적으로는 계급주의 문학에 대한 한계를 지적할 수도 있을 것이다.

그러나, 이광수, 방인근, 김동인 등의 우파적 국민문학파에 비하여 시대 의식을 강하게 드러낸 카프계의 문학을 부정적이거나 문학의 순수성을 운운하여 과소평가하려는 종래의 맹목적 거부에서 구체적인 연구가 요청된다. 당시 카프계의 소설을 쓴 한설야, 조명희, 이기영 등의 소설은 새로이 연구되어야 하

---

15 『조선문단』, 1925.
16 『조선문단』, 1925.
17 『신민』, 1926.
18 『개벽』, 1925.
19 『개벽』, 1925.
20 『조선지광』, 1927.

고, 역시 시인으로서의 조명희, 임화 등의 시와 기타 월북 작가들의 소설과 시는 단순한 해금이 아닌 민족문학 연구 측면에서 깊이 탐구되어야 한다. 35년대 카프의 붕괴, 해체 그 이후의 그들 활동과 월북 이후의 문학에 대해서도 비교 연구되어야 할 것이다.

30년대 인생파나 순수문학을 주장한 사람들의 작품(한 예로 이효석, 김유정, 이상 등 구인회 멤버들)이나 일제 말기 등장한 중견작가들의 작품과 비교연구가 행해지는 것이 민족주의적 바른 인식에 토대를 둔 문학론 정립에 도움이 될 것이다. 또 30년대 후반에 등장한 친일작가 군상의 연구와 함께 지절파, 절필파, 은둔파의 작품을 논하는데 있어서도 문학사의 새로운 연구가 요청되고 있다. 반공이란 편협한 이데올로기 속에 가두어 둔다면 우리 문학의 참모습은 찾기 힘들 것이다. 한 사람의 윤동주 뒤에 수십 명의 친일작가, 가미가제神風 찬양시를 쓴 시인, 소설가가 있었음을 우리는 상기해야 한다.

항일 40년, 아니 항일 100년의 민족문학적 정서는 우리 문학의 귀중한 정신적 유산임을 강조하지 않을 수 없다.

4. 광복 후의 민족문학

광복 후의 민족문학은 한마디로 말하여 분단문학이다. 분단문학은 남북으로 갈라진 사상적, 정치적 분단이 민족적, 정서적 분단으로 이어져 이땅 위에 두 가지의 문학이 만들어진 셈이다. 뿐만 아니라, 양 진영의 문학은 금기의 대상이 되고 있으며 그것을 보는 것만으로도 국가보안법 저촉일 수 있다. 점진적 해금 또는 금기가 조금씩 풀리는 조짐은 있으나 여전히 38선은 지도에 뿐만 아니라 우리의 의식 속에 자리잡고 있어, 민족문학이 다시 좌경 용공의 서리를 맞고 있다. 민중문학을 계급문학적 성격으로 매도한 원로작가의 애기는 새삼 스러운 일이 아니며, 작금에도 통일문학 지향적인 사람을 반공적 시각으로 매도하는 경향이 있다.

이 과정에서 민족문학작가회의 대표직인 황석영 씨의 방북은 정치적인 문제와는 달리 큰 의의가 있다고 본다. 남북한의 문화적, 정서적 접근, 이는 기능적 입장에서 정권적 대결과는 달리 융통성과 포용력이 있다고 받아들여진다.

우리의 문학도 이제 50년대 한국전쟁 전후 반공문학에서 한 걸음 나아가 탈이데올로기적 통일문학에의 가능성을 시도할 때가 된 것이다. 핏줄기를 찾는 문학, 조국의 모성을 확인하는 문학, 분단을 뛰어넘어 남과 북의 모국어가 하나의 통일로 꽃피는 문학으로의 거듭남이 요청되고 있다.

90년대를 앞둔 이 시점에서 70년대 80년대의 민중문학, 광주 5월문학은 새로운 통일문학의 모체로써 남과 북에 공통의 독자를 포용할 터전이 마련되고 있다.

신동엽의 「금강」, 「누가 하늘을 보았다 하는가」, 「껍데기는 가라」, 「진달래 산천」 등은 평양 사람도 애송할 수 있을 것이다. 문익환의 「꿈을 비는 마음」도 애송할 수 있을 것이다. 필자의 졸시 「땅의 연가」, 「동소산의 머슴새」도 마찬 가지일 것이다. 실제로 우리들은 북한의 문학 『꽃파는 처녀』, 『민중의 바다』도 조기천의 서사시 『백두산』도 이기영의 『두만강』도 흥미 있게 읽고 있으며 남쪽의 문학과 근본적인 차이가 없음도 느낀다. 북한땅이 금기의 나라가 아니요, 백두산과 금강산 공동개발도 가능하다면 인간의 삶과 민족의 이상을 노래하는 문학이 다를 리 없다.

정치, 경제, 사회, 문화, 교육 제반 분야가 모두 통일을 향하여 그 구심점을 이룰 때 문학이 통일을 주제로 함은 너무도 자명한 사실이다.

스탈린 체제가 붕괴되고 해빙기가 왔을 때 파스테르나크는 『닥터 지바고』를

썼었고 옙투센코의 반체제 시나 두진체프의 「빵만으로는 살 수 없다」, 절규한
소련 작가로 망명까지 한 『이반 데니소비치의 하루』, 『암병동』의 솔제니친을
기억하고 있다. 이 땅에도 민족문학의 새로운 모습은 통일문학에서 이루어져
야 한다. '한라에서 백두까지 모든 쇠붙이는 가라'고 부르짖으며 절규한 신동
엽의 절규는 이제 이땅의 모든 시인의 신앙이 되어야 한다. 통일의 그날까지
민족문학은 성장을 위한 끝없는 투쟁과 몸부림을 계속할 것이다. 통일을 향한
통일문학의 한 예로서 수재를 당한 남한 동포에게 민족적 애정을 담아 북한의
쌀을 보낸 것을 소재로 쓴 「북한 쌀」 전문을 소개한다.

　　북한 쌀

　　40년만에 가로막힌 벽을 넘어
　　돌아오지 못하는 다리를 건너
　　북한의 쌀이 남한 땅에 왔다.

　　한줌 한줌 모아보낸 사람들의
　　얼굴과 목소리는 못 들어 보지만
　　쌀 속에 스민 인정만은
　　분명 내 동포 내 민족의
　　피와 눈물이 스민 값진 인정.

　　어찌 물건의 질이 문제이리
　　어찌 물건의 양이 문제이리
　　처음으로

정말 처음으로

시멘트 방어벽, 가시 철조망,

핵지뢰밭을 넘어 찾아온

한 동포의 따뜻한 마음씨이다.

어찌 사상이 문제이리

어찌 법규가 문제이리

준다는 건 언제나 어려운 일

받는다는 것도 이 땅에선 어려운 일

부자 나라가 아닌 가난한 북한의

못 먹고 사는 사람들이 아껴서 보내온

북한의 쌀 하역 광경을 보며

나는 잠깐 눈감고 숙연해진다.

되로 받고 말로 갚을

내일의 결합을 위하여

서로의 인정이 교류되는 순간

우리는 결코 쌀만을 받는 것이 아니다.

준다고 해도

받을 수 있는 법이 없었고

보낸다 해도

갈 수 있는 길이 없었던 땅

우리가 주고 받는 것이

결코 물질만이 아니다.

주고서 욕먹을 인심 없고
받고서 고마와하지 않을 인정 없는데
어찌하여 이 땅은
주는 것이 이다지 어렵고
받는 것도 이다지 까다로운가?

아무리 법으로 갈라 놓아도
아무리 철조망으로 가로막아 놓아도
우리는 한 겨레, 말과 얼굴이 같은
우리는 본시 한 핏줄 한 형제였다.

판문점을 넘어 온 쌀은 분명
붉은 빛깔이 아닌 흰 빛깔
시멘트는 흙이 아닌 분명 시멘트
북한 사람들의 땀내 어린 정성이 아닌가.

준다는 것은 받는다는 것
받는다는 것은 준다는 것
주고 받는 손과 손은 하나가 된다
주고 받는 마음과 마음은 하나가 된다.

철조망으로 가로 막고

길과 길은 끊어졌어도

다시 잇는 남북의 악수

쌀과 쌀은 서로 만나고 있다

시멘트와 시멘트는 서로 섞이고 있다.

소슬한 인정은 허름한 가슴에 쌓인다

북한 쌀은 남한 쌀과 한데 섞이어

우리들의 뱃속에 가서

사랑이 되고 인정이 되고 눈물이 된다.

남과 북으로 흩어져 사는 사람들

쌀과 쌀이 어우러져 밥이 되듯이

시멘트와 시멘트가 섞이어 집이 되듯이

마침내 하나가 되는 통일의 염원이여

오 동포여 사랑과 눈물이 만나는 순간이여.

그러면 통일문학의 구체적 탐구는 무엇인가? 척양척왜의 갑오농민전쟁의 구호를 상기시켜야 한다. 이 땅에서 일제는 물러갔지만 아직도 제국주의의 망령은 도사리고 있다. 그 망령에 의한 질곡이 38선이요, 휴전선이다. 휴전선은 무엇을 의미하는가? 미국 안보의 앞마당으로 표현되는 사회주의와 자본주의가 만나는 극한적 대립선이다. 항일, 반일 감정은 다시 이 땅에 군대와 핵무기를 배치해 놓고 있는 미국과 연결된다.

반미 이것은 역사적 귀결에 의한 필연적 현실이지 사사로운 감정의 문제가 아니다. 우리가 아무리 미국을 싫어하고 배격한다 하더라도 그들은 쉽게 물러

가거나 이 땅의 이익을 포기하지 않을 것이다. 그것은 일본이 아무리 싫어하고 반대했지만 전쟁으로 패망하기까지 물러가지 않았던 것과 마찬가지다. 반미는 민주와 통일 그리고 국익을 위한 민족 주체성에 의한 정당한 역사의식이지 맹목적 반대가 아니다. 더구나 반미 자체가 위법이 되거나 국시 위반은 아니다. 반미감정이 소설이나 시로 나타나는 것은 너무도 필연적인 현실이다. 미국을 비판하면 곧 반정부이거나 반체제로 몰아붙이는 것은 종속관계임을 단적으로 자백한 것이다. 우리는 정당한 주권과 민족통일을 위하여 좀더 냉정한 입장에서 외세를 역사적 안목으로 비판할 수 있어야 한다. 6·25도 남과 북의 대결 등식에서 미·소·일·중 우리를 둘러싼 블럭들과의 관계에서 살펴야 한다. 6·25의 책임을 북한에다만 넘겨서도 안 되고 그와 반대로 우리가 질 수도 없다. 미국과 소련, 그리고 중국과 일본, 우리나라에 대하여 이해관계가 깊은 나라들이 공동으로 져야 한다. 그래야만 우리끼리의 원한에서 벗어나 국제적 냉전의 음모를 깨고 남북이 하나 될 수 있는 것이다. 이러한 남북의 해빙과 신제국주의 신식민의 올가미를 벗어나 진정한 민중의 삶을 노래하기 위해서 신동엽의 절규 그대로 모든 쇠붙이로 표현되는 미국과 휴전선의 철조망, 핵무기가 이땅에서 사라져야 할 것이다. 시인이요, 목사인 문익환 선생의 평양방문의 의미와 소설가 황석영 씨의 북한방문의 의미는 해빙기 통일문학에 대한 기점이 아닌가 한다.

은원의 나라 미국, 가쓰라테프트조약의 야욕이 사라지지 않은 그들의 흉중에 새로운 한미친선의 밀월이 새로운 민족세력의 저항에 부딪쳐 한반도의 미래에 먹구름을 던져주고 있다.

『아메리카 똥바다』라는 반미 시선집도 눈에 띄고 있고 미국과의 관계를 소재로 한 많은 소설들이 인기를 끌고 있다. 척양척왜의 옛 구호는 양키고홈으로 현실화되었고 양양거거洋¥去去해야 이 땅에 진정한 평화가 온다는 옛말 그대로 이땅의 모든 운명을 거대한 미국의 손아귀가 쥐고 있다. 민족세력과 반민족세력과의 기나긴 100년의 싸움이 지금도 계속되고 있는 것이다.

또 한편 80년대 후반에 이르면 한국의 사회구성체 논쟁과 함께 사회변동에 따른 문학의 계급성에 대한 과학적 인식이 거론되고 있고, 노동해방 문학이니 대중문학의 주체논쟁이니, 일견 생소하고 일견 진보적인 새로운 민족적 리얼리즘이 등장하고 있다.

민족적, 급진적 부르주아에 의하여 주도되던 과거의 문학에서 현장성이 강한 노동계급의 리얼리즘, 공동창작의 시도 등이 새로운 프롤레타리아문학논쟁을 가열시키고 있다.

그러나, 이러한 현장성이 강한 노동계층의 민족적 리얼리즘이 결코 계급성에 함몰되는 것이 아니라, 커다란 민족의 운명인 자주독립 노선과 민주적 남북통일의 민족적 이상실현의 테두리 안에 있음을 재강조하면서 하나의 서언, 하나의 서설로 대신하고자 한다.

문병란, 『민족문학강좌』(남풍문화사, 1991)에서 발췌

역사歷史에 있어서의 시적 참여

1. 시詩의 기능

주어진 논제를 풀어가기 위해서 먼저 시의 기능을 살펴 볼 필요가 있다. 문학사적文學史的으로 고찰해 보면 수많은 이론들이 있고 그 주장도 매우 다양하다. 그러나 그 주장들을 종합해 보면 시는 어떤 사상이나 생각을 정서적으로 표현한다는 것이다. 사상의 정서화情緒化, 이는 사상이라는 주제를 언어라는 수단을 빌어와 정서emotion라는 기능으로 표현形象化하여 감동과 쾌락을 주는 예술적 효용성을 지닌다는 뜻이 될 것이다.

잘 써진 시를 사과에 비유한 발레리Valery. Paul(1871~1945), 프랑스 시인의 말이나, 시는 사상의 정서적 등가물等價物이라 표현한 엘리어트T.S. Eliot의 말이나, 시 삼백詩三百에 사무사思無邪라고 하며, 좋은 시는 낙이불음樂而不淫; 즐거웁되 음지하 않아야 함하고 애이불상哀而不傷; 슬픔을 노래하되 감상적이어서는 안됨이라고 말한 공자孔子 등, 모두 시의 정서적 효용效用이 마음의 정화작용淨化作用; catharsis에 있다는 아리스토텔레스Aristotelles의 말과 일맥 상통한다.

그러나 모방설模倣說의 열등함을 주장한 플라톤Platon이 그의 「이상공화국理想共和國」에서 시인추방론詩人追放論을 주장한 것은 시인이 도덕적이지 못하고 비교육적이라고 지적한 데 나타나듯 지나친 쾌락적 추구에서 올 부작용을 우려한 것이며. 나아가서 이상공화국도 이데아idea적的 독재국가 형태일테니 그에 대한 혁명적 선동세력이 될 수 있다는 두 가지 이유를 생각해 볼 수 있다.

그러므로 시는 도덕과 철학에서 독립시켜 예술의 독자성을 획득했으면서도 아리스토텔레스가 지나치게 시를 감동과 쾌락이라는 '카타르시스론catharsis論'에 귀착시켜, 퇴폐와 타락으로 나아갈 소지를 마련한 것에 반해, 플라톤은 '시인추방론'을 내세우면서도 시를 도덕과 교육, 철학과 정치, 즉 현실로 끌어들여 연결함으로써 시의 사회적·인생적 필요성과 효용성을 높인 결과가 되었다는 주장은 매우 일리가 있다.

시는 교육이나 도덕, 철학과 같은 관념 자체는 아니고, 정치·경제와 같이 현실적 사실도 아니지만 그것들과 유리될 때 공허한 감정이나 감상의 낭비가 되며, 쾌락의 추구에서 퇴폐적 향락적 탐미주의로 전락할 위험성을 갖게 된다. '순수냐 참여냐'의 2분법적인 극단적 대비나 그러한 양자의 극한적 대립은 근본적으로 시적 오해에서 연유된 것이다. 이러한 기존의 시론(詩論)에 대한 반성에다 주안점을 두고 '역사에 있어서의 시적 참여'라는 주어진 논제에 대한 학술적 고찰을 시도해 본다.

2. 역사와 시인詩人

다산茶山은 유배지流配地에서 아들에게 보낸 편지에서 다음과 같은 말을 했다. "오늘날 시의 운율은 마땅히 두보杜甫의 시를 모범으로 삼아야 할 것이다. 모든 시인들의 시중詩中에서 두보의 시가 왕자를 차지하고 있는 것은 시경詩經에 있는 300편의 시를 그대로 이어받고 있기 때문이다. 시경에 있는 모든 시는 충신, 효자, 열녀烈女, 진실한 벗들의 간절하고 진실한 마음의 발로를 그 대상으로 하고 있다. 백성을 사랑하고 나라를 근심하는 내용이 아닌 그런 시는 시가 아니며, 시대를 아파하고 세속을 분개하지 않은 내용은 시가 될 수 없는 것이며, 아름다움을 아름답다 하고 미운 것을 밉다 하여 선을 권장하고 악을 징계하는 그런 것이 아니면 시라고 할 수 없을 것이다"라고 말하고 "시는 반드시 역사에 근거를 두어야 한다"고 강력히 주장하였다.

그런 내용이 아닌 시를 '바둑이나 두고 술이나 마시고 기생과 즐기는 그런 투의 시'라고 혹평한 다음 '사나이가 그따위 짓을 흉내내야 쓰겠느냐?'면서 시를 쓰고자 하는 아들에게 그런 '그릇된 시'에 대한 유혹을 경계하였다.

그런 그도 2천여 편의 뛰어난 한시漢詩를 남겼으니 그의 시는 이상과 같은 훈계가 곧 자기 자신에게 한 말임을 입증케 하는 것으로 애민愛民과 권선勸善과 징악懲惡과 사회적 모순상을 사실적으로 드러낸 일종의 농촌고발적 민농시憫農詩들이었다.

이상에 소개한 다산의 시관詩觀을 보면 흔히 말하는 목적문학目的文學적 성격을 띤 사회시社會詩로서 시의 순수성이라는 것을 현실이나 인생과 유리시켜 생각하는 사람들에겐 여간 거북스러운 말일 것이다. 그는 또 시는 진실해야 된다는 것을 강조한 사실주의적인 시인이었는데, 윤군열尹君悅이란 사람의 화첩에 부치는 글에서도 완고할 정도로 뎃상과 사실성을 강조하고 있다.

심지어 잠자리 한 마리를 그리는 데 있어 그에 대한 생김새, 생물학적 생태, 날개의 수, 그 무늬의 모양을 낱낱이 보고 그대로 그려야 된다고 하였다. 귀신과 도깨비는 잘 그리면서 사람은 잘못 그리는 화가나, 말꼬리에 붓을 달아서 그린다는 추상 화가들은 참고해 볼 만한 가치가 있는 말이다.

시에 있어서도 적어도 참된 시인이라면 시 한 편 속에는 그 시대의 역사와 민중의 고통이 여실히 반영되어야 한다는 것이다. 그가 살다 간 18세기에서 19세기 초의 한국의 농촌, 소위 삼정의 문란 속에서 온갖 고통을 겪은 민중의 고난상이 표현되지 않을 때 어떻게 그것을 참다운 문학이라 할 수 있느냐는 것이었다. 그와 같은 주장을 잘 반영한 시가 「적성촌積成村」, 「기민시饑民詩」, 「애절양哀絶陽」, 「유민도流民圖」 등의 시일 것이다.

시인묵객詩人墨客이라고 하면 풍월이나 읊고 기녀들과 어울려 술마시며 시회詩會나 벌이는 한량閑良을 떠올리는 것도 과거의 문학 전통이 현실을 외면한 양반 계층의 시인에 있음을 말한 것이며 봉건치하에서는 바로 그런 것이 최고의 문학으로 간주되었을 것이다.

그러나 우리나라의 경우 임진난壬辰亂을 기점으로 그 어전이 음풍농월하는 양반들의 풍류문학이라면 임진란 후에는 평민의 자각과 실학의 영향으로 새로운 비판적 사실주의 문학이 등장한다. 문학의 변혁이 일어나기 전 풍류문학으로서 황진이黃眞伊의 시조時調는 그 좋은 예가 된다. 그 자신은 천한 기녀妓女였지만 항상 양반이나 벼슬아치들의 술자리에서 그들에게 아양을 떨고 시중을 드는 노예였으니, 그 문학 또한 그런 건달들의 술맛이나 돋구는 흥취에 불과했다.

청산리 벽계수야 수이감을 자랑마라
일도 창해 하면 다시 오기 어려우니
명월이 만공산하니 쉬어간들 어떠리

동짓달 기나긴 밤을 한 허리를 베어내어

춘풍 이불 아래 서리서리 넣었다가

어른 님 오신 날 밤이어든 굽이굽이 펴리라

　이는 노는 문학, 유흥문학, 술타령의 문학이지 역사도 진실도 괴로운 민중의
삶도 없는 문학이다. 이러한 쾌락적 요소를 예술성 내지 순수성으로 옹호하는
것이 상례로 되어 있다. 정철, 윤선도의 장가나 단가 모두 풍류와 연군戀君의 정
을 읊은 것이며 민중의 삶과는 관계가 없다. 어촌의 풍물과 어부의 생애를 아
름답게 노래했다는 40수의 「어부사시사」는 좋은 예이다.

우난 것이 벽구기가 푸른 것이 버들 숲가

어촌 두어 집이 냇 속에 나락들락

말가한 깊은 소에 온갖 고기 뛰노나다

방초를 밟아보며 난지도 뜯어보자

일엽편주에 실은 것이 무스 것고

갈제난 내 뿐이요 올제난 달이로다.

　풍류로서의 뱃놀이이지 어획고를 올리려고 파도에 목숨을 건 노동으로서의
어부의 삶이 아니다. 어촌의 비참상과 어부들의 노동과 삶이 없다. 그야말로
노는 문학이요 허위의 문학이다. 왕에게서 하사받은 해남 일대와 땅을 소유하
여 노화도 일대의 보길도 부용동에 궁궐같은 정자를 세우고 거기서 온갖 운치
를 다 누리면서 한가한 어촌을 배경으로 태평성대의 유한문학을 이룩했다. 이
것을 순수문학의 모체로 한다는 것도 문제가 있지만, 1930년대 시문학파로 불

리우는 김영랑金永郎이 1925년대의 예맹파KAPF의 목적시를 반대하고 순수문학을 주장하는 데서 윤선도의 시정신이 발흥했다고 주장하는데, 바로 그 점이 민족문학적 견지에서 문제를 안고 있다고 생각한다.

봉건시대는 당연히 우민정책愚民政策이니까 이해가 간다고 하더라도 나라를 빼앗겼던 당시 순수라는 이름으로 언어의 유미적唯美的 표현에만 급급했다면 시인의 사명을 다한 것일까? 시를 쓸 경우 어디까지나 언어는 표현 수단이지 그 자체가 목적은 아니다. 목적은 인생에 대한 진실의 구현이라는 욕구 때문에 시를 쓰는 것이다. 시를 위한 시, 예술을 위한 예술Art far art's sake을 주장하는 경우 절대의 시가 있는 것처럼 말하지만 그것은 문학의 기능을 잘못 생각하는 데서 온 것이다.

시는 시로서 독립해 있는 절대적 산물이 아니라, 인생살이 속에, 사회와 역사 속에 있어야 한다. 시나 학문을 양반들이 독점하고 그들의 권위나 지적 지배논리의 공갈로 군림하려 한데서 성리학이 나왔고 거기서 공리공론空理空論으로 되었던 것이다. 그들 지배계층은 문자文字를 독점하고 민중의 눈을 청맹靑盲으로 만든 다음 무식한 민중을 억압하는 하나의 수단으로 삼았다. 이러한 계급사회를 분쇄하거나 도전하기란 참으로 어려운 것이다.

그러나 임진란 후 어쩔 수 없는 평민들의 근대적 자각은 양반계층에 대하여 서서히 비판과 저항의지를 보이기 시작했다. 허균許均이 「홍길동전洪吉童傳」을 써서 사회의 부조리(적서차별, 탐관오리, 부패상, 활빈당의 사회개혁, 율도국 건설을 통한 해외진출 및 이상사회 건설 등)를 제시, 진보적 사상을 들고 나온 것도 그러한 시대적 민중 의지를 대변한 것이지만 그에게는 역모죄라는 사형이 기다리고 있었다. 또 연암燕岩 박지원이 지배계급과 양반들의 썩은 공리공론의 허위와 무능과 위선을 풍자한 「호질虎叱」, 「양반전兩班傳」, 「허생전許生傳」 기타 「예덕선생전」, 「광문자전」, 「민옹전」, 「우상전」 등을 썼을 때, 유학자들은 그를 사문난적斯門亂賊으로 몰았고 「열하일기熱河日記」는 분서당할 뻔했으며 문체반정文體反正의 명이 내리기도 했다.

사설시조, 판소리, 판소리계 소설 등이 등장, 양반문학에 도전하면서 새로운 문학의 싹이 튼 것은 소설의 진보이며 당시 시대적 변화를 갈구하는 민중적 자각과 요구에 의한 것이다.

결코 시인은 불행한 시대, 불행한 조국, 불행 속에서 이 땅을 지켜온 민중의 삶을 초월한 특권도 외면할 자격도, 없으며 끝없는 상상의 날개를 타고 무한한 환상의 세계를 날아다닐 그런 권리가 주어진 것이 아니다. 그들도 먹어야 하고 현실에 대한 시대적 책임을 져야 한다. 현실을 떠난 '영원'이란 것이 어디 있으며, 민중과 생활을 떠난 절대적인 미美란 것이 어디 있는가. 있다고 하더라도 그것은 민중의 삶과는 관계없는 개인적 기호에 지나지 않는다. 여기에 시인의 시대적 역사적 사명을 요구하는 참여적 당위성이 요청된다.

시인은 미래지향적 예언자이며 선지자적 태도로 시대의 선두를 걷는 고행자이다. 양반의 술상 머리에 앉아 그들의 술맛을 돋구거나 가무歌舞로 분위기를 조성하는 그런 꾀꼬리가 아니다. 병든 사회를 치료하는 의사이기도 하고, 잠든 양심을 깨우는 가시이기도 하고, 새로운 역사의 출현을 알리는 예언자요 혁명가이기도 하다. 고름이 들면 그 종기는 아끼지 말고 도려내 짜버려야 전신마비의 큰 병을 막을 수 있다. 진실로 자기 몸을 병으로부터 구하려면 아파도 고름을 짜야 하듯이, 현실의 부패를 방지하고 사회 전체의 붕괴를 막기 위하여 '고름짜기'라는 수술은 불가피한 것이다. 역사 앞에 바로 서서 바로 보고, 바로 말할 용기를 가질 때 시인은 이 사회에 필요한 존재이며, 진정한 민중의 친구가 될 것이다.

다음에는 역사 앞에 성실했던 진실한 시인과 그렇지 않은 시인을 비교하여 앞으로 우리가 창조해야 할 미래의 시가 어떤 것이어야 하는가, 역사에 대한 시적 참여를 통하여 시가 민중의 참된 벗이 되어야 하는 그 당위성을 고찰해 보기로 한다.

3. 진실한 시와 허위의 시

① 미가서 7장 2~6절까지의 예언시

이 나라 안에는 성실한 사람이 멸망하여

사람들 가운데 의인義人이라고는 하나도 없도다.

모두 다 피 흘리게 하려고 잠복하여

저마다 자기 형제를 그물로 사냥하고 있으니

그들은 민첩하게 손을 놀려 악을 행하고

왕자나 판관도 선善을 한답시고 뇌물을 요구하며

명사名士도 자기 욕심을 채우려고 설교한다.

그들 중 가장 낫다는 자가 가시덤불 같고

의인이란 자가 가시울타리보다 더 악질이다.

너희는 네 이웃을 믿지 말고,

절친한 친구도 신뢰하지 말아라.

너와 자리를 함께 하는 여자에게도

네 입을 조심하여라.

아들이 아버지를 미친 사람 취급하고,

딸이 어머니에게 대들며,

며느리가 시어머니에게 대들기 때문이니

사람마다 그 원수가 집안사람이다.

② 호세아 10장

묵은 땅을 갈아엎고 정의를 심어라.

사랑의 열매를 거두리라

지금은 이 야훼를 찾을 때

이 야훼가 너희를 찾아와 복을 내리리라,

그런데 너희는 밭을 갈아 악을 심었으니,

거둘 것이 악독밖에 더 있느냐

속임수로 살았으니

이젠 네가 속을 차례다.

너희가 병거를 믿고

군인이 많다고 우쭐대지만,

바로 그 때문에 너희 가운데서 반란이 일고

요새가 모조리 함락되는 것이다.

베다르벨이 살만왕에게 깨어지던 날

어미와 자식이 함께 박살나지 않았느냐.

내가 이스라엘 가문을 그 모양으로 만들리라.

너희의 엄청난 죄를 그대로 두겠느냐.

때가 되면 먼동이 트듯

이스라엘 왕은 영락없이 망하리라.

나는 위의 문구를 해설하거나 비판할 생각은 없다. 누구나 읽으면 이해가 되는 평이한 내용이면서 당시의 사회상을 리얼하게 고찰할 수 있는 사회시요, 예언시요, 시 중의 시다.

성경은 모든 진리를 가름하는 척도요, 정의와 양심의 거울이라고 한다. 나는 진실한 시의 한 패턴으로 우선 이 시를 벽두에 제시, 여러분의 판단력에 맡기고자 하여 하나의 귀감으로 내놓는다. 미국의 평론가 업톤 싱클레어는 「힘의 문학文學」에서 "성경의 많은 부분은 매우 선전적인 용어로 쓰여진 강력한 표현이되 그 참여성을 문제삼지 않으면서 시인의 사회적 관심에 대해서는 시의 순수성 같은 것을 내세워 몰아세운다"고 했는데, 그러한 소심한 사람을 위하여 시 중의 시요, 명문 중의 명문이라는 하느님의 말씀을 귀감으로 여겨 우리는 이와 같은 시를 본받아야 할 것이라 생각한다. 이 성경의 예언시를 두고 참여냐 순수냐 따지지 않듯. 참으로 진실한 시는 그런 구분이 필요없다.

다음에 인용하는 하이네의 「실레지아의 방직공들」이라는 시는 1844년 독일의 실레지아의 직조공들이 억압과 착취를 견디다 못해 폭동을 일으켰으나 총칼로 진압된 것을 보고 쓴 것이다. 이 소재로 하우프트만도 〈직조공들〉이라는 희곡을 쓴 바 있다. 하이네는 흔히 연애시인으로 착각되리만큼 많은 애정시가 소개된 바 있지만, 사실은 그는 혁명시인으로 인습과 독재에 거부 저항하다가 조국으로부터 추방당하여 파리에서 객사하기까지 온갖 고난을 겪기도 했다. 「민중의 힘」, 「시궁쥐들」, 「실레지아의 방직공들」은 그러한 시의 대표적인 예가 된다. 그 어느 시보다 역사와 현실에 충실하고자 한, 시인의 정의감과 양심이 번득이는 시다.

침침한 눈에 눈물도 말랐다.

그들은 베틀에 앉아 이빨을 가안다.

독일이여, 우리는 너의 수의를 짠다.

우리는 그 속에 세 겹의 저주를 짜 넣는다.

우리는 덜거덕거리며 베를 짠다.

우리는 덜거덕거리며 옷감을 짠다.

두 번째 저주는 임금님에게, 부자들을 위한 임금님에게,

우리의 비참한 삶을 본 체도 않고

그리고는 우리들을 개새끼처럼 쏴죽이려 한다.

우리는 덜거덕거리며 옷감을 짠다.

우리는 덜거덕거리며 옷감을 짠다.

세 번째 저주는 그릇된 조국에게

이 나라엔 오욕과 수치만이 판을 치고

꽃이란 꽃은 피기도 전에 꺾이며,

모든 것이 썩어 문드러져 구더기만 들끓는다.

우리는 덜거덕거리며 옷감을 짠다.

우리는 덜거덕거리며 옷감을 짠다.

북은 나는듯이 움직이고, 베틀은 삐거덕거린다.

우리는 밤낮으로 부지런히 옷감을 짠다.

늙어빠진 독일이여, 우리는 너의 수의를 짠다.

우리는 그 속에 세 겹의 저주를 짜 넣는다.

우리는 덜거덕거리며 옷감을 짠다.

우리는 덜거덕거리며 옷감을 짠다.

―하이네의 「실레지아의 방직공」 전문(全文)

  직공들의 분노를 대신한 이 시는 번역시이기 때문에 의미전달밖에 되지 않
는 시이지만 '우리는 덜거덕거리며 베를 짠다'를 반복하면서 의성과 의태가 드
러나는 리듬까지 살리고 있다. 이러한 현실적 관심과 적극적 시의 참여는 결

국, 그를 망명시인亡命詩人이 되게 하였고, 타국의 하늘 아래에서 객사客死하는 불운을 겪게 했다. 이 시의 아름다움은 단순한 형용사의 나열이나 음악적 리듬을 살려내는 그런 언어 표현적 기교에 있는 것이 아니라 우리의 영혼을 전율케 하는 진실에의 감동이며 강자에게 짓밟힌 약육강식의 현실을 비판하고 약자를 옹호하려는 적극적인 휴머니티에서 공감을 얻게 된다.

그의 어느 연애시보다 더 감동적이며 아직도 이러한 비극적 노동현장이 이 지구상에 상존하는 한 이 시는 불멸의 가치를 지닐 것이다.

다음 다산茶山의 시 「적성촌積城村」의 일부를 예시하여 보자.

구리수저 이정里正에게 빼앗긴지 오래인데
엊그제 옆집 부자 무쇠솥 앗아 갔네
닳아빠진 무명이불 오직 한 채뿐이라서,
부부유별 이 집엔 가당치 않네

어린 것 헤진 옷은 어깨 팔쭉 다나왔고
날 때부터 바지 버선 걸쳐보지 못하였네.
큰 아이 다섯 살에 기병으로 등록되고
세 살난 작은 놈도 군적으로 올라있어.
두 아이 세공으로 오백 푼 물고나니
빨리 죽기 바라는데 옷이 다 무엇이랴.

─송재소 교수가 번역한 「적성촌」의 일부

이조李朝 후기 삼정三政의 문란상紊亂狀을 리얼하게 표현하고 있다. 「애절양哀絶陽」같은 시에서는 배냇물도 안 마른 자식과 백골이 된 지 오래인 아버지, 그것도 부족하여 강아지복실이나 절구공이까지 사람의 이름으로 둔갑하여 세금을 거두어 갔다는 가렴주구의 참상을 고발하는 시를 썼다.

그러나 같은 조선시대에 살면서도 양반들은 시회詩會나 열고 풍류시風流詩나 쓰면서 민중의 도탄지고를 외면했고, 오히려 고혈膏血 속에서 기생 엉덩이나 두들기며 태평성대를 구가하였으니. 어찌 그것이 진실한 시였겠는가?

> 강호江湖에 봄이 드니 미친 흥이 절로 난다.
> 탁료계변濁醪溪邊에 금린어錦鱗魚 안주로다.
> 이 몸이 한가하옴도 역군은亦君恩이샷다.
>
> ── 맹사성의 「강호사시가(江湖四時歌)」 4수 중 첫수

춘하추동 4수로 된 이 시는 모든 것이 군은君恩이라고 종구를 맺었다. 다산의 시가 민중을 대상으로 한 민중적 삶을 그리고 있다면, 맹사성의 시는 모든 것을 군은君恩으로 돌려 연군戀君의 정으로 표현하였다. 송강松江의 양미인곡兩美人曲이나 「성산별곡星山別曲」, 그 어느 시조나 가사가 모두 특정 계급의 특정한 정서이지, 민중의 삶에서 연유된 정서는 없다.

우리는 이런 경우 역사적 고찰을 통해 시적 진실의 기준을 어디다 둘 것인가를 생각해 봐야 한다. '성자誠者는 천지도야天之道也요, 성지지誠之者는 인지도야人之道也'라 말한 『중용中庸』의 유교정신 그대로 성실한 삶의 반영이 시라면 같은 봉건시대라도 두보杜甫의 사회시나 다산의 민농시憫農詩야말로 연군戀君이나 음풍농월식의 시와는 그 유類를 달리한다. 역사적 변천에 따른 시적 평가기준을 달리하여 국문학에 대한 새로운 인식이 필요함은 이 때문이다.

① 안중근 의사의 「의거시義擧詩」

만났도다 만났도다

원수 너를 만났도다

너를 한 번 만나려고

수륙으로 기만리를

천신만고 거듭하여

가시성을 더듬었다

혹은 윤선, 혹은 화차

노국 청국 방황하고

너를 오늘 만나보니

너뿐인 줄 아지 마라

오늘부터 시작하여

한 놈 두 놈 보난대로

남의 나라 빼앗은 놈

내 손으로 죽이리라.

(1909년 우덕순과 함께 거사 전에 혈맹하여 읊음)

② 민요民謠

발 아파 못 신던 미투리신

고무신 바람에 도망을 간다

아무렴 그렇지 그렇고 말고

짚신 장수 김첨지 밥굶는다.

— 〈아무렴 그렇지〉

문전의 옥토는 어찌 되고

쪽박의 신세가 웬말인가?

아리랑 아리랑 아라리요

아리랑 띠어라 노다가세

말깨나 하는 놈 재판소 가고

아깨나 낳을 년 갈보질 간다.

아리랑 아리랑 아라리요

아리랑 띠어라 노다가세

—〈신 아리랑〉

③ 신체시新體詩

처얼 썩 처얼 썩 척−쏴−

따린다 부순다 무너 버린다

태산 같은 높은 뫼 짚채 같은 바윗돌이나

요것이 무어야 요게 무어야

나의 큰 힘 아느냐 모르느냐 호통까지 하면서

따린다 부순다 무너 버린다.

처얼 썩 처얼 썩 척−튜르릉 꽉

—1908년 최남선의 「해(海)에게서 소년(少年)에게」

　　이상에 열거한 ①, ②, ③은 개화기를 배경으로 한 시들이다. 여기서 주목할
것은 의거시와 무명시의 민요는 일제에 대한 반제 투쟁적 비판의식이 날카롭
게 나타나 있는데, 오히려 당시 유명한 문사文士에 의하여 쓰여진 신체시는

1908년이 마치 양양한 새 시대가 오는 듯한 분위기로써 일본에 의한 근대화, 즉 제국주의 문화에 대한 동화와 수용의 자세를 볼 수 있다.

1908년이나 1909년이면 1년 후쯤 국권을 잃게 되고, 1905년에 이미 외교권 박탈, 1907년에 군대 해산, 내각은 오적五賊들에 의해 넘어갔고, 이에 울분한 민중들의 의병운동이 전국적으로 번져갔던 때이다. 호남지방 일대에는 농민들도 대거 의병에 참가하고 있었음을 보게 된다.

한 예로서 전남 보성을 무대로 당시 담살이 의병장 안규홍安圭洪을 들 수 있다. 이러한 시대적 배경이나 역사적 사실을 고려할 때 참다운 민족시가 어떠해야 되었던가는 쉽게 이해가 된다. 민족의식에 입각한 참여적 저항적 작품과 새 시대에 동화된 수용적 문인들의 순응주의적 문화주의적 성격의 작품을 대조해 볼 수 있다.

1920년대3·1독립운동의 실패 이후 일제치하의 고난을 배경으로 등장한 소위 낭만주의 문학과 민족주의적 저항의지가 담긴 시를 비교해 보면 그러한 문제(저항과 수용 여하)가 극명하게 나타난다.

먼저 『그날이 오면』이란 시집을 통해서 심훈 선생의 시를 살펴보자.

조선은 술을 먹인다

조선은 마음 약한 사람에게 술을 먹인다.

입을 어기고 독한 술잔으로 들이 붓는다.

그네들의 마음은 새벽의 화장터와 같이 쓸쓸하고

그네들의 생활은 해수욕장의 가을처럼 공허하여

그 마음, 그 생활에서 순간이라도 떠나고자 술을 마신다.

아편 대신으로 죽음 대신으로 알코올을 삼킨다.

가는 곳마다 양조장이요, 골목마다 색주가色酒家다.

카페의 의자를 부수고 술잔을 깨뜨리는 사나이가

피를 아끼지 않는 조선의 테러리스트요.

파출소 문앞에 오줌을 깔기는 주정꾼이

이 땅의 가장 용감한 반역이란 말이냐.

그렇다면 전신주를 붙잡고 통곡하는 친구는

이 바닥의 비분을 독차지한 지사로구나.

아, 조선은, 마음 약한 젊은 사람에게 술을 먹인다.

뜻이 굳지 못한 청춘들의 골을 녹이려 한다.

생재목生材木에 알코올을 끼얹어 태워 버리려 한다.

—1929년 심훈의 「조선은 술을 먹인다」

위의 시는 당시 허울좋은 문화정책이라는 아편정책으로 젊은이들을 병들어가게 하던 시대에 대한 비판적 정서를 노래한 시다. 문화라는 아편(현대에는 흔히 4S라고 하는 문화적 요소)에 의하여 병들어 가던 젊은이들의 정신 상태와 당시의 시대상을 리얼하게 제시하고 있다. 한 편만 더 인용하여 당시의 시대상을 살펴보기로 하자.

굳은 비 줄줄이 내리는 황혼의 거리를

우리는 동지의 관을 메고 나간다.

만장도 명정도 세우지 못하고,

수의조차 못입힌 시체를 어깨에 얹고

엊그제 떠메어 나왔던 옥문을 지나
철벅 철벅 말없이 무악재를 넘는다.

비는 퍼붓듯 쏟아지고 날은 더욱 저물어
가등街燈은 귀화鬼火같이 깜박이는데
동지들은 옷을 벗어 관 위에 덮는다.
평생을 헐벗던 알몸이 추울상 싶어
얄따란 널조각에 비가 새들지나 않을까 하여
단거리 옷을 벗어 겹겹이 덮어준다.

[6행 생략(원문이 생략됐음)]

동지들은 여전히 입술을 깨물고
고개를 숙인채 저벅저벅 걸어간다.
친척도 애인도 따르는 이 없어도
저승길까지 지긋지긋 미행이 따라 붙어서
조가弔歌도 부르지 못하는 산송장들은
관을 메고 철벅철벅 무악재를 넘는다.

— 1929년 심훈의 「만가(輓歌)」

옥에서 고문으로 반죽음 당하여 나온 동지의 장례식에 붙여진 엘레지다. 이 시는 당시의 역사를 리얼하게 간직하고 있는 살아 있는 민족시의 본보기가 아니겠는가? 「그날이 오면」, 「박군의 얼굴」 등과 맥락을 같이하는 이 시는 단순한 감상을 적은 서정시가 아니라, 역사적 상황에서 열렬하고 성실하게 살다간한 시인의 증언이기도 하다. 이런 시를 읽으면서 언어의 묘미니 청정한 정서 따위의 이론으로 평할 수는 없다. 똑같은 시대를 배경으로 하였지만 '폐허파'니 '백조파'니 하는 낭만주의의 시는 공허한 감상과 영탄을 늘어 놓아 일제의 문화적 아편정책의 중독상을 나타내며, 총독부의 계획대로 풀죽은 젊은이들의 창백한 탄식을 보게 된다.

이상화李相和의 「나의 침실로」 같은 시가 그 한 예가 되겠다. 민족적 자각 속에서 비극적 상황을 저항의지로 뛰어넘으려 하지 않고, 불행한 시대를 수렴하여 문화라는 아편으로 위안을 구하기 위해 관능이 뒤섞인 퇴폐적 정서로 탐닉한다.

> 마돈나, 지금은 밤도 모꼬지에 다니노라. 피곤하야 돌아 가련도다.
>
> 아 너도 먼동이 트기 전으로 수밀도와 네 가슴에 이슬이 맺도록 달려오너라.
>
> 마돈나, 오려므나 네 집에서 눈으로 유전하던 진주는 놔 두고 몸만 오너라.
>
> 빨리가자, 우리는 밝음이 오면 어덴지 모르게 숨는 두별이어라
>
> 마돈나, 구석지고도 어두운 마음의 거리에서 나는 두려워 떨며 기다리노라
>
> 아 어느 덧 첫닭이 울고 못 개가 짓도다. 나의 아씨여 너도 듣느냐?
>
> ─ 이상화의 「나의 침실로」

인용구에 나타나듯 가상적인 애인 마돈나조국이나 민족의 심볼로 볼 수도 있음에 대한 어떤 염원을 영탄하고 있는데, 매우 관능적이며, 탐미적 정서로써 어느 면에선 퇴폐적 에로티시즘eroticism의 경향을 드러낸다.

동시대에 유행한 박종화의 「시死의 예찬禮讚」이나 노래로 불리워진 윤심덕의 「시死의 찬가讚歌」 같은 것도 동일한 맥락에서 이해된다. 감상주의나 허무주의는 패배의 합리화이며 예술이라는 이름으로 젊은이들의 골을 녹이는 아편 역할과 다를 바 없었다. 그러나 신경향학파로 전향하면서 쓴 그의 시 「빼앗긴 들

에도 봄은 오는가」는 '침실'에서 '들'로 바뀌었다는 데서 어느 정도 건강성을 찾고 있다.

> 지금은 남의 땅— 빼앗긴 들에도 봄은 오는가?
>
> 나는 은 몸에 햇살을 받고
> 가르마 같은 논길을 따라 꿈 속을 가듯 걸어만 간다.
> 입술을 다문 하늘아 들아
> 내 맘에는 내 혼자 온 것 같지를 않구나
> 네가 끌었느냐 누가 부르더냐 답답워라 말을 해다오.
>
> 바람은 내 귀에 속삭이며
> 한 자욱도 섰지 말라 옷자락을 흔들고
> 종달이는 울타리 너머 아씨같이 구름 뒤에서 반갑다 웃네.
>
> ── 이상화의 「빼앗긴 들에도 봄은 오는가」 전반부

밝고 건강한 정서는 틀림없지만 당시의 시대고나 농민의 고통이 리얼하게 나타나지 않고 산책하는 기분 쪽이 더 가깝다. 다산이나 연암 같으면 결코 이렇게 쓰지를 않았을 것이다. 색채만 좀 달라졌지 역시 감상주의 그대로다. 비록 시적으로 성공한 것 같지 않은 다음과 같은 시에는 당시의 시대고와 민중의 고통이 담겨져 있는 것 같다.

> 봄은 되었다 하면서도 아직도 겨울과 작별을 짓지 못한 채
> 낡은 민족의 잠들어 있는 저자 위에

새벽을 알리는 공장의 첫 고동 소리가

그래도 세차게 검푸른 하늘을 치받으며

2천만 백성의 귓전에 울려나기 시작할 때

목도 메다 치어 죽은 남편의 상식상을

미처 치우지도 못하고 그대로 달려나온

애닲은 아낙네의 가쁜 숨소리야말로……

악마의 굴 속 같은 작업물 안에서

무릎을 굽힌 채 고개 한번 돌리지 못하고

열 두 시간이란 그 동안을 보내는 것만도

오히려 진저리 나거든

징글징글한 감독놈의 음침한 눈짓이라니……

그래도 그놈의 뜻을 받들어야 하는 이 놈의 세상……

오, 조상이여 나의 남편이여!

왜 당신은 이놈의 세상을 그대로 두고 가셨습니까?

아내를 말리우고 자식 애태우는……

—유완희의 「여직공」(『개벽』, 1926)의 일부

　위의 시는 1920년대 한국의 노동현장에서 고통받는 여성근로자들의 실상을
짐작케 하는 리얼한 표현으로 소위 시다운 맛이 없을지 모른다.

　시는 시 이외에 아무것도 아니요, 시는 시로서 족해야 한다는 순수시론에 의
하면 이는 제재의 나열이지 시적 형상화가 부족할지 모른다. 그러나 역사에 대

한 고발과 저항과 증언이라는 점에서 그 어느 달콤한 낭만적 미사여구보다 더 시적일는지 모른다. 이 극단적인 대비가 암시하듯 좋은 시의 조건인 사상과 정서의 융합문제에 대해 생각할 수 있는 작품이 되겠다. 공허한 관념의 나열을 즐기던 문사주의적文士主義的 시인의 관능적 선하품보다는 이 칙칙한 산문 속에서 새로운 리얼리즘 시의 대두를 보게 된다.

이러한 대비나 비판은 1939년 『문장文章』지에 등장, 숨어서 쓴 시편들을 모아 1946년에 『청록집靑鹿集』을 낸 바 있는 박목월朴木月의 「나그네」에 대해서도 같은 얘기를 할 수 있다. "강나루 건너서 밀밭 길을 구름에 달 가듯이 가는 나그네." 일제 말의 비극적 상황을 고려하지 않을 때는 여늬 평자의 말마따나 '향토색이 깃든 산수의 서정'을 나타낸 시이며, 작자 자신의 말 "조국과 민족을 잃고 떠도는 나그네의 한"을 노래했다는 데는 재고의 여지가 있다. 마냥 낭만적인 이 시 전체 분위기가 결코 고난과 고통으로 점철된 일제 말기의 배경이 아니다. 인정이 넘치는 향토의 순후한 정감이 물씬 풍긴다. "술익는 마을마다 타는 저녁놀", 한 폭의 담채화를 연상시키는 우아하고 청초한 정서가 있다.

그러나 징용, 징병, 강제공출 등 온갖 수탈이 감행되었고, 술은커녕 초근목피로 연명하던 비극적 상황을 안다면 어떻게 이 시가 진실한 표현인가? 현실이나 민중의 삶을 떠나서 풍류 이상의 것이 아닌 이런 시를 '사상과 정서가 일체가 된 원숙한 시'라 한다면 민족문학적 고찰에는 큰 오류가 나타난다. 사상이란 작가의 관념에 있는 것이 아니라 현실과 삶 속에 뿌리를 둔 현실적 인식, 역사적 인식을 통한 민족적 자각이어야 한다면 하나의 가락7·5조이지 사상성이 있다고 하기까지는 문제가 있다.

비슷한 시대에 똑같은 소재로 쓴 다음의 시는 현실에 접근해 있다.

굶주리는 마을 위에 놀이 떴다.

화안히 곱기만 한 저녁놀이 떴다.

가신 듯이 집집이 연기도 안 오르고
어린 것들 늙은이들 먼저 풀어져 그대로 밤자리에 들고

끼니를 놓으니 할 일이 없어
쉰네도 나와 참 고운 노을을 본다.

원도 사또도 대감도 옛같이 없잖아 있어
거들어져 있어—

하늘의 선물처럼
소리 없는 백성 위에 저녁놀이 떴다.

— 유치환의 「저녁놀」

    똑같은 소재로 하나는 환상을, 하나는 현실을 그리고 있다. 시속 100km로 달리는 고속버스 차창에 기대어 바라보는 농촌이나 가을의 황금 들판은 아름답다. 그러나 그 뼈마디 쑤시는 현장은 관광객으로서 짐작도 못 할 농부의 고통과 피땀어린 노동과 한숨이 배어 있다는 사실을 알아야 한다. 하일랜드고원을 마차를 타고 여행하던 워즈 워드가 밀밭에서 일을 하며 노래하는 모습을 보고 "머나먼 헤브리디즈 섬들이 모여 있는 곳 / 그 바다의 적막을 깨치는 / 봄날 뻐꾹새 소리가 이보다 더 가슴 조이게 했을까?"라고 찬탄했지만 워즈 워드는 결코 그 여인의 땀내와 갈라진 발바닥과 거칠은 손길은 보지 못했던 것이다.
    같은 시대 자의식自意識을 노래했으되 이상李箱의 「오감도烏瞰圖」와 윤동주尹東柱

의 시편들 『하늘과 바람과 별과 시』는 다르다. 오감도는 자의식이되 자기 내부 속에 기식寄食하며 자기 자신을 뜯어 먹고 사는 자학적自虐的 병적病的 정서요, 윤동주의 시는 자의식의 벽壁을 뚫고 밖으로 나와 너민중과 조국의 현실로 이행해 가는 저항을 통한 공동체의식, 사회적 자아를 통한 사명의식을 참회부끄러움로 지닌다. 같은 지식인이지만 이상이 절망 속에서 어떤 병적 미학美學을 통해 일종의 절대시를 썼다면 윤동주는 끝까지 메시지를 포기하지 않은 자아 각성을 통한 저항의지를 노래했다.

"삼배통대도三杯通大道하고 일두합자연一斗合自然했다"고 술의 철학을 노래하면서 "취래와공신醉來臥空山하니, 천지즉금침天地卽今衾枕이라"고 노래한 이백李白과 "주문주육취朱門酒肉臭요, 노상동사골路上凍死骨"이라 노래한 두보杜甫의 대비도 시인의 양면을 생각케 하는 좋은 예가 될 것이다.

1970년대 이후 한국 시단은 새로운 시의 창조를 요구하는 시대적 분위기 속에서 춘추시대와 같은 백가쟁명百家爭鳴의 이론들이 분분하다. 그러나 재래적 낡은 서정주의에 얽매인 시편들, 여대생들이 좋아하는 시앙케이트로 매스컴에서 발표 레미드 구르몽의 「낙엽」, 라이너 마리아 릴케의 「가을날」, 서정주의 「국화 옆에서」 등이 감미로운 음악과 함께 흘러나올 땐 좀 쑥스러운 생각이 드는 것은 나만의 감정일까 생각해 본다. 역사에 대한 참여가 시의 본질이거나 최선이 아닐지는 모른다. 그러나 자기존재 방식으로서의 무의미의 시나 절대시, 단순한 정서적 감흥과 쾌락을 주는 것이 시라는 순수시, 민중과 공유하면서 공동체 의식을 표현한다는 민중시, 그 어느 것이든 그것이 존재하는 데는 역사적 당위성이 있어야 한다.

역사의식을 바탕으로 한 인간 생명의 옹호자로서 가열찬 시대의 증언자, 아니 예언자로서의 사명을 자각할 때 작아진 실존을 안고 오솔길이나 걸으며 국화 옆에 앉아서 누님의 고운 눈매나 그리는 안일한 추억을 반추하는 것만이 과

연 참다운 시일까 하는 의문에 부딪치게 될 것이다.

새로운 시대는 새로운 시를 요구한다. 새로운 시는 새로운 삶을 창조하려는 변혁을 위한 의지와 끝없는 진보에 대한 신념이요, 투쟁임을 확신한다.

1983년 한신대 강연, 학보 게재

민족문학으로서의 항일시

YMCA 시민학당 강의안

1. 일본日本에 대하여

우리 먼저 일본日本에 대하여 알아볼 필요가 있다. 약 3천 년 정도의 역사를 가진 야마토大和 민족으로 구성되었고 소수의 아이누족族 혈통血統을 가지고 있는 일종의 단일민족 집단이다.

정치형태는 해양민족이면서도 폐쇄성을 띤 봉건적 국가로 출발했고 일종의 무사도 국가로 출발한다.

15세기 후반에 와서야 명색이 나라라고 말할 수 있는 봉건제가 확립되었고 그 이전엔 위지동이전에 한국의 부속 도서로 생각할 정도의 미미한 존재였다.

무사도 정권으로 난립된 전국시대를 거쳐 도요토미 히데요시豊臣秀吉에 의하여 통일을 보았고 그 정권이 도쿠가와德川에게 넘어가 다이묘영국제大名領國制를 기반으로 하는 에도江戸 막부 260년의 봉건정치로서 극단의 쇄국의 길을 걷게 된다. 페리Perry의 내항 및 서구인들과의 교류가 시작되면서 소위 메이지유신明治維新이라는 근대화운동을 통해 천황제를 앞세우고 부국강병 정책을 폈다. 경제노선은 자본주의 체제를 지향하면서 정치는 군국주의적 성격을 띠게 되고 일약 제국주의적 성격을 드러내어 대륙과 한반도 침략을 감행했다. 나아가 아세아 대공영권을 꿈꾸면서 제2차 세계대전 중 태평양전쟁太平洋戰爭을 일으켜 온갖 죄악을 범하다가 1945년 연합군 앞에 무조건 항복했다.

해방 후엔 주로 미국산하에서 민주화 과정에 있으며 오늘날은 실질적 경제대국으로 성장하여 다시 막강한 영향을 주는 명실공히 4대 강국이고, 우리와는 1960년대 이후 다시 국교를 정상화한 우방국가로 등장하였다.

그러나, 최근 침략사 왜곡시비로 우리와는 그동안 위장된 선린관계의 복잡한 마각이 드러나고 있으며, 지피지기知彼知己는 백전백승百戰百勝이라는 교훈에 따라 일본에 대한 재인식연구 등이 필요하다고 본다.

차제에 일본日本과는 좋은 '이웃 사촌四寸'이 아닌 나쁜 '이웃 원수'로 지내온 과거 역사 속의 한일관계韓日關係 속에 점철된 역사와 거기서 형성된 근대문학 속에 나타난 민족문학으로서의 항일시抗日時를 고찰함으로써 우리 문학의 중요한 일부가 되어 있는 항일문학적抗日文學的 성격性格을 규명해 보고자 한다.

2. 일본日本과 한국과의 관계

전장에서도 언급했듯이 그들은 좋은 이웃 사촌四寸이 아니라 나쁜 이웃 원수로 지내온 역사적 관계를 가지고 있고 혹자는 일본을 '가장 가깝고 먼 나라'라고 하여 선린 아닌 미묘한 관계의 한일 역사적 갈등을 암시한다.

최근 사학계에 등장한 김성호 선생은 『비류백제와 일본의 국가기원』이라는 색다른 책을 발간하여 『삼국사기三國史記』나 일본 『고서기古書記』 등의 한일 상고사 왜곡부분의 시정을 위한 여러 가지 고증을 통해 얻은 새로운 학설을 피력하고 있는데, 그중 백제百濟 특히 비류계沸流系, 백제百濟 후손이 일본에 망명亡命정부 형태의 식민지를 건설하여 사실상 天皇國 건설의 시조가 되었다는 설을 내세워 주목을 끌고 있으니, 그들의 이유없는 우월감을 꺾어줄 좋은 자료가 아닐지 모르겠다. 아무튼 우리의 속국 정도밖에 안 되었던 그들이 어느 기간 지난 후에 대북진출의 꿈을 갖게 되고 명나라를 친다는 이유로 우리에게 길을 내달라는 오만한 도요토미 히데요시의 침략행위로 나타난 '임진란'은 그 이전의 단순한 노략질과는 상당히 다른 의미를 갖는다. 이것이 정치적 군사적으로 일본과 우리나라가 정면 대결이 시작된 하나의 원수 단계의 출발이었다.

어거지 근대화 이후 소위 메이지유신을 단행한 그들은 농민의 희생 위에 만든 근대공업화로 나타난 내부모순 해소책으로 국내의 불만을 외부로 끌고 나와 해결하고자 하여 '정한론征韓論'이 대두하게 되었다. 불평과 불만이 누적된 소외계층─농민이나 노동자, 룸펜 프롤레타리아트 낭인들을 한반도로 진출시켜 내부모순을 식민지 정책으로 해소하려 했다. 즉 자국에서 소외된 사람을 한반도로 진출시켜 어떤 개척의 여지를 줌으로써 자국민의 이익을 위해 타국민을 해치는 소위 침략적 군국적 제국주의 국가로 이 땅에 침략의 마수를 뻗치기 시작했다. 물론 그 이면에는 서구의 제국주의 열강과 미국과의 묵계나 공동보조 등이 나타나 있고 제1차 세계대전, 제2차 세계대전을 통해 등장한 제국주의적 죄악과 함수 관계가 있다.

1876년의 강화도조약 이후, 3항의 개항으로부터 100여 년의 역사를 가진 우리와의 선린 아닌 침략과 착취의 역사는 여러 단계를 거치면서 글자 그대로 교과서적인 침략을 감행한다.

소위 아메다마의 상륙으로 표현되는 일본 상선의 한반도 등장은 두 말할 나위 없이 하나의 경제침략이었다.

1905년 통감부가 설치되었을 때 이토 히로부미는 기생 화대만도 몇천 원씩을 뿌렸고 하룻밤 유흥비가 2만 원씩이었다고 한다. 당시 고급관리의 월급이 십원 정도였음을 감안하면 그 무례한들이 한반도에 등장 천황 행세를 했음을 알 수 있고 정확한 기록은 모르나 통감부가 구한국 보호를 위해 승인한 1천만 원 차관은 우리 정부가 차용증서 서명만 했고 사용처는 모두 통감부의 시설, 유흥비, 운영비로 썼으며 한반도 침략 기밀비로 제공되었음이 총독부의 이면사, 죄악사 등에 기록되어 있다.

또 침략 초기에 일본의 낭인娘人, 깡패무리 등을 한반도에 등장시켜 시작한 사업이 여러 가지였지만 그중에서도 가장 주목할 만한 것은 유흥업이었는데, 약방, 기생, 관기 등 극소수였던 우리나라에 그 몇십 배나 되는 기생을 양성하는 기생학교를 설립했고 요정 등을 세워 흥청망청한 분위기로 만들어 일석이조一石二鳥, 즉 돈 벌고 우리 민족 타락시켜 미풍양속 저해하고 퇴폐풍조나 향락풍조를 조성하는 글자 그대로 식민지 정책의 기틀을 세우고 있었다. 이러한 개화기 전야의 한반도는 그야말로 일본의 문화침략 경제침략의 마수에 걸려 그것을 신문명이니 신문화니 하여 자체의 자각이나 각성도 없이 남의 장단에 춤을 추는 꼭두각시의 나라로 전락하고 있었다.

더구나 유신회維新會니 일진회一進會니 하는 친일적親日的 매판자본 단체를 앞잡이로 내세워 허약한 구왕국을 완전히 자기 수중에 넣고 맘대로 주물럭거리며 요리하였으니 가히 그 당시의 우리 형편을 짐작할 만하다. 일진회一進會의 거두 송병준 같은 매국노는 일본기생을 애첩으로 두고 온갖 영화를 누리며 우리나라를 일본으로 넘기는 데 온갖 죄악을 다 저지르고 있었으니 오적을 필두로 이 땅의 상하좌우上下左右가 어떤 꼬락서니였던가 짐작하고 남음이 있다.

본래 제국주의란 강대국의 민족주의, 국가주의를 의미하는 것으로 대영제국이니 독일제국이니 대일본제국이니 하는 따위의 용어에서 보듯이, 영국은 이 지상에 가장 위대한 민족이 앵글로 섹슨족이라는 자부심에서 전 세계를 해적으로서의 실력 발휘로 지배하려 했고 독일은 게르만족의 우월성으로 전 세계를 제패하려 함과 같이 일본도 근거없는 대화혼大和魂의 우월감으로 아세아 대공영권 건설을 꾀하면서 자칭 아세아의 맹주로 등장, 설치기 시작하였다. 이에 소위 후진 지역인 동남아시아, 한국, 만주, 아프리카, 남미, 중미 등이 희생물로 등장, 오늘날 제3세계로 칭하는 개발도상국가들이 전부 그러한 식민지적 희생물의 산물이었다.

일본日本의 경우, 농업국가이지만 식량의 자급자족이 어려웠으므로 한반도를 식량 보급지로 원자재 착취 지역으로 삼으면서 우리를 만주 북간도 등지로 이주시키고, 이 땅을 자기네들이 점령하였으며 소위 근대화開化 이후 공업화를 내세워 우리의 노동력을 무제한 착취하기 시작했다. 이러한 한쪽의 이익을 위해 한쪽이 희생당하는 역사를 제국주의적 침략이라 하고, 그러한 식민지적 종속 관계에서 벗어나려는 민족운동을 광복운동, 항일투쟁이라 하며 그러한 과정에서 형성된 문학을 민족문학, 항일문학이라 부른다. 본 강좌에서는 이러한 역사적 관계에서 개항 100년을 배경으로 싹튼 우리 문학의 민족문학적 성격, 즉 항일문학적 성격을 규명하여 우리 민족문학이 가지고 있는 특수성의 일단을 살펴보고자 한다.

3. 개화초기開化初期의 민족문학적民族文學的 성격

   이상의 고찰에서 자명해진 일본의 한반도 침략이 거의 확실하게 식민지화의 전초전임이 확실해졌을 때, 허약한 구왕국은 민족적 애국진영과 합심하지 않고 오히려 침략을 노리는 외세와 결탁함으로써 우리나라는 민족의식이 강한 애국집단이 역적으로 몰려 매국노에게 짓밟히는 비극이 일어났다. 그것이 소위 민중적 민족적 대자각운동인 동학운동 내지는 동학혁명이었다. 척양척왜斥洋斥倭와 제폭구민除暴救民의 구호를 내걸고 밖으로는 제국주의 침략을 막으며 안으로는 학정을 폐하고 도탄에 빠진 백성을 구한다는 이 민족운동이 구왕국과 외세에 의하여 멸망했다. 관군과 공동 작전을 편 현대화된 일본 군대에 의해 곰나루 우금치에서 죽은 제2동학군 수만 명합은 25만 명 정도 추산은 금강을 피로 물들였고 그 핏물은 보름을 흘렀다고 한다. 이것은 통한의 역사요, 민족적 재기의 마지막 몸부림이었고 이 땅이 외세外勢의 독무대로 변해가는 과정이었다. 순창 피로리에 숨어 있던 전봉준 장군이 보부상에 의해 밀고되고 일본군에 의해 체포 이송되어 일본인 위촉 재판부에 의해 참살형을 당함으로써 우리의 민족운동은 일단 좌절과 통한의 역사로 중단된다. 그 당시 등장한 〈파랑새〉는 그러한 민중의 한恨을 대변하는 민요이며, 처형당한 녹두장군의 유시도 민족적 엘레지의 하나다.

> 새야 새야 파랑새야
> 녹두밭에 앉지마라
> 녹두꽃이 떨어지면
> 청포장수 울고 간다.

새야 새야 파랑새야

너 어이 나왔느냐

솔잎 댓잎 푸릇푸릇키로

봄철인가 나왔더니

백설이 펄펄 휘날린다

저 건너 저 청송녹죽 날 속였네.

새야 새야 파랑새야

만수 무연 풍년새야

너 뭣하러 나왔느냐

하철인가 나왔더니

온갖 풀잎 날 속인다

연잎 댓잎 푸릇푸릇키로

삼사월인 줄 알아 나왔더니

백설은 펄펄 휘날리고

동지 섣달 분명하다.

혁명의 실패를 탄식하고 있으며 녹두꽃은 녹두장군, 즉 전봉준 장군에서 연유된 민족적 엘레지이다. 이 민요는 특히 전라도 지방에 퍼져 있는 것으로 보아 동학의 근거지와 관련이 있음은 너무도 자명하다. 또 전봉준 녹두장군이 처형당하기 직전에 지었다는 운명殞命이라는 유시를 보자.

時來天地皆同力　　　때를 만나서는 천하도 다 내 뜻과 같았지만

運去英雄不自謀　　　시운 다하니 영웅도 스스로 어쩔 수 없구나

愛民正義我無失　　　　백성을 사랑하고 정의를 위한 길이 무슨 허물이랴

愛國丹心誰有知　　　　나라 위한 일편단심 그 누가 있어 알아줄 것인가?

　이 땅의 방방곡곡坊坊曲曲에 자기의 살점과 피를 뿌려 달라는 말을 유언으로 남긴 그의 피맺힌 심정을 여실히 읽을 수 있는 민족문학의 한 전형이요, 항일시의 출발이다.

　이러한 역사적 배경하에서 일본은 청일전쟁과 노일전쟁을 거쳐 속속 승리하였으며 한반도에 대한 주도권을 쥐게 되어 사실상 이 땅은 일본 천하로 변해가고 있었다. 물론 국내는 명맥을 유지하려는 구 왕가와 그를 둘러싼 위정척사파, 일본세력에 빌붙은 개화를 빙자한 친일 세력, 이와는 달리 민족과 국가를 지키려 한 민중적 자각에 의한 민족세력, 즉 의병이나 비판적 민족세력 등이 있었다. 항일적 민족문학도 척사위정파와 의병을 중심中心으로 한 민중적 항일파 간에 약간의 차이를 갖고 나타났다.

　척사위정파斥邪衛正派의 대표적 인물人物은 역시 면암 최익현 선생을 들 수 있다. 이조 말기 학자요, 의병장인 최익현 선생은 유학자로서는 가장 강렬하게 일본의 한반도 진출을 꺼린 분이었는데, 1875년 대일 통상 반대 도끼 상소, 五敵 규탄 상소, 1894년 단발령 반대 상소, 1905년 순창에서 의병 거사 등 단순한 문인이기보다는 지사적 풍모가 강한 분으로 대마도에 유배되어 의병장 9의사이식, 유준근, 안항식. 남규진, 신보균, 이상두, 최상집, 문석환 등에게준 유형시, 우국시는 그 표본이 된다. 차두가단此頭可斷이나 차발불가단此髮不可斷이라 말한 그의 극언을 통해서도 그의 풍모를 살필 수 있고, 상소처에서 도끼를 들고 "내 말이 가可하면 이 도끼로 오적五敵놈의 머리를 치시고, 내 말이 불가不可하면 이 도끼로 제 목을 치소서"라고 을사조약을 항변한 그의 정의감正義感은 단순한 선비적 위정척사만은 아니었을 것이다. 우국시의 한 대목을 인용하여 보자.

불행한 나라 운수에 온 누리 곤궁함에
실날같은 선비의 기운 다 같이 일어섰다
때 만났다고 나온 서양놈들이
손아귀에 잡아 놓고 조종을 한다.

보잘것없는 서생이 정의에 독실하자니
고가의 기풍이 아직도 남아 있다.
나라 위해 일하는 건 장하다 하리요만
문에 기대어 기다리는 어머니는 어이하리.
또, 백발을 휘날리며
백발을 휘날리며 밭이랑에서 뛰쳐나온 것은
초야의 충성심 바치려 함이로다
왜적을 치는 것은 사람마다 해야할 일
고금이 다를소냐 물어 무엇하리요?

선비의 기질이 엿보이지만 의병을 일으키며 쓴 이 우국시는 한 의병 지사의
유고시로서 폐부를 찌르고 있다.
그 이외에도 매천梅泉 황현은 절명시 4수를 남기고 한일합방에 항의 자결하며
매천야록을 고히 묻어 간직하여 후세에 전하라 유언한다.

새 짐승 슬퍼 울고 산하도 찡그린다
무궁화 이 강산이 속절없이 망했구나
등불 아래 책을 덮고 지난 역사 되새겨보니
글 아는 선비 구실 참으로 어렵구려.

또, 장춘단유감에서

萬死非難一死難	만 번 죽기는 어렵지 않지만 한 번 죽기가 더 어렵다네
人臣大節亂時看	신하된 자 절개는 난시에 보면 잘 알리라
吾輩偸生生亦恨	죽어야 할 때 못 죽는 인생 살아도 또한 한이로다.
秋風慟哭裝忠壇	추풍에 장충단에 가 목 놓아 우노라.

이 애끓는 단장斷腸의 비가들은 모두 민족문학의 본류인 항일시의 범주에 드는 것이라 할 수 있다. 이와는 약간 달리 1905~1910년을 전후하여 주로 무명씨無名氏들인 서민庶民계층의 민요에선 약간 색다른 저항의지와 항일적 서정시를 볼 수 있다. 몇 편만 예시하여 민족문학의 바탕으로서의 위치를 더듬어보고자 한다.

1) 일본놈 일어서니

소련에 속지 말고
미국 사람 믿지 마라
일본놈 일어서니
조선 사람 조심해라.

풍자적 표현 속에 서민들의 정치 감각이 번득이고 있다.

2) 아무렴 그렇지 그렇고 말고

발 아파 못 신던 미투리 신

고무신 바람에 도망을 간다
아무렴 그렇지 그렇고 말고
짚신 장수 김첨지 밥굶는다.

삼대째 내려오던 놋그릇 대롱
양권련 바람에 도망을 간다
아무렴 그렇지 그렇고 말고
양권련 연기에 집떠나간다.

3) 마보귀설

개혁이라 하는 것은
무슨 뜻의 이름이냐
내 수중에 있는 권리
남의 장중 넣어 주고
내 국민의 소유권을
남의 인문䐡門 넣어 주면
이게 어찌 개혁이냐?
소소 백일 강림하에
괴기지설 너무 마라.

4) 신 아리랑

문전의 옥토는 어찌 되고

쪽박의 신세가 웬 말인가?
아리랑 아리랑 아라리요
아리랑 띄어라 노다가세.

밭은 헐어서 신작로 되고
집은 헐어서 정거장 되네
아리랑 아리랑 아라리요
아리랑 띄어라 노다가세

말깨나 하는 놈 재판소 가고
일깨나 하는 놈 공동산 간다
아리랑 아리랑 아라리요
아리랑 띄어라 노다가세.

아깨나 낳을 년 갈보질 가고
목도깨나 매는 놈 부역을 간다.

　　소박한 민요 속에 담긴 매판자본의 경제침략과 민족자본 붕괴, 식민지적 현실에 대한 야유와 저항이 잘 나타나 있다.

5) 괴뢰세계(일본 앞잡이들을 풍자한 시)

풍광처처 한반도가 연극장이 되었구나
무도하는 사람들의 아악 흉내 내는 소리

외면으로 볼작시면 한인인듯 하지마는
개개 괴뢰뿐이로다.

괴뢰장에 들어가서 일일장관 하여 볼까?
제1장에 들어서니 괴뢰대신 회의한다
프록코트 긴 모자에 허허하는 한 소리에
각령부령 떨어지면 팔도 인민 죽어나고
조약 협약 하고보면 삼천리가 떠나간다.
그 괴뢰가 장관일세.

제2장에 들어서 괴뢰기자 앉았구나
한인 신문인 체하나 등 뒤에서 재리들이
오리고리 놀리는데 붓을 들고 기록하면
원수들은 구가하며 제나라는 잠적한다
그 괴뢰가 장관일세.

제3장에 들어서니 괴뢰 세객 지쩔인다
호구사설 떡 벌리고 유세연설 하노라면
조조 추추 하는 모양 박첨지와 비슷한데
주장하는 그 취지는 민족정기 말살한다.
그 괴뢰가 장관일세.

관리, 대신, 기자, 개화 운동자 등이 모두 근대화를 구실로 일본 놈의 앞잡이가 되어 있음을 신랄하게 풍자한다. 이들은 몸뚱이나 생김새나 이름은 한국 사람이지만 사실은 일본 놈이거나 그들의 이익을 위해 종사하고 거기서 모이를 얻어먹는 가련한 매국노적 견족犬族이었음을 이 노래는 풍자하고 있다.

6) 행동하는 지사志士들의 의거시

이러한 계통의 시는 위정척사파衛正斥邪派에서 볼 수 있는 바와 같이 깨어 있는 민족혼의 상징으로서 전문적인 시인이 아니라 애국 운동가나 혁명가로서 그 포부를 노래한 것이며, 노래에 그치는 것이 아니라 바로 그 뜻을 행동에 옮긴 것이 특징이다.

의거시義擧詩

안중근 의사

만났도다 만났도다 원수 너를 만났도다
너를 한 번 만나려고 수륙으로 기만리를
천신만고 거듭하여 가시성을 더듬었다
혹은 윤선, 혹은 화차 노국 청국 방황하고
너를 오늘 만나보니 너뿐인 줄 아지 마라
오늘부터 시작하여 한 놈 두 놈 보난대로
남의 나라 빼앗은 놈 내 손으로 죽이리라.

이 시는 분명 항일시의 귀감이며 우리 민족문학의 원형을 찾음에 망설일 필요없는 우리들의 절규라고 여긴다.

이러한 민족문학의 싹은 1920년대에 오면서 약간 변모하게 되고 문화정책文

化政策이니 총독부 사전 원고검열이니 하는 기술적인 조종으로 문학인文學人들의 수용주의적 자세로 인하여 변질하게 된다. 아래에서 그 양상을 고찰하여 몇 가지 유형의 항일적인 민족시의 실태를 파악해 보자.

4. 본격문학本格文學 형성후形成後의 항일시抗日詩

1) 허무주의 시편들

문화정책文化政策에 의하여 조종된 허무 퇴폐 낭만의식이 불건전하고 병적病的으로 나타난 시……. 이는 백호파白湖派나 폐허파 계통의 시편詩篇들로서 상징적이며 은유적이며 절망과 좌절 의식이 허무주의적 색채로 드러난다.

① 사死의 찬가 (윤심덕)

② 사死의 예찬 (박종화)

③ 흑방비곡 (박종화)

④ 나의 침실로 (이상화)

⑤ 이중의 사망死亡 (이상화)

⑥ 유령의 나라 (박영희)

⑦ 월광으로 짠 병실病室 (박영희)

⑧ 나는 왕이로소이다 (홍사용)

⑨ 봄은 가더이다 (홍사용)

⑩ 허무혼의 선언 (오상순)

⑪ 벽모의 묘 (황석우)

⑫ 석양은 꺼진다 (황석우)

⑬ 봄은 고양이로소이다 (이장희)

　이상에 열거한 시들은 망국亡國의 한恨이나 울분이 퇴폐적 감상적 정서로 표현되었으며 민족적 저항의지가 첨예하게 나타나지 않아서 항일문학적 입장에선 비판의 여지를 남긴다. 불만이나 우리의 불운을 극복하기보다 자탄, 영탄함으로써 우리 민족의지를 병들게 할 우려가 있다. 신채호 선생이나 많은 문학가文學家들이 이 시기의 문학文學에 대하여는 부정적 견해를 보이기도 한 이유가 바로 그 점에 있다.

2) 극복의지가 강하게 나타난 저항시편들

　몇 개의 경향파적인 시나 이상화의 「빼앗긴 들에도 봄은 오는가」, 한용운의 「님의 침묵」, 심훈의 「그날이 오면」 등의 우수한 민족 항일시를 잊을 수 없다.

　　① 빼앗긴 들에도 봄은 오는가? (이상화)

　　② 님의 침묵 (한용운)

　　③ 당신을 보았습니다 (한용운)

　　④ 그날이 오면 (심훈)

　　⑤ 박군의 얼굴 (심훈)

　　⑥ 조선은 술을 먹인다 (심훈)

　　⑦ 통곡 속에서 (심훈)

　　⑧ 만가 (심훈)

　위에 인용한 시 중 훌륭한 작품이면서도 널리 알려지지 않은 심훈 선생의 「그날이 오면」에 수록된 몇 편의 시를 살펴보기로 한다.

그날이 오면

그날이 오면 그날이 오면

삼각산이 일어나 더덩실 춤이라도 추고

한강물이 뒤집혀 용솟음칠 그날이

이 목숨이 끊기기 전 와주기만 할량이면

나는 밤하늘에 날으는 까마귀와 같이

종로의 인경을 머리로 들이받아 울리오리다

두개골은 깨어져 산산조각이 나도

기뻐서 죽사오매 오히려 무슨 한이 남으오리까?

그날이 와서 오오 그날이 와서

육조 앞 넓은 길을 울며 뛰며 뒹굴어도

그래도 넘치는 기쁨에 가슴이 미어질 듯 하거든

드는 칼로 이놈의 가죽이라도 벗겨서

커다란 북을 만들어 둘러메고는

여러분의 행렬에 앞장을 서오리다

우렁찬 그 소리를 한 번이라도 듣기만 하면

그 자리에서 꺼꾸러져도 눈을 감겠소이다.

(1930)

그날이 오면은 물론 '광복光復이 되면'의 뜻이다. 얼마나 간절히 기다리고 염원하였으면 두개골로 인경을 치고 살가죽을 벗겨 북을 만들어 치겠다 했겠는가? 그 심정은 우리가 설명할 필요가 없을 것이다.

만기輓歌

굿은 비 줄줄이 내리는 황혼의 거리를
우리들은 동지의 관을 매고 나간다
만장도 명정도 세우지 못하고
수의조차 못입힌 시체를 어깨에 얹고
엊그제 떼매어 나오던 옥문을 지나
철벅철벅 말없이 무학재를 넘는다.

비는 퍼붓듯 쏟아지고 날은 더욱 저물어
가로등은 귀화鬼火같이 껌벅이는데
동지들은 옷을 벗어 관 위에 얹는다
평생을 헐벗던 알몸이 추울성 싶어
길따란 널 조각에 비가 새들지나 않을까 하여
단거리 옷을 벗어 줄줄이 덮어 준다

동지들은 여전히 입술을 깨물고
고개를 숙인 채 저벅저벅 걸어간다
친척도 애인도 따르는 이 없어도
저승길까지 지긋지긋 미행이 붙어
조가도 부르지 못하는 산송장들은
관을 메고 철벅철벅 무학재를 넘는다.

(1927)

이 시와 똑같은 이유에서 쓴 듯한 「박군朴君의 얼굴」을 예로 보자. 옥중에서 송장이 다 되어 나온 박朴이라는 동지의 죽음을 소재로 하여 쓴 절규이다.

박군朴君의 얼굴

이게 자네의 얼굴인가?
여보게 박군朴君, 이게 정말 자네의 얼굴인가?

알코올에 담거 놓은 죽은 사람의 얼굴처럼
마르다 못해 해면같이 부풀어 오른 두 뺨
두개골이 드러나도록 바싹 말라버린 머리털
아아 이것이 과연 자네의 얼굴인가?

쇠사슬에 네 몸이 얽히기 전까지도
사나이다운 검붉은 살갗에
양미간에는 가까이 못할 위엄이 떠돌았고

침묵에 잠긴 입은 한 번 벌리면
사람을 끌어당기는 매력이 있었더니라
4년 동안이나 같은 책상에서
밴또 반찬을 다투던 한 사람의 박朴은
교수대 곁에서 목숨을 생生으로 말리고 있고
C사社에 마주 앉아 붓을 잡을 때
황소처럼 튼튼하던 한 사람의 박朴은

모진 매에 창자가 꿰어져 까마귀밥이 되었거니.

이제 또 한 사람의 박朴은
음산한 비바람이 스며드는 상해上海의 깊은 밤
어느 지하실에서 함께 주먹을 부르쥐던 이 박군朴君은
눈을 뜬 채 등골을 뽑히고 나서
산송장이 되어 옥문을 나섰고나!

박朴아 박군朴君아 ××야
사랑하는 네 어머니가 너의 잔해를 안았다.
아직도 목숨이 붙어 있는 동지들이
네 손을 잡는다.
이빨을 악물고 하늘을 저주하듯
모로 흘긴 저 눈동자
오! 나는 너의 표정을 읽을 수 있다.

오냐 박군朴君아
눈은 눈을 빼어서 갚고
이는 이를 뽑아서 갚아 주마
너와 같이 모든 한을 잊을 때까지
우리들의 심장의 고동이 멎을 때까지.

(1927)

3) 저항의지가 지적인 자의식自意識에 의하여 고뇌로 나타난 시편들 · 윤동주尹東柱
   의 시편들(「序詩」, 「自畵像」, 「참회록」, 「十字架」, 「또 다른 故鄕」 등 다수)

그러나, 이 시편들은 지나친 지적 자의식으로 행동성보다는 늘 고뇌를 반추
하게 된다. 윤동주 시인이 만약 옥사하지 않았다면 이런 시는 오늘날처럼 빛을
얻지 못했을지 모른다.

이런 시의 매력은 의식은 투철하지만 행동으로 옮기지 못할 때 오는 고민을
통해 인간적인 면모를 느끼게 되고 윤동주는 역시 투사가 아니고 매우 여성적
인 시인임을 깨닫게 된다.

이와 비슷하면서도 장엄하고 남성적이고 미래 예언적인 이육사의 시를 우리
는 기억한다. 광야, 청포도, 절정, 꽃 등 화사하고 아름다운 느낌이지만 언어
속에 번득이는 민족 저항의지가 칼날같이 숨어 있음을 느낀다. 윤동주가 보다
더 자의식적이라면 이육사는 보다 지조높은 선비의 기질이 있어 서로 비슷한
느낌을 주면서도 약간 다르다고 할 수 있다. 「서시」윤동주와 「절정」이육사을 비교
하여 읊어보면 그 차이를 조금 알게 될 것이다.

서시序詩

죽는 날까지 하늘을 우러러
한 점 부끄럼이 없기를
잎새에 이는 바람에도
나는 괴로워했다.
별을 노래하는 마음으로
모든 죽어가는 것들을 사랑해야지
그리고 나한테 주어진 길을

걸어가야겠다.

오늘 밤에도 별이 바람에 스치운다.

절정絶頂

매운 계절의 채찍에 갈겨

마침내 북방으로 휩쓸려 오다

하늘도 그만 지쳐 끝난 고원

서릿발 칼날진 그 위에 서다

어디다 무릎을 꿇어야 하나

한발 재겨 디딜 곳조차 없다.

이러매 눈감아 생각해 볼 밖에

겨울은 강철로 된 무지갠가 보다.

　초기 시들에 비하여 점점 시들이 직서적 전투적 표현이 없어진 것은 시적으로 아름다워진 탓일까? 아니면 우리의 문학가文學家들이 어떤 한계에 부딪힌 탓일까? 또 아니면 검열을 거쳐 잡지에 싣기 때문이었을까? 아무튼 옥사한 이 두 시인의 경우도 심훈 선생의 시에 비하면 훨씬 걸러져 있어 시적으로 성공하면서 우리가 겪은 당시의 비극의 농도는 덜 짙다.

4) 민족의식이 간접적으로 나타난 시편들(생명파나 청록파나 전원파)

이들은 민족 저항의지를 전통과 생명의식, 자연이나 전원의 순수성으로 대치하여 간접적으로 표현한다.

① 파초 (김동명)

② 슬픈 목가 (신석정)

③ 망향 (김상용)

④ 청록파의 시들

⑤ 시문학파의 시들

이중 시문학파의 경우를 예로 들어 보자. 시는 언어의 예술이며 정치와 무관한 것이고 단순히 정서적 산물이어야 한다고 주장하여 일견 옳은 듯하면서 모순된 논리를 편 박용철 김영랑 등은 KAPF의 시를 반대는 했지만 그들도 민족의식은 어쩔 수 없어 애국시를 썼는데, 그 시「떠나가는 배」나「독毒을 차고」,「옥중 춘향이의 노래」 등은 그 어느 순수시보다 훨씬 감동적이다.

다음에 인용한 시를 읽고 각자 판단해 보기 바란다.

① 김영랑의 경우

돌담에 속삭이는 햇발

돌담에 속삭이는 햇발같이

풀 아래 웃음짓는 샘물같이

내 마음 고요히 고운 봄길 위에

오늘 하루 하늘을 우러르고 싶다.

새악시 볼에 떠오르는 부끄럼같이
시의 가슴 살포시 젖는 물결같이
보드레한 에메랄드 얇게 흐르는
실비단 하늘을 바라보고 싶다.

독毒을 차고

내 가슴에 독을 찬 지 오래로다
아직 아무도 해한 일 없는 새로 뽑은 독毒
벗은 그 무서운 독을 그만 흩어버리라 한다.
나는 그 독이 선뜻 벗도 해할지 모른다 위협하고

독 안 차고 살아도 머지않아 너 나 마주 가버리면
억만 세대가 그 뒤로 잠자코 흘러가고
나중에 땅덩이 모지라져 모래알이 될 것임을
'허무한듸!' 독을 차서 무엇하느냐고?

아! 내 세상에 태어났음을 원망 않고 보낸
어느 하루가 있었던가 '허무한듸!' 허나
앞뒤로 덤비는 이리 승냥이 바야흐로 내 마음을 노리매
내 산 채 짐승의 밥이 되어 찢기우고 할키우라 내맡긴 신세임을

나는 독을 차고 선선히 가리라

막음 날 내 외로운 혼 지키기 위하여.

여기 나타난 독毒의 뜻은 구태여 설명할 필요가 없으리라.

춘향

큰 칼 쓰고 옥에 든 춘향이는

제 마음이 그리도 독했든가 놀래었다

성문이 부서져도 이 악물고

사또를 노려보던 교만한 눈

그 옛날 성학사 박팽년이

불 지짐에도 태연하였음을 알았었니라.

오! 일편단심.

원통코 독한 마음 잠과 꿈을 이뤘으랴

옥방 첫날 밤은 길고도 무서워라

서름이 사무치고 지쳐 쓰러지면

남강의 외론 혼은 불리어 나왔느니

논개! 어린 춘향을 꼭 안아

밤새워 마음과 살을 어루만지다

오! 일편단심.

사랑이 무엇이기

정절이 무엇이기

그 때문에 꽃의 춘향 그만 옥사한단 말가

지네 구렁이 같은 변학도의

흉칙한 얼굴에 까무러쳐도

어린 가슴 달큼히 지켜주는 도련님 생각

오! 일편단심.

상하고 멍든 자리 마디마디 문지르며

눈물을 타고 남은 간을 젖어 내렸다

버들잎이 창살에 선뜻 스치는 날도

도련님 말방울 소리는 아니 들렸다

삼경을 세오다가 그는 고만 단장하다

두견이 울어 두견이 울어 남원고을도 깨어지고

오! 일편단심.

　춘향을 항일적 민족의지로 나타내고 변학도를 불의의 대명사, 일제로 생각
하면 여기 나타나는 일편단심이 곧 민족의지임은 너무나 쉬운 해석이다. 얼마
나 힘 있고 절절히 사무치는 감동인가? 이 시는 그의 순수론과는 관계없이 우
리의 가슴을 감동시킨다. 손끝으로 기교를 부려 소위 언어의 탁마를 노린 그
어느 시보다 온 몸과 혼으로 절규한 이 시는 심훈 선생의 절규에 육박한다.

　② 박용철의 시

　떠나가는 배

나두야 간다

나의 이 젊은 나이를

눈물로야 보낼거냐

나두야 가련다.

아늑한 이 항구인들 손쉽게야 버릴거냐

안개같이 물 어린 눈에도 비치나니

골짜기마다 발에 익은 묏부리 모양

주름살도 눈에 익은 아―사랑하는 사람들

버리고 가는 이도 못 잊는 마음

쫓겨 가는 마음인들 무어 다를거냐

돌아다보는 구름에는 바람이 해살짓는다

앞 대일 언덕인들 마련이나 있을거냐

나두야 가련다

나의 이 젊은 나이를

눈물로야 보낼거냐

나두야 간다.

　이상 장시간에 걸쳐 민족문학의 바탕으로서의 항일시의 발자취를 더듬어보
았다. 동학혁명 당시의 민요와 전봉준 장군의 유시에서부터 시작하여 민중들
의 민요 문인文人들의 여러 계통의 민족시들을 통해 그 표현방법이 약간 다르다
하더라도 항일 의지의 치열한 여과를 통해 우리 문학의 정수를 이루고 있음을

알았다.

　이러한 민족문학의 전통적인 고찰과 반성 위에 내일의 통일을 향한 우리 민족문학의 오늘이 민중문학으로 거듭나고 있음을 강조하고, 다음 시간엔 그 민중문학적 가능성을 고찰하여 이 강의를 매듭짓고자 한다.

문병란, 『현장문학론』(거고출판부, 1983)에서 발췌